미스
함무라비1

미스
함무라비 1

문유석 오리지널 대본집

문학동네

일러두기

1. 작가의 오리지널 대본이므로, 드라마와 일치하지 않는 부분이 있습니다.

2. 드라마 대본의 생동감을 그대로 전하기 위해, 대사의 경우 한글맞춤법과 외래어표기법에 어긋나더라도 고스란히 살려두었습니다.

3. 단행본은 「」, 시와 기사는 「」, 노래와 그림 등은 〈 〉로 표기했습니다.

4. 본문 속 지은이주는 '—지은이'로 표기했습니다.

차
례

작가의 말

변명으로 시작하는 글치고 변변한 글 없다. 그래서 뻔뻔하게 시작하고자 한다. 우선 〈미스 함무라비〉 출생의 비밀부터. 〈미스 함무라비〉는 〈태양의 후예〉의 자식이다.

원작 소설 드라마화 얘기가 처음 나왔을 즈음, 나는 특유의 '아님 말구' 스피릿으로 그거 대본도 내가 직접 써보면 안 되겠느냐는 말을 제작사 측에 꺼냈다. 누구나 그렇듯 나도 만화나 영화, 미드를 워낙 좋아하기 때문이다. 문제는 습작 경험은커녕 드라마 작법, 용어조차 전혀 모른다는 점. 거기다가 미드는 많이 보지만 끝까지 본 한국드라마는 손에 꼽을 정도다. 〈카이스트〉〈대장금〉〈혼술남녀〉〈나인〉〈응답하라 1988〉〈미생〉 정도? 그런 주제에 뻔뻔하게도 직접 써보겠다고 나선 것이다. 믿는 구석이 있었기 때문이다.

어차피 판사 이야기이니 이야깃거리와 디테일에 관한 한 내가 직접 쓰는 게 제일 나을 수밖에 없다. 작법 측면이나 기술적인 측면은 제작사 측에서 프로에게 의뢰하여 재가공할 게 틀림없으니 난 자유롭게 하고픈 얘기를 마구 쓰면 되는 것 아닌감(설마하니 내가 쓴 대본으로 그대로 찍을 줄은 몰랐다. 제작비를 아끼고 싶었던 게 틀림없다). 이런 편한 마음으로 시작했는데, 아무리 그래도 뭔가 형식이라도 알아야 될 것 같아서 제작사 측에 샘플을 좀 달라고 했더니 온 것이, 〈태양의 후예〉 대본 파일이었다. 그렇다. 〈태양의 후예〉 제작사였던 것이다.

대한민국 국민 38.8퍼센트가 봤다는 대히트작을 뒤늦게 대본으로 접하게 된 나는 O.L., 플래시컷 등 모르는 용어가 나오면 네이버 검색의 도움을 받아가며 교과서 공부하듯 죽 읽었는데, 역시 뭔가 다르더라. '사과할까요, 고백할까요?' 같은 대사가 툭 튀어나오는데, 와우. 감명받은 나는 이 대히트작의 기운(?)에 묻어가고자 하는 순수한 마음으로 아예 〈태양의 후예〉 대본 파일에 덮어쓰기로 〈미스 함무라비〉 대본을 썼다.

파죽지세로 3부까지 쓰고는 의기양양해 있는데, 제작사 대표가 조용히 누군가와의 만남을 주선했다. 누구냐면, 바로 〈태양의 후예〉를 쓴 김은숙 작가! 세상에, 이건 발성 연습을 시작했는데 마리아 칼라스를 만난 격이다. 게다가 그 바쁜 작가님이 말도 안 되는 내 초고를 꼼꼼히 다 읽고는 이건 재밌고 이건 별로고, 일일이 다 줄 치고 물음표 치고 표시해놓은 것이다. 여긴 지루하다, 어수선하다, 대사가 길다, 어렵다, 가차없는 야단을 맞으면서도 마스터클래스를 받는 황송함에 기분이 날아갈 듯했다. 가르침의 핵심은, '재판 이야기'에 더 집중하라는 지적이었다. 그게 본질인데 자꾸 딴 데로 샌다는 말씀. 그리고 쉽게 쓰라는 지적. 시청자 대부분은 '배석판사'가 뭔지, 그게 사람 이름인지도 모른다는 것이다. 정신이 번쩍 나는 지적들이었다. 그래도 고무적인 것은, 개그 또는 '심쿵'을 위해 쓴 임바른 마음의 소리들을 다 좋아하시더라는 점이다. 대한민국 최고의 '로코' 장인이 말이다. 이런 요소들 역시 함께 가져가도 좋겠다는 자신감을 얻었다. 김 작가님에 대한 감사한 마음은 후반부 대본 어딘가에 이스터 에그처럼 살짝 녹여놓았다.

그런데, 써나갈수록 내가 정말 쓰고 싶은 것은 '법'이나 '재판'이 아니라 그걸 통해 바라본 우리 사회, 그리고 그 속에서 살고 있는 사람들이라는 걸 깨닫게 되었다. 20년 동안 재판을 하면서 참 다양한 사람들을 봤고, 이 사회의 볼 구석, 못 볼 구석을 봤다. 20년 동안 법원이라는 조직에서 생활하면서 마찬가지로 다양한 사람들을 봤고, 볼 구석, 못 볼 구석을 봤다. 그러면서 나도 모르게 가슴속에 쌓여온 것들이 있었나보다. 그건 솔직히 울화에 가까운 것이었다. 세상은 젊은 시절 막연히 생각한 것과 달랐다. 세상은 완고하고 인간은 제각기 어리석었다. 선악은 분명하지 않았고, 이해관계는 분명했다. 손쉬운 정답은 없었고, 자기가 정답이라고 착각하는 이들은 많았다. 난 홀린 듯이 내가 보아온 인간 세상의 단면들을 대본 곳곳에 채워넣고 있었다. 그래서 뭘 어쩌겠다는 결론도 없이 말이다. 힘든 일상으로부터 잠시 도피하고 싶어서 TV를 켠 시청자분들께 참 못할 짓을 한 것이다.

특히 주인공 박차오름이라는 인물을 그릴 때 내가 현실에서 겪어온 혼돈과 좌절이 집중되었다. 극의 주인공이란 영웅이어야 하고, 매력적이어야 한다. 관객들이 쉽게 감정이입할 수 있어야 하고, 그의 일거수일투족에 웃고 울며 응원하고 싶게 만들어야 한다. 사람들은 본래 지는 쪽에 판돈을 걸고 싶어하지 않는다. 그들은 결국 이기는 편이 우리 편이기 바란다. 그건 본능이다. 이 모든 것을 잘 알기에 난 처음에는 박차오름이라는 캐릭터를 두 가지 중 한 가지로 만들려 했다. 대장금처럼 언제나 지고지순하고 예의 바른 천재인데 주변의 못나고 악한 자들로부터 끊임없이 일방적으로 핍박받는 인물. 아니면 요즘 트렌드를 반영하여 〈마녀의 법정〉의 마이듬처럼 이미 처음부터 능수능란하고 권모술수에도 능해서 든든한 인물. 하지만, 그게 안 되더라. 내가 보아온 현실과의 '거리 두기'가 안 되더라.

내가 현실에서 보아온 것은 내부고발자가 왕따 당하고, 피해자는 집단적 2차 가해를 당하고, 타인의 고통에는 짜증내며 자기 '손톱 밑의 가시'가 세상에서 제일 중요한 사회였다. 사람들은 늘 사회에 대해 불평하지만 정작 자기 곁의 누군가가 그것에 문제를 제기하면 시끄러워지는 게 싫어서 짜증을 낸다. 문제를 제기한 사람은 눈치 없고 혼자 예민 떨고 대책 없는 '갑분싸' 또는 '프로불편러'가 된다. 나는 생채기 하나 입지 않으면서 멀리 어딘가에서 엄청나게 힘세고 완벽한 누군가가 나타나서 세상을 확 뒤집어 엎어주기만 바란다. 평론가 신형철이 적절히 지적했듯이, 사람들은 타인은 단순하게 나쁜 사람이고 나는 복잡하게 좋은 사람이라고 믿는다. 하지만 실제로는 우리 모두가 대체로 복잡하게 나쁜 사람들인 것이다.

유감스럽게도 나를 포함해서 대부분의 사람들이 이렇기 때문에 뭔가 기존의 것에 문제제기를 하는 소수의 사람들은 대체로 매사에 '과한' 사람들일 때가 많다. 과하게 울고, 과하게 분노하고, 과하게 행동하고, 과하게 일반화하고. 그게 그들이 겪은 상처 때문인지, 또는 인구 중 일정 퍼센트는 유전적으로 그런 성격으로 태어나기 때문인지는 모르겠다. 여하튼, 그런 사람들은 끊임없이 시대와 불화하고, 세상과 불화하고, 유감스럽게도 바로 자기 곁의 사람들과도 불화한다. 그들은 잘해야 소수의 열광적 지지를 받을 뿐 침묵하는 다수에게는 불편한 존재가 된다. 그들이 더 분노할수록 사람들은 더 그들에게 등을 돌린다. 그들은 불나비처럼 자기 몸을 불태우며 앞만 보고 나아간다. 그들은 태생적으로 비극적이다. 심지어 한 나라의 대통령이 된 후에조차, 자신의 거친 분노를 끝내 세련되게 다듬지 못한 이는 조롱과 혐오의 대상이 되고 만다. 우리는 그들을 참 쉽게 내친다.

더욱 유감스러운 것은, 그렇다고 그들을 비극적인 영웅으로 상찬할 수만도 없다는 것이다. 그들의 과한 자기확신과 공격성은 그들의 선한 의도에도 불구하고 더 나쁜 결과를 낳을 때도 많다. 그들은 목적을 위해 수단을 정당화하는 유혹에 빠지기 쉽고, 잠시 멈추어 자신이 가는 방향이 옳은지 돌아볼 여유가 없다. 그들은 옳고자 하지만 그들 자신만으로는 계속하여 옳을 수 없다. 우리 인간은 모두 불완전한 존재이기 때문이다.

〈미스 함무라비〉에서 진정 중요한 것은 익숙한 모든 것들에 문제를 제기하는 예외적인 존재인 박차오름이 아니다. 그를 둘러싼 사람들이 이 불편한 존재를 어떻게 받아들이느냐가 관건이다. 안정을 해치는 위협으로 받아들인다면 시스템에는 아무 변화가 없고, 문제를 제기하는 소수는 희생될 뿐이다. 변화의 계기로 받아들인다면 시스템도 한 단계 앞으로 나아가고, 그 소수도 설자리를 얻게 된다. 〈미스 함무라비〉를 여주가 사고 치면 남주가 왕자님처럼 구해주는 이야기로 속단할 이들도 있겠지만, 난 단지 여자 남자 얘기만을 하고 싶었던 건 아니다. 소수와 다수, 개인과 시스템에 더 관심이 있다. 다만 현재의 사회구조에서는 여성이 박차오름의 입장에 설 가능성이 더 높을 뿐이다.

임바른, 한세상, 정보왕, 이도연, 홍은지, 수석부장, 배곤대, 성공충, 심지어 화장실 판사들까지도 어떤 방향으로든 박차오름으로 인해 시작된 변화로부터 자유로울 수는 없다. 그 변화에 어떻게 반응하는지에 따라 그들은 전과는 조금 다른 사람이 될 것이고, 그런 작은 변화들이 모이다보면 어느 순간 철벽같은 시스템에도 새로운 균열이 생길지 모른다. 출구 없는 분노가 가득한 세상에서, 우리의 박차오름들이 부디 벽에 몸을 던져 깨지고 마는 계란이 아니라, 벽 사이에서도 뿌리를 내리고 꽃을 피우는 담쟁이덩굴이 되어 살아남아주기를 안타깝게 바라본다.

그러려면 우리는 무엇을 해야 할까. 선의를 외롭게 두지 않으려면, 우리는.

박차오름 (서울중앙지법 민사44부 좌배석판사)

사회적 약자에 대한 공감 능력이 뛰어나고, 불의를 보면 참지 못하는 정의파 초임 판사. 능청과 애교를 적절히 섞는 화술로 사람들을 자기편으로 만드는 친화력 또한 엄청나다. 술도 시원시원 잘 마시고 악성 민원인 할아버지에서 법원 청소원 아주머니까지 누구와도 쉽게 잘 어울린다. 그녀가 있는 곳은 언제나 수다와 웃음으로 왁자지껄하다.

임바른 (서울중앙지법 민사44부 우배석판사)

'점수가 남아서' 서울법대에 가고 '남한테 굽실거리며 살기 싫어서' 판사가 된 개인주의자. 엘리트 중의 엘리트지만, 출세도 싫고 멸사봉공도 싫은 혼자 놀기의 달인. 판사 개인의 동정심이나 섣부른 선의로 예외를 인정하는 것은 법관의 권력 남용이라고 생각하는 원칙주의 판사이기도 하다.

한세상 (서울중앙지법 민사44부 부장판사)

출포판. 법원 수뇌부가 가장 무서워한다는 '출세를 포기한 판사'다. 법원의 주류 엘리트 코스를 밟기에는 출발부터 글러먹은 비주류. 법정에서도 거침없는 언행으로 '막말 판사' 논란을 여러 번 일으켰다. 고시도 결혼도 늦고 모든 게 늦은 인생이나, 판사의 판결이 한 사람에게 미치는 영향에 대해 깊이 고민하는 현실주의 판사다.

정보왕 (서울중앙지법 민사43부 우배석판사)

서울중앙지법 최고의 정보통. 임바른의 X알친구 또는 웬수. 각종 인사 정보 및 뒷얘기 전문가. 걸어 다니는 찌라시. 오지랖 대마왕. 바퀴벌레 같은 친화력과 호감형 외모로 모든 판사실을 들쑤시고 다니는 통반장 스타일.

이도연 (서울중앙지법 민사44부 속기실무관)

44부 판사실 부속실에서 비서 업무를 수행하며 동시에 속기사로 법정에 들어온다. 물어보기도 전에 척척 귀신같이 자질구레한 일을 처리할 정도로 일 잘하기로 법원 전체에 소문이 자자하다. 일 외의 사생활은 모두 베일에 가려 있다.

민용준 (NJ그룹 후계자)

박차오름 아버지의 절친인 NJ그룹 회장의 아들, 재벌3세. 박차오름과는 어린 시절부터 친하게 지내왔다. 왕국의 후계자로 잘 교육받아 똑똑하고 매너 있다. 박차오름의 외할머니, 시장통 이모들과도 능청맞게 잘 어울릴 줄 아는 매력남이다.

맹사성 (서울중앙지법 민사44부 참여관)

계장님으로 불리며 재판조서를 작성하는 업무를 담당한다. 9급 실무관으로 법원에 들어온 후 16년이 지났지만 승진시험에 통과 못해 사무관 승진은 꿈도 못 꾸는 만년 7급 계장.

윤지영 (서울중앙지법 민사44부 실무관)

서류 송달, 재판기록 관리, 민원전화 응대, 전자결재 초안 작성 등 법원 일반직 중 가장 많은 일을 담당하는 피라미드의 제일 밑변. 세 살배기 아들을 혼자 키우는 싱글맘이다.

이단디 (서울중앙지법 법원경위)

크지 않은 체구에 귀여운 외모를 지녔지만, 태권도 국가대표 상비군 출신이다. 유도, 검도 유단자로 다 합치면 십 단이 넘는 무도인 겸 체육인으로 법원경위 일을 한다.

수석부장 (서울중앙지법 민사 수석부장판사)

톱클래스 성적으로 서울중앙지법에 초임 발령받은 후 법원행정처 등 핵심 요직을 모두 거친 성골로 매사에 신중하고 속내를 잘 드러내지 않는다. 후배들의 동경의 대상이다.

성공충 (서울중앙지법 민사49부 부장판사)

눈 가린 경주마처럼 대법관 자리만 보고 평생 달려온 판사. 무슨 수를 써서라도 언제나 사건처리나 조정률 1등을 놓치지 않으려고 해 법원 안팎으로 원성이 자자하다.

배곤대 (서울중앙지법 민사43부 부장판사)

정보왕이 속한 민사43부의 곤대 기질 부장판사.

시장통 이모들

각자의 아픔을 뒤로하고 박차오름, 외할머니와 함께 한 가족으로 살며 시장에서 분식장사를 한다. 박차오름이 힘들 때마다 유쾌하고 걸진 수다 한판으로 박차오름을 위로해준다.

법원장

경력 30년의 관록 있는 법관. 좀처럼 속을 드러내지 않는다.

외할머니

시장에서 작은 포목점을 운영중이다. 박차오름의 정신적 지주.

용어 설명

cut to   한 씬 안에서 다른 장소나 주제로 전환이 될 때의 용어.

E   effect. 효과음. 주로 화면 밖에서의 소리를 장면에 넣을 때 사용한다.

F   filter. 전화 수화기를 통해서 들려오는 소리.

N   내레이션. 등장인물이 화면 밖에서 상황을 해설하거나 극의 전개를 설명할 때 사용한다.

O.L.   오버랩의 약자. 장면이 흐릿하게 사라지면서 다음 장면이 서서히 등장해 겹치게 하는 기법. 소리나 장면이 맞물린다. 앞사람 대사가 끝나기 전에 뒷사람 대사가 치고 들어갈 때 주로 사용한다.

V.O.   voice-over. 영상에서 등장인물이나 해설자 등이 화면 속에 나타나지 않고 대사, 해설, 생각 등 목소리만 나올 때 쓴다.

몽타주   각기 다른 시간과 장소의 컷들을 이어 붙인 장면.

씬   scene. 장면이라는 의미로, 동일 시간 동일 장소에서 이뤄지는 행동, 대사가 하나의 씬으로 구성된다.

인서트   insert. 화면 삽입. 무언가에 집중시키거나 자세히 설명하기 위한 장면을 삽입하는 것으로, 특정 부분을 확대하는 클로즈업을 통해 이뤄지는 경우가 많다.

페이드아웃   fade-out. 화면이 서서히 어두워지는 기법.

플래시백   flash back. 과거에 나왔던 씬을 불러오는 용어. 주로 회상 장면이나 인과를 설명하기 위해 넣는다.

플래시컷   flash cut. 화면과 화면 사이에 인서트로 삽입한 빠르게 움직이는 화면. 화면의 속도를 증대시키거나 시각적인 충격 효과를 창출하기 위해 사용한다.

1부

오직 사람만이
사람을 재판할 수 있다

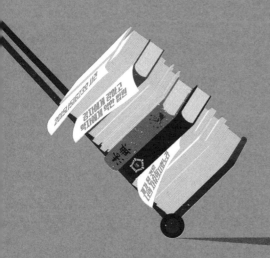

S#1. 임바른의 집 (오전)

서민형 연립주택 2층(1층은 주인집). 가구도 평범하고 낡았다. 안방 벽 가득히 상장이 붙어 있다. 초등학교 때부터 고등학교까지 받은 각종 1등상, 교육감상, 성적우수상, 사법시험 합격증, 대법원장상(연수원 수료 시 1등에게 수여), 그리고 마지막에 판사 임명장이 붙어 있다. 임바른의 방으로 들어가면, 작은 방 한가득 책꽂이와 책이 들어차 있다. 책장에는 각종 법서들, 심리학, 경제학, 소설, 만화책까지 꽂혀 있다. 침대 위에는 추리닝 바람의 임바른이 자고 있다.

S#2. 임바른의 방 (오전)

한참 행복하게 자고 있는 임바른의 옆얼굴 위로, 끼익 방문 열리는 소리. (E)

엄마	바른아, 오늘은 꼭 나가주기로 엄마랑 약속했잖아. 커피 한잔 마시는 게 그렇게 어렵니?
임바른	(눈 감은 채로) 엄마, 내일 바뀐 재판부 첫 출근(2월 마지막 주 월요일)이야. 그리고 그런 자리 싫다니까! (돌아눕는다)
엄마	사람 인연은 모른다, 다 널 위해 이러는 건데 넌 엄마 말은 무시하기만 하고… (울음 섞이기 시작) 내가 널 어떻게 키웠는데.
임바른	1절만 해요, 엄마. 1절만.
엄마	…아까 지수 엄마 또 왔다 갔어.
임바른	(흠칫하며) 전셋값?
엄마	(한숨) 뉴스 보면 밤낮 불황이라는데, 이놈의 전셋값은…
임바른	(일어나 앉는다. 굳은 표정) ……
엄마	(넋두리) 이번에 못 올려주면 또 이사 가야 된다. 늙은 우리야 상관없지만 넌 판사까지 됐는데 언제까지 이렇게 살려고… 지겹지도 않니…
임바른	(말 끊으며 O.L.) 커피 한잔만이에요.
엄마	(냉큼 울음 멈추며) 그래, 커피 한 잔씩만.

바로 방문 닫히는 소리. 임바른, 착잡한 표정으로 있다가 의아한 표정으로,

| 임바른 | 씩? |

S#3. 고급 호텔 2층 커피숍 (낮)

마담뚜와 임바른, 마주앉아 있다.

마담뚜　그래~, 한 잔씩 세 번만. 힘든 걸음 하셨는데, 달랑 한 명만 보일
　　　　　수 있어?

임바른　(어이없다는 표정으로) 그건 상대에 대한 예의가 아닌 것 같은데요.

마담뚜　바빠서 오래 못 있는다고 다 얘기 됐어. 중앙지법 판사님 만나기
　　　　　가 어디 쉽나? (눈웃음치며) 게다가 이렇게 자알생긴! 저기, 말 난
　　　　　김에 말인데, 거마비 드릴 테니 가끔 이렇게 커피 한 잔씩만 해주
　　　　　시면 안 될까?

임바른　뭐라구요? 지금 사람을 뭘로 취급…

마담뚜　(손사래를 치며 O.L.) 오호호호호, 아냐 아냐, 농담이야 농담. (입
　　　　　맛 다시며 중얼) …거마비 백씩은 줄 수 있는데 거참…

임바른　이보세요!

마담뚜　아이, 농담이라니까 그러시네. (얼른 말을 돌리며) 자자, 우선 1번
　　　　　규수 댁. 사업가 집안이야. 이름 들어봤지? 오룡그룹.

임바른　(순간 표정 굳으며, 마음의 소리) 모를 리가 있나, 특경법 횡령 배임
　　　　　단골 후보. 휠체어 애호가 집안.

마담뚜　(손 흔들며 목소리 높여서) 여기예요~ 변 회장님 댁에서 오셨죠?

임바른　(일어나며 애써 예의 바르게) 안녕하세요, 앉으시죠.

규수1　(고개를 외로 꼬며, 기어들어가는 목소리로) 안녕하세요오…

마담뚜　어쩜 이리 얼굴이 백옥같이 희고 고울까. 햇볕 한번 안 쬐어본 사
　　　　　람 같네.

규수1　(고개를 끄덕거리며) 예에… 전 집 밖에 잘 안 나가요…

임바른	(예의 바르게) 조용한 성격이신가봐요. (마음의 소리) 뱀파이어야 뭐야…
규수1	(얼굴을 붉히며) 부모님이 조용히 신부수업이나 하라고 하셔서… 여자는 밖으로 나도는 거 아니라고…
임바른	댁에서 뭐하시는데요?
규수1	그냥 꽃꽂이도 배우고, 요가랑 요리 강습도 받고… 평범해요. 부모님이 워낙 검소하셔서…
임바른	…집에서?
규수1	아, 가끔 배드민턴도 치고…
임바른	집에서?
규수1	경기장은 없고… 그냥 소박하게 제1주차장, 제2주차장 사이 잔디밭에서.
임바른	(어이없다는 표정) 제2주차장…? 누구랑요?
규수1	(천진하게) 이용대 선수랑…
임바른	(황당한 표정) 네에… (참아보지만 결국 비꼬듯이) 어우 소박하시다… (윙크하며 손가락 총 쏘는 이용대 포즈 살짝 따라 하며 *끄덕끄덕*)

S#4. 고급 호텔 1층 로비 라운지 (낮)

마담뚜	2번 댁이 제일 실속은 있는 집이야. 답십리 불곰이라고, 프라이빗~하게 금융업을 하세요.
임바른	(마음의 소리) 사채업자네. 탈세범 후보.
마담뚜	(주변을 살핀 후 목소리 낮춰서) 눈 딱 감고 이런 집에 장가가. 임 판사님 집도 사정 확~ 피는 거야.

임바른   (겉으론 건조하게) 아, 네… (볼펜으로 냅킨에 뭔가 쓱쓱 쓰고 있다)
(마음의 소리) 내가 이래서 『심청전』을 싫어했어. 왜 부모 위해 몸
을 팔아야 되냐구.

마담뚜   아, 저기 오네. 여기예요!

규수2   (수다스러운 아줌마 말투) 안녕하세요오~ 우와, 완전 꽃미남 판사
님이네에~

임바른   (당황하며) 별말씀을요. 앉으시죠.

규수2   우와, 이 얼굴로 망치 땅땅땅 두들기는 거 멋있겠다~ 보러 가도
돼요?

임바른   (미소) 어쩌죠? 우리나라 법정에는 망치가 없습니다.

규수2   헐 대박! 정말요? 아니 드라마에서는 꼭 망치 땅땅땅 하던데?

임바른   우리나라는 망치 안 씁니다. 그냥 말로 판결 선고해요.

규수2   (실망) 에이 뭐야, 임팩트 없게~ (목소리를 낮추며) 그리구여~ 큰
사건 들어오면~ 막 법원 고위층 비밀대책회의 같은 거에서, 막
지시 내려오고 그래요? 말 안 들으면 막 미행하고 도청하고?

임바른   (애써 침착하게) 저기, 드라마나 영화를 너무 많이 보신 것 같네
요…

규수2   (다 안다는 표정으로) 에이, 괜찮아요~ 저 입 무거워요.

임바른   (어이없어서 입다문다)

규수2   죄송해요~ 제가 좀 수다스럽죠? 엄마 따라 아줌마들이랑 산에
다니다보니까…

임바른   (억지 미소) 어머님 취미가 등산이신가봐요.

규수2   (천진난만) 아니요, 산 모으는 게 취미세요.

임바른   (황당한 표정) 산 모으는 거요?

규수2   네에! 이 산 저 산. 결국 남는 건 땅이잖아요!

임바른	(어처구니없다, 무심하게) 아 예에… (냅킨을 보면, 불곰 애기를 들은 후 귀여운 곰돌이 얼굴을 그려놓았고, 지금은 그 위에 산봉우리를 쓱쓱 그리고 있다)

S#5. 고급 호텔 2층 커피숍 (낮)

마담뚜	그럼 3번으로 가자구. 돈보다 명예고 지위지. 이 댁 부친은 4선 의원인데 이번에 도지사 쪽 쪼고 계셔.
임바른	(마음의 소리) 선거법 위반에 뇌물사범 후보.
마담뚜	인간관계도 너~무 좋으셔. 오죽하면 거쳐 간 당만도 열두 개겠어? (반색을 하며) 아, 여기요! 어머나~ 사모님도 함께 오셨어요?
임바른	(당황하여 엉거주춤 선 채 인사) 안녕하십니까.
규수3모	어머, 틀 참 좋다. 큰 인물 되시겠어요. (위아래로 훑어보며) 선거 프로필 사진발도 잘 받겠고.
규수3	엄마는 참! 죄송해요. 울 엄마가 주책이죠?
임바른	아뇨, 괜찮습니다.
규수3	전 법 공부한 분들 너무 대단해 보여요. 서울법대는 어떻게 가게 되셨어요? 원래 관심이 있으셨어요?
임바른	(마음의 소리) 점수가 남아서요. (겸손하게) 그냥… 잘 모르고 지원 했는데 운좋게 어떻게…
규수3모	아유, 겸손도 하시지.
규수3	(불쑥) 왜 판사가 되셨어요?
임바른	(조금 당혹스러워하며) 글쎄요, 뭐 여러 가지…
규수3	죄송해요. 목표가 대법관이신지, 나중에 정치하실 건지 궁금해

서요. 솔직히 정치는 안 하셨으면 해서.

규수3모　(눈 흘기며) 얘, 정치가 어때서?

규수3　엄마, 선거 때마다 대중탕 가서 할머니들 등 밀어주는 거 싫어 죽겠대매. 아빠랑 유기농만 드시는 분들이 시장통에서 그 아줌마들 손으로 집어주는 거 다 받아먹고 맛있는 척! 으, 난 그 짓은 못한다니깐!

규수3모　얘! 4년에 한 번, 그 정돈 참아야지! 그게 다 서민들이랑 공감하고 소통하는 거야, 아빠가 늘 강조하시는 노블레스 오블리주 아니니.

임바른　(마음의 소리) 노블은 됐고, 국민의 4대 의무나 제대로 지키시지. (애써 참아보지만) 정말… (비꼬고 만다) 훌륭하시네요.

규수3모　얘도 지 아빠 닮아 생각이 남달라요. 고등학교 때 방글라데시 빈민촌에, 공정무역 커피랑 환경친화 하이힐 보내기 캠페인을 했다니깐요.

임바른　(어이없어하며) 정~말 생각이… 남다르시군요.

규수3　(자랑스레) 우리 엄마도 동물애호가예요. (엄마 코트 어루만지며) 이거 밍크, 가죽 벗길 때 모차르트 들려주는 회사 것만 입는다니깐요?

임바른　(어이없지만 애써 참으며) …가시는 길이 행복한 밍크들이네요.

규수3모　어우 근데 아무리 봐도 판사님 비주얼이 아깝다. 정치하셔야겠는데?

규수3　(엄마 보며) 그럼 아예 대통령 어때? 나 어릴 적 롤모델이 재클린 케네디였잖아. 케네디 대통령 부인.

임바른　(망연자실, 마음의 소리) 취임 2년 만에 남편이 머리에 총 맞은 재클린…

S#6. 고급 호텔 화장실 (낮)

임바른, 지친 표정으로 손을 씻고 있는데 호텔 내 스피커로 음악 흘러 나온다. 라디오헤드의 〈Creep〉. '…What the hell am I doing here, I don't belong here.'(E) 임바른, 세면대에 두 손을 짚고 고개를 들어 거울에 비친 자신을 응시한다.

임바른   (우울한 표정. 마음의 소리) …몸 팔러 온 주제에, 잘난 척은.

S#6-1. 고급 호텔 1층 (낮)

임바른, 2층에서 계단을 내려와 1층 로비 라운지 옆을 지나는데, 맞은편 명품 매장 문이 열리며 규수2(답십리 불곰댁)가 손에 명품 쇼핑백을 잔뜩 든 채 나오다 임바른과 딱 마주친다.

규수2   어! 임 판사님. 법원에 급한 일이 생겨서 들어가야 하신다면서요!

임바른   (당황해서) 아, 네, 그게 그런데…

이때 갑자기 소란스러운 소리 들려서 규수2, 계단 쪽을 보니 마담뚜와 규수3모, 규수3이 계단에 서서 옥신각신 다투고 있다.

규수2   아하, 더블헤더? 판사님 바쁘시긴 바쁘셨네. 그런 분이 저한테 30분이나 시간을 내주셨으니 이거 황송해서 어쩌죠?

임바른   아니, 그게, 그게 아니라…

규수2   그 30분을 위해 전 청담동에서 세 시간 동안 머리하고 메이크업 했는데. 어제는 엄마랑 피부 숍 가서 레이저 지지고.

임바른   …죄, 죄송합니다.

규수2   사채업자 졸부집이라 엄마가 마담뚜한테 거마비 이백 찔러줘서 겨우 고결하신 판사님 얼굴 30분은 뵐 수 있었네요. (손에 든 쇼핑백들을 들어 보이며) 그후에 열받아서 천만 원어치 쇼핑하고. 근데 말이죠, (임바른을 노려보며) 이 빽이랑 댁이랑 크게 다른 거 같애요? 시장에 나온 거잖아요. 몸 팔러. 공부 하나 잘해서 판사 되셨으니 있는 집에 장가가서 팔자 펴보겠다고. 그런 주제에 뭐가 그렇게 잘났어요? 아까 나 무식하다고 실실 비웃던 거 몰랐을 거 같아요? 아, 진짜!

규수2, 성난 표정으로 쇼핑백을 바닥에 집어던진다. 마침 옆 로비 라운지 바텐더 카운터에 물이 가득 든 잔이 놓여 있는데 그 물잔을 휙 집어든다. 임바른, 놀라서 자기도 모르게 두 팔로 얼굴을 막으며 쭈그려 고개를 숙인다.

규수2   (물잔을 든 채, 어이없다는 표정으로) 하! 쫄리니? 열받아서 물 좀 먹을려구! 물 좀! (원샷으로 물을 꿀꺽꿀꺽 들이켠다)

임바른   (팔을 천천히 내려 두 손을 공손히 앞으로 내밀며) 천~천히 드세요. 체하실라.

시종처럼 공손한 임바른과 도도하게 물을 들이켜는 규수2, 계단 쪽에서 삿대질하고 있는 규수3모와 마담뚜, 로비 라운지 안에서 금테 안경의 다른 총각과 마주앉아 얼굴을 붉히며 머리를 귀 뒤로 넘기고 있는 규수1, 그리고 로비 라운지를 가득 채운 비슷한 맞선 커플과 마담뚜들을 차례로 잡은 후, 드라마 타이틀 등장.

S#7. 임바른 동네 피아노 학원 (오후)

초등학생 아이들이 능숙하게 피아노를 치고 있다. 초등학생들을 차례로 비추는데, 맨 끝자리에 양복 입은 어른 남자가 서툴게 피아노를 치고 있다. 임바른이다. 굉장히 정성스럽게 건반을 누르는데, 영 서툴다. 임바른 옆자리의 초등학교 5학년쯤 된 얄밉게 생긴 남자아이, 서툰 임바른을 비웃는 표정으로 보다가 말을 건다.

남자애   아저씨, 아저씨는 어른인데 왜 그렇게 못 쳐요?

임바른   (퉁명스럽게) 난 처음 배우니까 그렇지. 넌 배운 지 5년도 넘었는데 그렇게밖에 못 치냐?

남자애   (어이없다는 듯) 어릴 땐 안 배우고 뭐했는데요? 그리고, 왜 매일 똑같은 것만 쳐요?

임바른   …치고 싶은 곡이 이거 하나뿐이니까.

아랑곳없이 계속 집중해서 건반을 하나하나 눌러가는 임바른. 서툴지만 멜로디는 라벨의 〈죽은 왕녀를 위한 파반〉 도입 부분이다.

S#8. 지하철 안 (아침)

아직 복잡할 정도로 사람이 많지는 않은 출근길 지하철, 단정한 양복 차림의 임바른, 자리에 앉아 팔짱을 끼고 생각에 빠져 있다. 임바른, 품에서 스마트폰을 꺼내더니 이어폰을 낀다.

인서트 〉 스마트폰 화면 클로즈업.

오바마 고별연설 장면(E)이 자막과 함께 흐른다.

법률만으로는 충분하지 않습니다. 마음이 바뀌어야 합니다. 세상은 하룻밤 사이에 바뀌지 않을 것입니다. 우리의 민주주의가 다양한 사람들 사이에서 올바로 작동하려면 우리는 미국 문학 속 위대한 주인공의 하나인 애티커스 핀치의 충고에 유의해야 합니다. 그는 말했습니다. "누군가를 정말로 이해하려고 한다면 그 사람의 입장에서 생각해야 하는 거야. 말하자면 그 사람 살갗 안으로 들어가 그 사람이 되어서 걸어다니는 거지."

임바른, 스마트폰을 내려놓고 투박한 서류가방에서 책을 꺼내든다. 하퍼 리의 『앵무새 죽이기』다. 임바른, 아련한 표정으로 책 표지를 바라본다.

S#9. 임바른의 회상. 정독도서관 도서실 안 (낮)

(자막 임바른, 고2 정독도서관 주말 독서교실) 계절은 3, 4월 정도의 봄.
도서실 안에 빼곡히 들어찬 낡은 서가와 책들. 삐걱대는 걸상 소리. (E)
열린 도서실 창문으로 불어와 길고 얇은 커튼을 휘날리는 바람, 날리는
커튼 사이로 보였다 안 보였다 하는 임바른. 무심한 표정으로 창가에 기
대어 책(『앵무새 죽이기』)을 읽고 있다. 앞 머리칼이 바람에 살짝 날린다.
여학생 두 명이 임바른 쪽을 수줍게 훔쳐보다가 얼른 고개를 돌리며 소
곤거리고 있다. 여학생들 맞은편에 앉은 다른 교복의 여학생 박차오름
도 홀린 듯 임바른을 바라보고 있다. 긴 머리에 청순한 분위기.

cut to

열린 도서실 창문으로 불어와 길고 얇은 커튼을 휘날리는 바람, 무심한
표정으로 창문 앞턱에 깡총 올라앉아 이어폰으로 음악을 들으며 책을
읽고 있는 박차오름. 무릎 위에 놓인 아이팟. 긴 머리카락이 자연스럽게
바람에 날린다. 서가에 기대어 책을 읽던 임바른, 박차오름을 힐끗 바라
본다.

cut to

서가 사이에서 박차오름에게 『앵무새 죽이기』를 건네주고 있는 임바른.
박차오름, 책을 받아들고 수줍은 미소. 마주보며 미소 짓는 임바른.

S#10. 현재. 지하철 안 (아침)

임바른, 요란한 벨소리에 회상에서 깨어나 맞은편 좌석, 전화기를 들고 있는 아주머니를 쳐다본다. 돈 좀 있어 보이는 요란한 차림새의 60대 아주머니, 전화를 받는다.

아주머니   여보세요~ 유 권사? 응, 그래. …어디냐고? (버벅대며) 어, 그냥, 잠깐, 지하철. (말 빨라지며) 우리집 차 공장 들어갔잖아. 외제차는 이게 불편하다니까. 아무데서나 못 고쳐. 뭐 이런 기회에 지하철도 한번 타보고 좋지 뭐.

임바른   (마음의 소리) 세상 혼자 사시는 저 산업화 세대의 호연지기.

아주머니   근데 왜? 뭐? 무섭다고? 아, 무섭긴 뭐가 무섭다 그래. 오천이 돈이야? 절대 떼일 일 없으니까 걱정 마. 장로님이 직접 소개한 거라니깐? 믿음으로 사는 사람들끼리 서로 믿고 도와야지! 그래, 아 그렇다구… (목소리를 낮추며) 그건 그렇고, 얘기 들었어? 우리 담임목사님, (참지 못하고 한 옥타브 올라간 목소리로) 젊은 여자랑 바람났대나봐! (능글맞은 표정을 지으며) 아, 요즘 좋은 약이 많잖아~

임바른   (마음의 소리) 은혜롭도다, 은혜로워.

아주머니 옆에는 불쌍한 표정의 말라깽이 청년이, 그 옆에는 우람한 허벅지의 쩍벌남이 팔짱을 끼고 앉아 있다. 쩍벌남 허벅지와 전화하는 아주머니 사이에 낀 청년, 괴로워하다가 튕겨나오듯 일어나 옆 칸으로 사라진다. 열차, 역에 멈추자 단정한 차림, 밝은 표정의 박차오름이 승차한다. 그러곤 청년이 남긴 좁은 자리에 앉는다. 임바른, 박차오름을 보더니 깜짝 놀라 책을 떨어뜨린다.

임바른   (옆사람에게) 죄, 죄송합니다. (옆 사람 발치에서 책을 주워든다)

입을 벌린 채 맞은편의 박차오름을 쳐다보는 임바른.

임바른   (마음의 소리) …설마?

한편 박차오름, 다리까지 덜덜 떨고 있는 쩍벌남의 옆얼굴을 응시한다. 뭔가 망설이다가 결심한 듯, 후욱 심호흡을 하더니, 순간 사정없이 활짝 벌어지는 그녀의 두 다리가 쩍벌남의 허벅지를 강하게 밀어낸다. 허를 찔린 쩍벌남, 놀라 쳐다보지만 어느새 팔짱까지 끼고 공간을 확보한 그녀의 얼굴은 무슨 일 있었냐는 듯 태연하다. 어느새 쩍벌남의 허벅지는 겸손하게 오므라져 있다.

임바른   (놀라며, 마음의 소리) 으잉?

쩍벌남, 옆을 쳐다보며 뭐라고 하려는 것 같더니, 젊은 여성인 것을 보고는 어이가 없는지 그냥 슬며시 눈을 감고 고개를 돌린다. 이 와중에도 아주머니의 입은 쉬지 않고 있다.

아주머니   아, 이건 자랑은 아닌데 말야, 뉴~욕서 온 우리 손주, 아무래도 영재 같애! 수준 안 맞아서 한국 학교는 못 다니겠어. 역시 피가 달라. 우리 사위, (혀 굴리며) 뉴~욕에서 학교 나왔잖니. 애도 미국에서 만들어와서 시민권자잖아~ 그래선지 우리 손주, 애가 벌써 리더십이! 아, 글쎄 친구들 다섯 명을 거느리고 말 안 듣는 애 하나를 혼내줬다나봐. 학폭위에서 오라던데? 남자애들, 다 그러면서 크는 거 아니니?

아주머니 쪽을 빤히 응시하던 박차오름. 생글생글 웃으며 아주머니 귓가 쪽으로 얼굴을 향하며, 애교 있게,

박차오름 아 글쎄, 우리집 강아지, 영잰가봐요~ 옆집 개는 멍멍멍, 짖는데, 얘는 바우와우와우, 짖어요. 발음이 아주 그냥 동부 쪽 발음인데…

화들짝 놀란 아주머니가 전화기를 내려놓고 쏘아붙인다.

아주머니 뭔 소리야? 아가씨 미쳤어? 아, 남의 집 개새끼 사정을 왜 내가 들어야 돼?

박차오름 (상큼하게 웃으며 끄덕끄덕 조곤조곤) 그러게요~ 그런데요, 왜 저는 아주머니네 (예의 바르게 웃으며) '애새끼' 사정을 들어야 될까요?

말문이 막힌 아주머니는 뭐라 반격할 말을 찾다가, 객차 안 사람들의 눈초리가 자신에게 집중되어 있음을 깨닫는다. 불리한 형세를 깨달은 듯,

아주머니 (표독스럽게) 아이씨, 재수가 없으려니깐 별…

아주머니, 발딱 일어나서 옆 객차 쪽으로 사라진다.

임바른   (입을 떡 벌린 채, 마음의 소리) …말도 안 돼…

S#11. 임바른의 회상. 정독도서관 벤치 (저녁 무렵)

임바른과 박차오름, 도서관 벤치에 앉아 뭔가 얘기를 나누고 있다.

박차오름   (어두운 표정, 기어들어가는 말투) …레슨 받는 거, 싫어요.

임바른   왜? 피아노 좋아하잖아.

박차오름   선생님이… 레슨 하실 때 자꾸… (말끝을 흐린다)

임바른   ……?

박차오름   자꾸… 뒤에서 저를… (기어들어가는 목소리로) 안아요.

임바른   (놀라며) 뭐!

박차오름   …볼을 제 목 옆에 붙이고, 두 팔을… (자기 겨드랑이 사이를 가리키며) 이리로 이렇게 넣어서…

임바른   (애써 침착하려 하면서) 그런 거면, 가만 놔두면 안 되겠다. 부모님한테는 말씀드렸어?

박차오름   (고개를 젓는다) 아빠가 힘들게 모셔온 유명한 선생님이세요. (고개를 숙이며) …아빠가 실망하실 거예요. …아빠는 실망하시면 (잠시 말을 멈추었다가) …많이 무서워지세요.

그때 봄비 가늘게 내리기 시작하자 주변 학생들 자리에서 일어난다. 소녀, 아랑곳없이 벤치에 가만히 앉아 있고 임바른, 자기 가방으로 소녀의 머리를 가려준다. (배경음악 〈Creep〉 도입부) 그때 중후한 고급 세단이 스르르 벤치 앞으로 다가와 선다. 운전석 문 열리고 정장 차림의 중년신사가 큰 검정 우산을 들고 내리더니 다가와 소녀에게 씌워준다. 그러고는 (의외로 앞좌석이 아니라) 뒷좌석 문을 정중하게 연다.

소녀는 아무 말도 않은 채 가볍게 목례를 하고 차에 오른다. 남자는 문을 닫고는 차를 빙 돌아 운전석으로 가 앉는다. (배경음악 '…You're so fucking special I wish I was special') 놀란 임바른은 비를 맞으며 멍하게 서서 멀어져가는 차를 하염없이 보고 있다. 오버랩되는 라디오헤드의 〈Creep〉, 고조되는 노랫소리. 'She's running out again, she's running out. she's run run run run…'(E)

S#12. 지하철 안 (아침)

맞은편의 박차오름을 멍하게 보고 있는 임바른. 박차오름, 아주머니를 물리친 후 상큼발랄한 표정으로 목을 까딱까딱 옆으로 돌리며 스트레칭중.

안내방송E 다음 정차할 역은 강남역, 강남역입니다.

차가 멈추자 사람들이 우르르 들어온다. 임 판사는 앞에 서 있는 아저씨의 불룩한 배에 얼굴을 묻을까봐 고개를 옆으로 돌리며 한사코 피하고 있다.

박차오름E (능청스럽게, 마치 안타까워하는 것처럼) 아저씨~ 괜찮으세요? 제가 도와드릴까요?

임바른, 얼른 아저씨 몸통 옆으로 목을 내밀고 보니, 박차오름 앞에 대학 과점퍼에 미니스커트 차림의 여성이 서 있고, 그뒤에 중년신사가 바싹 붙어 있다가 후다닥 물러선다. 여학생, 울상이다.

신사　　(당황해서) 어, 어흠.

박차오름　(일부러 안타까워하는 말투로 주변에 다 들리게) 저 여학생이 아까부터, 자기 엉덩이로 아저씨 손을 막, 비비는 거 같던데. 어우, 괜찮으세요? (신사를 빤히 보며) 제가 신고해드릴까요?

신사　　(움찔, 외면하며) 뭐, 뭔 소리인지 원…

박차오름　(능청맞게) 걱정 마세요. 제가 혹시 몰라서 (폰을 흔들며) 동영상도 찍어놨어요. 연약한 남자라고 당하고만 살면 되겠어요? (다 이해한다는 듯 끄덕끄덕, 한 손으로 파이팅!)

신사　　(폰을 보더니 당황해서 손을 뻗으며) 이, 이리 내!

박차오름, 자리에서 일어나며 폰을 든 손을 뻗어 피한다. 임바른, 얼른 자리에서 벌떡 일어나 신사를 제지한다.

임바른　아저씨! 뭐하시는 겁니까!

임바른이 붙잡는데도 신사, 강제로 폰을 빼앗으려든다. 신사, 요리조리 피하는 박차오름을 껴안는다. 순간, 박차오름, 벌레라도 닿은 듯 질색을 하며 몸을 비틀어 빠져나온다. 그런데, 신사, 숨을 참듯 고통스러운 표정. 신사와 박차오름, 동시에 밑을 보니 박차오름이 질색을 하고 반사적으로 몸을 비틀면서 자기도 모르게 무릎을 들어 신사의 사타구니를 강타한 상태!

신사	으아아아아아아아악!!
박차오름	꺄아아아아아악!!

S#13. 지하철 역 플랫폼 (아침)

지하철 경찰대가 신사를 붙잡고 있다. 경찰관, 어이없어하는 표정으로 신사의 신분증과 신사의 얼굴을 대조해보고 있다. 신사의 신분증을 클로즈업하면, 교수 신분증인데 점잖은 얼굴 사진 옆에 '세진대학교 윤리교육과 고오환 교수'라고 쓰여 있다.

임바른	(명함을 꺼내 내밀며) 목격자 진술이 필요하면 연락하세요.
경찰관	(깜짝 놀라 경례하며) 아, 판사님이시군요. 수고 많으셨습니다. (신사를 향해 나긋나긋한 말투로) 가실까? 우리 교수님?
박차오름	(여학생을 향해 안타까운 눈빛으로) 괜찮아요? 힘들었죠?
여학생	(뭉클) …고맙습니다.
박차오름	우리, 저런 시시한 인간들, 무서워하지 말자구요. (싱긋 웃으며 엄지 검지를 조금 벌린다) 요만한 것들이!
여학생	(그제서야 픽, 웃는다)
박차오름	(임바른 쪽을 향해) 도와주셔서 고맙습니다! 여기 판사님이세요? 저도 오늘 첫 출근인데. 민사44부.
임바른	(깜짝 놀라며) 네? 저도 거긴데…
박차오름	(놀라며) 어머, 정말요? (갸웃거리며) 잠깐, 그런데… 저 고등학교 때 잠깐 알았던 오빠랑 닮으셨어요~
임바른	(순간 얼음) ……!

박차오름   …혹시 성함이?

임바른   (무언가에 홀린 듯) 바른이요. 임바른.

박차오름   (활짝 웃으며) 어머! 바른 오빠~ 이제 기억나요. 저 모르세요? 저
오름이예요. 오름이. 박. 차. 오. 름. (반가워서 생글생글 밝게 웃
는다)

임바른   (정신없는데 내색 않으려 애쓴다) …어, 그럼, 그때 그 독서교실?

박차오름   네! 우와 신기하다. 닮긴 했지만 설마했는데… (손을 내밀며) 잘
부탁합니다. 임바른 판사님!

힘차게 악수를 청하는 박차오름의 손을 쳐다보며 임바른, 복잡미묘한
표정으로 멍하게 서 있다. 오래 간직해온 청순한 첫사랑 이미지와 너무
달라져버린 박차오름을 보며 반갑기도 하고 혼란스럽기도 하고… 임바
른의 시선에, 지금 박차오름의 활짝 웃는 씩씩한 얼굴과, 긴 머리 청순
가련형 고등학생 박차오름의 수줍은 얼굴이 겹친다.
한편, 박차오름의 눈에 임바른은 그저 놀라서 어쩔 줄 몰라 하는 어정쩡
한 모습으로만 비친다. 풋, 웃는 박차오름(박차오름이 기억하는 과거의
임바른으로 이어진다).

S#14. 정독도서관 도서실 창가 (낮)
(S#9와 같은 장면, 박차오름 시점)

박차오름이 있는 책상 근처 창가에 기대어 책을 읽고 있는 임바른. 공들
인 앞 머리칼 휘날리지만 바람이 너무 세서 커튼이 펄럭펄럭 온몸을 휘
감아 우스꽝스러운 꼴. 꿋꿋이 책 보는 척하며 한 손으로 애써 커튼을

끌어내리지만 금방 다시 온몸을 휘감는 커튼. 여학생 두 명이 그 꼴을 보며 소곤거리고 있다. 박차오름은 무심히 책을 읽고 있다.

여학생2 왜 저런데?

여학생1 눈 마주칠라. 쳐다보지마.

여학생2 왜~ 쟤 전교 1등이잖아. 생긴 것도 괜찮고. 너, 같은 반이지?

여학생1 그럼 뭐해? 저거 완전 싸가지야 싸가지. 저번에…

S#15. 고등학교 교실 (낮)

여학생1을 포함한 여학생들 서너 명, 공부하는 임바른을 에워싸고 재잘대고 있다.

여학생1 (곱게 화장. 애교 섞인 말투) 바른아, 나 수학 좀 가르쳐주라~ (바른의 어깨를 툭 치며) 아, 혼자만 잘하지 말고~

임바른 (뭔가 쓰다가 어깨를 치는 바람에 엉망이 된 글씨. 잠시 심호흡하더니 고개 들고) 근데, 내가 참을성이 좀 부족해서. (여전히 웃는 여학생1을 보며) 너 가르치려면 그게 많이 필요할 것 같아서 말야.

여학생1 (어리둥절한 표정)

임바른 (싱긋 웃더니) 미안, 별로 악의 없이 한 말은 아니야. (일어나 가버린다)

여학생들 ('뭔 소리야?'라는 표정으로 혼란스러워하며 수군수군)

S#16. 고등학교 복도 (다른 날 낮)

여학생1, 웃는 얼굴로 임바른에게 말 걸고 있다.

여학생1 그럼, 서로 소개팅시켜주는 거다? 난 뭐 바라는 거 별로 없어. 뭐 그냥 기본적인 것들? 키는 180 이상, 너무 울퉁불퉁하지 않은 잔근육, 그리고 옷 좀 잘 입는 정도? 말은 통해야 하니까 공부는 전교권.

임바른 (시큰둥하게) 그래, 그리고 눈도 낮아야겠구나. 찾아볼게. (가버린다)

여학생1 (어처구니없는 표정)

S#17. 고등학교 교실 (다른 날 낮)

담임에게 성적표를 받아 자리로 돌아오는 임바른을 에워싸고 묻는 친구들.

친구들 시험 잘 봤어? 몇 점 맞았어? 몇 점?

임바른 (시큰둥하게) 글쎄, 제자리걸음이네.

친구들 지난번엔 몇 점이었는데?

임바른 올백.

앞자리에 앉은 여학생1, 뒤를 돌아보며 몸서리를 친다. 입 모양으로, 싸. 가. 지.

S#18. 정독도서관 도서실 안 (낮)

여학생1 싸가지라니까. 왕싸가지! 지가 되게 잘난 줄 알아요. 게다가 여
        자를 완전 개무시해!

여학생2 그래? 완전 재수없다!

박차오름, 무심히 책 읽다가 힐끗 여학생 둘을 쳐다본다.

cut to

무심한 표정으로 창문턱에 앉아 이어폰으로 음악 들으며 책을 읽는 박
차오름. 서가에 기대어 책을 읽던 임바른, 박차오름을 바라본다. 박차
오름, 아이팟 볼륨을 올리자 비로소 들려오는 음악. 의외로 거칠고 반항
적인 랩 음악 에미넴 〈Lose Yourself〉. 어두운 표정으로 입술을 깨물며
창밖 먼 곳을 쳐다보는 박차오름.

cut to

서가 사이에서 박차오름에게 『앵무새 죽이기』를 건네주는 임바른. 박차
오름, 책을 받아들고 수줍은 미소. 마주보며 미소 짓는 임바른. 그런데,
앞 씬에서처럼 여유 있는 미소가 아니라, 잔뜩 긴장한 티가 역력한 채
억지로 짓는 미소.

S#19. 지하철 역 플랫폼 (아침)

박차오름, 긴장한 티가 역력한 임바른을 보며 배시시 웃는다(잘난 척하고 싸가지 없는데 알고 보니 착한 구석도 있던 동네 오빠, 잊어버리고 있었는데 여전하네, 정도의 마음). 아까 악수를 청하느라 내민 손은 그대로다.

박차오름 (애교스럽게) 저, 제 손에 법정전염병 바이러스 같은 건 없지 말입니다.

임바른 (흠칫한 후 손을 내밀어 가볍게 잡으며) 아, 반갑습니다. 박 판사님.

박차오름 깜짝 놀랐어요. 이게 정말 얼마 만이에요?

임바른 (마음의 소리) 글쎄, 12년 9개월 10일? (태연한 척) 글쎄요… 워낙 옛날이라.

박차오름 (웃으며) 하긴, 워낙 잠깐이라… 별난 이름 아니었음, 우리 서로 기억도 못했을 거예요. 그죠?

임바른 (대수롭지 않은 듯한 말에 서운하지만 티내지 않으려) …그러게요. 우선 출근부터 합시다. 첫날부터 지각하면 피곤하니까.

박차오름 (생글생글 웃으며) 그래요, 바른 오빠.

임바른 (근엄하게) 박 판사님, 전에 알았던 사이라도 법원에서 오빠 오빠 하는 건 부적절한 듯합니다. 공적인 자리니까요.

박차오름 아, 알겠습니다, 임 판사님.

S#20. 법원(서울중앙지법) 전경 (아침)

카메라가 법원 입구에 쓰인 '서울중앙지방법원' 현판을 훑은 후 법원 전경을 비추면 20층 쌍둥이 빌딩인 법원 건물과 구내보도를 따라 바쁘게 건물 쪽으로 걸어 올라가는 사람들 보인다.

S#21. 법원 로비 (아침)

바쁘게 걸으며 이야기 나누는 두 사람.

박차오름   (설레는 표정) 임 판사님도 첫 출근할 때 저처럼 떨리셨어요?

임바른   (어처구니없다는 듯 힐끗 보며) 아까도 보니까 전혀 떨리는 사람 같진 않던데요. (잠시 망설이다) 학생 때랑 많이 달라지셨네요.

박차오름   네? 제가 그때 어땠었길래?

임바른   글쎄요, 그때는… (말끝을 흐린다)

스피드게이트가 나타난다. 임바른, 법원공무원증 꺼내려 주머니를 뒤지는데,

박차오름   잠깐만요!

박차오름, 임바른을 제지하고 공무원증을 꺼내들더니 공무원증을 바라본다.

인서트 〉 법원공무원증 클로즈업. 증명 사진 밑에 '박차오름' '대한민국 법원'이라고 적혀 있다.

박차오름, 공무원증을 스피드게이트 옆에 대자 땡! 소리 나며 문이 열린다. 순간 짜릿함과 감개무량함을 느끼는 박차오름(얼마나 고생해서 여기까지…). 임바른은 무심하게 안으로 걸어 들어가는데, 박차오름, 따라가다가 휙 몸을 돌리며,

박차오름   (스피드게이트 쪽으로 공무원증을 내밀며) 잠깐만요, 한 번만 더.
임바른   (살짝 짜증내듯) 박 판사님…
박차오름   (쑥스러운 듯 씩 웃더니, 다시 돌아온다) 네, 가요.

S#22. 법원 건물 안 (아침)

판사실 층 엘리베이터 문 열리고 걸어가는 두 사람. 판사실들이 있는 쪽 스크린도어에 다시 신분증 대고 안으로 들어가며,

임바른   오늘은 신임 법관들 인사 다니느라 바쁠 거예요. 법원장실, 수석부장실에서 티타임 있을 거고, 청사 전체 돌면서 인사하고.
박차오름   네!

'1898호 제44민사부 판사실' 명패가 달린 방문(문은 열려 있음) 앞에 도착.

S#23. 44부 부속실 (아침)

문을 들어서면 냉장고, 정수기, 비품 캐비닛 등이 보이고, 안경 낀 깐깐한 인상의 젊은 여성이 분주히 컴퓨터 자판을 두드리고 있다. (자막 속기사 이도연) 왼쪽 방문에 '배석판사실', 오른쪽 방문에 '부장판사실'이라고 쓰여 있다. 이도연, 멀뚱히 서 있는 두 사람을 쳐다보지도 않은 채 손을 들어 부장판사실을 가리킨다. 두 사람, 부장판사실을 노크하고 들어선다.

S#24. 한세상 부장판사실 (아침)

가운데 놓인 회의용 테이블과 부장판사 책상에 재판기록이 산더미같이 쌓여 있다. 두 개의 컴퓨터 모니터에 가려 헝클어진 머리 윗부분만 보인다. 휙휙 신경질적으로 종이 넘기는 소리만 들린다. (자막 부장판사 한세상)

임바른 (헛기침을 하며) 부장님, 임바른 판삽니다. 그리고 여기는…
한세상 (O.L.) 박 판사는 초임이지? 사람 구실 할려면 초여름은 되야겠구만. 빨리 적응해. 기다려줄 수 있는 사건 수가 아냐.
박차오름 저… (뭐라 대꾸하려는데)
한세상 (O.L. 또 끊으며) 됐고. 호구조사는 오후에 합시다. 어차피 오전엔 인사 도느라 바쁠 거 아냐. 궁금한 건 임 판사에게 물어. 초임한테 우배석은 하나님 아버지야. 걸음마부터 싹 새로 배우라구.
(자막 우배석판사: 법정에서 재판장 오른쪽에 앉는 배석판사. 선임)

임바른, 박차오름 멍하게 서 있다.

한세상　뭐해? 나가봐.

S#25. 44부 부속실 (아침)

멍한 표정으로 두 사람이 부장실을 나오자,

이도연　(계속 타이핑하면서 두 사람은 쳐다보지도 않은 채 빠른 속도로 쏟아붓듯) 청사 출입용 지문등록은 1층 종합상황실.

박차오름　저…

이도연　(O.L.) 지문은 왼손 오른손 엄지든 검지든 상관없구요, 결재용 도장 아직 안 파셨으면 길 건너 골목 안 세번째 집이 딴 집보다 5000원 쌉니다. 부장님 도장보다 크면 보기 그러니까 작은 걸로 파시구요.

임바른　저…

이도연　(O.L.) 임 판사님 작년 재판부에서 가져오신 짐 정리해뒀구요, 도장이 빠져 있어서 그쪽 부속실에 가져오라고 얘기해뒀구요, 골무 새걸로 바꾸시려면 캐비닛 위에서 세번째 단에서 골라 가세요. 엄지가 굵으면 왼쪽 거, 보통이면 오른쪽 거. 포스트잇은 종류별로 책상 위에 놔뒀구요, 부족하면 네번째 단에서.

듣고 선 임바른과 박차오름 입 벌린 채 서로 눈을 마주치는데,

이도연	지문등록부터 하고 오시는 게 좋을 거예요. 신분증 깜빡하고 스크린도어 밖으로 나가시면 아는 사람 만날 때까지 다시 못 들어옵니다.
박차오름	(황급히) 네, 네. (문밖으로 나가다 다시 고개를 내밀며) 저…
이도연	(O.L.) 1층 종합상황실.
박차오름	(꾸벅 인사하며) 네에!

박차오름 사라지고 임바른, 배석판사실 방문을 열고 들어갔다가 잠시 후 문을 열고 나와서,

임바른	저어…
이도연	(O.L.) 캐비닛 세번째 단.

부장실 문 벌컥 열리며 한세상, 머리만 빼꼼히 내민 채,

한세상	이 실무관(행정사무를 보는 실무관과 부속실에서 근무하는 속기사를 구별하지 않고 모두 실무관으로 호칭하는 경우 많다―지은이)!
이도연	(여전히 쳐다보지 않은 채) 강제집행정지기록, 왼쪽 두번째 무더기, 의료사건기록 밑. 십 분 전에 이미 말씀드렸고요.

한세상 머리 조용히 도로 들어간다.

S#26. 배석판사실 (낮)

박차오름 들어온다. 캐비닛 앞에서 사건기록들을 넘겨보며 체크하고 있는 임바른. 아직 짐 정리가 안 된 박차오름 책상에는 『법원실무제요』 『법전』 등 기본 지급서적과 문구류만 놓인 반면, 임바른 자리는 본인 성격대로 차갑고 깔끔하게 정리되어 있고, 벽에는 고야의 '검은 그림' 연작 중 〈산 이시드로를 향한 순례〉가 걸려 있다.

박차오름   …고야 좋아하세요?

임바른   (냉담하게) 인간들의 어리석음과 탐욕을 잘 보여주니까요.

임바른을 힐끔 쳐다보는 박차오름. 임바른 책상 모니터 옆에는 작은 정의의 여신상이 눈을 가리고 저울과 칼을 들고 있다. 물끄러미 바라보는 박차오름.

임바른   (계속 기록들을 체크하며) 우리 부 미제사건이 많긴 많네요. 450건. 거기다 매달 접수되는 신건이 50여 건. 매주 각자 다섯 건씩 판결 써도 현상유지 할까 말깝니다.

박차오름   판결은 부장님께 언제까지 드리면 되나요?

임바른   재판이 수요일이니까 월요일까진 판결 초고를 납품해야 부장님이 읽어보고 수정할 수 있어요. 그리고 곧바로 그 다음주 선고사건을 검토해서, 목요일 오전에 부장님과 합의를 해야 됩니다.

박차오름   (새삼 긴장되는 듯) 숨 돌릴 틈도 없겠네요.

임바른   (힐끗 본 후) 저글링이에요. (책상 위 포스트잇 덩어리 두 개를 집더니 한 개를 위로 던지며) 먼저 던진 공 떨어지기 전에, (다른 한 개도 던

지며) 다음 공 바로 던지고. (능숙하게 저글링) 잠깐 한눈팔면. (포
스트잇 바닥에 투둑 떨어진다)

박차오름 (말없이 고개를 끄덕인다)

S#26-1. 배석판사실 (낮)

사건기록들을 넘기며 업무파악중인 박차오름. 임바른, 박차오름을 물
끄러미 보다가 자리에서 일어선다.

S#26-2. 남자화장실 앞 복도 (낮)

화장실에서 나오던 임바른, 정보왕과 마주친다.

정보왕 누구냐.

임바른 뭔 소리야.

정보왕 아침에 너랑 같이 출근한 상큼한 여인.

임바른 (어이없어하며) 뭐?

정보왕 내 정보망을 피할 수 있다고 생각하냐. 이 법원에서? (씨익 웃는
다) (자막 제43민사부 우배석판사 정보왕)

임바른   (무시하고 가버린다)

정보왕 (얼른 붙잡는다) 묵비권 행사냐?

임바른 가끔은 대답할 가치가 있는 질문을 해라.

정보왕 이거이거, 진짜로 수상한데…

임바른	(O.L.) 우리 부 판사다. 됐냐.
정보왕	그으래?? 이거 마침 잘됐네.
임바른	뭐가.
정보왕	우리 부 부장님이 이웃 재판부끼리 점심회식 하자신다.
임바른	(싫은 표정) 첫날부터? 밥 못 먹어 죽은 귀신들 있나, 밥은 좀 각자 먹으면 안 돼?
정보왕	넌 역시 공부만 잘했지 인간을 몰라. 회식의 핵심은 밥이 아니야.
임바른	그럼 뭐냐.
정보왕	외로움이지.
임바른	외로움?
정보왕	지위는 있지만 외로운 꼰대들이, 응석을 부리는 거라구. (연극 독백하듯) 나 죽어라 열심히 일했는데, 외로워. 애들도 나 무시하고 마누라도 나가 놀아. 내 말 좀 들어줘. 나 아직 살아 있어!
임바른	돈 내고 상담을 받으시라 그래.
정보왕	야박하긴. 독거노인 방문한다, 생각하고 그저 끄덕끄덕 들어드리면 되는 거야. (스스로 감동) 회식은, 사랑이야!
임바른	난 울 아버지 얘기도 길면 안 듣는다. (휙 가버린다)
정보왕	야! 야! 하여튼 저 싸가…

이때 복도를 또각또각 지나가는 이도연. 정보왕 놀란 눈으로 본다.

정보왕	아아니! 저분은 또 누구시길래… (멍한 눈으로 뒷모습을 좇는다)

S#26-3. 중국집 (점심)

배곤대   허허허허, 이거 이웃사촌이라는데 서로 인사도 하고 해야 할 것 같아서 조촐~한 자리를 마련해봤습니다. 인사라는 게 사람 인사에 일 사事. 사람이 마땅히 해야 될 일 아니겠습니까. 안 그렇습니까, 한 부장님? (자막 제43민사부 부장판사 배곤대)

한세상   (시큰둥) 음식이 나왔으면 우선 처먹는 게 사람이 할 일 아녀?

배곤대   네? (움찔했다가 너털웃음을 터뜨리며) 아하하하하. 역시 우리 한 부장님의 유머 감각은…

한세상   (젓가락을 집어들며) 먹자고.

배곤대   어허!

한세상   아 왜?

배곤대   (맥주잔을 들어 보이며) 그래도 연장자께서 건배사라도 한마디…

한세상   (짜증) 아따, 건배사는 무신. (시큰둥하게) 무병장수. (맥주를 벌컥 들이켜고는 내려놓는다. 어안이 벙벙한 배곤대를 흘깃 보며) 됐지? (탕수육을 집어 우적우적 씹는다)

정보왕   (얼른 맥주잔을 들어) 무병장수! (죽 들이킨 후) 하하하, 건배사 최곤데요? 부장님들 무병장수하십쇼!

배곤대   (떨떠름한 표정으로) 무병… 장수. (맥주를 마신다)

김동훈도 얼른 맥주를 들이켜고, 박차오름도 씩 웃으며 맥주를 마시는데, 임바른만 뚱한 표정으로 맥주는 손도 안 대고 탕수육을 집고 있다.

배곤대   어허, 임 판사! 술 안 하는 건 알고 있지만 그래도 성의 표시는 해야지!

임바른	(시큰둥) 무병장수하려고요.
배곤대	뭐야?
한세상	(못마땅한 듯 혀를 찬다) 쯧!
정보왕	제가 대신 사과드리겠습니다. 부장님. 저 친구가 사회성에 문제가 좀…
배곤대	(혀를 차며) 요즘 젊은 판사들, 우리 때랑 달라도 너무 달라. 개인주의에, 사명감도 부족하고… (박차오름을 보며) 박 판사는 음대 출신인데 이리로 왔더구만? 그래, 자네는 왜 판사가 됐나?
박차오름	(미소) 꼭, 하고 싶은 일들이 있어서요.
배곤대	그게 뭔 일인데?
박차오름	말보다는, 행동으로 보여드리고 싶습니다. 차근차근.
한세상	(시큰둥한 표정으로 힐끗 본다) ……
정보왕	하하하! 박 판사님은 뭔가 포부가 큰가봅니다. 전 그저 소박하게, 걸들이 좋아하는 직업 같아서 왔는데요. (김동훈을 툭 치며) 김 판사는?
김동훈	(쑥스러워하며) 저는 그냥, 부모님의 권유로…
	(자막 제43민사부 좌배석판사 김동훈)
배곤대	허, 참. 이거이거, 큰일이구만. 젊은이들이 이래서야 조직에 미래가 있나. 이왕 이 길로 들어섰으면, 이 길의 끝까지 가보겠다, 일국의 대법관, 대법원장이 되겠다! 이런 마음가짐으로 일해야 되는 거야!
김동훈	에휴, 제가 어떻게 감히요…
배곤대	어허! 마지막 자리가 사람의 일생을 규정하는 거예요. 법원장 달랑 한 달 하다 나가도 평생 원장님 원장님 소리 듣는 거고, (한세상을 힐끗 본 후) 만년 부장판사 하다 나가면, 그냥 평생 부장이

야. 술집 부장도 부장이고 나이트 부장도 부장인데 말야, 허허허
허…

한세상 (순간 배곤대를 무섭게 째려본다)

잠시 긴장감이 돌지만, 한세상이 하회탈처럼 얼굴을 구기며 씩 웃는다.

한세상 이래도 한세상, 저래도 한세상이지 뭐. 부장님 소리 들어본 것만
도 황송한 인생도 있어.

배곤대 어이구 한 부장님, 한 부장님이야 위로 위로, 쭉쭉 올라가셔야
죠. 허허허허.

한세상 위고 아래고, 나 갈 곳은 집구석 아니면 관밖에 읎어. 배 부장이
나 쭉쭉, 올라가쇼. 아주 그냥 멀미 나게 함 가봐.

박차오름 …위로 올라가기 위해 판사가 되셨나요.

배곤대 응?

박차오름 그 이유가 전부라면, 좀 슬픈데요?

정보왕 아하하하, 박 판사님, 맥주 한 잔에 취하셨나… (박차오름 쪽으로
몸을 기울이며 속닥속닥) 회식은 사랑, 그냥 듣기만.

배곤대 박 판사, 내 말을 오해한 모양인데, 난 후배들한테 야심을 가지
라고 얘기하는 거야. 보이스 비 앰비셔스! 몰라?

임바른 걸인데요.

배곤대 (순간 짜증) 야이, (억지로 참으며 작게) 싸가지…

임바른 (아랑곳 않고 요리를 우적우적 먹고 있다)

배곤대 그래 임 판사는 왜 판사가 됐어?

임바른 생각 못해봤습니다.

배곤대 뭐?

임바른	판결 쓰느라 바빠서요.
배곤대	그걸 대답이라고…
한세상	(O.L.) 밥들이나 먹어. (주방 쪽으로 소리 버럭) 여기 식사 주문 받으쇼! 난 짜장!

못마땅한 표정으로 식사하는 배곤대, 무심히 먹고 있는 다른 판사들. 박차오름 혼자만 실망한 표정으로 그런 판사들을 물끄러미 쳐다본다.

S#26-4. 배석판사실 (오후)

실망한 표정의 박차오름을 힐끗 보는 임바른.

임바른	실망했어요?
박차오름	…글쎄요.
임바른	(잠시 보다가) 그래도 오늘은 첫날이니 법원을 한번 돌아봅시다.
박차오름	(다시 표정 밝아지며 생긋) 오, 법원 투어? 고맙습니다!
임바른	고마울 거 없어요. 그리 아름다운 투어는 아닐 테니까.

S#27. 법원 주차장 (낮)

차량 줄이 한참 늘어서 있고, 공익근무요원들이 힘들게 차량을 안내하고 있다. 임바른과 박차오름 지나가는데, 운전석 창문 밖으로 머리를 내민 중년사내, 공익요원에게 소리를 버럭 지른다.

사내	야! 나 재판 늦으면 니가 책임질 거야? 빨리 앞의 차 빼!
공익	기일소환장에, 주차장이 협소하니 법원에 오실 땐 대중교통을 이용해달라고 쓰여 있지 말입니다.
사내	뭐야? 야, 국민의 혈세로 밥 얻어먹는 공무원놈들이 대중교통을 이용해야지! 가서 판사들 차부터 다 빼!

S#28. 법원 종합접수실 (낮)

소장, 준비서면, 각종 민원서류 등을 접수하는 종합접수실. 중년여성이 접수 담당 공무원(20대 후반 여성)에게 고래고래 소리 지르고 있다.

중년여성	지금 시대가 어떤 시댄데 공무원이 이렇게 불친절해? 청와대에 진정할 거야!
공무원	(곤란해하며) 죄송하지만 신청서는 다른 사람이 대신 작성하지 못하게 돼 있어요. 앞에 작성요령하고 서식 다 비치돼 있으니까 참고하셔서…
중년여성	(O.L.) 국민 혈세로 월급 받으면서 그거 하나 못해줘! 구청에서는 해주더만! 하여튼 법원이 문제야 문제. 사법개혁, 해야 된다니까!

번호표 들고 기다리면서 짜증내며 쑤군대는 민원인들 뒤로 임바른과 박차오름, 지나간다.

S#29. 형사법정 (낮)

법대 위에는 30대 후반 여성 형사단독판사 윤소영. 피고인석에는 아까 주차장에서 국민 혈세 운운하며 공익에게 소리치던 중년사내 고개 숙이고 있다.

윤소영　피고인, 탈세한 수법도 안 좋고, 금액도 적지 않습니다.

방청석 맨 뒷줄에 앉아 있는 임바른, 옆의 박차오름에게 소근거린다.

임바른　조세범처벌법 위반. 일생 세금이라곤 부가세 말고는 낸 적이 없는 인간이네요.

윤소영　피고인에게 징역 1년을 선고하고, 피고인을 법정구속합니다.

사내　(당황하며) 어, 억울합니다! 판사님! 판사님! (교도관들이 양쪽에서 사내의 양팔을 붙잡고 끌어내 구속자들 들어가는 문으로 데려간다)

사내E　(끌려나간 후 목소리만 들려온다) 내 차! 내 차 어떡해…!

임바른　(냉담한 표정) 차라도 세금에 충당하면 좋겠는데, 남의 명의로 돌려놨겠죠. 법정구속된 피고인들 차 치우는 것도 일이에요.

차가운 말투에 저항감을 느껴 임바른을 힐끗 쳐다보는 박차오름.

S#30. 민사법정 (낮)

임바른　(법정 밖에 붙은 재판안내문을 보며) 이번엔 민사재판을 볼까요?

방청석에 들어가 앉는 임바른과 박차오름. 법대 위에는 짜증스러운 표정의 40대 초반, 민사99단독 김웅재 판사. 정면 원고석에는 50대 남성 변호사 황말동이 돋보기안경을 쓰고 앉아 증인신문사항을 읽고 있다.

황말동　(웅얼거린다) 에또, 증인은 피고는 매매용 인감증명서를 발급받았지요?

증인　(시원스럽게) 네! 피고가 법무사 사무실에서 인감도장 찍은 게 틀림없습니다!

김웅재　(한숨 쉬며) 증인. 열심히 외워 온 정성은 대단한데, 아까부터 한 문항씩 밀려서 대답하고 있습니다. 지금 9번 질문하고 있는데 10번 질문에 대한 대답을 미리 하고 있어요! 그리고 황말동 변호사님, 증인신문사항 직접 작성하신 거 맞습니까?

황말동　(어물어물) 어… 네.

김웅재　(외면하며) 사무장한테 한 문장에 주어는 하나만 쓰라고 전해주세요.

임바른　(박차오름에게 속삭이며) 민사재판이란 거짓말 올림픽입니다. 정많은 한국인들은 가까운 사람 부탁이면 아무 죄의식 없이 위증을 잘도 하죠.

박차오름　…… (지나치게 냉소적인 말에 저항감도 들지만 참는다)

S#31. 민사법정 밖 (낮)

법정 밖으로 나온 두 판사. 표정이 밝지 않다.

임바른　　그래도 민사재판은 힐링입니다. 형사재판 하던 작년 1년 동안 거의 매일 온갖 살인범, 강간범, 사기꾼들을 본 거에 비하면…

박차오름　　…… (가만히 본다)

임바른　　이제 생전 연락 없던 친척이나 친구들이 갑자기 전화 올 거예요. '이거 때문에 전화한 건 아닌데' 그럼 바로 그거 때문에 전화한 거죠. (차가운 표정) 점점 전화도 안 받게 됩니다. 사람도 안 만나게 되고. 우리 일은, 그런 일입니다. 인간의 고운 겉모습이 아니라, 흉측한 뱃속 오장육부를 날것으로 들여다보는 일. 마음의 준비를 해두세요.

박차오름　　(담담하게, 천천히) 그렇군요. 잘 알겠습니다. (미소 지으며) 저도 나름은 준비되어 있다고 생각해요.

임바른　　(의외라는 듯 힐끗 본다) ……

박차오름　　(미소로 마주본다) ……

임바른　　(시계를 보더니 화제를 돌린다) 이제 수석부장실 가야 되지 않나요? 신임 법관 티타임.

박차오름　　벌써 그렇게 됐나요? (가려다 다시 돌아보며 생긋) 오늘 투어, 고마웠어요.

임바른　　(심쿵하지만 내색 않으며 어깨만 으쓱) ……

S#32. 배석판사실 (낮)

혼자 방으로 들어온 임바른. 자리에 앉아 사건기록을 검토하기 시작한다. 판사실 밖에서 뭔가 소란스러운 소리.

이도연E	안 됩니다. 미리 약속을 잡고 다시 오세요.
보좌관E	지금 이분이 누구신 줄 알고 이러는 겁니까! 의원님이세요!
이도연E	누구든 안 됩니다. 판사실엔 아무나 들어갈 수 없어요.
보좌관E	아무나라니!

임바른, 전화기 버튼을 눌러 부속실을 연결한다.

이도연F	네, 임 판사님.
임바른	밖에 누가 오셨나요?
이도연F	임 판사님 고등학교 선배라고 주장하는, 국회의원이 한 분 와 계십니다.
임바른	(갸우뚱하며) 들어오시라 하세요.

들어오는 풍채 좋은 40대 후반 국회의원, 너털웃음 지으며 손을 내민다.

의원	아이고, 임 판사. 이거 반갑네. 나, 54회 김명국입니다. 임 판사가 아마 69회지? 동창회 명부에서 봤습니다.
임바른	(마지못해 악수하며) 네, 그렇습니다만, 무슨 일이신지요.

소파는 없고 6인용 회의 테이블이 있는 판사실. 먼저 안쪽 자리로 들어가 넙죽 앉는 의원. 맞은편에 앉는 임바른.

의원	(거드름 피우며) 여기 법원장이 초청해서 왔어. '국민과 소통하는 법원' 행사에서 한말씀해달라고 해서 말야.
임바른	그러시군요.

의원	다 마치고, 후배님 한번 보고 가려고 들렀지. 내, 법조 동문들로부터 임 판사 소문은 들었어요. 연수원 수석이라지? 동문을 빛낼 인재라고 칭송이 자자해.
임바른	고맙습니다.
의원	허허허, 내가 초선이지만 법사위 소속 아닌가. 법원 일에 관심이 많아요. 법원장한테도 내가 임 판사 칭찬을 많이 했지.
임바른	(마음의 소리) 본론을 얘기하시지. 본론을.
의원	음… 내가 이거 때문에 들른 건 아닌데,
임바른	(마음의 소리) 이제 본론이군.
의원	내 지역구 후원회장님이 계셔. 성 회장님이라고, 건설업을 크게 하시지. 사업이 크다보니 어쩔 수 없이 송사가 좀 생기는 모양인데, 여기 재판부에 뭐가 하나 걸려 있다네?
임바른	(O.L.) 거기까지 하시죠. 거기서 한마디만 더 하시면 부정청탁금지법 위반으로 제가 의원님을 신고하게 됩니다.
의원	(놀라서 헛기침하며) 허험… 아, 무슨 말을 그리 험하게 해. 동문 선후배 사이에 그게 할 소린가.
임바른	김명국 의원님. 오늘 저와 초면 아니신가요? 저와 의원님 인연이란 특정 고등학교를 각자 다른 시기에 다녔다는 것뿐입니다.
의원	(화를 벌컥 내며) 나이도 어린 친구가 대선배한테 이게 무슨 싸가지 없는… 내가 누군 줄 알아!
임바른	(쌀쌀맞고, 분명하게) 자아는 스스로 탐구하시죠. 그리고, 저, 의원님 친구, 아닙니다.
의원	(자리를 박차고 일어나며) 오 그래, 나한테 이렇게 하고 어디 그 잘난 판사, 오래할 수 있나보자! 어린놈이!
임바른	(참고 참다가 드디어 한계에 도달. 분노를 터뜨리며) 이봐요, 김명국

씨!! 법사위 의원이면 판사 옷도 벗길 수 있다고 생각하시는 모양인데, 헌법 공부부터 하세요. 법관은 탄핵, 또는 금고 이상의 형의 선고에 의하지 아니하고는 파면되지 않습니다!

의원 (당황하며) 뭐, 뭐야?

임바른 (냉소적으로 야유하듯) 제 옷을 벗기고 싶으시면, 국회에서 탄핵소추 의결부터 하셔야 돼요. 초선 의원은 의안 발의도 버거울 테니, 좀더 노오오오오력하시죠. 한 3선은 하시고 추진해보시든가.

의원 (분해서 부들부들 떨며) 이, 이 새끼가 진짜…

임바른 (전화기 버튼을 누르며 말 끊는다. O.L.) 손님 가십니다.

말문이 막힌 의원, 임바른을 노려보다가 자리를 박차고 나간다.

S#33. 배석판사실 (낮)

임바른, 창가에 서서 먼 곳을 바라보고 있다.

임바른 (우울한 표정. 마음의 소리) 인간들이 싫다. (한숨을 쉬며) 이놈의 직업을 평생 한다는 건, 인간혐오와 함께 평생 살아간다는 것. 정말 그렇게 살 수 있을까…

S#34. 배석판사실 (오후)

창가에 서 있는 임바른, 문 열고 들어오는 박차오름을 돌아본다.

박차오름   (밝은 표정) 다녀왔습니다! 이제야 일 좀 할 수 있겠네요!

임바른, 엷은 미소.

cut to

각자 책상에 앉아 분주히 일하고 있는 임바른과 박차오름. 카메라, 임바른 비추면 띵똥 카톡 알림음. (E) 임바른, 스마트폰을 열어본다.

인서트 〉 스마트폰 카톡 화면 클로즈업.

'ㅋㅋㅋ SNS스타 데뷔 축하!'라는 문자메시지. 밑에는 동영상이 링크되어 있다. 임바른, 어리둥절해 링크를 눌러보니,

인서트 〉 스마트폰 화면 클로즈업.

'대박! 여판사 니킥 작렬!'이라는 제목 밑에 동영상 정지 화면. 교수 사타구니에 니킥을 날리는 박차오름이다. 옆에는 울상인 미니스커트 어학생과 당황한 표정의 임바른. 임바른, 화면을 위로 올리며 댓글을 보니,

'하악하악 나도 여판사 니킥 맞고 싶다.'
'판사면 다냐. 폭력에 반대한다능.'
'손녀딸 같아서 좀 만진 게 죄인가요.'

그때, 박차오름 책상 위 전화기 요란하게 울린다.

S#35. 한세상 부장판사실 (오후)

문 열고 들어오는 박차오름과 뒤따르는 임바른. 쏟아지는 호통.

한세상 (일어나 있음. 잔뜩 흥분한 어조) 법원 역사에 남겠구만! 어떻게 첫 출근과 동시에 사고를 쳐! 부장을 첫날부터 법원장실에 호출받게 만들어?

임바른 부장님, 박 판사는 여학생을 구하려고…

한세상 (O.L.) 끼어들지 마! 신고나 해주면 되지 왜 나서서 일을 시끄럽게 해! 그 여학생도 문제야. 그런 짧은 치마나 입고 다니니까 이런 일이 생기지 원…

박차오름 (불끈 화나지만 애써 참으며 차분하게) 부장님, 짧은 치마 입은 피해자가 문제가 아니라, 이상한 짓 하는 추행범이 문제잖습니까…

한세상 어디서 말대꾸야! 여학생이면 여학생답게 조신하게 하고 다녀야지. 여자는 여자로 태어나는 게 아니라 여자로 만들어지는 거라고! 노력을 해야 여자다운 여자가 되는 거야!

박차오름 (황당해하며) 네?

임바른 저, 부장님, 그거 시몬 드 보부아르가 한 말인데 그런 뜻이 아니라요…

한세상 (O.L. 폭발하며) 끼어들지 말라고! 어디서 위아래도 없이!

순간 부장 책상 위 휴대전화가 울린다. '위아래 위 위 아래/위아래 위 위 아래…' 화들짝 놀라며 전화기를 집어들다 바닥에 떨어뜨리자 허둥지둥 쭈그리고 앉아 전화기를 찾아 집어 들고 일어서서 두 손으로 공손하게 받는 한세상.

한세상   여, 여보. 미안. 좀 늦게 받았지? 배석판사들 지도 좀 하느라고.

나가라며 휘휘 손을 내젓는 한세상을 뒤로하고 임바른, 씩씩대는 박차오름을 억지로 끌고 나간다.

S#36. 43부 부속실 (오후)

심각한 표정의 임바른, 43부 부속실 들어서는데, 늙수그레한 남자가 타이핑하다가 벌떡 일어나 인사한다. 의아한 표정으로 답례하고 배석판사실로 들어가는 임바른.

S#37. 43부 배석판사실 (오후)

성큼 들어서다 어이없어 보면, 벽에 귀를 대고 옆방(한세상 부장판사실)을 엿듣다 방긋 웃으며 손을 흔드는 정보왕. 43부 좌배석 김동훈 판사도 일하다가 앉은 채 목례한다. 답례하는 임바른.

정보왕   (몸을 일으키며 싱글거린다) 어인 일로 왕림하셨지?

임바른   (회의용 탁자에 앉으며) 됐고, 우리 한 부장님 대체 어떤 분이지?

정보왕   (따라 앉으며) 아니 자기 부장님을 왜 옆방에 와서 묻지?

임바른   니가 당원의 정보통 아니냐. 읊어봐.

좀전의 늙수그레한 남자, 작은 쟁반에 커피 두 잔을 가져와 매우 조심스레 탁자에 내려놓는다. 얼결에 자리에서 일어서는 임바른과 정보왕.

임바른   고, 고맙습니다. (인사)

늙수그레한 남자, 미소 지으며 답례하고 돌아나간다.

임바른   (나지막이) 근데 저분은 누구셔?

정보왕   (깊은 한숨) 하아…

임바른   ……?

정보왕   누구긴 누구야. 우리 부 부속실 여직원이지.

임바른   (황당) 여직원?

정보왕   …전국. 최초의. 남자. 부속실 여직원.

임바른   부속실 여직원이 아니라 실무관이야. 남자라고 안 될 건 없다구.

정보왕   양성평등, 좋은데, (울상) 왜 우리 방이 첫 빠따냐고…

임바른   든든하고 좋구만 뭘. 그보다 한세상 부장님 어떤 분이냐고.

정보왕   (씩 웃으며) 부장님 호통 여기까지 들리던데? 너무 신경쓰지 마. 승질이 불같아서 그렇지, 악의는 없으셔.

임바른   흥미롭군. 어떻게 사람이 악의도 없이 그렇게 못되게 굴 수 있는 거지?

정보왕   어허, 누가 임바른 아니랠까봐 또 입바른 소리 한다. 알고 보면 순수한 분이라니까. 다만, 법정에서는 좀 위태위태하지. 예를 들면,

S#38. 회상. 민사법정 (낮)

원고석에 강남 복부인 스타일 아주머니 서 있고, 한세상은 법대 위에서 수십 장 뭉텅이 서류를 신경질적으로 뒤적이고 있다.

한세상 아니 원고, 증거를 내려면 번호도 붙이고, 상대방 줄 사본도 같이 내야지 이렇게 휙 던져주면 어쩌자는 거요?

아주머니 판사님~ 저 이런 일이 처음이라서 암껏도 몰라요. 판사님이 알아서 해주세요~

한세상 소송 내면서 변호사든 법무사든, 아무데도 안 가봤어요?

아주머니 판사님~ (비싸 보이는 손수건으로 눈물을 찍어내다 피고 쪽을 째려보며) 변호사 사면 이겨봤자 전 원가도 안 남아요. 판사님이 알아서 좀 해주세요~

한세상 원고, 바다에 수영하러 간 적 있죠?

아주머니 그럼요~

한세상 바다 가기 전에 수영장 가서 수영 배우죠. 백화점 가서 수영 빤쓰도 사고요.

아주머니 글쵸~

한세상 근데 왜 재판 받으러 올 땐 암껏도 안 하고 날로 먹을라 그래요?

S#39. 회상. 형사법정 (낮)

몸집 크고 머리 짧고 문신한 깍두기 세 명이 죄수복 입고 피고인석에 서 있다.

한세상	이중구 피고인, 피투성이파 조직원 맞죠?
깍두기1	아닙니다! 전 이미 조직에서 탈퇴했습니다!
한세상	이자성 피고인, 피투성이파 조직원 맞죠?
깍두기2	아닙니다! 저도 탈퇴했습니다!
한세상	(어리둥절한 표정) 그럼 정청 피고인, 피고인은 피투성이파 조직원 맞죠?
깍두기3	(목소리 높여서) 재판장님! 억울합니다! 저도 조직에서 탈퇴했습니다!
한세상	(잠시 침묵하다가) …그럼 조직은 누가 지키나요?

S#40. 회상. 형사법정 (낮)

방청석에는 허름한 옷차림의 아주머니, 할머니들이 가득 앉아서 울고 있고 옆자리에 들고온 피켓 놓여 있다. 'KU 다단계 사기 피해자 모임' 피고인석에는 뺀질뺀질한 인상의 피고인 구수도, 죄수복 입은 채 싱글 거리며 앉아 있다. 피고인이 일어나며 뭐라고 입을 열려는데,

한세상	(법대를 손으로 내리치며 호통) 안 돼! 안 풀어줘! 풀어줄 생각 없 어! 돌아가! 뭘 잘했다고 웃어! 내 저놈의 입을 그냥… (삐이- 소 리 나면서 음소거 처리. 험악한 욕 쏟아붓는 입 모양)

S#41. 다시 현재. 43부 판사실 (오후)

정보왕   (엿듣던 방 쪽 흘깃 쳐다보며 목소리 낮춰) 그리고 이건 우리 부장님
한테 들은 건데, 한 부장님은 콤플렉스가 좀 심하대.

임바른   콤플렉스?

정보왕   응, 동기들보다 연식이 쫌 되잖아. 고시촌 낭인 생활 한~참 하다
합격했대. 대학도 울 회사에서 정말 보기 드문 곳 출신. 그래서
친한 분이 별로 없대.

임바른   그건 더 대단하신 거지.

정보왕   그렇긴 하지만 다른 부장님들 보기에 정상은 아닌 거야. 여긴 기
본이 서울법대 아냐? 나 같은 돌연변이도 가끔 있긴 하지만.

정보왕 씨익 웃고 있다. 그 얼굴 너머로 정 판사 책상 구석에 에반게리
온 초호기 피규어, 힙합레이블 일리어네어 레코드 포스터가 보인다.

정보왕   한 부장님 대학 어디 나오셨더라? (씩 웃으며) 참좋은대학교?

임바른   (왠지 듣기 싫다) 하여튼 말 참 많아. 법원에 왔으면 일이나 하시
지? (획 돌아서 나간다)

정보왕   (억울한 표정으로 벌떡 일어나서) 와, 진짜 어이없다. 하여튼 고딩
때부터 일관성 있는 저 싸가지… 저 인간도 비정상이야. 비정상!
(흥분하다가 다시 씨익 웃으며) 그나저나, 올해 44부, 기대된다. 기
대돼. 막말 재판장에 싸가지와 또라이? 어떻게 이렇게 모아놨
냐? (웃고 있다가 뭔가 생각난 듯 6시를 가리키는 벽시계를 보더니) 가
만, 오늘 부장님들 회식 따라가기로 했지?

얼른 옷 갖춰 입고 부장실을 노크하는 정보왕.

배곤대T 어, 드루와.

정보왕 (들어가 깍듯이 머리 숙이며) 부장님, 가실까요?

배곤대 (거만한 자세로 의자에 기대 앉아 있다가) …5분만 늦게 출발하자구. 내가 먼저 가서 기다리면 불편해들 해요.

정보왕 넵!

배곤대 의전이란 거, 이게 쉬운 게 아냐. 이게 다 예의고 배려거든.

S#42. 고깃집 술자리 (저녁)

얼굴에 홍조 띤 정보왕, 일어나서 흥겹게 원샷 원샷을 외치며 부장들의 소주잔에 소주를 따르고 있다. 제일 상석에 배곤대 앉아 있다(기수상 가장 선임). 정보왕이 부장들 한 명씩 볼 때마다 무협영화풍 음악 흐르며 무림고수 소개하듯,

정보왕N 민사43부장 배곤대, 광진구가 낳은 천재. 영장전담부장 우갑철, 울산의 괴물. 형사48부장 권세중, 포천의 돌연변이. (한 명씩 클로즈업할 때마다 웃는 얼굴에 맹수 포효 소리 오버랩. 크릉, 으르렁, 카악!)

배곤대 아이구~ 우 부장님, 그래도 법대89 중에는 우 부장님이 선두주자지. 사시 수석에 연수원 차석을 어찌 당해. 나같이 공부 못하는 둔재가 이 회사 계속 붙어 있어도 되나 몰라~

우갑철 (말수 적고 싸늘한 인상. 묘한 미소) 놀리지 마십쇼, 형님. 이중에 재

학중 합격 못한 거, 저뿐 아닙니까.

배곤대 (능글맞게 웃으며) 하이고, 한두 해 빨리 되고 말고가 뭐 그리 중요한가. …지금 잘하면 됐지. (권세중 보며) 권 부장처럼 2학년 때 붙은 정도 되면 또 모를까.

권세중 하이고, 그만들 하시죠. 여기 젊은 피가 비웃어요. (정보왕에게 잔을 권하며) 그래, 정 판사는 몇 학번이더라. 어느 교수님한테 회사법 들었어? 강 교수님은 정년퇴임하셨지?

정보왕 (고개 돌려 원샷한 후) 부장님, 죄송합니다만 저는 서울법대 출신이 아니라서요…

권세중 (당황하며) 아, 이거 미안하네.

정보왕 (씨익 웃는다. 정보왕 얼굴 밑으로 자막) (자막 K공대가 낳은 날라리)

배곤대 (부장들을 향해) 우리 정 판사, 사회성은 1등이야! 나중에 행정처 가서 기획, 공보 쪽 일 시키면 날아다닐걸? (씨익 웃으며) …나처럼 말야.

권세중 정 판사, 훌륭한 부장님 모시게 된 걸 행운으로 여기라구.

정보왕 실력은 부족합니다만 부장님들께서 잘 좀 이끌어주십쇼! (꾸벅) 제가 원래, (빵긋) 애가 좀 귀엽습니다. (부장들 웃으면) 사장님~ 여기 파절이랑 버섯 좀 더요~ (주방 쪽을 쳐다보며) 에이! 처음 집은 거 다 주지 치사하게 뭘 도로 덜고 그래~ 낙장불입!

S#43. 배석판사실 (밤)

분주히 일하고 있는 임바른과 박차오름. 밤 10시를 가리키는 벽시계.

임바른　첫날부터 야근이네요.

박차오름　(여유만만하게 씩 웃으며) 각오하고 왔습니다!

임바른　(시계 보며) 그래도 첫날인데…

박차오름　저 신경쓰지 마시고 먼저 들어가세요, 임 판사님. 괜찮아요. (미소)

임바른　…그럼 전 먼저 좀. (일어나려다가 무심히 딴 곳을 보며) 아까 부장 님 말씀, 너무 신경쓸 건 없어요.

박차오름　(배려가 느껴져서 살짝 뭉클하다) …네, 고마워요.

임바른　(무뚝뚝하게) 그래도 알아둘 건 있어요. 이 조직, 튀는 사람이 버 티기 쉽지 않은 곳입니다. 의도가 좋든 나쁘든, 결과적으로 물의 를 일으키면 보호해주지 않아요.

박차오름　(알고 있지만 씁쓸하다) 그렇군요. 그보단 나은 조직인 줄 알았는 데. (다시 여유 있게 방긋 웃으며) 내일 봬요! 오늘 여러모로 고마웠 습니다.

S#44. 법원 구내 (저녁)

법원 중앙계단 아래쪽에서 손에 서류를 든 할머니 서성거린다. 퇴근하 는 판사들, 할머니를 힐끔거리며 지나친다. 임바른도 할머니를 힐끗 보 지만, 얼른 앞을 보며 못 본 척하는데, 다가오는 할머니.

임바른　(앞만 보고 가며, 마음의 소리) 나 말고, 나 말고.

할머니　(임바른 팔을 톡 치면서) 이보시오.

임바른　(태연한 척) 무슨 일이십니까.

할머니　(성난 표정으로) 이 판결한 판사가 누굽니까.

할머니가 들이미는 판결문에 '주문, 원고들의 청구를 모두 기각한다. 소송비용은 원고들이 부담한다' 부분이 보인다.

임바른　판결에 불만 있으시면 항소하셔야지 여기서 이러시면 안 됩니다.
할머니　(발악하듯) 뭐? 그래 너도 판사 놈이냐!

할머니, 우악스럽게 임바른의 멱살을 잡더니 뺨을 후려친다. 임바른, 당황하며 할머니의 팔을 붙잡는다. 법원보안관리대원 달려와서 할머니를 떼어놓는다. 소리 지르며 발악하는 할머니.

임바른　(마음의 소리) …마지막까지 스펙타클하구나. 민사44부, 첫날.

S#45. 임바른의 집 (밤)

임바른　(비닐봉투를 들고 문을 열고 들어서며) 다녀왔습니다.
집주인E　아유, 우리도 힘들어~ 이제 더 못 기다려!
엄마E　지수 엄마, 미안한데, 좀만 더 사정 봐주면 안 돼? 지수 엄마.

안방 문 휙 열리며 집주인 나온다.

임바른　…안녕하세요. (목례한다)
집주인　(어색하게) …응, 왔어.
엄마　이번만 봐주시면 다음번엔 꼭 올려드릴게. 이제 쟤도 버니까.
집주인　2년을 더 기다리라구? 그동안 손해 본 게 얼만데! (임바른 옆을 휙 지나치며) 아들내미가 판사면서 원…

엄마 지수 엄마!

임바른 (따라 나가려는 엄마의 어깨를 붙잡으며) 그만해.

엄마 (울상) 바른아…

임바른 (달래듯이) …내가 대출 더 받아볼게.

엄마 엄마가 알아서 할게! 니가 뭘 더 한다고.

임바른 이거나 받아, 엄마. (들고 온 비닐봉투를 엄마 손에 쥐여주더니 장난기 가득하게 웃는다)

엄마 (봉투를 열어보니 김이 모락모락 나는 떡볶이와 순대가 들어 있다. 뭉클한 눈으로) …얘는.

임바른 (유일하게 엄마한테만큼은 애교 많다. 엄마를 툭 치며 눈웃음) 에이, 나 없으면 밥도 안 챙겨 먹잖아. 같이 먹자, 엄마~ 아버진? (안으로 들어선다)

엄마 (한숨) 이 시간에 있겠니. 또 어딜 쫓아다니고 있는지…

임바른, 식탁 위에 놓인 편지봉투를 들어서 보더니 흠칫 놀란다.

임바른 법원?

엄마 (당황해서 봉투를 뺏으려들며) 내 정신 좀 봐. 이리 줘!

임바른 (몸을 피하며 봉투를 뜯는다)

엄마 아무것도 아니라니까!

임바른 (안에 든 종이를 꺼내 보더니) 변론기일 통지서? (얼굴을 찡그리며) …중앙지법 민사99단독?

엄마 (눈치를 보면서) ……

임바른 (엄마를 노려보다가) …아버지가 또?

엄마	(망설이다가 끄덕끄덕)
임바른	(치를 떨며) 이번엔 뭐야? 연대보증?
엄마	아니…
임바른	그럼?
엄마	…후배가 하도 부탁해서 이름만 빌려줬는데 그만…
임바른	그런 짓 좀 하지 마시라고 내가 몇 번을!!
엄마	(한숨) 어쩌겠니. 그런 사람인 걸…
임바른	(지긋지긋하다는 표정으로 서 있다가 자기 방문을 쾅 닫고 들어간다)

S#46. 임바른의 방 (밤)

머리를 감싸고 책상 앞에 앉아 있는 임바른. 핸드폰에서 띵똥 소리 들린다. 핸드폰을 보는 임바른.

임바른	(마음의 소리) 2월 봉급 실수령액. 337만 9300원.

임바른, 핸드폰을 침대에 툭 던져놓고는 아무렇게나 침대에 몸을 던진다. 팔베개를 한 채 천장을 멍하게 바라보는 임바른.

S#47. 임바른의 회상. 법무법인 아세아 사무실 (낮)

고급스러운 방. 소파 상석에 중후한 인상의 중년남성 변호사 진용헌. 맞은편에 허리를 바로 세운 자세의 임바른.

진용헌   (미소) 업계 최고의 대우를 해주겠네. 어떤가?

임바른   (당황하며) 감사합니다만, 너무 갑작스러운 말씀이어서…

진용헌   미안하네. 너무 돌직구였나? 하하하.

임바른   (존경하던 고위법관 출신 진용헌을 응시하며 뼈 있는 말) 연수원 때, 선배님께서 법관의 길에 대해 하신 특강, 감명 깊게 들었습니다.

진용헌   (미소) 그때가 언제더라… 내가 부패전담부 재판장 할 때구면.

임바른   네. 포청천으로 유명하셨지요.

진용헌   그랬었나? 하하하. 판사 일도 물론 명예롭지만, 나라에 봉사하는 길은 여러 가지야. 잘 한번 생각해보게.

방문 벌컥 열리며 온통 요란한 명품으로 치장한 뺀질뺀질한 인상의 중년사내가 들어온다. 40씬에 나오는 'KU 다단계 사기' 피고인 구수도. 흠칫 놀라는 임바른. 그런데 진용헌, 벌떡 일어나 깍듯이 90도로 구수도에게 허리를 굽혀 인사한다. 임바른도 얼떨결에 따라 일어선다.

진용헌   아니 구 회장님, 말씀도 안 주시고 이렇게 갑자기…

구수도   (다짜고짜 상석에 앉으며 임바른을 힐끗 본다) 이 친구는 뭐야?

진용헌   (만면에 미소 지으며) 중앙지법 초임 중에 단연 에이스인 친굽니다. 제가 모셔올려고 공 좀 들이고 있지요.

임바른   (굳은 표정) 저는 먼저 좀 가보겠습니다.

묘한 눈빛으로 쳐다보는 구수도. 문을 열고 나가는 임바른. 따라 나오는 진용헌.

임바른   (충격받은 표정) 저 사람, 조 단위 다단계 사기범 아닙니까!

진용헌	아직 재판 받기 전이야. 무죄추정 잊었나?
임바른	저자 때문에 온 재산 날리고 자살한 사람만 몇 명입니까. 저런 인간을 변호하십니까?
진용헌	(불쾌해하며) 이 사람, 기본이 안 돼 있구만. 어떤 흉악범이라도 변호 받을 권리가 있는 거 아닌가! 그게 누구든 의뢰인의 이익을 위해 최선을 다하는 게 변호사의 윤리야!
임바른	…그렇습니까. (꾸벅 인사를 하며) 죄송합니다. 제 취향에는 맞지 않는 일인 것 같군요.
진용헌	뭐, 뭐야?

임바른, 뒤로 돌아 엘리베이터를 탄다. 진용헌의 면전에서 닫히는 엘리베이터 문.

S#48. 임바른의 방 (밤)

천장을 보며 누워 있는 임바른, 씁쓸한 표정.

임바른	(마음의 소리) …취향 좋아하시네. 배부른 소리.

임바른, 엄지로 핸드폰 화면을 넘기니 은행계좌 잔고 화면. 종전 잔고 -32,538,630원에서 3,379,300원 입금되어 현재 잔고 -29,159,330원.

임바른	(피식 웃으며, 마음의 소리) …멋지네. 앞자리가 바뀌었어. (씁쓸하다. 마음의 소리) …이기적인 새끼.

임바른, 벽의 스위치 눌러 불을 끄고 엎드려버린다.

S#49. 지하철 안 (다음날 아침)

출근길의 임바른, 지하철 구석자리에 앉아 책을 읽고 있다.

임바른N   나는 사람들을 뜨겁게 좋아하는 편이 아니다. 지하철에서 양옆
에 사람이 앉는 게 싫어서 구석자리를 찾아 맨 앞 칸까지 가곤 한
다. 세상에서 제일 싫은 것이 회식이고 행사다. 어렸을 때는 친
척들 모이는 명절이 제일 싫었다.〈사람이 꽃보다 아름다워〉 노
래를 들을 때마다 머릿속에 '무슨 근거로?'가 떠오른다. 그런 나
지만 무인도에 혼자 살 수는 없기에 사람들과 어울려 살아간다.
그건 필연적으로 무수한 '그럼에도 불구하고'를 낳는다.

임바른, 지루하다는 듯 하품을 하더니 책 『개인주의자 선언』을 덮는다.
눈앞으로 타이트한 미니스커트와 죽 뻗은 다리, 아찔하게 높은 스틸레
토힐이 지나간다. 친구와 떠들던 고등학생, 신문 보던 중년신사, 허리
굽은 할아버지까지 모든 시선이 동시에 미니스커트 진행 방향으로 따
라 움직인다. 팬터마임 같다. (슬로모션. 배경음악은 〈What a Wonderful
World〉) 미니스커트, 시야에서 멀어지면 마무리는 다양하다. 언제 봤
냐는 듯 스마트폰을 열심히 쳐다보는 학생, 헛기침하며 다리를 바꿔 꼬
는 신사, 그리고 유일하게 정직하게 몸을 최대한 돌려 하염없이 미니스
커트의 자취를 찾는 영감님. (영감님의 아련한 시선에서 배경음악 마무리.
'Yes, I think to myself, what a wonderful world…')

S#50. 교대역 앞 언덕길 (아침)

임바른, 법원 동문으로 향하는 언덕길을 오르는데 뒤에서 들려오는 목소리.

박차오름E 웃, 바른 오빠! (아차 싶어서 바로) 에고, 임 판사님~

돌아보는데, 허걱. 그 미니스커트가 반갑게 웃고 있다. 손에는 큰 쇼핑백을 들고.

임바른 (당황해서 말을 잇지 못하다가) 아, 네…

박차오름 (환하게 웃으며) 튀는 사람이 버티기 힘든 조직이라셨죠? 제가 한번 버텨보겠습니다. 전 불평하기보다, 부딪치는 쪽이라서요.

임바른 (말 속의 뼈를 느끼며, 비아냥대듯) 그런가요? 용감하시군요.

박차오름 계란으로 바위 치기 같나요? (미소 짓다가) 그런데 말이죠, 제가 좋아하는 소설가가 한 말이 있어요. '높고 단단한 벽과 그 벽에 부딪쳐 깨지는 달걀이 있다면, 저는 언제나 달걀 편에 서겠습니다.' (점점 자기도 모르게 살짝 벅차오르는 감정)

임바른 …… (그 감정이 느껴져서 진지한 눈으로 본다)

박차오름 (쑥스러운지 다시 장난스러운 미소) 너무 거창한가요? (다시 당당하게 손을 들어 20층 법원 건물을 가리키며) 그래도, 전 제 스타일로, 저 벽에 부딪쳐볼라구요.

임바른 (가만히 보더니) 그렇군요. 행운을 빕니다. (박차오름 손에 들린 쇼핑백을 가리키며) 그런데 그건 뭐죠?

박차오름 (쇼핑백을 살짝 들어 보이며 씩 웃는다) 튈 바에야 화끈하게 한번 튀어보려고 준비한 준비물? 이따 너무 놀라진 마세요. 가시죠.

박차오름, 성큼성큼 앞서가고 임바른, 따라간다. 그런데 박차오름이 갑자기 걸음을 멈춘다. 박차오름의 시선을 따라가보니,

S#51. 법원 동문 앞 (아침)

어제 퇴근길에 임바른 뺨을 친 할머니가 길바닥에 앉아 있다. 비뚤비뚤한 손글씨 대자보엔 '이놈들아! 내 아들을 살려내라!' '다리 저려서 병원 간 내 아들, 수술실에서 죽어 나왔는데 병원 잘못 아니라니 말이 되냐 이놈들아!' 글귀와 함께 낡은 돌잔치 사진, 공을 차고 있는 아이 사진, 그리고 파리한 중년사내의 사진이 붙어 있다. 할머니, 지치고 슬픈 표정이다.

임바른   (할머니를 외면하며) 늦었으니 빨리 갑시다.
박차오름 의료과오사건?
임바른   아드님이 수술 받다가 사망해서 병원 상대로 소송을 했는데, 증거가 없어서 진 모양입니다. 눈 마주치지 말고 갑시다.

임바른, 계속 뒤를 돌아보는 박차오름을 재촉하며 법원 안으로 들어간다.

S#52. 법원 로비 (아침)

단정한 양복을 입은 출근길의 남자들, 박차오름과 마주치자 놀란 표정으로 홍해가 갈라지듯 뒤로 물러선다. 입을 딱 벌리고 쳐다보는 법원경비대원들, 철없이 환호했다가 혼나는 어린 공익근무요원들을 지나쳐 박차오름, 런웨이를 걷듯 거침없이 또각또각 걷는다. 엘리베이터 앞. 박차오름이 오자 무채색 정장의 남녀 판사들 수군거린다. 뒤따라온 임바른, 자기 몸으로 최대한 박차오름 뒤를 가리며 엘리베이터를 탄다.

S#53. 엘리베이터 안 (아침)

중년의 부장들은 못마땅한 표정으로 괜한 헛기침을 하고, 젊은 판사들은 무표정하게 정면을 응시하다가 힐끗힐끗 박차오름을 쳐다본다. 임바른은 혼자 안절부절못하는 표정이고, 박차오름은 아무렇지도 않은 듯 상큼한 미소.

S#54. 44부 판사실 앞 복도 (아침)

두 판사, 마침 복도 화장실에서 나오던 한세상 부장과 마주친다. 한세상, 눈이 휘둥그레 커지고 입이 떡 벌어진다. 놀람에서 분노로 표정 변하며,

한세상   이, 이, 이게 무슨 짓이야! 여기가 어디라고 그런!

한세상의 호통 소리를 듣고 놀란 부속실 이도연 실무관, 쪼르르 복도로 나오다 박차오름을 보고 잠시 놀라지만, '제법인데?' 하는 표정으로 피식, 웃는다.

박차오름   (화사하게 웃으며, 창문 쪽을 보며 레드 카펫의 여배우처럼 두 팔 벌린다) 오늘 햇살, 너~무 좋죠? 봄이잖아요~
한세상   (부들부들 떨며) 그게 판사 옷차림으로 가당키나 하다고 생각해!
박차오름   (일부러 순진하게 놀라는 척. 천천히) 법관윤리강령에 치마 길이 규정이 있나요? 법원조직법에 있나?

부들부들 떨며 한세상이 뭐라 입을 떼려는 순간,

박차오름   (냉큼, 애교스럽게 웃으며) 뭐, 싫어하시니까 조신하게 갈아입고 오겠습니다아~ (들고 온 쇼핑백을 가지고 화장실로 들어간다)

잠시 후, 화장실 입구 쪽을 본 임바른과 한세상, 경악한다. 나타난 박차오름, 머리에서 발끝까지 시커먼 천으로 뒤덮이고 눈만 겨우 보이는 니캅 차림. 다들 입을 딱 벌리고 멍하게 있는데 니캅 안에서 목소리가 새어나온다.

박차오름   (공손하게) 이 정도면 괜찮을까요? 가진 옷 중에 가장 조신한 옷인 것 같아서 챙겨왔어요.

한세상, 금붕어처럼 입만 뻐끔거리고 있다.

박차오름 (천연덕스럽게) 생각해보니 부장님 말씀이 맞아요. 여자들이 음란하게 맨살을 내놓고 다니면 안 되죠. 남자한테 무슨 잘못이 있겠어요?

임바른 (박차오름의 상당한 내공에 감탄한 표정, 마음의 소리) 이 인간, 생각한 거보다 훨씬 더 또라인데?

남자화장실에서 나오던 민사43부 배곤대 부장, 점잖은 표정으로 나오다 박차오름을 보고는 경악하여 뒷걸음질치다 벽에 부딪힌다.

한세상 (말문이 막힌 채 손까지 벌벌 떤다) 그, 그런 옷을 도대체 어디서…

박차오름 (능청맞게 갸우뚱) 마음에 안 드시나요? (쇼핑백 들어 보이며) 그럼 아까 그 미니를 입을까요? 어느 걸 좋아하실지 이거 참…

한세상 (잠깐 새 십 년은 더 늙어버린 듯한 표정으로) 공진단… 공진단…

한세상 비틀비틀 부장실로 사라지고, 박차오름, 다시 단정한 정장 차림으로 돌아온다.

임바른 (졌다는 표정) 대체 그런 옷은 어디서…?

박차오름 (신난다는 표정) 대학 때 피아노과 동기 여자애랑 배낭여행 갔었어요. 벼룩시장에서 신기해서 기념품으로 샀죠. (혀를 쏙 내밀며 웃고) 설마 이걸 진짜 입을 줄이야.

임바른 (의아한 표정으로) 피아노과?

박차오름 모르셨어요? 법조인 중에 무용과 출신, 미대 출신 다 있지만, 피아노과 출신 판사는 처음일걸요? 신문에도 났는데.

임바른 (애써 태연하게) 그나저나 박 판사님, 굉장히 공들여서 복수하는 타입이네요.

박차오름   (쇼핑백 들어 보이며, 장난기 가득하게 웃는다) 재밌지 않으셨어요?

S#55. 배석판사실 (낮)

판사실로 들어온 박차오름, 쇼핑백에서 포스터를 하나 꺼내더니 자기 자리 벽에 붙인다. 임바른 자리의 고야 그림과 대조적인 느낌. 이중섭의 〈춤추는 가족〉이다. 바닥에 있는 짐 상자에서 개인 책을 꺼내 책꽂이 법서 아래 칸에 꽂는데 1씬 임바른 서가와는 책 취향이 다르다. 빈곤, 인권, 페미니즘, 환경, 음악… 그러곤 주머니에서 조그만 목각인형을 꺼내 책상 끝에 척 올려놓는다. 천수천안관세음보살상이다. 바로 옆 임바른 책상에 놓인 정의의 여신상과 대비된다.

임바른, 그런 박차오름을 '뭐지?' 하는 표정으로 쳐다보고 있다. 박차오름, 뿌듯한 듯 씩 웃더니 자리에 앉는다. 그러곤 스틸레토힐을 벗으며 얼굴을 찡그린다. 발뒤꿈치가 온통 반창고투성이인데 피가 묻어 있다. 티슈로 살짝 피를 닦아내던 박차오름, 임바른의 시선을 느끼곤 돌아보며 살짝 웃는다.

박차오름   (혀를 살짝 내밀며) 오랜만에 신었더니.

임바른, 얼결에 고개를 살짝 끄덕하고 모니터로 시선을 돌린다. 책상 오른쪽 서랍을 조금 열면 각종 문구 잡동사니 사이에 보이는 반창고. 힐끗 박차오름 쪽을 돌아보면 일에 몰입하고 있는 모습. 임바른, 그냥 서랍을 조용히 닫는다.

S#56. 배석판사실 (오후)

골무 끼고 포스트잇을 붙여가며 재판기록을 열심히 읽던 박차오름,

박차오름   (문득) 아까 그 1인 시위 할머니, 왜 재판에 졌을까요?

임바른   (시큰둥하게) 수술하다 사망했다고 다 의사 잘못인가요. 현대의학
이 할 수 있는 최선을 다해도 어쩔 수 없는 경우가 부지기수예요.

박차오름   그래도 사람이 죽었는데… 너무 매정하게 말씀하시네요.

임바른   (살짝 기분 상함) 사람 죽으면 무조건 책임을 물을까요? 그렇게 되
면 어느 의사가 위험을 무릅쓰고 메스를 잡죠?

박차오름   (차분히 반박) 무조건 책임을 묻자는 건 아니죠. 그래도 가족을 잃
은 유족 입장에서는 승복하기 쉽지 않다는 거예요.

임바른   규칙대로 싸워서 진 거잖아요. 항소기간 놓친 것도 본인 책임이
고. 그럼 승복해야죠, 그게 시스템인데. 증거도 없이 떼만 쓴다
고 예외를 만들면 되겠어요?

박차오름   (정색하며) 임 판사님은 약자가 비명 지르는 게 떼쓰는 걸로만 들
리세요? 임 판사님, 왜 판사가 되셨어요?

임바른   (쓸쓸한 웃음, 마음의 소리) 요즘 이 질문 참 자주 받네. (박차오름을
향해) 박 판사님은요? 뭐 약자의 편에 서고, 사회정의를 구현하
고, 세상을 바꾸고. 그런 아름다운 이유로?

박차오름   당연한 거 아닌가요? 그런 생각도 없이 판사 되면 안 되는 거 아
닌가요?

임바른   훌륭하시네요. (비꼬듯) 세상이 아름답게만 보이세요? 역시 상류
사회 출신의 노블레스 오블리주.

박차오름   뭐라고요? 왜 그런 식으로 말씀하세요? 제 출신이 어떻다고요?

임바른	전 그냥 먹고 살려고 판사 됐어요. 남한테 신세 안 지고, 남한테 굽신거리지도 않으려고. (박차오름을 응시하며) 그리고 말이죠, 전 법관의 임무는 세상을 바꾼다고 큰소리치는 자들로부터 세상을 지키는 거라고 생각해요. 어차피 바뀌지 않을 세상, 더 시궁창이 되지나 않게.
박차오름	(굳은 표정으로 일단 참는다) ……
임바른	어설프게 오버하지 말고. 누구 편도 들지 말고. 냉정하게 룰대로만. 인. 공. 지. 능. 처럼.
박차오름	(살짝 한숨을 쉬더니 담담하게) 네, 많이 배웠네요. 법관의 임무. (다시 진지하고 의연하게) 저는 아직 아무것도 모르지만요, 최소한 시궁창에 빠져 허우적대는 사람과 땅 위에 선 사람이 싸우고 있으면, 먼저 시궁창에 빠진 사람부터 꺼내려고 발버둥이라도 쳐볼래요. …어설프게 오. 바. 하면서.

두 사람, 각자 자기 재판기록으로 고개를 돌린다.

S#57. 법원 동문 근처 (저녁)

퇴근하는 임바른, 어두운 구내도로를 따라 걸어 내려가는데, 이상한 소리가 들린다. 여자의 흑흑 흐느끼는 소리. 돌아보면, 1인 시위 할머니 옆 젊은 여자, 고개 푹 숙인 채 앉아 할머니의 손을 잡고 있다.

할머니	그놈들이, 그 모진 놈들이, 내 새끼를, 내 새끼를,
박차오름	……

할머니	그러고는 암껏도 모르면 가만있으라고, 가만있으라고,
박차오름	(나지막이, 혼잣말하듯) …개새끼들.

박차오름 고개를 든다. 눈물을 흘리고 있다. 순간 임바른, 놀라며 어젯밤 할머니에게 당한 봉변을 떠올린다. 반사적으로 둘 사이로 끼어들며 박차오름 팔을 붙잡아 일으키려 한다.

임바른	박 판사, 일어나요! 이 할머니, 정상이 아니야!
박차오름	(순간 강하게 분노하며 팔을 뿌리친다) 정상? 뭐가 정상이죠?!

임바른, 놀라서 보면, 박차오름, 큰 눈망울에 눈물이 맺혀 있다.

박차오름	(애써 감정을 억누르지만 가슴이 미어진다) 임 판사님, 생때같은 자식이 수술실에서 차디찬 주검이 되어 돌아왔는데, 제대로 된 설명도 듣지 못한 에미가 제정신이면, 그게 정상일까요? (점점 슬픔이 차올라 울음이 조금씩 섞인다) 작별 인사도 못하고 보낸 아들이 매일 밤 꿈에 울며 나타나는데, 이성적이고 차분하면 그게 정상일까요? 그게 가능하세요? 도대체 뭐가 정상이고 뭐가 비정상이죠? 네?

대자보의 비뚤비뚤한 손글씨와 낡은 돌잔치 사진, 공을 차며 한껏 웃고 있는 아이 사진, 그리고 파리한 중년사내의 사진을 천천히 차례로 클로즈업. 눈물을 흘리며 임바른을 쳐다보는 박차오름과 말문이 막힌 임바른, 통곡하는 할머니, 그리고 그들 뒤로 위압적으로 서 있는 거대한 법원 건물을 차례로 보여준다.

S#58. 지하철 안 (밤)

임바른, 지친 표정으로 한적한 지하철에 앉아 있다. 손에는 『앵무새 죽이기』가 들려 있다. 책의 한 페이지를 응시하고 있는 임바른.

임바른N 누군가를 정말로 이해하려고 한다면 그 사람의 입장에서 생각해야 하는 거야. 말하자면 그 사람 살갗 안으로 들어가 그 사람이 되어서 걸어 다니는 거지.

우울한 임바른의 표정 위로 오버랩되는 S#5의 규수3모 목소리.

규수3모E 우리 임 판사님은 언론인 집안 자제라고 들었는데…

S#59. 고급 호텔 2층 커피숍 (낮)

마담뚜 네, 사돈끼리도 잘 통하실 거예요.
규수3모 역시 가정교육이 중요해요. 이제 우리나라도 선진국인데, 우연~히 개천에서 용 나서 공부 하나만 잘하고 인성은 불균형한 애들, 이런 애들이 출세하면 안 된다니까요. (묘하게 웃으며) 상고 출신이 대통령 하고, 이런 일도 없어야죠? 호호호…
임바른 (듣다듣다 못 참겠다는 듯 불편한 표정) …저기 죄송합니다만,

규수3모와 마담뚜, 의아해하며 쳐다본다.

임바른　제 아버지가 언론인이라셨는데, 전 언론인 아버지를 뵌 적이 없
　　　　　네요. 제가 아는 아버지는 해직당한 후 매일 술 푸시고, 거창한
　　　　　얘기만 늘어놓는 한량이신데요.

　　　　　규수3모, 놀라 마담뚜를 쳐다본다.

임바른　어머니가 보험에, 화장품에, 별의별 거 팔고 다녀서 겨우 번 돈
　　　　　으로, 세상을 바꾼다, 약자를 돕는다, 온갖 깃발만 쫓아다니고
　　　　　계시죠.

　　　　　규수3 어찌할 바를 몰라 엄마만 쳐다본다.

임바른　어쩌죠? 그런 환경인데 어찌어찌 공부 하나 잘해서 여기까지 왔
　　　　　네요. …물론 인성은 매우 불균형하고요.
규수3모　(당황해서 어쩔 줄 몰라 하며) 아니, 그게 아니라…
임바른　(O.L.) 그래도 전, 제 주제를 알아서 허황된 야심 같은 건 없습니
　　　　　다. 그냥 남에게 폐 끼치지 않고, 내 가족 앞가림이나 내 힘으로
　　　　　하며 살려고요. (미소) …귀한 댁에 어울릴 만한 사윗감이 못 되
　　　　　네요. 죄송합니다.

　　　　　목례를 하고는 뚜벅뚜벅 걸어 나가는 임바른. 멍하게 그 모습을 쳐다보
　　　　　는 모녀와 마담뚜.

S#60. 지하철 안 (밤)

생각에 잠겨 있던 임바른, 읽고 있던 『앵무새 죽이기』 표지를 내려다본다.

임바른   (마음의 소리) 피아노과. 결국 음대를 갔구나…

플래시백 〉

도서관 강당. '정독도서관 독서교실 친목의 밤' 플래카드가 보인다. 고등학생 시절의 박차오름, 피아노 앞에 앉아 있다. 얼굴이 창백하다. 잠시 정적이 흐르다 느리게, 아주 느리게 건반을 두드리기 시작한다. (자막 모리스 라벨, 〈죽은 왕녀를 위한 파반〉) 그녀의 모습은 스페인 궁정의 왕녀 같다. 찰랑거리는 긴 머리, 하늘하늘한 플레어스커트, 큰 눈망울. 비현실적일 만큼 아름답다. 임바른은 넋을 놓고 그녀를 바라본다. 시끌벅적한 주변은 정지 화면. 두 사람만 이 공간에 있는 것처럼 보인다.

다시 현재 〉

임바른, 손에 든 책을 가만히 보다가 한숨을 쉬더니, 가방에 넣는다. 한적한 지하철 안. 사람들이 듬성듬성 앉아 있다. 대학생 커플로 보이는 젊은 연인, 손을 꼭 잡고 서로 머리를 기대고 있다. 남들과 멀리 떨어져서 한쪽 끝에 앉아 있는 임바른. 외로워 보인다. 지하철의 규칙적인 덜컹거리는 소리 속에 임바른, 가방을 끌어안은 채 고개를 떨구고 눈을 감는다. 지친 표정으로 잠을 청하는 임바른.

S#61. 임바른의 집 (어린 시절, 밤)

셋방 사느라 자주 이사 다닌 임바른네 집(어린 시절 집은 1씬의 집과 다른 집). 안방 벽을 비추는데 1씬보다는 상장이 적게 붙어 있다. 초등학교 졸업식날 밤. 술이 얼큰하게 취해 기분이 좋아 보이는 임바른 아버지, 맨 위 한가운데 엄마가 붙여놓은 큼지막한 교육감상을 떼어내고 그 자리에 조그마한 상장을 붙이고 있다. 교육감상을 떼어내느라 벽지가 따라 찢어지자 임바른 어머니의 날카로운 목소리 들린다.

임바른모   내가 못살아! 술 퍼먹고 뭐하는 거야! 붙이려면 깔끔하게라도 붙이든지!

임바른부   (뿌듯한 표정) 너무 그러지 마~ 우리 바른이, 나중에 커서 훌륭한 판사가 될 거라구. 두고 봐봐.

임바른모   (노려보며) 판사 같은 소리하고 있네. (가슴에 맺힌 응어리를 뱉어내며) 당신은 강제해직됐다 얘기해도, 어디 끌려가서 맞았다 얘기해도, 맞은 곳 보자는 소리 한 번 없이 서면으로 증거 정리해서 내세요, 하던 인간들이 그리 훌륭해 보였어? 자식새끼도 그거 시키는 게 소원이게?

임바른부   (울적한 표정) …그땐 그랬으니까. (점점 굳세어지는 눈빛) …그렇지 않은 판사가 필요하니까. 내 자식 때는 우리 때보다 나은 세상이어야 하니까.

임바른모   세상 같은 소리 하고 있네. 난 바른이가 지 하고 싶은 일 하며 자유롭게 살았으면 좋겠어. (어느새 설움과 안타까움이 묻어나는 목소리) 질척대는 것들, 발목 잡는 것들 하나 없이. 자유롭게.

임바른 아버지가 붙이고 있던 조그마한 상장을 클로즈업하면, '친구를
잘 돕는 어린이 상'이라고 쓰여 있다.

2부

이 옷을 입으면,
사람의 마음은
지워야 하는 겁니까?

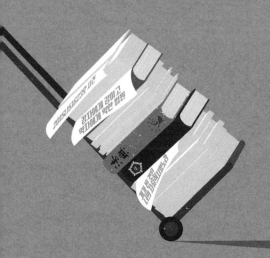

(지난 회) 법원 동문 근처(저녁) 1인 시위 할머니를 끌어안고 있는 박차오름.

박차오름 정상? 뭐가 정상이죠?!

임바른, 놀라서 박차오름을 쳐다본다. 박차오름, 눈물이 맺힌 채 임바른을 본다.

박차오름 임 판사님, 생때같은 자식이 수술실에서 차디찬 주검이 되어 돌아왔는데, 제대로 된 설명도 듣지 못한 에미가 제정신이면, 그게 정상일까요? 작별 인사도 못하고 보낸 아들이 매일 밤 꿈에 울며 나타나는데, 이성적이고 차분하면 그게 정상일까요? 그게 가능하세요? 도대체 뭐가 정상이고 뭐가 비정상이죠? 네?

S#1. 지하철 안 (밤)

박차오름, 자리에 앉아 손에 든 뭔가를 한참 보고 있다. 판사 신분증.

S#2. 요양원 (밤)

엄마 손에 놓인 판사 신분증. 감개무량한 표정으로 엄마를 안고 있는 박차오름. 여전히 아름답지만 묘하게 표정이 없는 엄마. 하늘하늘한 실크를 걸친 엄마, 벽에 걸린 고풍스러운 그림, 앤티크 가구. 귀족적인 분위기의 공간. 무심하게 판사 신분증을 보더니 금세 시선 돌려 TV 클래식 음악 프로에 몰입하는 엄마, 얼굴 환해진다. 눈물 맺히는 박차오름. 수녀가 다가와 귓속말하면, 고개 끄덕이며 판사 신분증을 집어들고 일어난다. 거실 같은 요양원의 넓은 공용 공간. 뒤쪽 소파에서도 할머니들이 입을 벌리고 TV를 보고 있다. 휠체어에 앉아 창밖을 보는 노인, 주사기가 든 쟁반을 든 수녀들, 중얼중얼거리며 이리저리 걷는 노인. 자신을 쳐다보지도 않는 엄마를 자꾸만 돌아보며, 박차오름, 조용히 걸어나온다.

S#3. 시장 (밤)

북적대는 시장. 순대, 떡볶이, 마약김밥, 빈대떡, 온갖 좌판이 벌려 있다. 포목점 앞에 나와 기다리던 외할머니, 반갑게 맞아주면, 그제야 활짝 웃는 박차오름, 순대 좌판에 가 앉는다. 음식 팔던 이모들, 일제히 반가워한다.

순대집이모 아이고 우리 박 판사님 오셨네!

떡볶이이모 (떡볶이를 수북이 담아 들이민다) 밥은 묵었나? 이거 좀 묵어라.

빈대떡이모 (빈대떡을 듬뿍 집게로 집어 건네며) 그래그래. 이것도. 그리고 나도 판사 '쯩' 좀 보자. '쯩'!

순대집이모 (순대를 썽둥썽둥 썰어대며) 하이고, 무식하기는. 판사 '쯩'이 뭐꼬? 판사 신분증 아이가! 신분증!

박차오름 (웃으며) 하이고, 이모들아, 한 명씩 좀 얘기하자, 정신 사납다.

법원공무원증을 꺼내 내밀자 호들갑스럽게 돌려보는 이모들.

떡볶이이모 이야, 내 생전에 이런 귀한 걸 다 만져보네. 이거 암행어사 마패 같은 거 아이가?

빈대떡이모 (공무원증에 손 올려 문지르며) 무병장수하게 해주시고. 제발 힘 좋은 사내놈 한 놈만…

말없이 순대 좌판 앞에 앉아 있던 외할머니, 지팡이로 쿵! 땅을 친다.

외할머니 (단호한 말투) 씰데없는 소리! (음식들을 보며) 아 그리고 이걸 누가 다 먹으라꼬!

박차오름 (웃으며) 할머니. 괜찮아요. 저 오늘 완전 배고파요.

외할머니 …퇴근하고 엄마한테 갔다 왔냐.

박차오름 네…

빈대떡이모 (앞치마로 눈물 훔치며) 에유, 니 엄마도 니 잘된 거 알 끼다.

박차오름 다 이모들 덕이지 뭐.

순대집이모 다 니 외할머니 덕이지. 우리야 처멕인 거밖에 더 있나.

박차오름	(장난스럽게 인상 쓰며) 알긴 아나. 내 처묵어도 살이 안 찌는 체질이라 다행이지 진짜!
이모들	(수다스럽게 웃는다)
박차오름	(외할머니에게, 감격한 표정) 할머니, 진짜 모두 할머니 덕분이에요. 할머니가 입버릇처럼 하신 말씀이 아니었으면 진짜…
외할머니	(O.L. 무뚝뚝하게) 씰데없는 소리! 니가 열심히 해서 해낸 거지 덕은 무슨 놈의 덕.
박차오름	할머니…

오름아!(E) 애타는 목소리에 돌아보면, 잔뜩 울상인 시장 아주머니.

아주머니	오름아, 어제 법원 갔다 왔어.
박차오름	어떻게 됐어요 이모?
아주머니	(눈물 훔치며) 판사가 자꾸 재판 끝내겠대…
박차오름	네? 어제 처음 재판 열린 거잖아요!
아주머니	내가 자초지종 좀 말씀드릴려고 하면, 짜증을 내면서 증거나 내래. 계약서 없으면 못 믿겠다고. (울음 터진다)
박차오름	짜증을 낸다고요?
아주머니	나 어쩌면 좋니? 내가 사람 믿고 장사했지 종이 믿고 장사했니? 아이고, 오름아, 그 돈 떼이면 나 죽어. 그 돈이 어떤 돈인데…
박차오름	(손을 꼭 붙들며) 증인 세우겠다고 하세요. 시장통 사람들 다 알잖아요, 어떻게 된 일인지. 증인신청서 제가 써드릴게요.
아주머니	근데… 무서워서 말을 못하겠어…
박차오름	뭐가 무서워요?
아주머니	판사님 앞에만 가면… 높다란 곳에 앉아서, 가면 쓴 것처럼 아무

표정도 없고… 사람 같지가 않아. 내가 죄지은 것도 아닌데 죄인이 된 거 같애…

박차오름 (안심시키며) 그건 그 판사가 죄짓고 있는 거예요. 무서워할 거 하나도 없어요. 이모.

아주머니 (눈물 맺힌 채 끄덕끄덕) 그래, 알았어. 오름아, 고마워…

겨우 추스르고 가는 아주머니. 대견하다는 듯 쳐다보는 이모들과 외할머니.

순대집이모 그때 그 노점상 아지매도 인사하러 왔드라. 니 덕분에 개인파산인가 뭔가 신청해서 잘됐다꼬. 니가 사람 목숨 또하나 살린기라.

박차오름 내가 뭐 한 게 있다구… (의지에 찬 표정으로) 이제 진짜로 뭐 좀 해봐야지.

외할머니 (법원공무원증을 지그시 보며) 기왕 판사 된 거, 아주 그냥 제대로 한번 해봐. 제대로. 뒷감당은 내가 하마.

빈대떡이모 (웃으며) 하이고, 어무이가 이 시장통에서나 대장이지, 대한민국 판사 뒷감당을 어찌 하실라꼬.

박차오름 그러잖아도 내가, 우리 할머니 빽만 믿고 첫 출근부터 아주 제대로 사고치고 있다니깐?

그 말에 눈이 휘둥그레지는 이모들. 싱글싱글 웃는 박차오름.

외할머니 (씨익 웃으며) 제대로 안 하면 그냥 쫓아낼 줄 알어! (지팡이 쿵! 내리친다)

박차오름 네, 할머니!

외할머니   (문득 고개 돌려 떡볶이이모 보더니) 쫌!!

떡볶이이모 (몰래 법원공무원증을 또 문지르며 중얼중얼) 내도 한 놈만…

박차오름, 감격한 표정으로 외할머니 얼굴을 가만히 보고 있다.

S#3-1. 박차오름의 회상. 고등학생 시절, 시장 (낮)

포목점 앞. 우울한 표정으로 외할머니 옆에 앉은 교복 차림의 박차오름.
(이때는 외할머니, 아직 지팡이 짚고 있지 않다)

외할머니   그래? 기집애가 공부 잘해서 뭐하느냐, 음대 가서 좋은 집안에
시집이나 가라, 그랬단 말이지? 니 아빠가.

박차오름   (우울한 표정으로 끄덕끄덕)

외할머니   씰데없는 소리! 그딴 소리 듣지 말고, (머리를 쓰다듬어주며) 열심
히 공부해서 판사 되거라. 아님, 정치를 해도 좋고. 뭐든 세상을
바꾸는 일을 하거라.

박차오름   (의아한 표정으로 쳐다본다)

외할머니   (진지한 표정으로 단호하게) 그게 여자가 할 일이다. 알겠니?

박차오름   (방긋 웃으며) 네! 할머니!

외할머니   (씨익 웃는다)

S#4. 배석판사실 (오전)

일하고 있는 박차오름. 방문 열리며 임바른 들어온다.

임바른 (냉담하게) 일찍 나오셨네요.

박차오름 (일어나 꾸벅 고개 숙이며) 어젯밤엔, 죄송했습니다. 임 판사님한테 화낸 건 아니었어요.

임바른 그럼 누구한테?

박차오름 (차분하지만 단호하게) 굳이 말씀드리자면, 여기, 법원에 대해?

임바른 그 할머니 때문에?

박차오름 아뇨. 솔직히, 전 이곳에 대해 화가 나서 여기 온 겁니다.

임바른 뭐 때문에?

박차오름 모르세요? 저 바깥에서는 다들 아는데.

임바른 여길 바꿔놓고 싶어서 판사가 됐나보군요. (자리에 앉으며) 건투를 빕니다.

박차오름, 잠시 임바른을 쳐다보다가 조용히 자리에 앉는다. 침묵.

S#5. 44부 부속실 (오전)

무표정하게 타다닥 타이핑하고 있는 이도연. 유유히 복도에서 나타나 배석판사실로 향하던 정보왕, 미모의 이도연이 시선에 들어오자 본능적으로 방향을 획 튼다.

정보왕	(방긋 웃으며 나긋나긋) 안녕하십니까? 첨 뵙는 것 같은데…?
이도연	(시큰둥하게 힐끗 본다)
정보왕	이 방 속기실무관님?
이도연	(쌀쌀맞게) 제 기억으론 그런데요.
정보왕	저는 옆방…
이도연	(O.L.) 43부 우배석 정보왕 판사님. 임바른 판사님과는 고교 동창, 절친, 또는 웬수.
정보왕	(당황) 네?
이도연	들어가보시죠. 임 판사님 자리에 계십니다. (다시 타이핑하기 시작)
정보왕	아, 네… (머뭇거린다)
이도연	(타이핑 딱 멈추더니 빤히 쳐다보며) 아니면, 저 보러 오신 거예요?
정보왕	(당황) 아니에요! 아니요! 하하하 그럴 리가. 그럼 들어갑니다. 들어가… (허둥지둥 방으로 들어간다)

S#6. 배석판사실 (오전)

싱글거리며 들어오는 정보왕, 이번엔 박차오름을 보더니 오버하며 눈 부셔 하는 몸짓.

정보왕	이런이런, 이 삭막한 건물에 왜 44부만 반짝반짝한 거지? 밖이나 안이나? 이 방이 정남향이라 일조량이 많아 그런가… (박차오름 옆으로 쪼르르 가서) 안녕하세요. 지난번에 뵀죠? 옆방 정보왕 판삽니다. 임 판사하고는 절친이죠.
임바른	누구 맘대로.

박차오름	안녕하세요, 박차오름입니다!
정보왕	알죠. 박 판사님은 셀럽이시잖아요.
박차오름	(미소 지으며) 셀럽이요?
정보왕	그동안 다들 임바른의 존재는 세상에 신이 없다는 증거라고 생각했죠. 혼자만 늘 최연소 아니면 수석. 그런데…
임바른	(못마땅한 표정으로 노려본다)
정보왕	음대 중퇴후 독학으로 사시합격에, 연수원 최상위권 성적으로 중앙지법 초임? 이건 뭐 임바른보다 더한 천재 아닙니까! (임바른 보며 고소해서) 야, 너 이제 끝났어. 존재감 없다구.
박차오름	아유~ 무슨 말씀을요. 그냥 운이 좋았던 것 뿐이에요!
정보왕	겸손까지 장착! 게다가 캐릭터도 화끈해서 이미 출근 첫날부터 강렬한 임팩트!
임바른	(O.L.) 쓸데없는 소린 됐고, 인사 마쳤으면 돌아가시지.
박차오름	(재밌다는 듯) 인사 온 분한테 왜 그러세요…
임바른	방심했다간 매일 업무 방해당할 수도 (이미 의자를 끌어다 앉아 수다 태세인 정보왕을 보곤) …이미 늦은 거 같지만.
정보왕	한 부장님하고 한판 거하게 붙었다면서요? 어떻게 됐어요? 임 판사가 선임이라고 잘난 척하지 않아요? 오늘 첫 재판이죠? 안 떨려요?
박차오름	(씩 웃으며) 붙었고요, 깔끔히 이겼고요, 잘난 척 쫌 하시고요, (임 바른, 휙 째려보지만 아랑곳 않고) 첫 재판 맞고요, 무지 떨리는데 안 떨리는 척하고 있습니다.
정보왕	역시 시원시원하네! (뜬금없이 손을 내밀어 하이파이브한 후) 떨 거 없어요. (손으로 얼굴을 쓸어내리니 가면 쓴 듯 무표정한 얼굴. 등을 곧 게 세우고 근엄하게 앉은 자세) 이러고 앉아 있으면 돼. 말은 부장님

이 다 하거든.

박차오름 (미소 지으며) 전… 그러고 앉아 있진 않을 것 같은데요.

정보왕 허리가 안 좋은가? 그럼 쿠션 좀 받치고.

임바른 이젠 진짜 돌아가지? 초임 판사가 첫 재판기록 보려면 바쁜 거 알지?

정보왕 네네, 갑니다, 가요. (입을 비쭉거리며 자리에서 일어선다)

박차오름 임 판사님은 기록 다 보셨나요?

임바른 (깔끔하게 정리된 메모지들을 보이며 시크하게) 좀 빨리 읽는 편이어서.

박차오름 (피식, 웃으며) 네, 그러시군요.

S#7. 배석판사실 (오전)

옷걸이에는 법복 걸려 있고, 박차오름은 거울 앞에서 머리를 매만지고 있다. 문 열리며 법복 차림으로 근엄하게 들어오는 한세상.

한세상 (못마땅하게 헛기침을 끙, 하고는) 박 판사, 첫 재판이죠? 초임 판사의 첫 재판날은 내가 법복을 직접 입혀주고 있습니다. 그 옷은 주권자인 국민이 사법부에 위임한 임무를 상징하는 겁니다. 명심하세요.

박차오름 (감격해서) 부장님, 고맙습니다.

한세상, 옷걸이에서 법복을 내려 조심스럽게 법복을 걸쳐준다.

한세상   자, 그럼 들어갑시다.

S#8. 법정으로 향하는 복도 (오전)

법정이 죽 늘어선 긴 복도. 한세상이 앞장서고, 임바른, 박차오름이 뒤 따른 채 엄숙하게 걷는다. 쿵, 쿵, 쿵 심장 소리 효과음(E). 16호 법정 문 앞에 한세상 우뚝 선다. 박차오름, 잔뜩 긴장한 채 심호흡중. 한세상, 잠 시 멈췄다가 문을 연다.

이단디E   (우렁차게) 모두 자리에서 일어서주십시오!

문을 여는 한세상의 뒷모습 너머로 사람들이 일제히 자리에서 일어 난다.

S#9. 법정 안 (오전)

한세상   (좌중을 위엄 있게 둘러본 후) 자, 앉으시죠.

함께 자리에 앉는 재판부와 방청객들. 의외로 작은 법정. 노인들과 아주 머니들, 외국인 노동자들, 그리고 총천연색 머리칼의 소녀들 서너 명이 웅성거리고 있다.

몽타주 〉 코믹하게.

- 방청석 맨 뒷줄 구석자리에서 '아파트 비리 척결' 플래카드를 펼쳐드는 중년여성A, 그러자 주변 여러 명의 중년여성들이 달려들어 플래카드를 빼앗고 A 머리채를 잡는다. 법원경위가 만류하지만 난리 북새통.
- 원고석에 방글라데시 노동자가 일어서서 서투른 한국어로 또박또박 말하고 있다. 사. 장. 님. 나. 빠. 요. 페. 이. 왜. 안. 주. 세. 요. 사. 장. 님. 너. 나. 쁜. 새. 끼. 세. 요.
- 총천연색 머리칼의 남성 아이돌 그룹, 원고석에 구슬픈 얼굴로 앉아 있고, 법정 스크린에는 '노예계약 무효확인청구' 제목 밑에 계약서 떠 있다. 한세상이 '원고!' 호명하니까 아이돌 그룹, 구슬픈 얼굴 그대로 공손하게 일어나더니, 본능적으로 아이돌 그룹 인사("안녕하세요, 우리는, 아름다운 짐승들, '큐트애니멀스'입니다!")를 소심하게 모션과 함께하고는 쭈뼛거리며 앉는다. 그룹 막내, 앉다가 깜빡했다는 듯 어설프게 표범 발톱 모션 취하며 크앙~. 순간 방청석의 소녀들은 꺄악~!

S#10. 법원 구내식당 (낮)

한세상 (오만상을 찌푸리며 이마를 짚고) 하이고, 민사항소, 민사합의 할 것 없이 짜투리 사건은 온통 44부에 다 몰아놨네.

박차오름 (착잡한 표정으로 앉아 있다)

한세상 (혀를 차다가 의아하게 본다) 근데 박 판사는 밥 안 먹고 뭐해?

무거운 표정으로 한 숟갈도 뜨지 못하는 박차오름.

S#11. 법정 안 (다시 오전 재판)

하염없이 안타까워하며 자기도 모르게 앞으로 몸을 내밀고 있는 박차
오름.

중년여성A   베란다엘 못 나가요… 저도 모르게 뛰어내릴까봐. 내가 뭐 잘났
다고 아파트 비릴 폭로했다가 이 꼴을 당하나 싶고… (흐느낀다)

방글라데시 노동자   (어눌하게 또박또박) 제. 아. 이. 나. 빠. 요. (송아지 같은 눈
에 눈물이 그렁그렁. 가슴에 손 얹으며) 심. 장. 이. 나. 빠. 요. 돈.
필. 요. 해. 요. (눈물 삼키며) 사. 장. 님. 나. 빠. 요.

뒤로 기댄 채 무표정하게 내려다보고 있는 한세상. 박차오름, 맺히는 눈
물을 몰래 닦는다. 힐끗 보는 임바른.

큐트애니멀스 리더   행사비 안 주고 정산자료 안 주는 것도 좋다 쳐요. (울분 토
해내며) 밥은 멕여야 될 거 아닙니까?! (고개 푹 숙인 막내를 가리키
며) 쟤 중3이에요. 아직도 클 나이! 하루 세 끼 컵라면, 저희가 사
람입니까 짐승입니까! (방청석 소녀들 흐느낀다)

S#12. 다시 법원 구내식당 (낮)

모락모락 김이 올라오는 밥그릇을 보기만 하며 주먹을 꽉 쥐고 있는 박
차오름.

박차오름	사건 하나하나가 어쩜 모두…
임바른	(박차오름을 쳐다본다)
박차오름	재판할 때마다 수명이 줄어들 것 같아요…
한세상	(아랑곳 않고 시원하게 그릇을 다 비우고는) 오후 재판 들어갑시다.

S#13. 법정 안 (오후)

박차오름, 긴장한 채 피고석 할머니(70대 정도, 왜소한 체구, 선량한 인상) 이야기를 열심히 메모하고 있다. 원고석에는 당당한 체구, 야무진 인상 의 50대 아주머니가 앉아 있다.

할머니	(계속 머리를 조아리며, 어눌한 말투) 판사님 다 갚았습니다… 하늘 에 맹세코 다 갚았습니다…
아주머니	(표독스럽게) 갚긴 뭘 갚아! 여기가 어디라구 거짓말을 아주 그냥!
한세상	거 조용히 얘기해도 다~ 들립니다, 아주머니.
아주머니	(찔끔하며) 네, 죄송해요. 하도 억울해서…
한세상	그런데 할머니, 다 갚았으면 차용증도 돌려받았을 거 아닙니까. 저쪽이 차용증 아직도 가지고 있는데요.
할머니	(울먹이며) 그냥 다 갚았으면 됐겠거니 했는데, 이자가 덜 들어왔 다는 둥 뭐가 빠졌다는 둥 이 핑계 저 핑계 대면서…
아주머니	(벌떡 일어나) 뭐야! 이자 달랑 두 달 주고 입 닦아놓고는 또 거짓 말이야?
한세상	원고!
이단디	자리에 앉으세요!

아주머니   (움찔해 앉으며 꿍얼꿍얼) 아니 그게 아니라 자꾸 거짓말을…

할머니   평생 처음, 자식 혼사 때문에 빌린 돈입니다. 청소 일 해서 갚느라 어떤 달은 월말에 돈 한푼 없어 이틀을 굶었습니다… (훌쩍인다) 그렇게 갚은 돈인데, 그렇게…

박차오름   (안타깝게 본다)

cut to

한세상   더 내실 증거가 없으면 마치겠습니다. 자, 그럼 결심結審하고, 선고기일 지정합니다. 선고날은 안 나오셔도 됩니다. 판결문이 주소로 송달될 겁니다. (메모지 넘기며) 다음, 장명아파트 재건축 조합사건, 시공사 측 대리인 출석했습니까?

변호사E   네! 출석했습니다.

방청석에서 기다리던 중년의 변호사가 대답하며 앞으로 나온다. 박차오름, 자기도 모르게 반가운 표정으로 살짝 목례한다. 방청석 맨 뒷줄에 죽 앉은 사람들, 웅성거린다. 이 모습을 본 한세상, 못마땅한 기색으로 들고 있던 사건 메모지들을 법대 바닥에 탁탁 치며 마른기침을 한다. 임바른, 흠칫한다.

S#14. 판사실 앞 복도 (오후)

재판을 마치고 돌아오는 세 판사. 한세상 멈추더니 박차오름을 돌아보며 내뱉는다.

한세상　　그 옷을 입은 의미를, 전혀 모르고 있구만.

　　　　　　휙 부장실 문을 닫고 들어가버리고, 박차오름, 어쩔 줄 몰라 임바른을 쳐다본다.

S#15. 배석판사실 (오후)

박차오름　부장님 말씀이 무슨 뜻이죠? 제가 뭐 잘못했나요?

임바른　　아까 시공사 측 변호사한테 인사했죠?

박차오름　네, 연수원 때 교수님이셨어요. 제가 제일 존경하던.

임바른　　방청석 맨 뒷줄에 쭈욱 앉은 분들, 누군지 알아요?

박차오름　(눈치채고는) 아, 시공사랑 싸우는 주민들…

임바른　　그리고, 오늘 재판 내내 표정 관리 안 되던데, 여기 극장 아닙니다. 여긴 법원이고, 그 옷을 입은 이상 박차오름이 아니라 대한민국 판삽니다. 개인 감정 따위 드러낼 권리, 없습니다.

박차오름　이 옷을 입으면 사람의 마음은 지워야 합니까?

임바른　　사람의 약점은, 지워야죠.

박차오름　저는 사람이면서 동시에 판사일 겁니다. 무표정하게 내려다보기만 하는 판사 따위, 되지 않을 거예요.

임바른　　사건 하나하나가 모두 자기 일 같아요?

박차오름　네. 다 제 일처럼 여길 겁니다.

임바른　　(어깨를 으쓱하더니 자리에 앉으며) 어차피 판사, 오래는 못하겠군요.

박차오름　뭐라구요?

임바른　　재판은 기본적으로 남의 일입니다. 거리 유지를 못하면, 판사를 계속할 수가 없어요.

박차오름　(여전히 선 채 임바른을 노려본다)

이때, 임바른의 전화기 울린다.

임바른　네, 부장님. (전화 끊고) 나갈 준비 하세요. 재판부 회식 있습니다. (일어서며) 참고로 첫 회식, 편하지만은 않을 겁니다.

박차오름　…왜죠?

임바른　일종의 샅바 싸움이기도 하니까.

S#16. 삼겹살집 (저녁)

임바른, 박차오름, 이단디가 왼쪽 테이블에, 한세상, 이도연, 맹사성 계장(40대 아재), 윤지영 실무관(30대 여성)이 오른쪽 테이블에 앉아 있다. 한세상, 불판 위 삼겹살을 서툴게 뒤집는 임바른을 보며 한심한 듯 혀를 찬다. 이도연, 새초롬한 표정으로 한 치 오차 없이 능숙하게 고기를 착착 뒤집고 있다. 기름이 튀자 화들짝 놀라 피하는 임바른.

이단디　(집게 빼앗으며) 아무래도 판사님이 고기보다 먼저 익으실 것 같습니다.

임바른　(당황하며) 아니, 제가…

한세상　공부나 잘했지 생전 고기 한번 안 구워봤구만. 그냥 이단디 경위 줘. 무도인이니 연장은 잘 다루겠지.

이단디　예! 제가 검도도 3단이지 말입니다. 제가 단디 굽겠슴다!

박차오름	경위님 멋있어요! 태권도 국가대표 상비군이셨다면서요?
이단디	(고기를 척척 구우며) 뭐 선배들 도복 빨래만 주구장창 하고, 올림 픽 무대엔 못 서봤지만 말입니다.
이도연	(태연하게) 다른 여자 경위들이 난리 쳤다며? (임바른 힐끗 보며) 청순가련형 미남 판사님, 보러 간다고.
임바른	(당황) 네? 무슨 형이요?
이단디	(주먹을 불끈 쥐며) 임 판사님, 법정에 무슨 일이 생겨도 걱정 마십쇼! 제가 지켜드리겠습니다!
박차오름	(웃으며) 든든하시겠네요, 임 판사님.
이단디	(박차오름에게) 테니스 치십니까? 내일 저녁에 테니스 동호회 나오시죠.
박차오름	테니스도 쳐요?
이단디	저, 체대 나온 여잡니다. 임 판사님도 오십쇼. 제가 지켜드립니다!
임바른	(새침하게) 안 지켜주셔도 됩니다. 저, 테니스 좀 칩니다.
맹사성	과 대항 족구대회도 좀 오십쇼. 판사님들이 영 참여를 안 하셔서 직원들이 서운해합니다.
한세상	(큼, 헛기침하며, 못마땅한 표정으로 자기 앞 빈 잔을 툭 쳐 넘어뜨린다)
맹사성	어이쿠, 부장님. 한잔 올리겠습니다!

cut to

맹사성	(고개를 옆으로 돌려 죽 들이켠 후) 술이 답니다. 달어. (싱글거리며) 부장님, 제가 한잔한 김에 감히 한말씀 올리겠습니다.
한세상	해봐.

맹사성	오늘 힘들지 않으셨습니까? 우리 재판부가 쪼~까 기일당 진행
	사건이 많지 싶습니다.
한세상	그래서?
맹사성	다들 말은 못하지만 쪼~까 불만들이 있는 거 같아서 말입니다.
한세상	불만들이 있다?
맹사성	아따, 부장님. 요즘 우리 사회 화두가 협치 아니겠습니까. 재판
	부 운영도 요즘 시대에 맞게, 계급장 떼고 토론도 하고, 뭐 이러
	면 좋지 않겠습니까? 허허허허. (잔을 권한다)
한세상	(잔을 받지 않고 미소만 짓는다)
맹사성	(하회탈처럼 웃으며 잔을 내밀고 있다)
한세상	(미소 지은 채. 싸늘하게) 계급장은, 못 띠겠는디?

좌중, 분위기 싸늘해진다. 잠시 침묵이 흐르다 맹사성, 너털웃음을 짓는다.

맹사성	아이구 이거 부장님, 제가 나잇값도 못하고 감히 부장님 앞에서
	응석을 부렸습. 자진납세로 벌주 한 잔 하겠습! (잔을 들이
	켠다)

S#17. 삼겹살집 (밤)

왁자지껄한 도중, 이도연, 손목시계를 보더니 태연하게 자리에서 일어난다.

이도연	전 먼저 들어가보겠습니다. 즐겁게들 드세요.
맹사성	아, 분위기 좋은데 어딜 가? 뭔 일 있어?
이도연	(바로) 네.
맹사성	(당황) 아 무슨 일?
이도연	(무표정) 밤에 하는 일이요. (피식, 묘하게 웃으며) 알고 싶으세요?
맹사성	(당황) 아, 뭔 일이길래…
한세상	(O.L.) 가봐.
이도연	(꾸벅 목례하고 또각또각 사라진다)
맹사성	아, 시건방지게 부장님 앞에서 지금…
한세상	(O.L.) 됐어. 일 잘하잖아. 속기 한 글자 틀린 적이 없어.
맹사성	아, 그래도 일이 전부가 아니고 조직생활이라는 게…
한세상	(O.L.) 일만 잘해줘도 감사합니다야, 일은 못하면서 회식 때 말로 때우는 것보다 나아.
맹사성	(불편한 표정을 감추지 못하며, 헛기침)

cut to

맹사성, 회오리주를 두 잔 제조. 임바른에게 내밀며,

맹사성	자, 러브샷 한번 하시죠!
임바른	(곤란한 표정) 제가 술을 잘 못합니다.
맹사성	(싱글거리며) 아, 판사님, 사회생활은 별로시네. 남자가 이 정도는 하셔야죠~ 부장님 명으로 돌리는 잔인데.

한세상, 고개를 옆으로 돌리며 못마땅한 듯 헛기침한다. 좌중, 조용해지

고 임바른, 망설인다. 잔을 임바른 코앞까지 불쑥 들이민 채 싱글거리는
맹사성.

임바른   (마음의 소리. 한세상을 보며) 군기 잡기. (맹사성을 보며) 그 와중에
취한 척하며 간보기. 고전적이네. 수컷 사회의 서열 확인절차.

잔을 받지 않고 맹사성과 눈싸움만 하며 가만히 있는 임바른. 분위기 다
시 싸늘해진다. 불안한 눈초리로 임바른을 보는 이단디와 윤지영.

박차오름   (벌떡 일어나) 그 잔 저 주세요! (손부채질하며) 아, 여기 왜 이렇게
더워? 목말라 죽겠네.

임바른, 맹사성 눈을 그대로 보면서, 내민 박차오름 손을 무시하고 맹사
성 잔을 받더니 위협적으로 다가서며 팔을 깊숙이 낀다. 맹사성, 씩 웃
으며 마주 팔을 낀다. 단숨에 원샷하고 잔을 머리 위로 터는 두 사람.

S#18. 삼겹살집 (밤)

박차오름, 소폭잔을 죽 비우고 탁자에 내려놓는다. 흡족해하며 박수치
는 한세상. 임바른은 얼굴이 벌개진 채 꾸벅꾸벅 졸고 있다.

한세상   으이그, 쟤는 자는구만 자. 잘난 척은 되게 하더니만 어떻게 여
자만도 못해?
박차오름   (묘하게 웃으며) 부장님~ 여자만도 못하다, 이런 말씀 들으니 들

는 여자 기분이 아주 상큼해지는데요?

한세상   (짜증내며) 또또 이런다. 모처럼 박 판사 패기 있고 맘에 든다는 소린데 뭘! 웃사람이 개떡같이 말해도 찰떡같이 알아듣고 그래야지!

맹사성   부장님, 우리 윤 실무관은 제 말을 아주 찰~떡같이 알아듣고 착착 잘헙니다. 윤 실무관, 나랑 러브샷 한잔할까?

임바른E   아주 그냥 놀구들 있네, 놀구들 있어.

좌중, 얼어붙은 듯 임바른을 본다. 눈을 감고 고개를 꾸벅거리며, 혀꼬부라진 소리를 툭툭 내뱉는 임바른.

임바른   아니 첨부터 찰떡같이 말하면 될 걸 굳이 개떡같이 말해놓고 찰떡같이 알아들으라니, 그게 무슨 개떡 같은 소리야?

한세상   (불편한 듯 어험, 어험, 연신 헛기침을 하며 외면한다)

맹사성   (안절부절못하며) 임 판사님, 많이 취하셨네요. 일어나시죠.

임바른   (손을 뿌리치며) 됐고! 아저씨들은 가정도 없어? 가족적인 분위기는 집에 가서나 잡아보셔. 직장에 일하러 왔지 놀러 왔어? 아 재판 끝났으면 피곤한데 집에 가서 쉬지 웬 회식이냐구!

임바른, 뭔가 따지듯 삿대질을 하며 자리에서 일어나려다 그만 주저앉아 얼굴을 테이블에 처박는다. 푸우- 푸우- 살짝 코 고는 소리 들려온다. 쩝, 입맛 다시는 한세상.

S#19. 지하철 안 (다음날 아침)

임바른, 숙취인지 이마를 짚으며 얼굴을 잠시 찡그린다.

S#20. 배석판사실 (낮)

임바른, 판사실로 들어선다.

박차오름   (웃으며) 어젠 활약이 대단하시던데요? 다시 봤어요.

임바른   (무표정. 어깨 살짝 으쓱) 무슨 일 있었나요?

박차오름   (픽 웃으며 밝게) 네~ 아~무 일 없었습니다. (전화기 들며) 윤 실무관님~ 어젠 잘 들어가셨죠? 재판기록 전부 다 조금만 일찍 올려주시겠어요? (웃으며) 네, 부탁드려요~ (다시 걸며, 의욕이 넘쳐서) 맹 계장님, 조서가 간단하게 적혀 있던데요, 변호사 없는 사건은 사람들 얘기를 생생하게 더 적어주면 좋겠어서요. 제가 메모한 거 보내드릴까요? …괜찮으세요? 그럼, 부탁드릴게요!

임바른   (보고 있다가) 업무 패턴 바꾸는 거, 싫어할 겁니다. 의욕 넘치는 판사 좋아할 직원, 없을걸요?

박차오름   에이, 사건당사자들을 위하는 일인데요?

임바른   (시큰둥) 인간이란 남을 위해 움직이지 않죠.

박차오름   그럼요?

임바른   글쎄요, 자기 이익?

박차오름   ……

임바른   아니면, 자기편을 위해? 기껏해야 그 정도 아닐까요.

박차오름   너무 본인 기준으로만 생각하시는 거 같은데요~

서로 노려보는 두 사람. 두 사람 자리의 그림과 조각상마저 대립되는 듯
하다.

cut to

박차오름 책상 위에 사건기록이 산더미같이 쌓여 있다.

임바른   어제 재판한 걸 벌써 검토하고 있어요?

박차오름   네. 돈 다 갚았다는 할머니, 마음에 걸려서요.

임바른   증거가 부족하면 어쩔 수 없어요. 재판은 증거로 하는 거지 동정
심으로 하는 게 아니니까.

박차오름   할머니가 비뚤비뚤 손글씨로 써낸 거 보면, 돈 갚은 경위, 일시,
장소 모두 너무 생생해요. 뭐 방법이 없을까요?

임바른   박 판사님, 냉정하지만 계약서 제대로 안 쓰고 차용증 제대로 안
돌려받는 거, 가스 안 잠그고 외출하는 것처럼 본인 잘못입니다.
자기책임의 원칙, 아시잖아요.

박차오름   네, 참 냉정하시네요. 얼음장처럼. 저 바깥에는 평생 계약서라고
는 쓸 줄도, 읽을 줄도 모르면서 하루하루 먹고사는 분들이 얼마
나 많은지 아세요? 진실이 뭐든 서류 없으면 난 모른다, 그럼 판
사가 왜 필요하죠?

임바른   진실이 뭔지 알기 위해 증거를 요구하는 거 아닙니까. 판사가 점
쟁입니까? 관상쟁이예요?

박차오름   때론 사람들의 말과 전후 사정을 자세히 듣고, 진실성이 있으면

믿어주기도 해야 하는 거 아닌가요?

임바른   박 판사님. 증거 안 남겨서 억울하게 당하는 경우, 없애고 싶죠?

박차오름   네.

임바른   그럼 증거 없으면 무조건 진다는 원칙부터 확실히 해야 됩니다.
         예외가 많으면 사람들은 절대로 바뀌지 않아요.

박차오름, 잠시 임바른을 노려보다가, 살짝 한숨을 쉬더니 고개를 돌려 다시 기록을 검토하기 시작한다.

S#21. 판사실 복도 (낮)

도서실에서 나온 임바른, 손에 법률 서적을 한 권 들고 복도를 따라 걷는다. 걷다가 무심코 옆을 보니 '민사99단독 판사실' 팻말. 흠칫하는 임바른.

플래시컷 〉 1부 45씬에서 아버지에게 온 재판기일 통지서를 쳐다보는 임바른.

착잡한 표정으로 걸어가는데, 앞쪽 모퉁이를 돌아 99단독 김웅재 판사 이쪽으로 걸어온다. 다시 흠칫, 하면서도 내색 않고 김웅재 옆을 스쳐지나가는 임바른.

S#22. 배석판사실 (오후)

침묵이 흐르는 44부 판사실. 방문 벌컥 열리더니, 정보왕 머리 쏙 내민다.

정보왕   분위기 왜 이래? 가끔 숨들은 쉬어? 영창인 줄 알았네. 오늘 테니스 동호회, 잊지들 않았지? 라켓들은 챙겨 왔어?

박차오름   (생긋 웃으며 라켓을 들어 보인다)

임바른   챙겨 오기는 했다만, (얼굴 찡그리며) 숙취 때문에 영…

정보왕   인간아, 초임인 좌배석이 조직에 적응하려면 여기저기 나가서 사람들도 알고 해야 할 거 아냐. 사수 노릇 하는 게 쉬운 줄 아니? 난 말야…

임바른   (O.L.) 알았으니 1절만 하자. 1절만.

S#23. 법원 실내 테니스장 (저녁)

헤어밴드를 하고 한껏 멋을 낸 정보왕, 프로 선수처럼 멋진 폼으로 서브 넣는다. 피용~ 대포알 같은 서브가 임바른 옆을 지나고 임바른은 웅크린 채 미동도 않는다. 정보왕과 박차오름 하이파이브. 옆 코트에서도 복식 게임을 하고, 사진 총무로 보이는 한 직원이 카메라로 이곳저곳 찍고 있다.

이단디   (잔뜩 화나 임바른을 째려보며) 거기 동상이십니까? 사람 맞습니까?

임바른   미안합니다. (마음의 소리) 지켜준다며…

이단디   전 지는 건 못 참슴다! 좀 뛰십쇼! 열심히!

다시 정보왕 공이 임바른 옆을 지나고 임바른, 몸을 날리며 팔을 뻗어보지만 택도 없다. 정보왕, 호들갑 떨며 임바른을 약올린다. 임바른, 지친 표정으로 돌아오는데 숙취가 아직 심한지 메슥해하는 표정.

임바른   (마음의 소리) 죽갔구만.

이단디도 기합 넣으며 대포알 서브. 깨끗한 폼으로 리시브하는 박차오름. 이단디가 다시 넘기지만 사뿐히 코트 앞쪽으로 전진해 가볍게 커트하는 박차오름. 웃으며 정보왕과 하이파이브. 또 오버하며 강력한 서브를 구석으로 꽂아넣는 정보왕. 꼼짝도 못하는 임바른.

임바른   (마음의 소리) 이 인간들 대체 뭐야. 체육특기자로 판사 된 거야 뭐야.

임바른, 미적미적 네트 앞에 와 선다. 이단디, 얍! 다부진 기합과 함께 강서브를 넣는데 정보왕, 용케 넘어지며 받아낸다. 힘없이 두둥실 뜬 공. 임바른, 하늘에 뜬 공만 보면서 네트 쪽으로 달려가다 정면을 보니 바로 앞에 박차오름이 있다. 놀라 급정거하지만 몸이 앞으로 쏠리며 네트를 넘어가 그만 박차오름을 껴안았다가 화들짝 놓는다. 순간, 두 사람만 서로를 마주보고 있고 주변은 시간이 멈춘 듯. 임바른 머리 위로 공이 통, 떨어지고 다시 시간이 흐른다. 박차오름, 끌어안겼던 순간 당황하여 얼어붙어 있다가 풋, 웃고는 자리로 돌아간다.

임바른	(당황) 미, 미안합니다.
정보왕	(검지 세워서 까닥까닥 흔들며) 그거 좀 의도적인 플레이?

cut to

경기 끝나고 짐 정리중. 정보왕은 이겼다고 오두방정. 이단디는 투덜투덜. 박차오름, 웃으며 신발끈을 묶고 있고 그 옆에 의기소침한 임바른 가방 챙기고 있다. 그때, 옆 코트에서 강하게 서브한 공이 박차오름 쪽으로 날아온다.

임바른	(자기도 모르게 벌떡 일어나며) 어!

슬로모션. 박차오름, 순간 당황하며 고개를 들고, 임바른, 손을 뻗어 공을 막으려 하는데, 날아온 공, 임바른의 손이 아니라 볼따구니를 강타! 임바른, 볼을 움켜쥐며 주저앉고 놀란 정보왕 다가온다.

정보왕	바른아 괜찮아?
박차오름	(놀란 표정) 괜찮으세요?
임바른	(볼을 움켜쥔 채 고개를 끄덕이며) 괜찮아. 괜찮아. 살아 있어. 괜찮아요.
정보왕	얘, 넌 굳이 얼굴로 공을 막구 그러니? 인간은 손을 쓰는 동물이에요.
임바른	시끄럽거든? 발이 미끄러진 거거든?

임바른, 공에 맞은 볼이 빨개진 채 일어나 엉덩이 먼지를 툭툭 턴다. 박

차오름, 뒤에서 그런 임바른을 가만히 바라보고 있다.

S#24. 배석판사실 (다음날 낮)

임바른, 빨갛게 부은 볼에 달걀을 문지르며 일하고 있다. 컴퓨터 화면에는 전자소송 사건기록. 가운데에는 소장, 오른쪽 귀퉁이에는 증거목록이 보인다. 마우스를 움직이면 다음 준비서면이 뜬다. 임바른, 박차오름 쪽을 훔쳐본다. 박차오름도 전자소송기록을 보는 중. 마우스로 화면을 넘기고 있다.

임바른   (마음의 소리) 참 신기해. 얼굴만 보면 뭘 보고 있는지 다 알겠어.

이하, 박차오름 표정 변화와 거기 오버랩되는 임바른의 마음의 소리가 교차된다.

박차오름, 잔뜩 화난 표정으로 '이런 씨방새' '이걸 그냥' 등을 중얼거리며 주먹을 불끈 쥐었다 폈다 하는 모습.

임바른   (마음의 소리) 뻔뻔스럽게 잡아떼던 투자금 사기사건.

박차오름, 고개를 갸웃갸웃거리고 입을 비죽 내민 채 골똘히 궁리한다.

임바른   (마음의 소리) 명의신탁인지 아닌지 애매하던 종중 땅 사건.

박차오름, 어느새 큰 눈에 눈물이 가득, 휴지를 들어 콧물을 팽 푸는 중.

임바른   (마음의 소리) 교통사고로 다친 여고생 사건.

박차오름, 다시 마우스를 클릭하더니, 풋, 웃는다. 우습다는 표정이다가 뭔가 생각하는 듯하더니 점점 미묘하게 설레는 듯한 표정으로 바뀌어 간다.

임바른   (놀라서 쳐다보며, 마음의 소리) 대체 뭔 사건이길래?

궁금해 죽겠는 임바른, 결국 기지개를 켜는 척 얼렁뚱땅 자리에서 일어난다.

임바른   (과장된 하품) 하~암, 안 피곤해요?

임바른, 힐끗 박차오름의 컴퓨터 화면을 바라보니 치즈 케이크과 아이스크림 사진.

임바른   (황당) 배고파요? 치즈 케이크를 그렇게 사랑스럽게 쳐다보고?
박차오름   어, 제가 그랬나요? (씩 웃으며) 하긴 이 아이들, 사랑스럽죠. 그렇지 않나요? (츄릅~ 입맛을 다신다)
임바른   (마음의 소리) 역시 정상은 아니야. (겉으론 태연) 점심이나 먹으러 갑시다.
박차오름   죄송하지만, 오늘은 따로 하시죠. 할 일이 너무 많아서 건너뛸까 해요.

임바른   (박차오름 책상에 쌓인 기록들을 보며) 어, 너무 무리하진… (뭐라 하려다가 의욕 넘치는 표정을 보고) …알았습니다. 그러시죠.

S#25. 법원 동문 앞 (낮)

점심 먹고 돌아오는 임바른. 1인 시위 할머니 자리에 팻말만 있고 할머니는 없다.

임바른   (마음의 소리) 오늘은 안 계시네.

S#26. 법원 1층

박차오름, 민원인용 의자에 1인 시위 할머니와 함께 앉아 고개를 끄덕이며 뭔가 열심히 메모하고 있다. 지나던 임바른, 잠시 본다.

S#27. 배석판사실 (오후)

두꺼운 기록을 열심히 검토중인 박차오름, 곁으로 와 기록을 보는 임바른.

임바른   이 기록, 우리 부 사건이 아니네요.
박차오름   네. 그 1인 시위 하는 할머니 사건이에요.

임바른	우리 부 사건도 아니고, 증거 부족에 항소 안 해서 이미 끝난 사건기록을 왜?
박차오름	찾아냈어요. 구멍.
임바른	네?
박차오름	판결문 송달된 데가 할머니 셋방살이 집인데, (송달보고서 구석에 휘갈긴 작은 사인을 짚는 박차오름) 받아서 사인한 사람이 집주인 아들, 대학생이에요.
임바른	학생이 잊어버리고 있다가 뒤늦게 갖다놓은 거다?
박차오름	항소기간을 놓쳤더라도 본인 책임이 아니면…
임바른	항소권회복 청구를 할 수 있겠네요. 그런데 판사가 그런 청구서까지 써주는 건 부적절합니다.
박차오름	변호사가 써야죠.
임바른	그 할머니한테 변호사 댈 돈이 있을 리가 없잖아요.
박차오름	(뭔가 생각하더니) 변호사 쪽에서 할머니를 필요로 할 수도 있죠…
임바른	……?
박차오름	(자신만만) 뭐, 그런 게 있습니다.
임바른	그런데, 다음주에 선고할 판결은 다 쓴 겁니까?
박차오름	걱정 마세요. 기한 내에 충분히 마칠 만큼은 써놨습니다.
임바른	증거도 없이 다 갚았다는 말뿐인 사건 한참 들여다보고, 계장님 조서 작성 참견하고, 거기다 우리 부 사건도 아닌 남의 사건에서 구멍 찾아냈다고 좋아하고 있고?
박차오름	하고 싶은 말씀이 뭐죠?
임바른	본인 사건 구멍 안 나도록 하는 게 먼저라는 말입니다. 구멍난 후에는 의도가 좋았는지 나빴는지는 중요하지 않아요. 법원은, 좋은 의도로 실수할 권리 따위 없는 곳입니다.

박차오름 네네, 알겠습니다~ 씨어머니~

임바른 (빈정 상한 표정) ……

S#28. 법원 옥상 (오후)

전화 연결을 기다리는 박차오름. '노인 공경 국민운동본부' 어깨띠 두르고 노인들께 큰절하는 선배 변호사 구진태. 수행원들이 사진 찍기를 기다리다 전화를 받는다.

박차오름 (연결되자 밝아지는 표정) 형?

구진태 어? 박차오름?

박차오름 (씩 웃으며) 형, 악덕 변호사계의 루키로 이름을 날리고 있다며?

구진태 왜 이러시나. 너야말로 튀는 판사계의 역대급 신인이라던데?

박차오름 튀는 건 내 운명이고. 그나저나 형 요즘 생전 안 하던 짓 하고 다닌다며? 신문 봤어. 지방선거 얼마 안 남았지?

구진태 (느물거리며) 허허, 순수한 의도를 곡해하지 마셔. 난 이번에 한 자리 해볼까, 하는 거 외에는 어떤 사심도 없다구.

박차오름 그래~ 그렇겠지. 하긴 요즘 힘든 노인분들이 많긴 해. (지나가는 말처럼) 법원 동문 앞에도 사연 많은 노인들 있던데, 어우~ 임팩트 있어서 미담 기사 나기 딱 좋더라. 출마하려는 변호사들이 벌써 눈독을 들이고 있던데…

구진태 (냉큼) 법원 동문이라고?

전화 끊으며 씩 웃는 박차오름, 시원하게 내려다보이는 도시. 박차오름,

이 높은 법원 건물의 최정상을 정복한 듯 자신만만해 보인다.

S#29. 배석판사실 (오후)

휘파람을 불며 의기양양하게 들어오는 박차오름. 힐끗 보는 임바른. 박차오름, 임바른의 시선을 무시하며 자리에 앉아 기운차게 기록을 획획 넘긴다. 이때 갑자기 문 벌컥 열리며 맹사성 계장 씩씩거리며 들어온다.

맹사성   (대뜸) 이런 식이면 저희, 일 못합니다.

박차오름   네?

맹사성   윤지영 실무관, 요즘 매일 야근하는 거 아십니까? 당사자들이 아무렇게나 낸 서류들, 일일이 번호 붙여서 증거로 받아주자고요? 그걸 왜 실무관이 야근하면서 해주죠?

임바른   (자리에서 벌떡 일어서며) 계장님!

맹사성   (아랑곳 않고) 신체감정서 늦게 내는 의사들에게 독촉전화 하자구요? 전화 한 통 하는 거 별거 아닌 거 같죠? 전화하면 제꺼덕 한 번에 연결됩니까? 그 와중에 민원인 찾아와서 삿대질하면 달래서 보내고. 다시 전화해보면 의사 선생 퇴근했고. 이 짓을 건건이 하라구요?

박차오름   (묵묵히 듣는다)

맹사성   판사님들은 훌~륭한 고위공직자라서 그리 거룩하신지 모르겠지만, 저희 9급 출신들은 그렇게까진 못하겠네요. 시정 안 되면 법원 노조에 정식으로 문제제기하겠습다!

박차오름 힘들어도, 해야 될 일이면 해야 되는 거 아닌가요? 우린 공무원 이잖아요.

맹사성 (노려보고는 휙 돌아나가려다 내뱉듯) 윤지영이 걔, 속없이 착해서 시키면 시키는 대로 하는 애예요. 근데 아세요? 걔 싱글맘인 거? 퇴근하면서 법원어린이집에서 다섯 살짜리 애 데려가야 된다구요. 야근 안 할라고 근무시간중에 숨도 안 쉬고 일만 해요. 숨 좀 쉬게 해주십쇼. 제발요! (문을 탕 닫고 나간다)

박차오름, 조용히 자리에 앉는다. 임바른, 잠시 그녀를 보다가 고개를 돌린다. 침묵만 흐르는 판사실. 다시 조용히 일에 몰두하는 두 판사.

S#30. 배석판사실 (오후)

이번에는 한세상이 방문을 벌컥 열고 들어온다.

한세상 (노기등등) 박 판사! 어젯밤에 그, 돈 다 갚았다는 할머니한테 전화했어?

박차오름 (놀라며) 네. 기록을 보다가 확인하고 싶은 게 있어서…

한세상 (버럭) 당신 판사 맞어? 법정에서 양쪽 입장 듣는 게 재판이지 한쪽에 전화질 하는 게 재판이야?

박차오름 죄송합니다. 조정할 생각이 있는지 확인할 때에는 직접 통화하는 경우도 있다고 들어서요.

한세상 조정? 원만하게 합의가 될 사건이야 그게?

박차오름 부장님, 솔직히 상대방은 경험 많은 사채업자 같은데, 아무것도 모르는 할머니가 억울하게 당하는 거면 어쩌지 싶어서요…

한세상　경험 많은 사채업자? 그렇게 판단하는 근거는 뭐지?

박차오름　(머뭇거리며) 할머니가 소송 초반부터 일관되게 그렇게…

한세상　경험 많은 사채업자였으면 애초에 월세 보증금부터 담보로 잡았을 거야. 차용증 하나 달랑 받고 이웃한테 돈 빌려준 아주머니가 경험 많은 사채업자라?

박차오름　……

한세상　그 아무것도 모르는 할머니가 박 판사 전화 받은 후, 곧바로 상대방한테 전화해서 뭐라고 했는지 알기나 해?

인서트 〉

피고 할머니　(전화로 의기양양) 알아? 그 젊은 여자 판사, 내 먼 친척이야. 재판 해보나마나 일 끝났어. 방금도 통화했다니까? 쓸데없이 고집부리지 말고 소송 취하해. 계속 고집부리면 한푼도 못 줘. 알았어?

한세상　이 소리 들은 상대방 아주머니가 민원실로 찾아와서 울고 불고 난리야. 우리 부에서 판결 못 받겠다고 난리라고! 이게 무슨 망신이야?

박차오름　(고개 숙이며) 죄송합니다 부장님. 제가 경솔했습니다.

한세상, 문을 쾅 닫고 나가버린다. 박차오름, 멍하게 서 있다. 임바른, 뭐라 말하려다 조용히 방을 나가며 혼자 있게 해준다.

S#31. 법원 옥상 (오후)

넓은 옥상에 박차오름 혼자 쓸쓸히 서서 먼 곳을 바라보고 있다.

S#32. 배석판사실 (저녁)

두 사람 묵묵히 일하고 있다. 갑자기 정보왕 얼굴 내민다.

정보왕　　야근 안 해? 내가 이 동네 최고의 육개장을 배달시킬 예정인데, 박 판사랑 같이 건너와. 다 먹고살자고 하는 짓인데 밥은 잘 먹어야지.

임바른　　됐어.

정보왕　　허허, 박 판사 요즘 저녁도 제대로 못 먹고 야근하는 눈치던데, 알고나 있어? 능력 있어서 일 빨리 하시는 임 판사님, 그래도 주변은 좀 둘러보며 삽시다. 박 판사 얼굴이 핼쑥하던데.

박차오름　　…전 괜찮습니다.

임바른, 돌아보니 박차오름 입술에 핏기가 없다. 마음이 무겁다.

S#33. 43부 배석판사실 (저녁)

후루룩 쩝쩝 맛나게 먹고 있는 정보왕과 깔짝대고 있는 임바른, 박차오름.

정보왕 뭐야? 미각들이 마비됐어? 분위기 왜 이리 건조해?

박차오름 아니에요. 맛있어요.

정보왕 그치? 맛있지? 막 맛있어서 기쁨이 벅차오르지? 헤헷. 근데, 이름 때문에 놀림받은 적 없어요? 어릴 때?

박차오름 조금요.

정보왕 친구들이 차오름아, 차오름아, 그러나? 에고 숨차오르네.

박차오름 아뇨. 너무 길다고 그냥 오름아 오름아 하더라고요.

정보왕 오름이라. 옳. 음. 천상 판사 해야 될 이름이네. 바른이도 만만치 않지만. 그러고 보니 44부, 참 대단한 재판부네. 세~상 바르고 옳은 재판부잖아?

박차오름 처음으로 피식, 웃는다.

정보왕 역시 웃음이 늘 옳음! 이제야 박 판사 같네. 요즘 너무 얼굴이 심각해~ 너무 무리하고 있는 거 아냐?

박차오름 (애써 웃으며) 에이, 무리는요. 할 만해요. 일찍 들어가봤자 할 일도 없고 해서 좀 늦게 가는 것뿐이에요.

정보왕 거 야근병, 몹쓸 병입니다. 습관 돼요. 조심해.

임바른, 그릇을 치우려 일어나니 박차오름, 벌떡 일어나 허리를 굽힌다.

박차오름 제가 치울게요. (코에서 주르륵 핏방울이 떨어져 블라우스를 적신다)

임바른 (놀라 티슈를 건넨다)

박차오름 (얼른 닦으며) 괜찮아요. 별것 아니에요.

임바른 (화난 표정, 마음의 소리) 괜찮긴. 바보같이. 맨날 들키는 주제에.

인서트 〉

- 1부의 하이힐 신느라 까져서 피 맺힌 발뒤꿈치를 티슈로 닦아내는 박
  차오름.
- 맹 계장이 퍼부어대고 나가자 침통한 표정으로 자리에 앉는 박차오름.

임바른   어제 몇 시에 퇴근했어요?

박차오름   그냥 좀 늦게요.

임바른   몇 시에 퇴근했냐니까요.

박차오름   …3시 반쯤요.

임바른   설마 이번주 내내 새벽까지 일한 거예요?

박차오름   ……

임바른   박 판사 왜 그렇게 무모해요? 평생 판사 할 거 아니에요? 판사
           일은 단거리 경주가 아니라 평생 묵묵히 달리는 마라톤 같은 거
           예요. 혼자 오버페이스하다가 낙오하면, 같이 일하는 재판부에
           폐만 끼치는 거라구요!

박차오름   (뭐라 대꾸하려다가 참으며) 네, 죄송합니다.

임바른   어서 퇴근해요. 내일 일에 지장 없게.

S#34. 남자화장실 (저녁)

임바른, 남은 국물을 모아 버리려 들고 온다. 뻘건 육개장 국물을 변기
에 조심조심 버리고 있는데 정보왕, 따라와 히죽거린다.

임바른 그 기분 나쁜 표정은 뭐냐.

정보왕 아니 그냥.

임바른 그냥 뭐?

정보왕 오름아, 아프냐? 나도 아프다. 이 말을 참 복잡하게도 한다 싶
어… 엇! 아이씨, 조심해. 국물 나한테 다 튀잖아!

S#35. 배석판사실 (저녁)

임바른, 방으로 돌아와보니 박 판사는 아직도 컴퓨터 앞에서 뭔가를 하
고 있다.

임바른 박 판사님, 퇴근하시라 그랬잖아요.

박차오름 (미소로) 내일까지 납품할 판결이 있어서 그래요. 상속지분 계산
만 남았는데 그것만 다 하고 갈게요.

임바른 그 종중 땅 사건? 피고 서른세 명이고 해방 직후부터 여러 번 상
속된 거?

박차오름 네.

임바른 그거 계산 프로그램 돌리면 30분이면 할 수 있으니 놔두고 가요.

박차오름 제 사건이에요. 방법을 알려주시면 제가 할게요.

임바른 설명하는 데 30분 넘어요. 그냥 내가 할 테니 어서 가요.

박차오름 전 보호가 필요한 어린애가 아닙니다. 제 일은 제가 할게요.

임바른 합의부는 팀으로 일하는 거예요. 어린애 같은 소리 말고 팀에 지
장 없게 컨디션 회복이나 해요!

박차오름 …알겠습니다. 내일 뵙겠습니다.

S#36. 시장통 순대 좌판 앞 (밤)

외할머니 그래. 사고를 치긴 쳤구나.

박차오름 (애틋한 미소로) 정말 멋지게 한번 해내고 싶었는데… 마음만 앞섰
나봐요. 계속 실수만 하고…

외할머니 실수는 고치면 되지만, 아무 마음도 없이 일하는 거, 그게 더 무
서운 게야. 마음이 앞서는 거야 배워서 얼른 따라가면 되지.

박차오름 마음만 앞서다 정작 함께 일하는 직원분들 마음은, 생각도 못했
네요.

외할머니 오름아, 이 드센 시장통 사람들이 이 할미 말을 듣는 이유가 뭘
거 같니?

박차오름 ……

외할머니 다들 이 할미가 자기편이라는 걸 알기 때문이란다. 말만으로가
아니라, 진짜로.

박차오름 (뭉클한 표정)

외할머니 함께 가야 멀리 간다고들 하잖니. 조급하지 말거라.

박차오름 (가만히 외할머니를 본다)

순대집이모 (순대와 머릿고기 수북이 썰어 내밀며) 힘없으면 멀리고 가까이고
못 간다. 일단 좀 처묵어라.

떡볶이이모 (떡볶이 수북이 내밀며) 실수는 병가지상사다 아이가.

빈대떡이모 (순대, 떡볶이 슥 치우며 빈대떡을 내민다) 하모. 실수는 발명의 아부
지라캤다.

순대집이모 어무이 아이가?

빈대떡이모 (갸우뚱) 에미나 애비나.

박차오름 아이고 쫌 닥치라! 내도 쫌 조신하게 반성의 시간 쫌 갖자! (음식

을 쳐다보며) 이걸 누가 다 처묵으라꼬… (반짝!) 가만. 이모, 부탁할 게 하나 있는데…

S#37. 배석판사실 (다음날 오전)

박차오름, 들어오는데 임바른, 이미 일하고 있다.

박차오름   (상큼하게 웃으며) 일찍 나오셨네요. 임 판사님.
임바른   (계속 일하느라 눈은 모니터를 보며) 어젠 좀 쉬었어요?
박차오름   네, 덕분에요. 고맙습니다.
임바른   상속지분표 지금 메일로 보낼게요. (마우스 클릭)
박차오름   네, 지금 받았어요. 고맙습니다!
임바른   (시큰둥하게) 네…
박차오름   임 판사님, 혹시 오늘 저녁 과 대항 족구대회 가시나요?
임바른   어… 그 행사는 직원들 위주로 하는 거고 판사들은 거의 안 가요.
박차오름   네. 전 좀 가볼까 해요. 혹시 생각 있으심 들르세요.
임바른   글쎄요…

S#38. 남자화장실 (낮)

임바른, 세수를 하고 있다. 마치고는 잠시 거울을 쳐다본다.

S#39. 43부 배석판사실 (낮)

임바른 들어온다. 정보왕은 우거지상으로 끙끙 앓는 소리 내며 판례 검색중.

김동훈 (반갑게) 임 판사님 오셨어요?

임바른 (까딱 목례) 네. 지나다가 잠깐. (정보왕에게) 어제 먹은 육개장하고 싸우는 중? 없어 보이게 국물까지 싹 비우고 그러지 말라 내가 그랬지?

정보왕 니 입바른 소리 듣고 싶은 기분 아니다. 내가 지금 야근 기록 갱신하고 있는 거, 알기나 해?

임바른 그놈의 통상임금사건 아직도 해결 못했냐.

정보왕 아직도? 아직도? 내가 지금 몇 년치 판례를 뒤진 줄 알아? 유사사건은 많아도 참고할 만한 건 하나도 없다구!

임바른 (미소) 퐈이팅 넘치는 거 보니까 기록 갱신 며칠 더 해도 문제없겠는데?

정보왕 당장 나가!! 저걸 친구라고… 진짜 나니까 견뎠지 저 인간!

임바른 (두 손으로 말리는 몸짓) 워, 워. (나가려다가 다시) 아, 깜빡했네. (손에 말아쥐고 있던 종이를 책상 위에 툭 던진다)

정보왕 (짜증 가득) 뭐야?

임바른 오다 주웠다.

정보왕 (여전히 짜증스레 종이를 펴보는데, 점점 놀라는 표정) 서울고등법원 판결, … 단체보험료가 통상임금에 포함되는지 여부! (감동해서) 바른아!

임바른 (심드렁) 별거 아냐. 그냥, 감사의 표시.

정보왕	감사?
임바른	(어색해하며) 알려줬잖아. 내가 모르는 걸.
정보왕	천하의 임바른이 모르는 걸? 내가? 그게 말이 돼?
임바른	모르면 됐고. 간다. (획 뒤돌아 손을 들어 인사하곤 나간다)

S#40. 민사과 (낮)

시끌시끌. 한쪽에는 삿대질하며 뭔가 항의하고 있는 민원인 보인다. 윤지영, 산더미 같은 사건기록을 수레에 싣고 와 캐비닛에 넣는다. 맹사성, 사건조서를 열심히 치고 있다. 기록을 다 넣고는 허리가 아픈지 잠시 짚었다가, 자기 자리에 와 앉는 윤지영 책상 위에 멋진 스포츠카 모형을 갖다놓는 손.

윤지영	(놀라 일어서며) 박 판사님?

주변 사람들도 판사라는 소리에 놀라 쳐다본다.

박차오름	(웃으며) 잠깐 놀러왔어요. 많이 바쁘시죠?
맹사성	(놀라며) 아니 판사님들은 연말 종무식 때 말고는 여기 한 번도 안 내려오시는데…
박차오름	함께 일하는 분들 방인데, 왔다갔다해야죠. (손에 든 사건기록을 윤지영에게 내밀며) 증거번호 제가 정리해봤는데, 맞게 했는지 모르겠네요.
윤지영	(놀라 쳐다본다)

박차오름	(웃으며) 눈에 띄는 대로 제가 정리할게요. 그리고 신체감정서 독촉, 일일이 전화까지는 말고, 독촉서를 일괄 발송하면 어떨까요? (장난스러운 미소) 제가 눈~물 없이 읽을 수 없는 독촉의 편지를 한번 만들어봤습니다만.
윤지영	(미소) 네. 알겠습니다, 판사님.
박차오름	(맹사성을 향해) 아, 그리고 과 대항 족구대회, 저도 가보고 싶은데, 괜찮을까요?
맹사성	(놀라며) 오시게요? 아, 와주시면 좋죠. 대환영임다!
박차오름	(싱긋) 민폐 안 끼치도록 노력할게요. 그럼, 저녁 때 봬요.
윤지영	(자동차 모형을 들고 보며) 저기 이건…
박차오름	(깜빡했다는 듯이) 아, 애기가 혹시 좋아할까 싶어서요. 전 지금도 그런 걸 좋아해서. (쑥스럽게 웃는다) 갈게요!

윤지영, 자동차 모형을 든 채 사라지는 박차오름의 뒷모습을 물끄러미 바라본다.

S#41. 배석판사실 (낮)

방문 열리더니 정보왕 들어온다. 아까와 달리 싱글벙글한 표정.

정보왕	(꿀 떨어지는 목소리) 임바른~ 임바른 판사님~~
박차오름	(부장실을 가리키며) 부장님 호출로 잠시.
정보왕	그래요? 박 판사는 뭘 그리 열심히? (모니터를 보더니 탄식) 하아, 몇 대에 걸친 부동산 상속지분 계산. 이런 거 하려고 판사가 되었

나, 자괴감이 들게 하는 일 랭킹 3위 안에 드는 걸 벌써.

박차오름 네? 이거 임 판사님이 어제, 계산 프로그램 30분만 돌리면 된다고…

정보왕 에엥? 그런 프로그램이 어딨어? 상속 관련 법이 바뀐 게 몇 번이며, 옛날 호적 보며 일일이 대조하는 건 또 어떻고… (화면 보며) 이 정도 사건이면 한 이틀은 걸릴 거 같은데? 어우, 보기만 해도 질린다.

박차오름 네에? (깔끔하게 정리된 상속지분표를 바라보며 감동한다.)

S#42. 배석판사실 (전날 밤)

새벽 3시. 두꺼운 기록을 펼쳐놓고 열심히 계산기를 두드리는 임바른. 종이에 나뭇가지 식으로 내려오는 상속 가계도와 숫자가 잔뜩 쓰여 있는데 쓰고 지우고 복잡하다. 펼쳐진 기록엔 오래된 호적등본. 한자 이름 세로로 잔뜩 써 있다.

임바른 (한숨 쉬며, 마음의 소리) 이놈의 집안은 왜 이리 가족관계가 복잡한 거야. 할아버지마다 기본이 할머니 두 분씩이네.

S#43. 남자화장실 (전날 밤)

임바른, 지친 표정으로 세수를 하고 있다. 마치고는 잠시 거울을 쳐다본다.

S#44. 배석판사실 (낮)

박차오름, 상속지분표를 보며 회상.

플래시백 〉

임바른   (시큰둥) 인간이란 남을 위해 움직이지 않죠.

박차오름   그럼요?

임바른   글쎄요, 자기 이익? 아니면, 자기편을 위해?

임바른   그거 계산 프로그램 돌리면 30분이면 할 수 있으니 놔두고 가요.

임바른   합의부는 팀으로 일하는 거예요. 어린애 같은 소리 말고 팀에 지장 없게 컨디션 회복이나 해요!

박차오름   (감동한 표정, 혼잣말) 임 판사님…

S#45. 법원 실내체육관(강당 겸 다목적홀) (저녁)

족구 대회 과별로 열면 응원 요란하다. 민사과! 민사과! 형사과! 형사과! 으샤! 허이! 맹사성, 요란하게 뛰고 있다. 윤지영 실무관은 다섯 살 아들과 함께 열심히 응원중. 이단디, 날아오는 서브를 다리 죽 뻗어 받으려다가 발목을 붙잡고 아파한다. 겹질린 듯. 맹사성, 곁에 와 안타까워하는데, 이때, 편한 차림의 박차오름 나타나 손바닥을 내민다. 손바닥을 터치하는 이단디. 경기 속개된다. 뒷줄에 선 박차오름, 날아오는 서브를 침착하게 받아서 맹사성에게 연결한다. 맹사성, 날카롭게 공격 성공! 직원들 환호한다. 양복 차림의 임바른, 손에 작은 쇼핑백을 든 채 응원하는 직원들 사이에 와 선다. 박차오름, 임바른을 발견하곤 반가운 표정을 지으며 달려온다.

박차오름 임 판사님! 잘 오셨어요. 잠깐 부탁 좀 할게요.

임바른 네?

박차오름 (윤지영 아들 손을 임바른 손에 쥐여준 후, 윤지영을 향해 웃으며) 같이 뛰어요! 응원만 하지 말고.

윤지영, 머뭇거리다 박차오름이 손을 내밀자 살짝 잡고 같이 걸어나간다. 임바른, 얼떨결에 윤지영 아이 손을 받아 쥐었는데, 뭐하는 거냐는 표정으로 잡힌 손을 들어보이며 빤히 쳐다보는 아이.

임바른 (당황) 어… (아이를 마주보며 잡은 손을 고쳐 쥐어 악수를 하며) 반갑다. 나는 니네 엄마랑 같이 일하는 임바른이라고 해.

맹사성의 리시브 미스로 관중 쪽으로 튀어나가는 공을 끝까지 따라가 힘겹게 받아내고 넘어지는 박차오름. 맹사성이 부드럽게 앞으로 토스하자 윤지영, 빈 구석으로 가볍게 차 넣는다. 경기 끝! 열광하는 민사과 직원들. 윤지영 아들이 쪼르르 엄마에게 달려가자 윤지영, 웃으며 번쩍 안아 올린다. 미소 짓는 임바른. 체육관 문이 열리는데 오토바이 헬멧에 가죽옷 차림의 여자 셋이 서 있다. 헬멧을 멋지게 벗으며 흐트러진 머리를 좌우로 흔드는데, 세 이모들. 박차오름, 싱긋 웃고, 세 이모, 밑에 내려놓은 배달상자를 들고 들어온다. 직원들, 눈 휘둥그레지고 이모들, 순대 떡볶이 빈대떡 막걸리를 차례로 척척 꺼내놓는다.

S#46. 법원 실내체육관 (저녁)

바닥에 신문지를 깔고 앉아 와자지껄 먹고 마시는 직원들.

박차오름 (임바른에게) 저희 이모들이에요. 이모, 우리 우배석판사님이셔.

순대집이모 (조신하게 머리카락을 귀 뒤로 넘기며 표준말로) 향숙이예요.

떡볶이이모 (황당해하면서 순대집이모 허벅지를 철썩 때린다) 미친 가스나야! 선
보나!

빈대떡이모 (임바른 얼굴을 기웃거리며) 우 판사? 성이 우씨인가베?

임바른 (황당한 표정)

cut to

박차오름, 맹사성과 팔을 걸고 큼직한 막걸리 사발을 주욱 들이켠다. 다
마신 사발을 머리 위에 뒤집으며 씩 웃는 박차오름. 맹사성, 탄복한 표
정으로 엄지를 세운다. 순대집이모, 함박웃음 지으며 퍽 곤란한 표정의
임바른과 러브샷중이고, 떡볶이이모와 빈대떡이모는 당황한 표정의 덩
치 큰 법원경위 총각을 에워싸고 경쟁적으로 입에 떡볶이와 빈대떡을
처넣고 있다.
윤지영과 아이, 이단디와 활짝 웃으며 건배(아이는 주스로)하는 박차오
름, 뻘쭘하게 앉아 있는 임바른 곁에 와 말을 건다. 임바른, 막걸리로 얼
굴이 살짝 빨갛다.

박차오름 (밝게) 고마워요. 와주셔서. (약간 수줍게) …상속분 계산, 도와주
신 것도.

임바른　　(쑥스러워서 외면) 별거 아니었다니까요.

박차오름　…그래도요.

박차오름, 임바른 곁에 놓인 작은 쇼핑백을 발견하곤 궁금한 눈초리. 박
차오름 쪽으로 쇼핑백을 미는 임바른. 박차오름, 궁금한 표정으로 꺼내
보니 치즈 케이크.

박차오름　(놀란 표정으로) 임 판사님?

임바른　　(어색해서 죽을 지경) 먹기 싫으면 버려도 됩니다.

박차오름　(케이크 상자를 끌어안으며) 버리다뇨! 고맙습니다. 너무 의외여서
　　　　　　놀라서 그랬어요.

임바른　　(살짝 외면) 어제 코피 흘리는 거 보고, 좀 미안했습니다. 명색이
　　　　　　우배석인데, 무리하고 있는 거 눈치도 못 채고.

박차오름　별말씀을요. 저 혼자 들떠서 오바가 심했어요. 큰소리만 뻥뻥 치
　　　　　　고. 폐만 끼치고.

임바른　　아니 뭐 그런 정도까지는…

박차오름　직원분들께도 너무 죄송해요. 먼저 함께 일하는 사람들의 편이
　　　　　　됐어야 하는데. 내 편이구나, 믿어야 함께 가는 게 사람인데.

임바른　　아니 뭐 그렇게 격하게 반성할 거까지는 또…

박차오름, 따뜻한 미소로 보면 흠칫 놀라 시선 피하는 임바른.

플래시백 〉

박차오름, 컴퓨터 화면에 메시지가 뜨자 클릭하더니, 풋, 웃는다. 공이

임바른 머리에 맞고 튀어오르는 순간 바보스러운 임바른 얼굴 사진이 떠 있다.

발신인: 정보왕
제목: 이 법원 최고 엘리트 (노약자 주의)

고소하다는 듯 웃고 있던 박차오름, 잠시 생각에 잠긴다. 자기에게 날아오는 테니스공을 몸을 날려 막는 임바른과 네트를 사이에 두고 끌어안겼던 순간. 박차오름, 자기도 모르게 점점 미묘하게 설레는 듯한 표정으로 바뀌어가는데,

임바른E   (과장된 하품) 하~암, 안 피곤해요 박 판사님?

박차오름, 황급히 마우스 클릭하자 치즈 케이크와 아이스크림 사진으로 바뀐다.

임바른   (황당하다는 표정) 배고파요? 치즈 케이크를 그렇게 사랑스럽게 쳐다보고?

박차오름   어, 제가 그랬나요? (씩 웃는다)

다시 현재 〉

어색해하는 임바른을 보며 장난스레 미소 짓는 박차오름, 일부러 임바른 쪽으로 얼굴을 내밀며 눈을 맞춘다.

박차오름   아이, 임 판사님~ 눈 좀 맞추고 얘기해요~ 네? 네?

임바른   (화사한 미소에 심쿵. 놀라 주춤주춤 뒤로 물러서며) 아니 너무 가까
           이 오시면 제가 쫌, 제가 좀 거리에 민감해서…

S#47. 법정 (낮)

한세상   다음 사건 나오시죠. 원고 진세희 씨, 피고 최일남 씨, 피고 정순
           녀 씨.

           세련되고 부티나는 진세희(여, 40대 초반) 원고석에, 수수한 최일남(남,
           50대 초반)과 정순녀(여, 30대 초반) 피고석으로 나온다.

한세상   보자, 고깃집에서 원고가 중학생 아드님과 함께 식사를 하고 있
           는데, 종업원인 피고 정순녀 씨가 불판을 갈다가 떨어뜨려 아드
           님에 맞아 피해를 입었다. 1심에서 패소해서 항소했다. 그런데,
           왜 정작 아드님은 빼고 진세희 씨만 원고로 했죠?

최일남   (벌떡 일어나) 그게 다 저 여자가 뻥뜯으려 엉터리 소송한다는 증
           거 아닙니까! 진단서도 없고, 애는 코빼기도 안 보이고!

이단디   (매서운 눈초리로) 자리에 앉으십쇼!

최일남   (슬그머니 앉는다)

한세상   댁 말고 저쪽에 질문한 겁니다. 원고, 답변하세요.

진세희   (지친 표정) 누굴 원고로 하든 제 맘 아닌가요? 그냥 애까지 법정
           에 세우기 싫어서 그랬어요.

박차오름   (고개를 갸우뚱하며 진세희 표정을 유심히 본다)

최일남   하! 그리 귀하신 몸이신가? (한세상의 험악한 눈초리에 입을 다문다)

한세상   피고 정순녀 씨 말인즉슨, 불판을 떨어뜨린 거는 맞지만 사람은 스친 적도 없다는 것인데…

진세희   그건 저 아줌마가 거짓말하는 거예요! 분명히 불판이 애 얼굴을 스치면서 떨어졌어요. 그때는 사색이 돼서 죄송하다더니 말을 바꾼 거예요.

정순녀   (표정 없이 고개 숙인 채 묵묵부답)

한세상   제출하신 사진을 봐도 영 상처를 못 찾겠던데? (눈을 가늘게 뜨고 고개를 뒤로 제끼며 힘겹게 사진을 들여다본다) 어이구, 오메가쓰리를 아무리 퍼먹어도 이놈의 노안은 당최…

진세희   (묵묵부답)

최일남   판사님! 우리 아줌마가 연변에서 와서 말이 좀 어눌하니까 우습게 보고 공갈을 하는 겁니다! 아니 설령 저 여자 말이 맞다 쳐도, 눈에 뵈지도 않는 쬐끄만 상처 때문에 위자료 오백을 물어내라, 말이 되는 얘깁니까!

한세상   제가 눈은 시원찮아도 귀는 아직 쌩쌩한데요. (귓구멍을 후비며) 어우.

최일남   죄송합니다. 판사님. 너무 억울해서 그럽니다. 이놈의 고깃집 하나 하는데 뻥뜯어가는 분들이 얼마나 많은지 아십니까? 동네 깡패에, 세무서 직원에, 구청 식품위생과에, 하다못해 동네 유선방송 피디라는 작자가 〈먹거리 Z파일〉 찍는다며 겁줘서 용돈 받아가고, 이건 뭐 정글이에요 정글. 식당 주인이 무슨 국민호굽니까? 게다가…

한세상   (쓴웃음 지으며) 죄송한데 재판장도 잠깐 얘기 좀 해도 되겠습니까?

최일남　예, 죄송합니다. (고개를 꾸벅 숙인다)

한세상　피고도 원고를 고소했다는 얘기가 기록에 나오던데 무슨 일인가요?

최일남　저 미친 여… 죄송합니다, 원고가 1심 판결 난 후 가게 유리창에 돌을 던져 박살을 냈어요. 저도 손해배상 청구할 겁니다. 영업방해, 명예훼손까지 1억 원요!

한세상　(한숨 쉬며) 자, 양쪽 다 이제 재판장 말을 좀 들어보세요. 내가 20년 넘게 재판해봐서 아는데, 솔직히 재판이라는 게 하면 할수록 고통이고 손해예요. 이래도 한세상, 저래도 한세상인데 같이 머리 끄덩이 잡고 개미지옥으로 들어가지 말고 원만하게 해결하는 게 어떻습니까?

최일남　판사님! 돈이 문제가 아닙니다!

임바른　(마음의 소리) 돈이 문젠가보군.

최일남　돈이 문제가 아니라, 제가 이래 봬도 해병대 출신인데 불의를 용서할…

한세상　(O.L.) 거 말씀 잘하셨소. 돈이 문제가 아니라고 하셨죠? 그런 마음가짐이면 조정이 되겠네요. 조정이라는 게 서로 양보해서 합의하고 소송 끝내는 겁니다. 잘~ 생각하셨습니다! (대견하다는 듯 끄덕끄덕)

최일남　(허를 찔린 듯 움찔)

S#48. 판사실 앞 복도 (낮)

재판을 마치고 돌아오며 한세상, 좌우에 있는 박차오름, 임바른에게 뻐

기듯,

한세상 간단한 사건이니까 박 판사가 조정해봐. 고소고 뭐고 서로 취하하고 다 없던 걸로.

박차오름 (뭔가 골똘히 생각하다가) 그런데 부장님, 지금 상태에서 조정하는 게 맞을까요? 시비를 좀더 가려보는 게…

한세상 시비는 뭔 시비. 더 해봐야 객관적인 증거도 없어. 보통 사람들 아니더만. 뛰는 놈 위에 나는 놈 있고, 나는 놈 등에 붙어다니는 놈 있고 세상 다 그런 거야. (잠시 박차오름 보더니) 양쪽 다 잘못이 있어. 불판 떨어뜨리고 불똥 튀고 했다니 화는 날 만하지. 그래도 그렇지 그 원고 아줌마, 차림새 보아하니 청담동 분위기던데, 서민들 상대로 500만 원은 너무하잖아? (혀를 끌끌, 차더니) 하긴, 남들 피 철철나는 상처보다 내 손톱 밑의 가시가 더 아픈 법이지.

임바른 …그런데 어떤 가시는 진짜 아프긴 하죠.

무심코 한마디 던진 임바른, 한세상이 노려보자 바로 입을 다문다.

S#49. 조정실 (다음날 오후)

최일남, '원고와 피고들은 서로 민사소송 및 형사고소를 취하하고 더이상 민형사상 책임을 묻지 않는다'는 합의서에 서명하며 투덜거린다.

최일남 저 여자 면상을 더 안 보는 게 나을 것 같아 합의하긴 하지만 그거 스리 유리라서 일반보다 비싼 건데…

진세희는 아무 말 없이 묵묵히 서명하려 하고 있다.

박차오름 (불쑥) 그런데 원고는 증거도 충분하지 않은데 왜 소송을 제기한 거죠?

진세희 (내뱉듯) 착각한 거죠 뭐. 판사님한테 자초지종만 얘기하면 알아주실 줄 알았는데.

박차오름, 무표정한 진세희의 얼굴을 잠시 바라본다. 그러고는, 천천히 합의서를 집어들어 주욱 찢는다. 원피고들 모두 놀라서 그런 박차오름을 쳐다본다.

박차오름 이 사건, 조정하지 않겠습니다. 다시 재판기일을 정해서 통지할 테니 그때 나오세요.

S#50. 한세상 부장판사실 (오후)

메모지를 들고 부장실로 들어오는 박차오름.

한세상 오, 박 판사. 어떻게 됐어? 어제 보니 둘 다 속으론 포기한 것 같던데.

박차오름 네, 그런 것 같아요.

한세상 그렇지? 수고했어. 그런데 합의서는 어디 있지?

박차오름 죄송합니다. 제가 조정하지 마시라고 하고 돌려보냈습니다.

한세상 뭐야!! 그게 대체 뭔 소리야! 제정신이야?

박차오름 부장님, 양쪽 다 진심으로 승복하고 있지 않았어요. 그보다 먼저, 이 사건은 어느 한쪽 말이 진실이라면, 그쪽이 너무 억울한 사건 아닌가요?

한세상 그걸 어떻게 가리냐구! 입증책임에 따라 증거 있으면 이기고 없으면 지는 거지. 게다가 오십보백보야. 대충 얼른 사과하지 않고 뻗댄 식당 주인이나, 분풀이할라고 거액을 요구하는 손님이나. 똥 묻은 개가 겨 묻은 개 나무라는 격 아냐!

박차오름 부장님, 오십 보하고 백 보가 어떻게 같을 수 있죠? 오십보백보면 백 보가 두 배로 벌을 받아야 하는 거 아닌가요? 티끌 하나 없는 사람만 상대방 잘못을 물을 수 있는 건가요?

한세상 (버럭) 뭐야? 부장이 말하는데 어디서 따박따박!!

박차오름 똥 묻은 개가 누군지, 겨 묻은 개가 누군지도 가려야죠. 이런 걸 안 가리면 누가 득을 볼까요. 백 보만큼 나쁜 짓을 한 놈, 몸에 똥범벅인 놈들 아닌가요? 그런 인간들이 피해자한테 조금의 흠이라도 있으면, 되려 자기가 피해자인 척하는 거 아닌가요?

한세상, 매섭게 노려보는데도 박차오름, 눈길 피하지 않고 마주본다. 놀란 임바른, 방문 열고 들어와 두 사람을 쳐다본다.

박차오름 부장님, 적당히 타협시키는 게 우리 임문가요? 잘못한 쪽이 벌을 받는다는, 초등학생도 아는 정의를 제대로 선언하는 것이 우리 임무 아닌가요?

임바른 (걱정스레 보며) 박 판사, 이제 그만해요.

한세상 (비꼬듯) 그래, 그 '초등학생도 아는 정의'를 찾기 위해 무슨 증거를 더 조사하시려고?

박차오름 최소한 당사자 본인들은 진실을 알겠죠.

한세상 (기가 차다는 듯) 당사자본인신문을 해보시겠다? 이렇게 원수 지경이 되어 싸우는 사건 항소심에서?

박차오름 (설득하려고 애쓰며) 저도 자신은 없습니다, 부장님. 하지만 결과가 어떻든 최선은 다해보고 싶어요. 이대로 입증책임에 따라 형식적인 결론을 내리는 건 아닌 것 같아요.

한세상 (분노로 일그러져) 뭐야? 형식적인 결론? 그래, 우리 정의의 여신께서 칼을 휘둘러보고 싶으시면 하셔야지. 눈먼 칼에 누가 찔릴지는 모르겠지만 말야!

임바른 (놀라며) 부장님, 말씀이 지나치십니다! (마음의 소리) 미치겠구만. 이 재판부는 다들 분노조절장애야.

한세상 (아랑곳 않으며) 어디 멋대로 한번 해봐! 난 물어볼 것도 없으니 당사자신문, 박 판사가 혼자 알아서 해봐! (책상을 쾅, 내리친다)

S#51. 법원 야외 테라스 (오후)

먼 곳을 보며 골똘히 생각에 잠긴 박차오름. 오버랩되는 진세희 목소리.

진세희E 누굴 원고로 하든 제 맘 아닌가요? 그냥 애까지 법정에 세우기 싫어서 그랬어요. 착각한 거죠 뭐. 판사님에게 자초지종만 얘기하면 알아주실 줄 알았는데.

S#52. 배석판사실 (오후)

임바른 그 사건, 법적 쟁점이 있을 만한 사건은 아니던데?

박차오름 그렇죠. 하지만, 뭔가 분명히 있는 사건 같아서요. 임 판사님도 뭐 좀 이상한 거 같지 않으세요? 그 사건?

임바른 이상하죠. 그런데 말이죠, 전 아파트 윗층 집이 시끄럽다고 다짜고짜 올라가서 칼로 찔러 죽인 사건도 해봤어요. 자기 차 앞으로 끼어들었다고 공기총을 쏜 사건도 봤고. 이상하기로 따지면, 이 사회 자체가 이상한 거 아닌가요? 분노조절장애 있는 사람들로 가득찬 사회.

박차오름 그거 혹시 저 들으라고 하는 소린 아니죠?

임바른 (살짝 당황) 불판 사건도 뭔가 있긴 있겠죠. 그렇긴 한데, 지나쳐요. 미안하지만, 박 판사님도 지나치고.

박차오름 네?

임바른 우리가 해결해야 되는 다른 사건들도 생각해야죠. 불판에 맞았다 한들, 사진상으로도 표도 안 날 정도고 어디서 치료받은 증거도 없어요. 실제 피해는 경미하단 말이죠. 그에 비해 비합리적일 만큼 과잉대응하는 사건이에요.

박차오름 그렇죠. 전 비합리적일 만큼 지나친, 바로 그 점이 마음에 걸려요.

임바른 (답답하다는 듯) 재판은 정확도 중요하지만 신속도 생명입니다. 상대적으로 가벼운 사건에 매달리면, 다른 사건 처리가 늦어질 수밖에 없어요. 정의도 한정된 자원이라고요.

박차오름 정의도 한정된 자원이다… 그래요. 세상의 모든 시시비비를 끝까지 밝히는 건 불가능할지 몰라요. 선택과 집중이 필요할 수도 있어요. 그런데 그 기준이 피해금액뿐일까요?

임바른   …우리가 평생 해야 할 일은 어차피 선택의 연속입니다. 그렇게
생각되면, 선택한 대로 하시죠. 우리는 각자 독립된 헌법기관이
니까.

임바른을 잠시 보다 조용히 자리에 앉는 박차오름. 번뜩, 뭔가를 떠올
린다.

플래시백 〉

한세상   남들 피 철철나는 상처보다 내 손톱 밑의 가시가 더 아픈 법이지.
임바른   …그런데 어떤 가시는 진짜 아프긴 하죠.

S#53. 배석판사실 (늦은 밤)

벽시계는 밤 11시 반. 혼자 야근하느라 아예 추리닝 바지, 티셔츠에 머
리는 고무줄로 질끈 묶은 고시생 차림으로 의자 위에 책상다리를 하고
앉아 뭔가 열심히 적다가 또 생각하는 박차오름. 잠시 기지개를 켜다 문
득 고야 그림에 놀란다.

박차오름   (가슴을 쓸어내리며) 아, 진짜. 정신건강에 해롭다니까.

임바른 책상 위 눈을 가린 정의의 여신상을 바라보고, 다시 자기 자리에
놓인 천수천안관세음보살상을 본다. 다시 힘을 내며 사건기록을 넘기
기 시작하는 박차오름. 두툼한 기록 사이에서 작고 외로워 보인다.

S#53-1 배석판사실 (오전)

바쁘게 재판 들어갈 준비중인 임바른과 박차오름. 갑자기 고개 내미는 정보왕.

정보왕   오늘 박 판사가 직접 진행한다며? 당사자본인신문.

임바른   (법복 입다가 놀라며) 깜짝이야.

정보왕   (박차오름을 향해 생글생글) 데뷔 무대 구경 갈게~ 괜찮지? 화이팅~

박차오름   (생긋 웃으며 마주 파이팅 포즈)

임바른   (못마땅한 표정) 하여튼 저 인간 오지랖은 연구대상이야.

정보왕   (경례하며) 법정에서 봅시다!

S#53-2 44부 부속실 (오전)

휘파람 불며 나오던 정보왕, 무심히 타이핑하는 이도연을 보더니 또 싱긋 웃으며,

정보왕   오늘 헤어가 아주 뭐, 예술인데요? 그 웨이브, 그거 어떻게 한 거죠?

이도연   (계속 타이핑하며 쌀쌀맞게) 안 감아서요.

정보왕   예?

이도연   머리 못 감아서 그렇다구요. 늦게까지 딴 일하다.

정보왕   (당황) 아, 네에… 하하, (머리를 가리키며) 그래서 그렇게, 하하…

이도연   (짜증나는 듯. 딱 멈추더니) 냄새도 맡아보실래요? (머리 살짝 내민다)

정보왕   (놀라 뒤로 물러나며) 아, 아니에요. 죄송합니다, 물러갈게요~ (후
         다닥)

S#54. 법정 (오후)

최일남   전 카운터에 있다가 와장창 소리가 나길래 놀라서 바로 뛰어가봤
         죠. 불판이 떨어져 있더라고요. 얼른 학생을 살펴봤더니…

S#55. 사건 당시. 고깃집 안 (낮)

최일남   아니 뭐 애는 말짱한 거 같은데… 정 뭐하시면, 고기 1인분 서비
         스 드릴까요?
진세희   (아들을 꼭 끌어안은 채, 발악하듯) 뭐라고요? 누가 거지예요? 지금
         아픈 애를 앞에 두고 그게 할 소리예요?
최일남   (짜증스럽다는 듯) 아따, 누가 보면 무슨 중환자 나온 줄 알겠네.
         영업 집이라고 너무하시는 거 아니에요? (고함 버럭) 정 억울하시
         면 경찰 부를까요? 정말 불러요?
아들   (무서워하며) 엄마, 엄마. (진세희 옷자락을 잡아당긴다)

S#56. 법정 (오후)

최일남   …그러니까 저 아주머니도 꼬리 내리고 나가더라고요. 먹는 장

사 하다보면 이런 일 허다해요. 머리카락이 빠졌다는 둥, 반찬이 상했다는 둥. 서비스 준다고 그러면 금세 헤벌레하고. 있는 사람들이 더 무섭더라고요.

박차오름 아픈 애를 앞에 두고 할 소리냐고 했단 말이죠?

최일남 그렇다니까요. 군대 보내도 될 튼튼한 애를 껴안고! (한탄조로) 판사님, 서민들은 하루하루가 전쟁이에요. 퇴직금 털어넣고 대출 받아 가게 차렸는데 장사는 안 되지, 진상은 많지, (조금씩 울음기가 섞이며 처량하게) 노인네 병원비 대느라 허리가 휘는데 건물주는 세 올려달라 성화지. 이젠 악밖에 남은 게 없다니깐요.

방청석 구석의 정보왕, 열심히 듣고 있다.

박차오름 (가만히 듣다가) 피고 정순녀 씨, 재중동포시지요?

정순녀 동포? …하이고, 동포란 말 참 좋네요. 내 이 나라 와서 거룩한 동포 양반들한테 눈물겨운 동포애 참 많이많이 받았네요. 동포고 뭐고 일없고, 나는 그냥 중화인민공화국 사람임다.

최일남 (정순녀의 또렷한 말투에 놀라 그녀를 쳐다본다)

정순녀 내 나이 열여섯에 브로커 따라서 나이 오십 먹은 중늙은이한테 팔려 온 건지, 시집온 건지 와서는, 낮엔 허리가 휘도록 농사일 하고, 밤엔 또 밤대로 시달리고. 어린 나이에 애가 들어섰다가 유산한 것만도 두 번인데 시댁식구들 몸종 노릇하랴, 밭일하랴 몸은 망가져만 가고. 못 견디고 집 나와서 여기저기 돌아다니며 산 지 오래임다.

박차오름 (안타까운 눈초리로) 그러셨군요…

정순녀 식당일 한다고 우스워 보이는지, 노인네들은 엉덩이 슬쩍슬쩍 만져대고, 잘난 사모님들은 손님이 왕인데 부르면 빨리빨리 튀어오지 않는다고 난리고. 저는 모국에서 하루하루가 이리 천국인데, 손에 물 한 방울 안 묻혀본 저 사모님은 아드님이 금지옥엽인지, 아무것도 아닌 일에 오만 호들갑을 떨고 그러데요. 다 큰 학생을 무슨 갓난애처럼 끌어안고는…

박차오름 (골똘히 생각하다가) 갓난애처럼 끌어안았다… 진세희 씨, 소송을 제기하면서 아드님을 원고에 포함시키지 않은 이유를 다시 한번 말씀해주시겠어요? 아무리 그래도 직접 피해자는 아드님인데.

진세희 이미 말씀드렸잖아요. 그냥 싫다고.

박차오름 당시 고깃집 사장님한테 아픈 애를 앞에 두고 그게 할 소리예요, 라고 하셨죠? 어디가 아팠나요? 무슨 뜻으로 그 말씀을 하신 거죠?

진세희 ……

박차오름 (잠시 생각하다가 모든 걸 깨달은 듯) …힘드시면 말씀 안 하셔도 돼요. (안타까워하는 눈빛으로 진세희를 보며 부드럽게) 힘드셨죠. 뜨거운 불판이 애 쪽으로 떨어지는데 얼마나 놀라셨겠어요. 괜찮으셨어요?

진세희 (무표정을 유지하려 하지만 눈가에 눈물이 맺히며 고개를 떨군다)

최일남 (끼어들며) 아, 중학생이나 된 다 큰 아들이 애기도 아니고 뭘 그리. 하긴 엄마 옷자락만 부여잡고 있는 게 애기 같긴 하더라고요.

임바른 (순간 놀라는 표정, 마음의 소리) 설마…

최일남 이건 뭐, 지진아도 아니고.

한세상 (버럭) 어디서 막말입니까! 당장 사과하세요!

최일남 (움찔) 미안합니다. 그게 그런 뜻이 아니라…

그 순간, 고개 숙인 채 묵묵부답하던 진세희 입에서 웅얼거리는 듯한 소리가 흘러나온다.

진세희　…아파서요.

박차오름　네?

진세희　아파서요. 물어보셨잖아요. 왜 아이를 원고에 포함시키지 않았느냐고요. (목소리가 점점 또렷해진다) 그렇게도 궁금들 하시면 말씀드릴게요. 제 아이는 아픈 아이예요. 마음이요. 덩치는 커가도 마음은 어린애로 남아 있는 아이예요. 그뿐인데 사람들은 정박아니 지진아니 하는 모진 말들로 부르더군요. (입술을 깨문다)

임바른, 충격받은 표정으로 진세희를 바라본다. 최일남도 정순녀도 놀란 표정.

진세희　저희 애는 어릴 때 뜨거운 냄비를 만졌다가 손을 덴 적이 있어요. 그래서 갈비를 너무 좋아하면서도 숯불이 무서워서 고기를 집어오지 못해요. 제가 집어다가 접시에 놓아주죠. 그런 애가 불판에 맞았어요. 떨어지면서 숯불에서 불똥도 튀고. 하나님이 도우셔서 흉터는 안 남았지만 애 얼굴이 백지장이 되어서는 몸을 벌벌 떨더군요.

박차오름　(지그시 진세희를 바라보고 있다)

진세희　그런데 저 아저씨는 애는 괜찮냐는 말 한마디를 안 하시더라고요. 되려 고래고래 소리를 치고요. 제가 도망갔다고요? 애가 옷자락을 잡아당기기에 돌아보니… 오줌을 지렸더라고요. 이혼한 애아빠가 술만 먹으면 저한테 소리를 지르고 손찌검을 하는 걸

본 애거든요. 그걸 보니 머리가 아득해져서 얼른 애를 데리고 집으로 간 거예요. 그냥 잊어버리려고 했어요. (눈에 눈물이 맺히기 시작한다) 그런데…

S#57. 진세희의 아들 중학교 과학실 (낮)

알코올램프로 금속을 가열하는 실험중. 남자애들이 장난치다가 램프를 엎어서 책상에 불이 붙는다. 선생님이 얼른 모래를 뿌려서 금방 불을 끈다. 그런데, 진세희 아들, 겁에 잔뜩 질려 사시나무 떨듯 떤다.

학생A 아우 씨, 더러워!

학생B 쌌네 쌌어! (코를 쥐며) 아우 냄새나!

왁자지껄 진세희 아들 쪽을 보며 웃고 떠들고 난리. 진세희 아들, 벌벌 떨며 울상.

S#58. 법정 (오후)

진세희 그후론 전교생이 우리 아일 투명인간 취급하기 시작했어요. 그러지 않아도 장애아라고 애들이 왕따시킬까봐 몇 번이나 반 애들 생일파티를 열어주고, 선물도 돌리고 했었는데 다 소용없더군요.

열심히 타이핑하던 이도연, 자기도 모르게 손을 멈추고 진세희를 쳐다보고 있다. 윤지영도 금방 울 듯한 표정으로 진세희를 바라본다.

진세희 가장 힘든 게 뭔지 아세요? 급식시간에 함께 밥 먹을 친구가 한 명도 없는 거예요.

S#59. 진세희의 아들 학교 급식실/교실 (다른 날 낮)

아이들 떠들며 신나게 급식을 먹고 있는데, 구석의 한 자리만 비어 있다. 빈 교실에는 진세희 아들, 혼자 자리에 엎드려 있다.

S#60. 진세희의 집 (아침)

진세희, 밥을 푸고 있다. 식탁에는 아들 앉아 있다.

아들 엄마, 나 아침밥 좀 많이 줘.
진세희 많이?
아들 (해맑게 웃으며) 응, 엄마. 나, 점심을 못 먹으니까 아침이라도 많이 먹어야지, 엄마.

S#61. 법정 (오후)

법정 안은 쥐죽은듯 고요하고, 어느새 진세희는 눈물을 줄줄 흘리고 있다. 방청석의 정보왕도 눈물 콧물을 줄줄 흘리고 있다가 팔로 눈물을 닦는다. 이도연, 그런 정보왕을 힐끗 본다. 한세상, 침통한 표정.

진세희 …그 소리를 들으니 가슴이, 가슴이… (눈물로 말을 잇지 못하다) 칼로 후벼파는 것 같더라고요. 그날 눈이 뒤집혀서 변호사를 찾아가 소장을 썼어요.

정순녀 (왈칵 눈물을 쏟으며) …죄송해요.

박차오름 (정순녀를 조용히 바라본다)

정순녀 (고개를 푹 수그리며) 죄송해요. 제가 잘못했어요. 제가 거짓말했어요. 불판이 학생 얼굴 스치는 걸 봤어요. 무서워서 죽는 줄 알았어요. 치료비 물어줄 돈도 없는데… 시집에서 도망 나올 때 뱃속에 있던 딸애를 혼자 낳아 키우고 있어요. 반지하 월세방에 사는데, (울음 섞인 목소리로) 애가 천식이라…

최일남 (놀란 표정으로 본다)

정순녀 사장님은 접시 하나라도 깨면 월급에서 까는 분인데… 이번엔 정말 큰 사고 쳤구나 싶었는데… 상처가 언뜻 눈에 띄지 않더라고요. 사장님이 달려오시니까 덜컥 겁이 났어요. 무서워서, 무서워서 그만…

입을 벌리고 두 여인의 말을 멍하게 듣던 최일남, 고개를 푹 수그린다.

최일남 …제가 미쳤었나봅니다. (독백하듯) 저 힘들다고 남들 힘든 건 보려고도 안 했네요. 괜찮냐, 다친 데 없냐, 죄송하다, 그 한마디를 못했네요. 꼬투리 잡히면 안 된다, 빈틈 보이면 당한다는 생각만 했네요… (진세희를 향해 고개를 깊이 조아리며) 죄송합니다, 죄송합니다…

최일남의 눈에서도 눈물이 뚝뚝 떨어진다. 법정에는 침묵이 흐른다.

임바른   (침통한 표정, 마음의 소리) 법복을 입으면 사람의 표정은 지워야
              하지만, 사람의 마음까지 지워서는 안 되는 거였는데. …보지 못
              했다. 마음으로 보면 볼 수 있는 것을.
박차오름   (눈물 맺히는 걸 애써 참으며 의연하게 앉아 있다)
임바른   (마음의 소리) 끝까지 눈을 떼지 않고 봐준 사람도 있는데…

S#62. 판사실 앞 복도 (저녁)

재판부 세 명, 침묵 속에 걷는다. 앞서 터벅터벅 걷던 한세상, 부장실 앞
에 멈춘다.

임바른N   재판은 끝났다. 원고는 아무 조건 없이 소송을 취하했다. 원고가
              듣고 싶었던 한마디, 괜찮으셨냐는 그 한마디를, 박 판사가 해준
              거다.
한세상   (나지막이) 박 판사…

따라오던 박차오름과 임바른도 걸음을 멈춘다.

한세상   …수고했소.

부장실로 들어가는 한세상, 지친 듯 등이 굽어 있다.

S#63. 한세상 부장판사실 (저녁)

지친 걸음으로 들어온 한세상, 법복을 벗어 캐비닛 안 옷걸이에 대충 걸친다. 캐비닛을 닫으려다 다시 문을 열고 한참을 본다. 비뚤게 걸린 낡은 법복 자락이 벌어져 안감에 수놓인 '한세상' 글자가 보인다.

S#64. 한세상의 회상. 초임 판사 시절, 첫 재판날. 판사실. (오전)

머리가 온통 희끗희끗한 부장판사가 긴장한 초임 한세상에게 법복을 입혀준다.

부장판사   한 판사, 판사가 하는 일이 뭐라고 생각하시오?

한세상   판단하는 일입니다! 옳고 그름을 판단하는.

부장판사   (미소) 그래요. 그렇지. 그런데, 난 한 30년 가까이 했는데도 아직 잘 모르겠어. 무엇이 옳고 무엇이 그른지.

한세상   (무슨 소린지 모르겠다는 표정)

부장판사   한 판사, 잘 듣는 판사가 되시오. 판단하기 전에, 먼저 조용히, 끝까지, 잘 듣는. (한세상 어깨를 찬찬히 두드려준다)

S#65. 한세상 부장판사실 (저녁)

한세상, 고개를 숙이고 두 손으로 얼굴을 부빈다. 다시 고개를 들더니, 옷걸이에 걸린 법복을 정성껏 똑바로 단정하게 정돈하고, 법복 단추를 하나씩 잠근다. 한세상, 단정하게 정돈된 법복을 잠시 응시하더니, 캐비닛 문을 닫는다.

S#66. 배석판사실 (저녁)

박차오름, 법복을 벗어 정성스레 옷걸이에 건다. 단추를 잠그지 않아 벌어진 법복 안감에 수놓인 '박차오름' 글자가 보인다. 뭔가 벅차오르는 표정으로 그 글자를 응시한다. '그래, 결심했어!' 느낌으로 고개를 살짝 끄덕하며 입을 야무지게 다물고는, 법복 단추를 하나씩 잠근다. 그러곤 법복 어깨를 좍좍 잡아당겨 반듯하게 펴고는, 한껏 환하게 웃는다. 임바른, 그런 박차오름을 보며 살짝 미소를 지었다가, 박차오름이 돌아보자 황급히 무표정하게 변한다.

3부

이제 대한민국 여자들의
일상을 좀 이해하시겠어요?

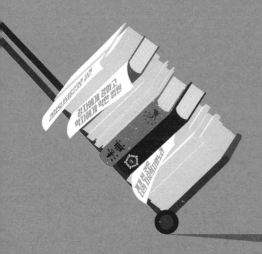

S#1. 법정 (낮)

고두환 농담 좀 심하게 했다고 가장의 밥줄을 끊어서야 되겠습니까?!

머리를 올백 스타일로 빗어 넘긴 고두환 변호사, 유세장처럼 쩌렁쩌렁 목소리를 높이며 팔을 휘둘러댄다.

고두환 존경하는 재판장님! 한 명의 인재가 아흔아홉 명을 먹여 살리는 세상입니다. 회사를 키워낸 핵심 인재를 사소한 일로 해고해서야 되겠습니까! 해고가 무효임을 선언해주십시오! 사람을 아끼는 사회, 만들어야 하지 않겠습니까!

임바른 (마음의 소리) 공기 반 소리 반. 역시 정치인 출신은 소리가 달라.

고두환 이번 일도, 소극적인 인턴사원을 얼른 팀에 융화시키려 노력하다 실수한 것뿐입니다!

원고 임광규. 왜소하고 선량한 얼굴, 살짝 벗겨진 머리. 금방이라도 울 듯한 표정. 방청석 맨 앞줄에는 미모의 중년부인과 여학생이 앉아 있다. 수심 가득한 얼굴. 임광규의 부인과 딸.

한세상   (사건기록을 뒤적이며) 40대 후반 부장인 원고가 여학생 인턴사원에게 오빠가 어쩌구 하며 카톡을 보낸 게 그런 노력이란 말씀이죠?

고두환   그 친구가 유독 자신감이 없고 회사에 적응을 못하길래 멘토 노릇을 한 거죠.

한세상   자신감이라.

한세상이 재판장석 노트북 마우스를 클릭하자 법정 스크린에 카톡 화면이 뜬다. 화면전환되며 화면에 카톡 대화가 띵똥띵똥 한 줄씩 오간다. 대화 상대방은 '부장님'으로 되어 있다.

- 근데 모친 성함이 어떻게 되시지?
- 네? 부장님, 저희 엄마 이름은 왜…
- 대체 어떻게 널 키우셨지?
- 네? 무슨 말씀이신지…
- 넌 허리는 너무 가는데 힙이 커.
- 네?
- 얼굴은 착하게 생겼는데 뒤에서 바라보면 미치겠어. (음흉미소 이모티콘)

한세상   자신감을 주려 이랬다?

고두환	(헛기침을 한 후) 역시 여성은 먼저 자기 외모에 자신감을 가져야 자존감도 높고 그런 거 아니겠습니까. 이쁘다고 칭찬하는 거, 좋은 일 아닙니까.
임바른	(어이없는 표정으로 본다)
한세상	(잠시 쳐다보다가 다시 노트북 클릭)

다시 카톡 화면.

- 숨겨왔던 나의~ 수줍은 ♪ …

한세상, 한 번 더 클릭하자 화면 다음 장으로 넘어가는데, 그 순간 방청객들 일제히 어우, 헉, 비명을 지르며 못 볼 걸 본 듯 고개를 돌린다. 눈을 가리는 사람. 구역질하는 사람. 임바른과 박차오름도 잔뜩 찡그린 표정.

한세상	이거 원고 가슴털 사진인 거죠?
고두환	(손으로 화면 쪽 가리며 외면) 아, 네… 그건 실수로 잘못 보낸 거 같은데요…
한세상	실수라? '수컷 냄새 나지 않니?' 해놓고서? (비꼬는 말투로) 여하튼 원고, 자신감이 넘치는 사람인 건 알겠네요. …이유는 잘 모르겠지만.

묵묵히 앉아 있던 원고 임광규, 움찔한다.

| 고두환 | (잠시 말문이 막혔다가) 에, 뭐… 물론 좀 지나친 면도 없지 않아 있습니다만, 업계 특성도 생각해주셔야죠. 광고홍보 업계는 섹시하 |

고 자극적인 요소도 중요하다보니 농담도 쎄게 하는 동넵니다.

한세상   농담이었다?

고두환   네. 성적인 의도가 있었던 건 아닙니다. 아까 카톡 내용도 노래 가사를 이용한 조크 아닙니까. (답답하다는 듯) 설령, 그런 의도가 좀 있었다 쳐도, 막말로 어딜 만진 것도 아니고, 말 몇 마디 때문에 해고는 너무한 거 아닙니까? 요즘 사회 분위기가 남자들한테만 너무 가혹한 거 같습니다!

임바른   (가슴털 사진이 떠 있는 스크린 쪽을 힐끗 곁눈질한 후 괴로워하며, 마음의 소리) 이게 더 가혹한 거 아닙니까…

S#2. 법원 구내식당 (낮)

점심식사 시간. 메뉴는 마늘빵과 스파게티.

박차오름   (씩씩거린다) 아, 진짜. 아까 그 변호사, 어떻게 그런 사람이 국회의원까지 했죠?

임바른   (시니컬하게) 그런 사람이니까 했죠. 그런 국민들도 충분히 많잖아요? 그런 민의를 대변하는 거죠. 이 나라, 민주공화국이잖아요.

박차오름   (분이 안 풀리는 듯 앞에 놓인 마늘빵을 들어 확 분질러버리며) 아오~ 그 양반, 국회 출입 여기자들과 회식하다가 어딜 만져서 사고친 적도 있죠? 그 동네엔 무슨 동호회라도 있나, 번번이…

한세상   그만들 해. 변호사가 아니라 사건에 집중해야지.

박차오름   부장님, 그래도…

한세상   (O.L.) 변호사 말이 꼭 백 프로 틀린 것도 아니야. 아까 카톡 내용, 그거 그냥 젊은애들한테 인기 있는 노래가사로 아재 개그 친 거 아냐?

박차오름 노래가사래도 상대를 봐가며 인용해야죠. 게다가 그 가슴털 사진은 어떻고요!

한세상 (고개를 절레절레 흔들며) 설마하니 그걸로 진짜 유혹해볼라고 보냈겠어? (살짝 구역질하는 시늉) 아, 제정신이면 말야.

임바른 대법원 판례에 따르면 성희롱이 성립하기 위해 반드시 성적 동기나 의도가 있어야 하는 것은 아닙니다.

한세상 (짜증스럽다는 듯이) 알아, 안다구! 그래도, 해고까지 할 정도인지는 좀 따져봐야지! 주책맞은 아재라고 해고까지 해야 돼?

박차오름 부장님, 아니 그런 카톡을 보내면서 단지 주책없는 농담이었다? 그게 말이 되나요?

한세상 물론 잘못된 일이지. 그런데 말야, (씁쓸한 표정을 지으며) 그게 큰 잘못인 줄 모르고 살아온 세대들이 있어. 세상이 바뀌는 걸 미처 따라잡지 못한 사람들. 우리 사회는 굉장히 빨리 발전했거든.

박차오름 그럼 그분들이 따라잡을 때까지 계속 잘못을 이해하고 용서해드려야 하나요? (순간 상황극. 손으로 가슴께를 가리며 흠칫 놀라다가 이해심 가득한 표정 지으며) 괜찮아요. 아저씨. 아저씨 잘못이 아니에요. 언젠간 따라잡으시겠죠… (고개를 갸웃하며) 근데, 이번 생엔 가능하시겠어요?

한세상, 화난 표정으로 수저를 딱! 소리가 나게 식탁에 내려놓으며 박차오름을 쳐다본다. 잠시 긴장감이 흐른다. 박차오름, 지지 않고 마주본다. 잠시 후, 한세상, 씁쓸한 표정을 지으며 시선을 내려 잠시 밥그릇을 물끄러미 본다.

한세상 …밥줄이란 목숨과도 같은 거야. 그걸 끊어버리는 일에는 신중해야 돼. 가장이 평생 일하던 직장에서 쫓겨나는 건 가벼운 일이 아냐. 가족들한테도.

S#3. 법정 (낮)

증인석에 차례로 앉는 원고 부서의 여성 직원들.

여직원A (증인석에 앉아서) 부장님요? (피식 웃으며) 보시면 알잖아요. 개그맨의 피가 끓는 분이에요. …좀 질리는 스타일 개그라서 유감이지만.

임광규, 쑥스러운 듯 머리를 긁적거린다.

여직원B 에이, 무슨 이상한 의도로 음흉하게 그러는 분은 아니에요. 솔직히 주책은 좀 없으시지만, 편하고 정도 많은 스타일이어서 그렇게 인기 없진 않아요.

한세상 원고, 대체 무슨 생각으로 그런 걸 보낸 거요?

임광규 네! (황급히 자리에서 벌떡 일어나는 바람에 의자가 뒤로 넘어진다) 죄, 죄송합니다!

임광규, 허둥지둥 의자를 일으켜 세우느라 정신없고 한세상, 혀를 찬다.

임광규 제가 잘못했습니다. 젊은 후배들이 제 농담을 잘 받아준다고 나잇값도 못하고 주책을 부렸습니다. (한숨을 쉬며) 이날 이때까지 전 제가 굉장히 재미있고 재치 있는 사람인 줄 알았습니다. (고개를 푹 숙이며) 정말 부끄러워 죽겠습니다. 재판장님…

임바른, 고개를 숙이고 있는 임광규를 보며 고민에 빠지는 표정.

임광규　(고개를 드는데 눈물이 그렁그렁하다) 재판장님, 제 가족은 무슨 죄가 있겠습니까. 큰애는 대학생이고 둘째 셋째는 고등학생입니다. 해고라뇨. 그건 저희 다섯 식구, 죽으라는 소립니다. 살려주십쇼… 살려주세요 재판장님!

임광규, 고개를 떨구고 흐느끼고, 방청석의 부인도 따라서 슬피 운다.

S#4. 배석판사실 (오후)

임바른　고민되네요. 아깐 부장님 말씀이 지나친 온정주의라고 생각했는데, 오후 재판까지 하고 나니 고민돼요…

박차오름　임 판사님, 상습음주운전하는 화물차 기사도 계속 고속도로 달리세요, 할까요? 밥줄은 소중하니까?

임바른　정직, 견책, 감봉… 다른 징계가 더 적절한지도 살펴봐야죠. 노동자한테 해고는, (무거워지는 표정) 사형선고니까요. 가장의 해고는 이 가정 전체에 엄청난 영향을 끼칠 겁니다.

박차오름　(답답하다는 듯) 가장, 가장, 그놈의 가장. 호주제가 폐지된 지 십 년이 넘었는데 아직도 그 소리를 하세요?

임바른	(마음이 상한 표정. 바로 뭐라 대꾸하려다, 다시 차분해지며) …전 호주제 얘기가 아니라, 가족의 생계가 어려워진다는 얘기를 하는 겁니다.
박차오름	인턴사원한테는, 부서장 눈 밖에 나는 것도 사형선고 아닐까요?
임바른	아까 증언들을 보면 평소 원고의 농담을 다들 가볍게 받아들이는 분위기였던 거 같아서 말이죠.
박차오름	정도가 심했는지는 피해자를 기준으로 해야죠.
임바른	물론 그렇긴 한데, 판례상 기준은 그 특정 피해자가 아니라 '합리적 피해자 기준'입니다. '상대방과 같은 처지에 있는 일반적이고 평균적인 사람'이라면 그런 행위를 당했을 때 어떻게 느꼈을지.
박차오름	큰일이네요. 저는 매~우 심하게 느껴지는데, 제가 유별나고 까탈스러운 거면 판사 자격이 없는 거네요.

갑자기 판사실 문이 벌컥 열린다.

정보왕	건전하고 일반적이고 평균적인 남자, 동구권 여배우 백 명이 뽑은 함께 여행하고 싶은 남자, 정보왕이 한번 판단해줄게. 매우 심한지 어떤지.
임바른	넌 존재 자체가 매우 심해.
정보왕	어허! (임바른의 컴퓨터 마우스를 가로채서 사건기록을 휘휘 내려본다) 뭐야 이 아재. (더 내려보다가 가슴털 사진을 본 듯 호들갑스럽게 눈을 부비며) 악! 내 눈! 내 눈! (후, 후 심호흡을 하며 마음을 진정시킨 후) 정말 같은 남자로서 이해가 안 된다. 이해가 안 돼.
임바른	뭔 소리?
정보왕	아니 이 인간이 한 짓 이전에 우선 자기 부하 여직원이 여자로 보

인다는 거부터가 이해가 안 돼. (두 팔을 죽 펼쳐 보이며) 아니 저 넓은 바깥세상에 매력덩어리들이 얼마나 많은데 왜 굳이? 바깥에서 인기 없는 수컷들이나 이런 짓을 하는 거라구.

이때 이도연, 손에 결재판을 들고 또각또각 들어온다. 머리 한 줄로 묶고 안경, 맨 윗단추까지 채운 블라우스와 검은색 롱스커트. 단정한 차림.

이도연   실무연구회 참석 회람입니다. 지금 표시해서 주시죠.
임바른   (결재판 받아 펜으로 표시하며) 네.
정보왕   (아랑곳 않은 채) 나 같은 남자들은 좀 눈에 띄는 여자 있다고 촌스럽게 헤벌레하고 그러지 않아. (손가락으로 머리를 가리키며) 이성이 컨트롤하거든. 수컷 본능에만 충실한 남자들, 도저히 이해가 안 된다니까?
이도연   (팔짱을 낀 채 정보왕을 응시한다)
정보왕   왜 그렇게 봐요?
이도연   정 판사님이 말씀하시는 그 이성과 본능의 거리라는 거, 제가 보기엔 한 (강한 악센트로) 십 센치밖에 안 되는 거 같은데요.
정보왕   (당황) 네?
이도연   십 센치. 십. 센. 티. 미. 터.

이도연, 갑자기 안경을 벗고 머리끈을 풀더니 블라우스 단추를 푼다.

이도연   네크라인 십 센치.

정보왕, 화들짝 놀란 표정. 이도연, 타이트한 롱스커트를 무릎 위로 끌어올리며,

이도연   스커트 길이 십 센치.

정보왕, 두 손으로 입을 가리며 어쩔 줄 몰라 한다. 이도연, 두 손을 허리에 올리며 허리를 옆으로 틀자 에스라인이 강조된다.

이도연   허리 각도 십 센치.

정보왕, 빨려들어갈 듯 눈이 커지면서 이도연의 몸매를 자기도 모르게 위아래로 훑는다. 입은 헤벌리고 멍청한 표정.

이도연   (무표정) 일반적이고 평균적이시네요. (안경을 쓰더니 결재판을 집어 들어 또각또각 나간다)

정보왕   (계속 헤벌리고 있다가 갑자기 정신을 차리며) 아니, 아까 스커트 올린 거 그거 십 센치 더 되는 거 같은데. 그건 반칙이지.

임바른   (외면하며) 입다물어. 말할수록 더 챙피해져.

박차오름   (싱글거리며) 정 판사님 눈이 그렇게 크신 줄 예전엔 미처 몰랐어요. 한 십 센치 되겠던데?

정보왕   (억울한 표정) 왜들 그래! 방금 내 시선, 이상한 정도는 아니었다구!

임바른   많이 이상했어. 조심해. 성적 불쾌감이나 굴욕감을 주는 행위는 다 성희롱이 될 수 있다구.

정보왕   에이 굴욕감은 무슨… 뭐, 불쾌감은 몰라도 '성적 굴욕감'씩이나 느낄 일이 그리 흔한가?

박차오름 (잠시 생각하더니) 오늘, 제가 저녁 살 테니 저랑 같이 어디 좀 가
보실래요? 두 분 다.

임바른, 정보왕 어리둥절한 표정으로 서로를 마주본다.

박차오름 (일어서서 허리에 손을 올리고 이도연처럼 옆으로 틀어보며) 이렇게?
아까 이렇게 했었지? 어우, 저 언니 아주…

흠칫하는 임바른.

S#5. 시장통 (저녁)

시끌벅적한 시장통. 상인들 손님들 할 것 없이 아지매들이 압도적으로
많다. 여기저기서 들리는 요란한 아지매들 목소리. (E)

"골라요 골라! 양말 세 켤레 천 원!"
"순대 드시고 가세요! 진짜 돼지 창자로 만든 왕순대!"
"아줌마 이건 좀 얹어줘! 많이 샀잖아!"
"덤까지 주면 정말 남는 거 하나도 없다니깐 진짜!"

싸우듯 흥정하는 아지매들 사이로 순대 내리쳐 자르는 칼, 뾰족한 닭발,
족발, 돼지머리가 불쑥불쑥 클로즈업되면서 마치 〈지옥의 묵시록〉 정
글 속으로 들어가는 듯한 무시무시한 분위기. 음향효과도 마찬가지. 미
소 띤 박차오름이 성큼성큼 앞서가고 주눅든 표정의 임바른과 정보왕

쭈뼛쭈뼛 주변을 두리번거리며 뒤따라간다.

억척스러운 아지매들만 바글바글한 시장통에 몸에 잘 피트되는 슈트 차림의 날씬한 젊은 미남 판사 두 명이 나타나자 아지매들의 시선, 일제히 두 남자 판사들에게로 향한다. 시끌벅적하던 흥정 소리도 멈추고 시선 집중. 노골적으로 쳐다보는 아지매들 시선 사이를 두 판사, 위축된 표정으로 걷는데 거침없는 아지매들의 품평이 이어진다.

상인1   아따, 총각 뒷태 보소. 예술이네잉~

상인2   어머, 저거 봐. 바지 먹은 거 좀 봐.

임바른, 화들짝 놀라며 손을 뒤로 돌려 바지를 끌어내린다.

상인1   (쓰읍~ 침을 꿀꺽 삼키며) 남자는 엉덩이야.

상인2   남자는 허벅지지. 아 우리 영감은 하체가 부실해서 영 힘을 못 쓴다니깐. 저 정도는 돼야 좀 쓸 만한데… (손을 쑥 내밀어 정보왕 다리를 쓸어내리는 시늉)

정보왕, 화들짝 놀라서 다리를 감싼다. 임바른 팔을 붙잡으며 울상으로 속삭인다.

정보왕   바른아, 여기 뭐야. 무서워.

임바른   붙잡지 마. 나도 무서워. 눈 마주치지 말고 앞만 봐.

앞만 보고 걷는 두 사람 뒤통수로 삐이익~ 능숙한 휘파람 소리, 깔깔대는 소리 왁자지껄하게 들려온다. 태연한 척하지만 발걸음이 후다닥 빨라지는 두 사람.

S#6. 시장통 (저녁)

순대집이모 좌판 앞 의자에 앉아 있는 세 판사들.

빈대떡이모 아 그러게 왜 남자가 옷을 그리 딱 붙게 입어. 조신하지 못하게. 이상한 일 당할 만하네.

순대집이모 (와이셔츠 차림의 정보왕 가슴팍을 가리키며) 옴마야~ 다 뵈네, 다 보여. 어쩜 속옷도 안 입고 그렇게 헐레벌레 보이고 다녀? 말세네, 말세야.

정보왕 (황급히 손으로 가슴팍을 가리며) 원래 와이셔츠 안에는 딴거 안 입는 거라구요! (분한 표정) 그리고, 제 몸은 제 거예요! 뭘 입든 무슨 상관이시죠!!

떡볶이이모 (빈대떡이모와 눈을 맞추며 킥, 웃는다) 에구, 나야 어디 무식해서 그런 걸 아나. 그래도 눈이 자꾸 간다 아이가. (다시 정보왕 가슴팍을 보며 입맛을 다신다)

빈대떡이모 거 입맛은 왜 다시구 지랄이고?

박차오름 (웃으며) 으이그, 쫌 적당히들 해. 하여튼 적당히란 걸 몰라.

이모들, 박차오름을 보며 윙크한다. 시끌벅적한 소리에 순대 좌판 맞은편 한복집 이모도 가게 밖으로 고개 내밀더니, 임바른 얼굴과 몸매를 유심히 본다.

빈대떡이모 (능글맞게) 아, 총각들이 하도 미남이라 장난으로 그러는 거지 뭐. 칭찬이야 칭찬.

떡볶이이모 칭찬도 누가 하느냐가 중요하다 아이가. 전지현이나 송혜교가 하믄 기분 좋은 기고, 니 같은 메주가 하믄 성희롱이다 아이가. (낄낄댄다)

임바른 (마음의 소리) 아까부터 뭔가 굉장히 익숙한데 동시에 굉장히 기분이 더럽구만…

정보왕 저, 말씀중에 죄송한데 여기 화장실이 어디 있죠?

빈대떡이모 (벌떡 일어나며) 화장실 내가 가르쳐드릴 게 나랑 같이 가요.

순대집이모 손님 없는 내가 가야지. (정보왕에게 다짜고짜 손을 내밀며) 이리 와요. 내가 데려다줄게.

빈대떡이모 (옆을 보며) 근데 니는 뭐하나?

떡볶이이모, 조용히 립스틱을 공들여 바르고 있다가 정보왕을 향해 윙크.

정보왕 (다급하게 고개 저으며) 제가 알아서 갈게요!! 제가!! 알려만 주세요. (임바른의 소매를 잡아당기며 슬픈 사슴 같은 눈망울로) 바른아, 같이 가자!

임바른 난 괜찮은데…

정보왕 (애절하게) 같이 가줘…

결국 같이 일어서는 두 사람.

순대집이모 하이고, 총각들이 화장실도 같이 가네. 사이가 좋은갑다.

S#7. 시장통 화장실 (저녁)

허름한 화장실. 소변기 앞에 나란히 서서 볼일을 보고 있는 두 판사. 정보왕, 긴장이 풀린 듯 몸을 부르르 떨며 실눈으로 나른하고 행복한 표정을 짓고 있는데, 이상한 느낌이 있어 옆을 보니 백발의 허리 굽은 할머니가 대걸레를 어깨에 기댄 채 정보왕의 아래쪽을 유심히 보고 있다.

정보왕   (충격과 공포의 비명) 아악! 아아아아아아아아아악!! (지퍼를 황급히 올리며) 아아아아악!

임바른   (역시 황급히 지퍼 올리며) 이 할머니, 언제부터 계셨던 거야?

할머니, 안쓰럽다는 표정으로 정보왕의 어깨를 토닥토닥하고는, 마치 '괜찮아…'라고 하듯 고개를 끄덕여준다. 정보왕, 당황하여 어쩔 줄 몰라 하고 있는데, 대걸레를 밀던 할머니, 다시 뒤를 돌아보며 '파이팅!' 하듯 주먹을 불끈 쥔다. 억울한 표정의 정보왕 얼굴 클로즈업.

S#8. 시장통 (저녁)

정보왕   (일어서서 펄쩍펄쩍. 완전 흥분한 표정) 다 고소할 거야 고소!! 다 구속해야 돼!

임바른   (놀리는 말투로) 성적 굴욕감, 아주 제대로 느낀 거 같은데?

정보왕   (분노로 부들부들 떨며) 시끄러! 너도 고소할 거야!

박차오름 (웃으며) 에고 좀 봐주세요. 죄송해요. 무서운 데 모시고 와서.

임바른   일일체험학습, 고맙습니다. 근데 초보자용으론 너무 센 코스 아니었나요?

정보왕　(어리둥절) 엥? 뭔 소리?

박차오름　(킥, 웃으며) 이제 대한민국 여자들의 일상을 좀 이해하시겠어요?

임바른　감히 이걸로 다 알았다고는 못하겠지만.

정보왕　(억울한 표정) 아니 잠깐만. 너 혼자 쿨한 척하는 거야? 너도 나랑 같이 당했잖아! 아까 아줌마들! (진저리를 치며) 화장실 할머니!

박차오름　그래서 정말 실질적인 위협을 느꼈나요? 무슨 일 당할 것 같은?

정보왕　아니 뭐 그렇다고 남자가 진짜 무슨 일을 당하지야 않겠지만… 그래도… 기분이 그게 별로…

순대집이모　(무심하게 순대를 썰어주며) 하긴, 뭐 이 정도 가지고 이해했겠나? 나 처녀 땐 주먹으로 때리고 칼 들이대는 경우도 당해봤구만.

빈대떡이모　지금도 다를 거 하나 없다. 강남역 노래방 화장실에서 아무 이유 없이 칼에 찔려 죽은 여자 안 봤나.

임바른, 빈대떡이모를 흘깃 쳐다본 후, 조용히 생각에 잠긴다.

임바른　…그러네요. 성적 굴욕감이라는 거. 그건 힘에 굴복해야 하는 굴욕감이기도 한 거네요… 단순한 불쾌감하고는 다른.

박차오름　(생각에 잠긴 임바른을 보며 미소를 지으며) 네. 힘의 차이. 부서장과 인턴사원 같은.

임바른　(박차오름을 조용히 마주본다)

정보왕　아까 가슴털 부장 사건 얘기? 대체 나잇살이나 먹은 아재들이 왜들 그러는 거야? 나도 아직은 수컷이고 싶다, 뭐 이런 건가?

박차오름　(픽 웃으며) 수컷의 짝짓기 본능이면, 최소한 상대를 유혹할 가능성은 있는 짓을 해야 되잖아요?

임바른   (뭔가 깨달은 듯) 그러네요. 상대가 좋아하든 말든 상관없는 거군요. 그냥 건드려보는 거네요. 그럴 수 있는 힘이 있으니까.

박차오름, 미소 짓는다. 이때, 묵묵히 일하고 있던 순대집이모, 갑자기 손바닥으로 좌판을 내리치며,

순대집이모   하이고, 답답타. 뭐가 그리 복잡하노?!

세 판사, 놀라서 이모를 쳐다본다. 다른 두 이모들도 성질난 표정.

떡볶이이모   아, 그냥 발정난 수캐들이지 뭐긴 뭐꼬?
빈대떡이모   개가 개 같은 짓하는데, 개 속내는 알아서 뭐하노!!
순대집이모   다 필요 없고 부랄을 까뿌라!!

순대집이모, 큼지막한 식칼로 김이 모락모락 나는 굵직한 왕순대를 쿵! 힘껏 내리쳐 자른다. 자기도 모르게 바지 앞쪽을 감싸며 깜짝 놀라는 정보왕.

S#9. 배석판사실 (밤)

일하고 있는 두 판사. 임바른, 셔츠 소매를 대충 팔꿈치까지 걷어올리고 넥타이도 조금 느슨하게 한 채 연필로 메모지에 뭔가 열심히 쓰고 있다. 손가락에는 골무가 끼워져 있고 책상 위에 사건기록과 메모지 등이 너저분하다.

박차오름 그 사건 때문에 야근하세요?

임바른 네. 비슷한 사건들을 찾아보고 있어요. (한숨을 쉬며) 조건형 성희롱과 환경형 성희롱이 뭔지, 미국 판례 흐름이 어떤지는 줄줄 설명할 수 있는데, 그냥 머리로만 알았었나봐요. 현실엔 진짜 별의별 사건들이 다 있네요.

박차오름 (뭉클한 듯. 고민하는 임바른을 지그시 바라보다가) 솔직히, 그 성희롱 사건, 전 남의 일 같지가 않네요… 익숙한 일이거든요.

임바른 (놀라며) 네? 그게 무슨…

박차오름 대학 때 라이브 카페에서 피아노 치는 알바를 한 적이 있어요. 손님들 노래할 때 반주도 해주고요.

임바른 박 판사네 집, 부유하지 않았어요? 독서교실 때, 그런 줄 알았는데.

박차오름 (알 수 없는 미소를 지으며) 뭐, 알바하는 데 꼭 이유가 있어야 되나요? 각자 사정이 있는 거죠. 나름 점잖은 분들이 오신다는 곳이었는데요…

S#10. 박차오름의 회상. 박차오름이 알바하던 카페 (밤)

박차오름, 드뷔시의 〈달빛〉을 연주하고 있다. 테이블에 앉아 있는 고급 양복 차림의 중년남성들, 연주가 끝나자 박수갈채를 보낸다. 박차오름, 목례한다. 한 남성, 자리에서 일어나 피아노 쪽으로 다가오더니,

중년1 브라바! 훌륭해. 훌륭해. 역시 쇼팽은 그렇게 쳐야지. 잘 배웠네.

박차오름 저… 드뷔시인데요?

중년1	(당황) 어… 그보다, 내 오촌 당숙의 절친이 줄리어드 음대 교수인데 말야, 유학 생각은 없나? 큰물에서 놀아야지. 내가 밀어줄게.
중년2	음악은 독일이지. (손가락에 끼운 벤츠 키를 휘휘 돌리며 다가온다) 오름 양, 내가 집까지 태워줄까? 밤에 택시 타면 위험해요.

카페 사장, 두 중년을 무시하고 박차오름에게 말을 건다.

사장	오름 양, 철학자 변 교수님 알지? 『아프니까 갱년기다』 쓰신 분. 인사드려.

피아노 앞 테이블에 앉은 베레모에 파이프를 문 백발의 남자, 천천히 박수를 치며 고개를 끄덕인다.

박차오름	(반가워하며) 어머, 교수님, 영광입니다.

cut to

교수	(열변 토하는 중) 셀라비C'est la vie! 그것이 인생이야. 절벽 끝에서 뛰어내릴 용기로 이 신자유주의가 지배하는 척박한 세상과 싸워야 해! 지금의 고난에 굴복하면 안 돼!
박차오름	네에… 고맙습니다. 교수님.
교수	(손을 불쑥 내밀며) 오름 양, 손 좀 줘봐요.
박차오름	네에?
교수	그대의 운명을 봐줄게. 어서!

박차오름, 쭈뼛거리며 마지못해 손을 내밀자 교수, 덥석 손을 잡더니 손금을 본다.

교수 사랑과 성공을 동시에 거머쥘 운명이야. 생명선도 길고. (괜히 박차오름 손을 만지작만지작거린다)

박차오름 (얼른 손을 빼내며) 아, 네.

교수 (양주잔을 들어 훌쩍 들이켜며) 하지만 이 세상엔 사랑이 부족하지. (고뇌에 찬 표정으로) It's a so lonely world! (다시 잔을 채워 박차오름에게 내밀며) 오름 양, 러브샷 할까?

박차오름 (기겁을 하며) 네? 근데 지금 뭐하시는 거죠?

교수 (손을 가슴에 모으며) 여기가 아파. 아프니까 갱년기야. 오름 양, 내 은교가 되어줘!

박차오름 (자리에서 벌떡 일어나며 고개를 절레절레) 아프면 병원에 가세요. 병원에. 네? 약값 드려요?

S#11. 박차오름의 회상. 카페 엘리베이터 (밤)

불 꺼진 카페 문을 열고 나와 퇴근하는 박차오름.

박차오름 별 그지같은 새끼들만… (한숨) 여기도 그만둬야겠어.

빌딩 내부는 이미 어둡다. 비상등 불빛을 따라 어두운 복도를 지나 엘리베이터 앞에 선 박차오름. 20층이다. 천천히 올라오는 엘리베이터. 땅, 소리가 나며 문이 열리자 들어가서 닫힘 버튼을 누르는 박차오름. 그때,

닫히던 엘리베이터 문 사이로 큼지막한 손이 불쑥 들어오고 박차오름, 깜짝 놀란다. 다시 문이 열리자 들어오는 덩치 큰 중년남성.

박차오름　(목례를 하며) 아, 안녕하세요. 김 대표님.

김 대표　오름 양, 왜 나 무시해?

박차오름　(당황하며) 무시… 라뇨? 무슨 말씀을…

김 대표　내가 맛있는 거 사준다고 열 번도 넘게 얘기했는데 한 번도 제대로 대꾸를 안 하잖아.

박차오름　(덩치 큰 남자와 단둘이 밤늦은 시각 엘리베이터 안. 남자의 위협적인 말투에 위축된다) 아 네… 제가 다이어트를 좀 해서요…

김 대표　뺄 게 어딨다고? 정말 나 무시하는 거야? 내가 어떤 사람인 줄 알아?

박차오름　(달래듯) 알죠. 자수성가하신 훌륭하신 분인 거. 담에 한번 맛있는 거 사주세요.

김 대표　약속한 거지? (품에서 핸드폰을 꺼내 쓱 내밀며) 여기 번호 찍어.

박차오름　네?

김 대표　찍으라구. (위협적인 표정)

박차오름　네네. (후다닥 핸드폰에 번호를 찍어 돌려준다)

박차오름, 뒤로 돌아 15층, 14층 차례로 켜지는 표시등을 애타게 쳐다보는데, 오늘따라 느리게만 느껴진다. 초조한 표정.

김 대표E　안 울리는데?

박차오름, 소스라치게 놀라 뒤돌아보니 김 대표, 귀에 자기 핸드폰을 갖다 댄 채 서 있다.

김 대표   (싸늘한 눈매) 벨 소리. 왜 안 울리지?

박차오름   (겁에 질려) 이상하다. 배터리가 다 됐나?

김 대표   꺼내봐.

박차오름   네?

김 대표   (위협적으로) 폰 꺼내보라구.

박차오름   아, 네에… (불안한 눈빛으로 핸드백 안을 더듬거리며 뒤로 물러선다)

김 대표   난 말야, 딴건 몰라도 무시당하는 건 못 참거든? 내가 누군 줄 알아? (무시무시한 표정으로 다가선다)

하얗게 질린 채 뒷걸음질치다 벽에 쿵 부딪히는 박차오름. 이때, 띵, 소리 울리며 드디어 1층에 도착, 엘리베이터 문 열린다. 박차오름, 황급히 엘리베이터 밖으로 뛰어나간다.

S#12. 배석판사실 (밤)

임바른   (놀란 표정) 큰일날 뻔했네요! (분개하며) 자기 딸 같은 사람한테 그따위 짓을…

박차오름   (씁쓸한 미소) 알고 보면 멀쩡한 가장들이더라고요. 사회적 지위도 있고. (창밖을 바라보며) 저, 아무래도 결혼 같은 건 못할 것 같아요.

임바른, 놀란 표정으로 박차오름을 본다.

박차오름 이른 나이에 너무 본 게 많나봐요. 세상에는 꼭 일찍 알지 않아도 좋은 것들도 있는데. (미소 짓는다)

임바른 (지그시 보다가) 그랬군요. (시선을 사건기록으로 돌리며) 박 판사님, 이번 사건 하면서 내가 자꾸 말도 안 되는 의문 제기한다고, 남자는 어쩔 수 없다고 생각했겠어요.

박차오름 (선뜻 뭐라 대답 못한다)

임바른 맞아요. 그것도 맞습니다. 그런데, 박 판사님이 강경한 입장일수록 저는 더 의문을 제기해보게 됩니다. 혹시 다른 측면은 없는지. 놓치고 있는 점은 없는지.

박차오름 ……

임바른 성희롱 문제가 심각한 것은 알지만, 이 사건에서 증거가 충분히 갖춰졌는지는 그거대로 엄격히 따지는 게 우리 할 일이니까. 변명 같지만 말이죠.

박차오름 (미소) 아닙니다. 당연히 그래야죠. 그게 우리 할 일이죠.

서로에게 가볍게 고개를 끄덕, 하고는 다시 각자 일에 열중하는 두 사람.

cut to

벽시계가 밤 12시 20분을 가리키고 있다. 일하고 있는 두 판사.

박차오름 (일을 멈추고 기지개를 켜더니) 아~함. 나머지는 집에 가서 봐야겠네. 임 판사님, 안 들어가세요?

임바른 하던 거 좀 마무리하고 갈게요. 먼저 들어가세요.

박차오름 네, 내일 봬요.

목례를 한 박차오름, 보던 재판기록을 캐리어에 넣고는 끌고 나간다.

S#13. 엘리베이터 앞 (밤)

캐리어를 끌고 긴 복도를 걷는 박차오름, 복도 등이 일부씩만 켜져 있어서 어둡다. 엘리베이터 앞에 도착한 박차오름, 그런데 전등이 깜빡깜빡하다가 꺼진다. 계단 쪽 문 위의 비상등만 켜져 있다. 창밖의 불빛도 있어 컴컴한 정도는 아니지만 어둡다. 엘리베이터는 5층에 멈춰 있다. 박차오름이 있는 곳은 18층. 엘리베이터 버튼을 누르려는데, 손끝이 조금씩 떨린다. 결국 누르지 못하고 손을 내리며 한숨을 쉰다.

플래시컷〉 S#11 회상 씬 중.

닫히던 엘리베이터 문 사이로 불쑥 들어오던 큼지막한 손.

얼굴이 창백해진 박차오름, 망설이다가 눈을 질끈 감고 버튼을 누르려는데, 옆에서 남자의 손가락이 나타나 먼저 버튼을 누른다! 흠칫 놀라 돌아보는 박차오름. 임바른이다.

박차오름   (반가워하며) 임 판사님~ 일 더 하다 가신다면서요?
임바른   어… 약속 있는 걸 깜빡해서요.
박차오름   이 시간에요?
임바른   아니 그냥, 모임인데 2차 끝나기 전에 얼굴만 내밀고 가기로 해서.
박차오름   네에…

띵똥, 엘리베이터 도착하고, 두 사람 들어간다. 편안해진 표정의 박차 오름, 17층, 16층, 15층··· 표시등을 보다가, 힐끗 옆의 임바른을 쳐다본다. 임바른 턱에서 목으로 작은 땀방울이 하나 흘러내리고 있다. 자세히 보니 가슴이 미세하게 오르락내리락하며 약간 가쁘게 숨쉬고 있다.

박차오름 (고개를 살짝 갸우뚱하며) 임 판사님, 혹시 뛰셨어요?

임바른 (태연하게) 네? 아니요.

박차오름 네에···

임바른, 담담한 표정으로 앞을 보고 있다.

S#14. 잠시 전 상황. 배석판사실 (밤)

임바른 하던 거 좀 마무리하고 갈게요. 먼저 들어가세요.

박차오름 네, 내일 봬요.

목례를 한 박차오름, 보던 재판기록을 캐리어에 넣고는 끌고 나간다. 나가는 박차오름을 힐끗 보고는 다시 모니터로 시선을 돌리는 임바른, 그런데 뭔가 갑자기 생각난 듯 고개를 돌려 문 쪽을 쳐다본다. 이어 문 위의 벽시계를 본다. 표정 심각해지더니 일하던 사건기록과 메모지, 연필 다 그대로 놔둔 채 벌떡 일어나 윗도리만 집어들고 뛰어나간다.

S#15. 다시 엘리베이터 안 (밤)

박차오름, 임바른 쪽을 흘깃 본다. 임바른, 엄지손가락에 골무 끼워져 있는데 모르는 눈치. 무표정하게 표시등만 말없이 보고 있다. 박차오름, 그런 임바른을 보고 미소 지으며,

박차오름 (밑을 보며, 혼잣말처럼) …고마워요.

임바른 뭐가요?

박차오름 …그냥요.

어색한 표정의 임바른, 살짝 수줍은 표정의 박차오름, 각자 엘리베이터 벽에 기댄 채 다른 곳을 보고 있다.

S#15-1. 배석판사실 (오전)

법복 입으며 재판 준비중인 임바른과 박차오름. 그런데 정보왕이 불쑥 들어온다.

정보왕 오늘 재판 맞지? (손으로 가슴에 수북한 털 모양 흉내내며) 이거, 북실북실! 가슴털!

임바른 (어이없다) 또 구경 올 거냐…

정보왕 구경은, 법정 모니터링이지! 내가 구술심리연구회 간사인 거 몰라?

박차오름 (정보왕을 빤히 보며) 알고 보면 정 판사님이야말로 천재 아니에

요?

정보왕   엥? 그건 또 왜?

박차오름 (장난스레 웃으며) 대체 본인 일은 언제 하시는 건지, 알다가도 모
르겠사옵니다. 매일 야근하는 소녀에게 비법을 좀 전수해주시
와요.

정보왕   (진지한 표정) 그래? 사실 이거, 초임한테는 함부로 안 알려주는
건데, 버릇 나빠질까봐.

박차오름 뭔데요?

정보왕   (주위를 둘러보는 척하더니 비밀스럽게) 내가 전자공학과 출신이잖
아. 성적도 안 되는데 여기 온 게 실은 판결문 작성 인공지능 개
발 프로젝트 때문인데, '알파로'.

임바른   넌 형사부 일 년 하면서 사기꾼들 보고 배운 게 겨우 그거냐?

정보왕   야, 왜 이래. 우리 방 김동훈이는 믿고 있어. 비밀유지 각서까지
썼다니깐?

임바른   (외면하며 손으로 문을 가리킨다)

정보왕   허, 참. 야박하네. 손님 대접 참… (투덜투덜) 강호의 의리가 땅에
떨어졌어… (〈영웅본색〉 주제가를 흥얼거리며 나간다)

박차오름 (풋, 웃으며) 그래도 정 판사님 덕분에 웃는다니까요. 이 삭막한
건물에서.

임바른   …비법 같은 거 없습니다.

박차오름 네?

임바른   보왕이 저 녀석, 판사실 구석에 야전침대 갖다놓고 법원에서 〈나
혼자 산다〉 찍는 녀석이에요. 공대 다닐 땐 연구실에 텐트 치고
살았고.

박차오름 (의외의 사실에 놀란다) ……

임바른   들어갈까요? 시간 됐네요.

S#16. 법정 (낮)/피고 회사 측 증인신문

한세상   오늘 인턴사원분 증인신문하기로 했지요? 증인 나오시죠.

방청석 맨 뒷줄에 고개 푹 숙이고 앉아 있던 창백한 얼굴의 젊은 여성,
앞으로 나와 증인석에 앉는다.

한세상   피고 회사 측 대리인, 신문하시죠.

cut to

피고변호사 (무성의하게 신문 사항을 읽고 있다) 증인, 기제출한 진술서에 기재
한 내용이 모두 사실이죠?

인턴   (기어들어가는 목소리로) 네에…

피고변호사 증인의 남자친구가 SNS에 증인이 받은 카톡 내용을 올려서 이
일이 알려지게 됐죠? 그래서 회사가 원고를 해고하게 된 거고?

인턴   (고개를 끄덕끄덕)

피고변호사 답변해주세요.

인턴   네에…

피고변호사 재판장님, 이상입니다.

속기하고 있던 이도연, 이상하다는 듯 피고변호사를 힐끗 쳐다본다. 방

청석의 정보왕도 고개를 갸웃거리고 있다.

임바른 (어처구니없는 표정, 마음의 소리) 어이가 없네. 자기들이 해고해놓
고는 질문이 저게 전부? 재판에 이길 생각이 있는 거야?

한세상 질문 더 없습니까?

피고변호사 없습니다.

한세상 그럼 원고 측 반대신문하시죠.

고두환, 한세상의 말이 떨어지기가 무섭게 증인석 바로 앞까지 성큼성
큼 걸어나와서 증인을 향해 눈을 부라린다.

고두환 증인, 내 얼굴을 똑바로 보고 답하세요. 한 가정의 가장 운명이
달려 있습니다!

이 말에 방청석 맨 앞줄 원고 부인의 눈에는 벌써 눈물이 맺힌다. 애타
는 표정으로 손수건을 꼭 부여잡는 원고 부인.

한세상 원고 대리인!

고두환 (재판장 쪽을 보며) 네?

한세상 미국 법정영화 아닙니다. 본인 자리로 돌아가서 질문하세요. 마
이크 성능 좋습니다.

고두환 (못마땅한 표정으로) 알겠습니다. (자리로 돌아가 앉은 후,) 증인, 원
고가 평소 증인에게 회사생활을 하려면 남자 못지않게 털털하고
강인해야 한다고 조언을 많이 해주었죠?

인턴 (잠시 망설이다가) …네.

고두환	원고는 그런 취지에서 일부러 증인에게 좀 센 농담도 걸고 했다는데 그런 것 아닌가요?
인턴	(고개 숙인 채 묵묵부답)
고두환	광고 일 하려면 다양한 사람들을 만나야 되고, 술자리도 가져야 되는데, 그런 자리에서는 좀 야한 농담도 척척 받아넘길 줄 알아야 한다고 가르치지 않았나요?
인턴	…그런 말씀을 하시긴 했어요.
고두환	지난 기일에 제출된 카톡 내용도 그런 의미에서 보낸 거 아닌가요?
인턴	그, 그건 아니에요. 부장님은 그것말고도 밤마다 카톡으로 자꾸 이상한 말씀을…
고두환	(O.L.) 그럼 그 내용을 증거로 제출했나요? 왜 기록에 안 나오죠?
인턴	징그러워서 바로 카톡을 지워서 남아 있지가…
고두환	(O.L.) 증거 없다고 함부로 말을 지어내면 안 됩니다! 콩밥 먹는 수가 있어요!
한세상	(노기를 띤 채) 지금 범죄자 조사하는 겁니까? 증인에 대한 예의를 지키세요!
고두환	(눈을 치켜뜨며 고개를 번쩍 들어 한세상을 마주 노려보다가, 언제 그랬냐는 듯 만면에 미소를 띠며) 아이구, 존경하는 재판장님, 이거 죄송합니다. 원고 가족의 불쌍한 처지에 가슴이 미어져서 그만… 반대신문은 이것으로 마치겠습니다.

인턴사원, 힘없이 증인석에서 내려온다. 불쌍한 표정으로 지켜보고 있던 원고 임광규, 인턴사원 쪽을 향해 고개를 연신 숙이며 중얼거린다.

임광규　미안합니다. 미안합니다. 내가 실수했어요. 실수…

S#17. 법정 (낮)/원고 측 증인신문: 차장

원고 측 증인이 증인석에 앉는다. 40대 초반 여성인 나인숙 차장. 인턴과 대조적으로 당당한 태도.

고두환　(나긋나긋한 어조로) 증인, 원고 밑에서 차장으로 일하고 있죠?

나인숙　네.

고두환　원고와 함께 오래 일하셨는데, 회사 내에서 원고 평가는 어떻습니까?

나인숙　탁월한 실적으로 회사 성장에 크게 기여한 일꾼입니다. 예전엔 섹시 코드를 가미한 광고 아이디어를 내서 히트를 많이 치셨죠.

고두환　평소에도 섹시 코드를 살짝 가미한 유머를 즐기는 편이겠네요?

나인숙　네, 그렇습니다. 평소 저한테도 미인박명이니 너는 두루미만큼 오래 살 거라는 농담을 하시곤 했어요. 악의는 없는 걸 아니까 웃어넘겼습니다. 어차피 남성중심 직장문화에서 여성이 성공하려면 어느 정도는 타협해야죠. 저는 신입사원 때부터 여자라고 유난 떨지 말라고 배웠습니다. 요즘 젊은 여직원들이 사소한 일로 울고불고하는 건 조직의 단합을 해치는 일입니다.

고두환　(목소리를 낮추며) 사실, 회사 수뇌부에도 해고는 지나치다는 의견이 많다고 들었습니다만…

나인숙　(잠시 망설이다가) …저로서는 회사 방침에 대해 뭐라고 말할 입장이 못 됩니다. 다만 회사도 회사 나름의 고충이 있다는 점만 알아주십시오.

고개를 숙이고 있던 임광규, 뒤를 돌아본다. 방청석에 앉아 있던 정장 차림의 원고 부하직원들(남자가 많지만 여자도 있음), 임광규를 안타까운 눈으로 보며 힘내라는 듯 주먹을 불끈 쥐어 보이거나, 고개를 끄덕거려준다. 그 사이에 우연히 앉아 있던 정보왕, 멀뚱거리고 있다가 손으로 가슴털 북실북실한 시늉을 하더니 대단하다는 듯 엄지를 치켜든다. 임광규, 갸우뚱한다.

방청석 맨 뒷줄 구석에 앉아 있던 인턴 여학생, 눈물이 그렁그렁한 채 뭐라 입을 열려고 하다가, 체념한 채 고개를 숙인다.

한세상　회사 측, 반대신문 하시죠.

피고변호사　(무표정하게) 반대신문 사항, 없습니다.

한세상　(살짝 놀라며) 없어요?

피고변호사　네.

한세상　(잠시 쳐다보다가) …좋습니다. 그럼 다음 증인, 들어오라고 하세요.

S#18. 법정 (낮)/원고 측 증인신문: 여직원들

여직원C　이런 말 하면 좀 그렇지만, 이번 인턴사원이 좀 매사에 예민한 것 같다는 말이 부서 내에 있기는 했어요. 광고회사라는 데가 일반 회사랑은 분위기가 좀 다른데, 적응을 못하는 것 같았어요.

고두환　그렇죠? 딴사람들은 아무도 이상하게 생각 안 하는데 저 알바생만 유난을 떨었다 이거죠?

한세상 원고 대리인! 말씀에 유의해주세요. 알바생이 아니라 인턴사원입니다.

고두환 네, 죄송합니다. 저 인턴사원이 영 조직에 적응을 못하고 매사에 유별났다는 거죠?

방청석의 인턴사원, 자기도 모르게 억울한 표정으로 "아니에요!"라고 외친다. 이단디, 인턴사원 옆으로 가서 뭐라 하려 하다가, 눈물 맺힌 그녀의 눈을 보더니 그냥 돌아선다. 앞줄에 앉은 원고의 부하직원 중 한 명(김마리), 고개를 돌려 걱정스러운 표정으로 인턴사원을 바라본다.

고두환 방금 보셨지요? 저렇게 매사에 오바하는 성격입니다. 조직에 적응을 못하는 유형이죠. 증인, 제 말이 맞지요?

여직원C (망설이다가) …네.

인턴사원, 고개를 떨구고 조용히 흐느끼기 시작한다. 법대 위의 박차오름, 흐느끼는 인턴사원을 바라본다. 표정을 드러내지 않으려고 애쓰지만, 조금씩 조금씩 흔들리는 눈빛. 안타까움이 묻어난다. 법대로 가려져 안 보이지만, 의자 위에 놓은 손을 클로즈업하니, 꼭 쥔 주먹이 조금씩 흔들리고 있다.

플래시백 〉 박차오름의 고등학생 시절. 집

커다란 손이 박차오름의 어깨를 두드리고 있다. 그랜드피아노 앞에 앉아 있는 박차오름, 얼굴은 보이지 않는 레슨 선생(중년남성)이 뒤에서 어깨를 두드리고 있다.

선생   연습 많이 했네? 기특하다. 우리 오름이.

박차오름 (쭈뼛거리며) 고맙습니다. 선생님.

선생   피아니스트로 대성하겠어. 우리 오름이.

선생, 박차오름의 두 어깨를 안마하듯 주무른다.

선생   …여자로서도, 아주 이쁘게 크겠고.

선생의 큼지막한 두 손, 어깨를 지나 팔을 훑어 내려간다. 박차오름, 창
백해지며 어깨를 움츠린다.

다시 법정. 박차오름, 입술을 살짝 깨문다. 애써 근엄한 표정을 지으려
애쓴다. 증인석에 앉은 김마리. 눈에 안 띄게 살짝 인턴사원 쪽을 돌아
본다.

한세상   증인도 진술서에 쓴 대로입니까?

김마리   (망설이다가 한숨 쉬며) …네. 그렇습니다.

인턴사원, 증인석을 바라보며 앞 의자 등받이를 부여잡는다. 고두환, 의
기양양한 표정으로 몸을 돌려 한세상을 바라본다.

고두환   존경하는 재판장님, 더 심리할 것이 있겠습니까? 변론을 종결해
           주시죠!

이 말에 박차오름, 그만 애써 유지하던 표정이 무너지며, 놀람과 안타까움이 섞인 표정으로 가운데 앉은 한세상을 돌아본다. 조용히 증언 요지를 메모하던 임바른 역시 놀란 표정으로 한세상을 돌아본다.

임바른 (마음의 소리) 변론종결? 상대 쪽은 전혀 반대신문도 안 하고 방치하는데?

반면, 태연하게 고두환을 바라보고 있는 한세상. 표정을 읽을 수가 없다.

한세상 …양측 더 질문할 사항이 없으면, 이걸로 마치겠습니다.

S#19. 법정 (낮)

충격받은 표정의 박차오름과 임바른. 한세상을 쳐다본다. 피고 회사 변호사, 무표정하게 서류를 챙기며 일어설 준비를 한다.

한세상 …증인신문은 이걸로 마치는데, 기일은 한 번 더 속행하겠습니다.
고두환 (표정이 바뀌며) 예에? 아니 뭘 더 할 게 있으십니까!
한세상 (좌우에 앉아 있는 두 판사를 돌아보며) 재판부 세 명이 좀더 기록을 검토하고 협의할 시간이 필요합니다. 다음 기일에 변론종결하겠습니다.
고두환 재판장님!
한세상 (뭐라 입을 열려는 고두환의 말을 막으며) 이상, 오늘 재판 마칩니다.

수고들 하셨습니다.

한세상, 자리에서 일어나자, 옆의 판사들도 따라 일어난다.

이단디　모두 자리에서 일어나주십시오!

모두 기립한다. 고두환과 임광규도 똥 씹은 표정으로 일어난다.

S#20. 법정 밖 복도 (낮)

법정을 나와 판사실로 걷고 있는 세 판사. 박차오름과 임바른, 한세상을 힐끔거리며 걷는다.

한세상　(조용히 걷다가 불쑥) …내가 프로야구를 좋아하는데 말야…

박차오름과 임바른, 한세상을 쳐다본다.

한세상　아주 가끔은 짜고 치는 고스톱 같은 경기가 있더란 말이지.

옆의 두 판사, 무슨 소리냐는 어리둥절한 표정.

한세상　…그럴 땐 영 찜찜해져. 이거 포스트시즌 대진 때문에 일부러 순위 조절 하는 건지. 아니면 설마 스포츠도박과 얽힌 뭐가 있는 건지. 궁금해지면 경기를 되짚어보고 싶어지지. 직업병이지만.

임바른, 알아듣겠다는 듯 미소를 짓는다.

한세상 게다가 그냥 끝냈다가는 한 대 칠 거 같은 표정으로 옆에서 쳐다
보는 눈이 있어서 말이지.

박차오름 (당황하며) 부장님!

한세상 (피식, 웃더니) 사건에 몰입하는 건 좋은데, 들키면 안 돼. 거리를
둬야지. 표정, 단속하시오.

박차오름 (납득하며) 네, 부장님.

임바른, 자기도 모르게 고개를 살짝 끄덕인다. 걸어가는 세 판사의 뒷
모습.

S#21. 배석판사실 (오후)

서서 얘기 나누고 있는 임바른과 박차오름.

임바른 짜고 치는 고스톱 같다는 부장님 말씀이 딱이네요. 그런데,

이때, 문을 박차고 들어오는 정보왕, 흥분한 표정.

정보왕 야, 이거 다 짜고 치는 고스톱 아냐? 해도 너무하잖아!

임바른 (찌푸리며) 그 얘긴 벌써 다 끝났다.

정보왕 (쑥스러운 듯) 끝났어? 난 설마 이대로 재판 끝나는 건가 하고…

박차오름 (씩 웃으며) 우리 부장님이 그러실 분이 아니죠.

정보왕	의원데? 부장님하고 관계 개선 좀 됐나봐?
박차오름	처음부터 좋았습니다만. (장난스레 웃으며) 우리 사이.
정보왕	오, 박 판사. 조직에 적응 끝났네, 벌써.
이도연E	잠깐 좀 비켜주시죠.
정보왕	(놀라 돌아보니 이도연이 결재판 들고 뒤에 서 있다. 얼른 비킨다) 예, 예.
이도연	(허리 굽혀 박차오름 책상 위에 결재판 놓으며) 판사실용 법전 신청섭니다. 요즘은 주로 컴퓨터로 검색하니까 비치하는 건 소법전이 편하실 거예요.
박차오름	(생긋) 네, 고맙습니다. (볼펜을 들어 신청서에 이름과 신청할 법전 종류 적는다)
정보왕	(자기도 모르게 허리 굽힌 이도연의 뒷모습에 눈길이 가다가 이도연이 돌아보자 흠칫 놀라 시선을 피하며 괜히 허둥지둥) 네! 소법전이 낫죠. 엎드려 잘 때 받치는 것도 소법전이 낫지 대법전은 너무 커. 목디스크 온다니까?
이도연	(정보왕을 째려보더니, 앞 씬에서처럼 허리에 손을 얹고 옆으로 살짝 요염하게 비튼다)
정보왕	(화들짝 놀라 뒤로 물러선다)
임바른	(주변엔 신경도 안 쓴 채 골똘히 생각중) 그런데, 짜고 치는 이유는? 봐주고 싶으면 해고 안 하면 그만인데, 왜 군이 해고까지 해놓고 지금 와서…
박차오름	(신청서 쓰다 말고) 왜 이렇게 복잡하게 짜고 치는 거냐? 하고 싶지 않은 해고를 군이 했다면, 그건… 누군가에게 보여줘야 해서? (눈에 불이 번쩍!) 광고회사한테 갑은 누구죠?
정보왕	(멀뚱) 설현?

임바른   (무시하며) 광고주?

이도연   판사님들 말씀하시는데 죄송합니다만,

박차오름 네?

이도연   요즘 TV만 틀면 요란하게 나오는 화장품 광고, 피고 회사 작품일
         걸요.

박차오름 정말요? 어, 화장품 회사면 당연히, 여성 소비자들을 신경쓸 거고.

이도연   SNS에 각 분야 성폭력 폭로하는 거 이슈였죠? 광고계 성폭력 검
         색해보세요.

         박차오름, 얼른 핸드폰 꺼내 '광고계_성폭력' 검색 후 밑으로 내리며 읽
         는다.

이도연   그 인턴사원 남친이 흥분해서 뭐 좀 올린 것 같던데. 사건 초기에.

박차오름 (깨달은 듯) 세상에, 그렇게 된 거군요! 시끄러워지니까 울며 겨자
         먹기로 일단 해고는 해놓고, 해고무효확인 소송에는 일부러 질
         마음으로 무성의하게 대응하고? 손 안 대고 코 풀기?

이도연   (무표정) 시원하게.

박차오름 이것들이 진짜!! (고개를 갸우뚱하며) 어, 근데 이 실무관님은 이런
         내용을 어떻게 아시는 거죠?

이도연   뭐, 약간의 검색?

박차오름 (여전히 의아한 표정)

이도연   (살짝 윙크하며) 아까 회사 측 증인신문, 쫌 어이가 없어서 말이
         죠. (다시 시크한 표정) 남의 일에 불간섭주의긴 한데.

박차오름 (하트 뿅뿅한 표정) 언니!

정보왕   (자기도 모르게 입을 헤벌리고 이도연을 쳐다보고 있다)

이도연   (박차오름 책상에서 결재판을 챙겨 들고는 휙 뒤돌아 또각또각 걸어나
         간다)

S#22. 한세상 부장판사실 (오후)

한세상   …설득력 있는 추측이긴 하구만. 그런데 말야, 정말로 작심하고
         짜고 치는 고스톱, 잡아내는 건 쉽지 않아. 지금 뒤집혀 있는 패
         는 달랑 두 개뿐이야. 카톡 문자 하나랑, 사진 한 장. 그것만으로
         해고할 수 있겠어?

박차오름   해고한 회사 측이 고의적으로 입증을 안 한다면, 법원이 나서야
         하지 않을까요?

한세상   형사재판하고는 달라서 민사재판은 기본적으로 당사자들끼리의
         싸움이야. 우리는 중립적으로 심판 보는 거고.

임바른   (잠시 생각하다가) 부장님, 여성 직원들, 직권으로 다시 불러보면
         어떨까요? 물론, 민사재판에서 증거는 당사자들이 내는 게 원칙
         이지만, 꼭 필요할 때에는 법원이 직권으로 증거조사할 수도 있
         잖습니까.

한세상   직권으로 증인 소환하자구? 그것도 이미 증언대에 섰던 사람들
         을 다시? 법원에서 오라 가라 한다는 게 얼마나 무섭고 신경쓰이
         는 일인지 알아?

박차오름   물론 증인들한테는 죄송하죠. 그런데, 만약, 정말 증인들도 회사
         측 변호사도 다 부장 잘못을 은폐해주는 공범이면, 그걸 혼자서
         지켜보는 피해자의 심정은 어떨까요?

한세상   흐음…

박차오름　　(한세상의 눈을 똑바로 쳐다보며) 부장님, 승부조작이 의심되는 게
　　　　　　임, 재경기시키고 싶지 않으셨나요?

한세상　　(움찔한다. 흔들리는 듯) …흐음…

임바른　　(골똘히 생각하며) 증인들을 모두 다시 부르는 건 좀 그렇고요, 한
　　　　　　명만 부르면 어떨까요.

박차오름　　(반색하며) 4번!

임바른　　(고개를 끄덕인다)

한세상　　(기억을 더듬으며) 네번째 여직원. 자꾸 뒤돌아보던.

　　　　　　인서트 〉

　　　　　　증인석에 앉은 김마리. 눈에 안 띄게 살짝 인턴사원 쪽을 돌아본다.

임바른　　네, 부장님.

한세상　　(잠시 생각하다가, 결심한 듯) 좋아. 재경기, 해봅시다. 할 거면, 제
　　　　　　대로 준비해서.

박차오름　　네!

임바른　　네.

S#23. 한세상의 아파트 (아침)

　　　　　　교복 차림으로 허겁지겁 토스트와 우유를 먹고 있는 두 딸(한서현, 한
　　　　　　서은).

마나님	(걱정스러운 표정) 서현아, 니네 학교는 괜찮니? 옆 동네 여고는 요즘 계속 신문에 나던데.
큰딸	(무심히 계속 먹어대며) 그 변태 선생? 우리 학곤 괜찮아. 체육 선생님이 우리 체육복 갈아입을 때 들어온 적은 있는데, 그렇다고 그 학교처럼 막 만지고 그런 건 없었어.
한세상	(우유잔을 탕 내려놓으며) 뭐!! 그게 뭔 소리야! 선생이 여자애들 옷 갈아입는데 왜 들어와!
큰딸	(무심히) 실수겠지 뭐. 근데 그 선생님, 할아버지인데 되게 붙임성이 좋으셔. 가슴 큰 애들한테 어깨 안 아프냐고 말도 자꾸 걸고…
한세상	(버럭) 뭐야!! (자리에서 벌떡 일어나며) 그런 인간이 학교 선생을 하고 있어? 당장 짤라버려야지 그걸 놔둬? 가자! 내 이 인간 밥줄을 당장!! (흥분해서 떠들다가 순간, 움찔. 배석판사들에게 했던 말이 생각난다) …으음…
마나님	내가 가볼게. 당신 오늘 재판이잖아. (둘째의 교복 치마를 보며) 서은아! 너 치마 또 올려 입었지!

작은딸, 신경도 안 쓴 채 맛나게 먹으며,

| 작은딸 | 쏘리, 엄마~ 더워서 그래, 더워서. |

한세상, 두 딸을 찬찬히 바라본다. 걱정스러운 눈빛.

S#24. 법정 (낮)

한세상, 방청석 맨 뒷줄에 앉아 있는 인턴사원을 안쓰러워하는 눈빛으로 바라보고 있다. 홀로 앉아 있는 인턴사원, 슬픈 표정이다. 맨 앞줄에는 원고의 부인과 딸, 그리고 원고의 부하직원들이 죽 앉아 있다. 증인석에는 김마리 앉아 있다.

한세상 오늘은 직권 증인신문이라 재판부가 먼저 궁금한 것들을 물어본 후에, 양측 대리인들이 질문하도록 하겠습니다. 지난 기일에 한 증인선서의 효력이 유지되니까 선서는 다시 하지 않겠습니다.

김마리 (무표정하다)

S#25. 법정 (낮)

질문을 퍼붓고 있는 세 판사들. 무표정을 유지하고 있는 김마리.

한세상 피해자를 빼고는 부서 막내죠? 나이 차이가 얼마 안 나는 피해자와 제일 친하게 지낸 직원일 것 같은데, 아닙니까?

임바른 피해자가 힘들어하는 걸 본 적이 없습니까? 부장을 대하는 것이 어색하다고 느낀 적은요?

박차오름 부장님이 다른 여성 직원분들을 대할 때랑, 피해자를 대할 때 다른 점은 없었나요?

김마리, 계속 무표정하게 단답형 대답중.

김마리   글쎄요, 특별히는.

김마리   글쎄요, 특별히는.

김마리   글쎄요, 특별히는.

S#26. 법정 (낮)

박차오름   원고가 피해자한테 보낸 카톡 내용하고 사진 보셨죠?

김마리   (묵묵부답)

박차오름   못 보셨으면 보여드릴게요.

김마리   굳이 안 그러셔도…

박차오름, 노트북 버튼 누른다. 위로 올라가 있던 법정 스크린 밑으로
내려온다. 김마리, 힐끗 스크린을 쳐다보고는 아무렇지도 않은 듯 앞을
쳐다본다. 그런데, 미간이 살짝 찌푸려진다.

박차오름   저기 카톡 내용 중에요,

김마리   (점점 불쾌한 표정) 저기, 죄송합니다만, 저 화면은 좀 꺼주시면 안
           되겠습니까?

박차오름   (태연하게) 증인신문에 필요한데요. 화면을 보면서 말씀해주시겠
           어요?

김마리   전 특별히 드릴 말씀이 없습니다. (자기도 모르게 얼굴을 찡그린다)

박차오름   죄송한데, 카톡 내용을 좀 읽어주실 수 있나요?

김마리   (질색을 하며) 판사님, 어떻게 저런 걸 읽어요!

박차오름   (의아하다는 듯) 네? (노트북을 클릭하니 화면에 진술서가 뜬다) 여기

에는 '부장님이 인턴에게 보낸 카톡은 평소 가볍게 하시던 농담에 불과하지요?'라는 질문에 네, 라고 쓰셨길래 가볍게 읽어주십사 한 것인데…

김마리　(태연한 표정을 지으려 하지만, 처음보다 훨씬 동요된 듯) ……

S#27. 법정 (낮)

임바른　증인, 증인도 정식 입사 전에 인턴사원으로 일한 적이 있으시네요? 불과 2년 전에?

김마리　(살짝 동요) …네에.

임바른　피해자와 나이도 가장 가깝고, 인턴사원 경력도 같고. 피해자 입장에서는 증인에게 동질감을 가장 많이 느꼈을 것 같은데, 어떤가요?

김마리　…잘 모르겠습니다.

임바른　정규직분들 중에 피해자와 단둘이 점심식사를 했던 적이 있는 사람이 있습니까?

김마리　…… (망설인다)

임바른　있습니까?

김마리　…네에.

임바른　누굽니까?

김마리　…접니다.

임바른　몇 번이나 되나요?

김마리　…정확히는 모르겠습니다.

임바른　한두 번은 아닌 거네요?

김마리	…네에.
임바른	그럼 직원분들 중에 피해자와 가장 가까웠던 분은 증인이 맞는 것 아닌가요?
김마리	그…
임바른	(O.L.) 바꿔 묻겠습니다. 만약, 피해자가 직장에서 힘든 일을 당했는데, 정규직 직원들이 알면서 모른 척한다면, 물론 가정입니다. 피해자 입장에서는 그중 누구 때문에 가장 마음이 아프겠습니까?
김마리	(눈동자가 심하게 흔들린다) ……

방청석의 인턴사원, 눈물을 참지 못한다. 숨을 죽인 채 흐느끼는 소리 조용한 법정에 울려퍼진다.

김마리	(애써 못 들은 척 태연하려 하며) …글쎄요, 잘 모르겠습니다.
임바른	(김마리를 쳐다보며 천천히 묻는다) 피해자 입장에서, 직장 선배 중 힘든 일이 있을 때 도와줄 수 있는, 외면하지 않을 사람이 누구이겠습니까?

박차오름, 임바른 쪽을 본다. 미소(처음과 달리 이 정도까지 공감하게 된 임바른을 보며 뿌듯하다).

김마리	…… (입술을 깨물며) 모르겠습니다.
박차오름	(김마리의 흔들리는 눈동자를 보다가) 증인, 위증시에는 처벌받기로 선서한 거 기억하시죠?
김마리	(흠칫하며) 네.

박차오름 그냥 참고로 알려드립니다만, 증언중에 혹시 본인 기억과 다르게 답한 것이 있었더라도, 증인신문이 모두 끝나기 전까지 정정하면 처벌받지 않습니다.

김마리 …네에. (뭔가 갈등하는 표정)

박차오름 (부드러운 표정을 지으며) 사람은 누구나 실수할 수 있기 때문에, 잘못을 고치면 용서하도록 한 겁니다. 너무 늦지만 않으면. …사람 사이의 관계도 비슷하지 않을까요. 너무 늦지만 않으면?

김마리 (고개를 숙이며) …그렇군요. (한참 있다가 고개를 다시 드는데, 눈빛이 달라졌다. 뭔가 결심한 듯 단호해 보인다. 뭔가 입을 열려는데)

S#28. 법정 (낮)

고두환 (황급히 끼어들며) 재판장님, 광고1팀은 원고를 중심으로 똘똘 뭉친 한 가족입니다. (인턴사원 쪽을 가리키며) 가족의 단합을 해치는 이물질 같은 존재가 있었을 뿐입니다. 회사 입사만 시켜준다면 무슨 짓이든 하는 애들. 이번 일도 임원 승진을 앞두고 원고의 라이벌이 사주했다는 말이 있습니다. (김마리 쪽을 노골적으로 보며) 정규직 사원이 그런 짓에 놀아나진 않겠죠? 안 그렇습니까?

김마리 (고두환을 힐끗 노려본다)

고두환 증인, 내 말이 맞죠? 다른 부서에서 광고1팀은 가족적인 분위기라고 부러워했다는데요.

김마리 가족적이라. 변호사님은 가족끼리 사이가 좋으신가보죠? 저희 집은 모이면 늘 싸우는데.

고두환, 당황해서 들고 있던 증인신문사항을 떨어뜨렸다가 허둥지둥
주우며,

고두환　…에, 증인은 평소 원고가 하는 농담에 특별히 성적 수치심을 느
끼거나 하지는 않았지요? 같은 여성인 차장님도 원고가 하는 농
담은 가볍게 웃어넘겼다고 증언하셨잖습니까.

김마리　(어이없다는 듯) 같은 여성이라고요? 여성 최초 임원을 바라보며
승승장구하는 차장님이요? 신입 남자 직원들 엉덩이를 툭툭 치
고 다니시는 분이요?

임바른, 이 대목에서 고개를 살짝 끄덕인다. 화면 밑에 자막. '상대방과
같은 처지에 있는 일반적이고도 평균적인 사람에게 성적 굴욕감이나
혐오감을 느끼게 할 수 있는 행위' 주르륵 뜬 후, 다시 '상대방과 같은 처
지에 있는'에 밑줄 죽 그어진다.

고두환　(황당하다는 표정으로 노려보며) 아니 증인, 부장님을 구제해달라
는 탄원서에도 서명해놓고 왜 이렇게 갑자기 적대적인 거요?

김마리　(잠시 고개를 돌려 인턴사원을 쳐다본 후) …서명했죠. 징계절차 때
도 부장님 편에 서서 진술했고요.

고두환　그런데 왜…

김마리　적당히들 하셔야죠. 적당히들. 변호사님 사무장이 지난주에 회
사에 와서 한 말 있죠? 증언을 잘해야 부장이 살아난다, 부장이
죽으면 부장 라인인 너희들도 다 죽는다? 인턴을 완전 사이코로
몰아야 한다고요? 어차피 알바생이니 정규직들이 신경쓸 필요
없다고요?

S#29. 법정 (낮)

판사들, 놀라 그녀를 바라본다. 원고도 당황한 표정 역력하다. 김마리의 음성이 분노로 떨리기 시작한다.

김마리 부끄럽지만 처음에는 눈 딱 감고 그러려고 했어요. 어차피 전에도 그렇게 참아서 이 회사 들어왔으니까요. 그런데 주말에 집에서 영화를 보는데, 이런 대사가 나오더라고요.'우리가 돈이 없지 가오가 없냐' '우리 쪽팔리게 살진 말자'. (눈물이 나는지 잠시 눈을 깜빡인다) 그 대사 후론 우느라고 영화를 못 봤어요. 저, 쪽팔리게 살아왔거든요.

김마리, 핸드폰을 꺼내 실물화상기(서면이나 증거물을 확대하여 법정 내 스크린에 비추는 기계) 위에 올려놓는다.

김마리 저도 2년 전에 인턴사원이었어요. 이건 그때 원고가 제게 보낸 문자들입니다.

원고석의 임광규 클로즈업. 송아지처럼 눈을 껌뻑거리는 순진하고 처량해 보이는 얼굴. 이동하여 스크린을 비추면, 화면을 가득 메우는 카톡 문자들.

- 저 왔쩌염 뿌잉뿌잉~ 오늘은 왜 저 무시하고 그랬쩌염? 나 상처받았어염ㅠㅠ 뽀뽀 한 번 해달라는 게 그렇게 싫어염?ㅋ
- 울 애기, 인턴 끝날 때도 얼마 안 남았는데, 좋은 평가를 받아야 정직원

되지 않을까염?ㅎ

- 애기 정직원 되면 나한테 뭐해줄라나~~ 뽀뽀는 시시하고 내 남성적인
가슴털에 키스? 그걸로 될라나ㅋ

방청석의 원고 부인, 경악하며 딸의 눈을 가린다. 분노한 눈으로 임광규
의 뒤통수를 노려본다. 임광규도 얼굴 일그러진다. 완전히 다른 사람이
된 듯 독기 품은 표정으로 김마리를 노려본다. 모두의 시선이 집중된 가
운데 김마리, 다시 입을 연다.

김마리   대기업에 어떻게든 들어가보려고 더러워도 참았어요. 인턴 여사
원들 대부분이 이런 꼴을 당했죠. 부장님은, 정규직들한테는 그
래도 조심하더라고요. 노조가 무서운 거죠. 하지만 만만한 인턴
한테는… (입술을 깨물며) 노래방 회식 때 취한 척하며 블루스 추
자고 조르더니, (눈물이 맺히지만 이를 악물고 말을 이어간다) …남
의 눈을 피해 엉덩이를 꽉 쥐고…

원고 부인의 눈에도 눈물이 고인다. 손이 부르르 떨린다. 이를 악문다.

김마리   (표정 가다듬으며. 단호하게) 이제라도 고소장을 낼 겁니다. 강제추
행으로.

고두환   (벌떡 일어나며) 그렇게 감정적으로 굴다간 무고죄가 되는 수가 있
어요! 하여튼 여자들이란 이게 문제야. 이성보다 감정이 앞선다
니까!

S#30. 법정 (낮)

이때 뜻밖에도 방청석에서 가냘픈 목소리가 들려온다.

원고 부인   (휘청휘청 자리에서 일어나며) 고소장, 저도 낼 거예요. 변호사님. (고두환, 놀라서 뒤를 돌아본다) 변호사님, 사람 몸을 함부로 만지면 강제추행이죠? (이번엔 임광규가 소스라치듯 놀라서 뒤를 돌아본다) 남편을 구해낼 사람은 정계 법조계 고위층을 꽉 잡고 있는 나밖에 없다, 나를 생명줄로 생각해라, 남편 짤리면 딸이 대학이나 제대로 마치겠냐. 그러셨죠?

고두환   (당황하며) 아니, 그거야 뭐…

원고 부인   그러시더니 회의하자며 자꾸 일식집으로 불러내셨잖아요. 자꾸 술 주시면서 남편한테는 너무 아까운 미인이다, 내 스타일이라서 수임료도 많지 않은데 맡아준 거다 그러셨죠?

고두환   아, 아니 내가 언제 그랬다고…

원고 부인   (이를 악물며) 그러면서 자꾸 어깨 만지고, 손잡고, 지난번엔 술 쏟은 척하면서 가슴까지 슬쩍 만졌잖아요. 어떻게든 남편 직장은 지켜야겠기에 참았는데, 딸애 전화번호는 왜 자꾸 물어보시는 거죠?

임광규   야, 이 개같은 놈아, 니가 인간이냐!

임광규, 달려들어 고두환 멱살을 잡고 바닥에 넘어뜨린다. 버둥거리는 고두환과 임광규, 한몸처럼 뒤엉켜 법정 바닥을 뒹군다. 이단디, 당황하여 제지하려 하는데,

한세상   (싸늘한 표정으로) 놔둬.

이단디, 동작을 멈추고 자리로 돌아간다. 눈물범벅이 된 원고 부인, 증
인석의 김마리를 쳐다본다. 김마리, 그런 원고 부인을 마주보며 가만히
고개를 끄덕여준다. 그러곤, 방청석 맨 뒷줄, 자리에서 벌떡 일어나 김
마리를 쳐다보고 있는 인턴사원을 따뜻한 눈빛으로 바라본다.

인턴사원   (눈물과 기쁨이 뒤얽힌 표정) 언니…

법대 위 박차오름, 뭉클한 표정으로 세 여자를 바라본다.

S#31. 한세상 부장판사실 (낮)

세 판사, 회의용 탁자에 마주앉아 있다. 임바른과 박차오름, 한세상을
쳐다보고 있다. 한세상, 고개를 끄덕인다.

S#32. 법정 (낮)

임광규, 자리에 서 있고, 한세상, 손에 판결문을 들고 있다.

한세상   (차분하게) 직장인에게 해고는 죽음이라는 말이 있습니다. 그 가
족들이 겪는 고통 또한 심각하지요. (점점 단호해지는 말투) 하지
만, 성희롱 피해자들이 겪는 고통 역시 결코 가볍지 않습니다.

권력을 이용한 계속적인 성희롱은, 사람의 자존감을 망가뜨립니다. 마음을 망가뜨립니다. 직장을 지옥으로 만듭니다. 이런 짓을 하는 사람은 절대로 피해자들과 같은 직장에 둘 수 없습니다. 게다가, 가해자의 고통과 피해자의 고통을 같은 저울로 잴 수는 없습니다. 가해자의 고통은 스스로 져야 할 책임의 무게로 인해 상쇄됩니다. 어떤 저울로 재어봐도, 원고에 대한 해고는, 정당합니다. (판결문을 내려다보며) 판결 선고합니다. 주문, 원고의 청구를 기각한다. 소송비용은 원고가 부담한다.

임광규, 고개를 떨군다.

S#33. 배석판사실 (오후)

법복을 벗어 옷걸이에 걸고 있는 임바른. 이미 걸어놓고 자기 자리에 앉은 박차오름.

박차오름 (임바른 뒷모습을 잠시 보다가. 얼굴에 장난기 어리며) 이번 주말에, 혹시 시간 있으시면 저랑 같이 알바 한번 하시겠어요?

임바른 네?

박차오름 지난번 시장통 같이 갔을 때, 임 판사님을 콕 찍은 고용주가 한 분 있어서 말이죠.

임바른 고용주?

S#34. 시장통 (토요일 낮)

주말 시장. 다양한 먹거리 좌판과 식당 간판들. 그런데 좀 넓은 시장 가운데 공간에 관광객들이 잔뜩 모여 열심히 사진을 찍고 있다. 보니, 한복을 곱게 차려입은 박차오름, 활짝 웃으며 포즈를 취하고 있다. 옆에는 역시 한복을 멋지게 차려입은 임바른, 딱딱하게 굳은 채 입꼬리만 억지로 올려 미소를 지으려 애쓰고 있다.

박차오름 (시선은 관광객들을 향해 웃으며, 속삭이듯) 그게 최선이에요?
임바른 (억지로 웃으며) …죽을힘을 다하고 있는 거라구요.

찰칵! 찰칵! 셔터 소리와 함께 다양한 한복을 입고 포즈 취하는 두 사람, 포즈는 조금씩 나아지지만 여전히 억지로 웃는 표정의 우스꽝스러운 임바른, 한복집으로 들어가는 관광객들과 손님들 컷이 이어진다.

한복집이모 (신나는 표정) 역시 내 눈은 틀림이 없어. 옷태가 사는 남자라니까.

싱글벙글한 한복집이모, 가게로 돌아온 두 판사에게 다른 옷을 불쑥 내미는데,

임바른 (긴장하며) 저, 그 옷은 좀…
박차오름 (살짝 놀라더니 씩 웃으며) 뭐, 어때요. 모델인데.

신랑 신부 한복을 곱게 차려입고 시장통을 점잖게 걷고 있는 두 사람. 외국 관광객들 이쁘다고 여기저기서 탄성을 지른다. '뷰리풀!' '가와이~'

뒤에는 흐뭇하게 웃고 있는 한복집이모와 히히덕거리고 있는 세 이모들. 지팡이 짚고 무뚝뚝하게 서 있다가 살짝 미소 짓는 외할머니.

S#35. 한복집 안 (낮)

한복집이모 수고했어! 판사님도 수고 많으셨어요!

순대집이모 오름아, 근데 아까 니네 둘 신랑 신부 복 입으니까 완전 잘 어울리더라. 나 정말 나도 모르게 부조할 뻔했다니깐!

박차오름 이모! 무슨 이상한 소릴…

임바른 (어색해하며 괜히 헛기침) 으흠… (박차오름을 향해) …근데 이런 알바인 줄은 생각도 못했네요.

빈대떡이모 이게 다 원래 오름이 머리에서 나온 겁니다.

임바른 네?

한복집이모 (눈물이 글썽) 장사가 안 돼서 어머니 때부터 하던 가게 문 닫을 지경이었거든요…

떡볶이이모 오름이가 대장금 옷 입고 싸돌아다니면서 외국 관광객들을 싹 모아왔다 아입니까!

박차오름을 쳐다보는 임바른, 시크하게 브이자 그리고 있는 박차오름.

한복집이모 오름아, 염치가 없어 어떡하니… 판사님한테 아직도 이런 부탁이나 하고…

순대집이모 그래두 니 아니믄 이런 작은 재래식 시장에 누가 오겠나.

빈대떡이모 다들 오름이 덕에 먹고산다.

떡볶이이모 (임바른을 탐나는 눈초리로 보며) 이 총각까지 같이 하믄 아예 입장
료 받아도 될 거 같은데? 생각 없소? 반띵…

외할머니 (지팡이 내리치며 O.L.) 아 쫌!! (깨갱하는 떡볶이이모. 임바른에게 고
개 숙이며) 임 판사님, 오늘 도와주셔서 고맙십니다.

임바른 (얼른 마주 인사하며) 별말씀을요, 저도 재밌었습니다.

박차오름 기막힌 노천카페에서 한잔 쏠 테니 가요, 임 판사님.

임바른 노천카페요? (어리둥절)

S#36. 광장시장 근처 청계천 (늦은 오후)

청계천 오간수교 밑. 평상복으로 갈아입은 두 사람, 캔커피를 든 채 물
가에 앉아 있다. 박차오름, 함박웃음을 짓고 있다. 임바른, 자기도 모르
게 웃음이 입가에 번지다가, 어색한지 다시 평소의 근엄한 표정.

박차오름 죄송해요. 힘드셨죠?

임바른 (시큰둥한 표정) 힘들긴 했어요. 카메라 앞에서 웃는 거. (미소 짓는
박차오름을 보며, 마음의 소리) 그리고, 이거 쫌 데이트 같다고, 생
각하지 않는 거.

박차오름 사실 알바는 핑계고요, 임 판사님과 사적으로 만나보고 싶었어요.

임바른 (순간 표정관리 안 되는데) …네?

박차오름 제가 좀 촌스러운 건지 모르겠지만요, 전 동료랑 각자 일만 하는
거, 별로예요. 일단 같이 밥 먹고, 술도 한잔하고, 쓸데없는 수다
도 떨고, 그래야는 거 아닌가요?

임바른 (살짝 실망) …네에. (표정관리하며) 그래, 저랑은 무슨 쓸데없는

수다를 떨고 싶으셨는데요?

박차오름   우선, 요즘 죄송했단 말씀부터.

임바른   죄송?

박차오름   (미소) 네. 제가 처음 성희롱 사건 토론할 때, 너무 공격적이었죠? 부장님한테도.

임바른   ……

박차오름   부장님이 사건에 거리를 두라고 하셨을 때, 정신이 번쩍 났어요. 저, 솔직히, 거리 유지에 실패했거든요.

임바른   (조용히 듣고 있다)

박차오름   독서교실 때 했던 피아노 레슨 선생 얘기, 혹시 기억나세요?

임바른   (살짝 놀라지만 차분히) …기억합니다.

박차오름   나중에 고시 공부 시작한 후에, 제일 먼저 한 일이 뭔 줄 아세요?

임바른   (궁금한 표정으로 묵묵히 본다)

박차오름   (미소) 공소시효가 몇 년인지부터 찾아봤답니다.

임바른   ……

박차오름   (담담하지만 분노가 느껴지는 목소리) …잊은 적이 없어요. 그 인간이 한 짓. 어린 제자 몸을 은근슬쩍 더듬는 짓.

임바른   (놀람과 안타까움으로 커지는 눈) 박 판사님!

박차오름   (다시 미소) 다행히 아직 공소시효가 남아 있더라고요. (씩, 웃으며) 그 인간, 이제 다시는 애들 레슨하며 밥벌이 못할 거예요. 그런 밥줄은, 끊어놔도 돼요.

임바른   (뭉클한 표정)

박차오름   (독백하듯) 그래도 다 극복이 되진 않네요. 학생 때는 복도에서 남자와 어깨만 스쳐도 소름이 끼치곤 했어요. 커가면서 많이 나아졌지만, 솔직히 지금도 백 퍼센트 편한 건 아니에요.

임바른   그랬군요… (문득 뭔가 떠올린 듯) 그런데 첫 출근 날 지하철에서
는 어떻게 그 대활극을…

박차오름   (미소) 혼자가 아니니까요.

임바른   (박차오름을 쳐다본다)

박차오름   사람들이 있잖아요. 도와줄 수 있는, 외면하지 않을. (임바른을 빤
히 보며 생긋 웃는다) 판사님 같은?

임바른, 괜히 당황한다.

인서트 〉 지하철 안.

신사   (폰을 보더니 당황해서 손을 뻗으며) 이, 이리 내!

박차오름, 자리에서 일어나며 폰을 든 손을 뻗어 피한다. 임바른, 자리
에서 벌떡 일어나 신사를 제지한다.

임바른   아저씨! 뭐하시는 거예요!

카메라 옆을 비추면 성난 표정으로 자리에서 일어나고 있는 아주머니,
얼른 전화를 걸어 신고하고 있는 여고생, 덩치는 작지만 주먹 불끈 쥐고
일어서는 남자 중학생.

박차오름   (점점 굳건해지는 표정) 그래서 저도 그런 사람이 되고 싶어서 이를
악물게 돼요. 도와줄 수 있는, 외면하지 않을, 그런 사람.

그런 박차오름을 바라보는 임바른의 표정, 점점 따스해진다. 아이들이 먹이를 던지자 청계천에서 팔뚝만한 잉어들이 받아먹는다. 까르르 웃는 아이들. 어느새 저녁놀이 지기 시작한다. 두 사람, 미소 지으며 아이들을 바라본다.

S#37. 한세상의 아파트 (새벽)

새벽 3시 반, 한잔 거나하게 걸친 한세상, 마치 비밀요원이 어딘가에 침투하듯 아파트 문을 조심조심 열고 있다. (배경음악은 〈미션 임파서블〉) 벌써 배달된 조간신문을 살짝 안으로 들여놓고는 신발을 벗고, 안방 문을 소리 안 나게 조심조심 연다. 어두운 안방 구석에서 소리 없이 옷을 벗어 내려놓고는 이불 속으로 스르륵 미끄러져 들어간다. 모로 돌아누운 마나님은 곤히 잠든 듯하다. 미션 클리어! 씩 웃으며 눈을 감으려는 한 부장의 귓가에 나지막한 목소리가 들려온다.

마나님   당신은 찌라시야?

순간 한 부장의 온몸이 경직된다.

마나님   …왜 나가서 다음날 조간신문하고 같이 들어와?

S#38. 한세상의 아파트 (낮)

한세상은 거실 낡은 소파 왼쪽 끝에 바짝 붙어 앉아서 몸을 최소한도로 웅크린 채 신문을 보고 있다. 힐끗 주방 쪽을 보니 냉장고가 요리중인 마나님과 한세상 사이를 가린다.

한세상   (마음의 소리) 그래, 여기야. 이 포인트가 완벽한 사각지대야.

들려오는 칼질 소리가 사나운 게 예사롭지 않다.

cut to

함께 소파에 앉아 TV를 보고 있는 한세상과 마나님. 〈세바퀴〉류의 토크 예능 프로.

마나님   (웃다 말고 표정 어두워지며) 당신 그거 봤어? (화면 가리키며) 저 아저씨, 방송에서는 저러고 있는데 전립선암이래. 진행이 느리긴 하지만, 그래도 암이잖아. 에휴, 애는 셋이나 낳아놓고 암이라니, (신경질적으로) 그게 무슨 무책임한 전립선이니!

한세상   (어이없다는 듯) 암 걸린 게 무책임하다니 그 무슨 무개념한 말씀을…

마나님   (한세상 등판을 강타!) 가장은 함부로 아플 권리도 없는 거야! 당신, 늙어서든 아파서든 우리 놔두고 혼자 먼저 죽어버리면, (무시무시한 표정) 내가 진짜 죽여버린다!

한세상   (고통스런 표정으로 등을 비비며) 아파 죽겠구만. 이 아파트 대출금

다 갚기 전엔 죽어도 안 죽을 거니까 걱정 마쇼.

마나님   (시니컬하게) 불로장생하겠네.

한세상   아, 대한민국에서 제일 안정적인 월급쟁이랑 살면서 뭔 걱정이 그리 많아? 남들이 욕해요.

마나님   감사하지. 감사한데, (식탁에 앉아 학원 숙제하는 두 딸들 가리키며) 저것들 뒷바라지할 생각하면 심장이 벌렁벌렁 뛰어. 학원비에 뭐에.

한세상   (기분 조금 상한 표정) …그래서 개업하겠다니깐.

마나님   (흘겨보며) 그 지랄 맞은 성격에, 변호사 잘도 하시겠다. 의뢰인한테 막말하고, 판사한테도 막말할라구? (한숨 쉬며) 당신 막말 사건으로 신문 난 게 두 번이야. 당신 재임용 날짜가 다가올 때마다 심장이 막 그냥… (걱정스러운 표정) 알지? 가장은 짤릴 권리도 없는 거야. 정년까지 악착같이 붙어 있어야 한다구! 따개비처럼!

한세상   (씁쓸하게) 알았네, 알았소. 울릉도 따개비마냥, 내, 찰싹 붙어 있을게.

마나님   (그런 남편이 짠한 듯) 난 그래도, 당신이 그 지랄 맞은 성격에 돈 많은 양아치 쉐키들한테 굽신굽신하며 감옥에서 빼줄 수 있다, 담당 재판장이 내 친구다, 이러구 다니는 꼴은 못 보겠어. 안 어울려. (다시 등짝 때리며) 하긴, 어차피 친한 판사도 없잖아! 웬수들은 많아도!

한세상   (등짝은 아프고 억울해 죽겠고) 아, 지금 누가 누구보고 지랄 맞다고 자꾸…

S#39. 맥줏집 (밤)

시끌벅적한 맥줏집. 여자친구들 두 명과 건배중인 이단디. 경위 제복 입었을 때와는 딴판으로 온통 걸그룹처럼 러블리한 차림이다. 팔랑거리는 미니스커트에 하이힐.

친구A   멋있다 야! 니네 재판부가 악질 성희롱범 목덜미를 팍! 잡아챈 거네?

이단디   (의기양양) …그렇다니까! 법이 얼마나 무서운지 보여줬다구! (한 세상을 흉내내며) 어떤 저울로 재어봐도, 원고에 대한 해고는, 정당합니다.

친구B   멋있어~ 법이 진짜로 우리를 보호해주기도 하는 거야?

이단디   그렇다니까! (으쓱대며) 이 언니가 그 법원을 보호하고 말이지.

옆테이블에서 '부산 갈매기~ 부산 갈매기~' 노랫소리 요란하게 들려온다.

친구A   (얼굴 찌푸리며) 귀 찢어지겠네. 개막전, 이긴 모양이지?

친구B   시간도 늦었는데 이제 들어가자. 시끄럽기도 하고.

S#40. 골목길 (밤)

한산한 밤의 유흥가 골목길, 취했는지 얼굴이 발그레한 이단디, 걸어가는데 어두운 옆 골목에서 누가 쓱 나타난다. 놀라서 보니, 껄렁한 차림의 젊은 남자. 묘하게 웃으며 이단디를 보며 애를 부르듯 손을 까딱까딱거린다.

이단디 (어이없다는 표정으로 손을 허리에 올리며 목을 좌우로 푼다) 아 왜?

남자, 풉, 웃는다. 옆 골목에서 걸어나오는 또다른 남자. 험상궂은 얼굴에 큰 덩치. 실실 웃고 있다. 그 옆에 또 한 명. 다들 약이라도 했는지 눈이 풀려 있다.

남자 (싱글거리며 나긋나긋) 오빠들이랑 놀아야지. 어딜 그렇게 바삐 가?

이단디, 당황한 표정으로 얼굴 굳는다. 자기 자신을 보니, 팔랑거리는 미니스커트에 하이힐. 실실 웃으며 다가오는 남자들을 주시하며 조심스레 뒷걸음질치는데,

아재들 노랫소리E 부산 갈매기~ 부산 갈매기~

롯데 응원단 차림의 아재들 예닐곱 명이 흥에 겨운 채 어깨를 걸고 노래를 부르며 나타난다. 남자들, 쳇 하는 표정을 지으며 뒤로 물러서고, 이단디, 잽싸게 아재들 사이에 끼어들어 스크럼을 짠다.

이단디 (천연덕스럽게) 너는 벌써~ 나를 잊었나~

취한 롯데 아재들, 잠깐 '응?' 하다가 금세 같이 노래를 부르며 걸어간다.

어두운 밤거리, 그리고 아재들 틈에서 더 왜소해 보이는 이단디의 뒷모습, 천천히 멀어져 간다.

4부

내 말 들어!
그런 짓을 하면 네가 다쳐

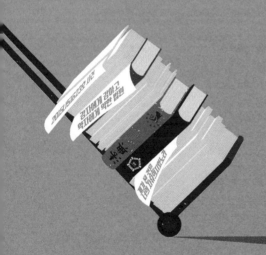

S#1. 출근길, 지하철역 입구 (오전)

바쁘게 계단을 걸어올라오는 출근길 직장인들. 역 입구 한쪽에는 헬스장 광고 유인물을 나눠주는 다부진 몸집의 아주머니, 올라오는 사람들에게 씩씩하게 '고맙습니다!' '아저씨! 이거 좀 받아가세요!'를 외치며 반강제로 유인물을 쥐여주고 있고, 반대쪽에는 왜소한 70대 할머니, 광고지를 나눠주려 하는데 소심한 성격인지 우물쭈물하느라 휙휙 지나쳐버리는 사람들을 보고만 있다. 역 밖으로 계단을 올라오던 임바른의 귀에 아주머니의 시끄러운 소리 들린다. 임바른, 이마를 찌푸리더니 이어폰을 꺼내 귀에 꽂는다. 라벨의 〈볼레로〉. 도입부의 평화로운 선율 흐른다. 임바른의 표정, 평온해진다. 음악을 들으며 소심한 할머니 앞을 스쳐지나간다. 할머니, 임바른에게 유인물을 내밀지도 않는다. 손에 수북이 들려 있는 그대로 줄지 않는 광고지. 할머니, 체념한 듯 땅이 꺼져라 에휴… 한숨을 쉰다. 마치 그 한숨이 들리기라도 한 듯, 몇 걸음 걸어가던 임바른, 걸음을 멈춘다. 얼굴에 잠시 망설임과 곤란함이 섞인 표정

맴돌더니, 귀에서 이어폰을 빼버리고는 슬쩍 뒤로 돌아 할머니에게로
간다.

임바른   저,

할머니   (바닥만 쳐다보느라 임바른을 못 본 듯 한숨만) 휴우…

임바른   (곤란한 표정으로 할머니 팔을 손으로 가볍게 톡톡 건드리며) 저기요,
          할머니.

할머니   (놀라서 고개 들며) 예에?

임바른   저, 그거 좀 주시겠습니까?

할머니   (뭔 소리인지 못 알아듣겠다는 듯) 예에?

임바른   (지나가던 사람들이 쳐다보자 좀 당황. 광고지를 가리키며) 그거요.

할머니   (그제야 손에 든 광고지를 보며) 아, 이거 말씀이세요?

임바른   예. (괜히 혼자 뻘쭘해서) 제가 좀 필요해서요.

할머니   (뭔가 이상하다는 표정으로 머뭇거리며) 아, 네에…

할머니, 광고지를 내미는데, 위에는 '폐업! 공장가 대폭 할인!'이라 쓰여
있는데 할머니 팔에 가려져 있던 아래 부분에는 큼지막한 외국인 여성
속옷 모델 사진과 '여성 란제리 폭탄세일' 'T팬티 대량 보유' 문구가 적혀
있다. 임바른, 순간 얼음. 사람들, 뒤에서 킥킥대며 지나가고, 임바른,
후다닥 광고지를 받아들더니 꾸벅 목례를 하고 발걸음을 재촉한다.

할머니   (임바른의 뒤통수를 향해 손짓하며) 저기, 한 장 더 필요하시우?

그때, 뒤에서 모두 지켜보다가 계단 위로 올라서는 박차오름, 얼굴에 장
난기 어린 웃음 가득하다. 할머니를 향해 웃으며 손을 내밀어 광고지를

받아들고는, 임바른을 소리쳐 부른다.

박차오름 임 판사님~

임바른 (화들짝 놀라 뒤돌아보며) 박, 박 판사?

박차오름 (광고지를 들어보이며. 짓궂은 표정) 이거 사시게요? 여자친구 선물?

'판사' 소리에 행인들 수군거리며 두 사람을 쳐다본다. '판사?' '판사래…'

임바른 (당황해서 손에 든 광고지를 뒤로 감추며) 아뇨, 그, 그냥…

박차오름 (천연덕스레) 이거 괜찮아요. (T팬티 사진을 들이대며) 저도 즐겨 입어요.

임바른 (들이대는 사진에 허걱, 뒷걸음치다가 가로수에 등이 부딪힌다) 아네…

수군거리던 행인 중 40대 아주머니, 호기심 가득찬 눈으로 박차오름에게 묻는다.

아주머니 고거, 불편하지 않아요? 낄 거 같은데…

박차오름 보기엔 그래 보여도 입으면 의외로 편해요. (허리에 손을 올리고 쓱쓱 좌우로 힙을 흔들어 보인다)

아주머니 일행인 중년여성들도 일제히 박차오름에게 이것저것 묻기 시작한다. 금세 와자지껄해지고 사람 더 모여든다. 그 중심에서 천연덕스럽게 수다떠는 박차오름.

아주머니   에그 좀 민망하지 않우?

박차오름   뭐 어때요? 볼 사람은 남편 말고 없잖아요?

아주머니   에그머니나!

중년여성들 웃음보 터진다.

임바른   (경악한 표정으로 사람들 중심에 있는 박차오름을 보며, 마음의 소리)
            저 바퀴벌레 같은 친화력. 몇 번을 봐도 적응이 안 돼.

중년여성들, 박차오름 뒤에 멍하니 섰던 할머니에게 앞다투어 광고지
를 달라 성화.

중년여성들 그거 좀 줘보세요. 저도요.

행인들도 뒤에 줄을 서기 시작. 반대편에서 요란하게 광고지 나눠주던
다부진 몸집의 아주머니도 유심히 상황을 지켜보다가 자기 광고지는
바닥에 놔둔 채 할머니 쪽으로 달려온다.

광고지 아주머니   나도 좀 줘봐요!

삽시간에 들고 있던 광고지를 전부 나누어주고는 활짝 웃는 할머니.

박차오름   (할머니를 보며 미소 짓고는, 임바른을 향해) 가시죠!

씩씩하게 언덕길을 앞서 걷는 박차오름, 따라가려다 앞서 걷는 박차오

름의 힙이 눈에 띄자 괜히 놀라 시선을 옆으로 돌리는 임바른.

S#2. 법원 화장실 앞 (오전)

출근 직후, 화장실에 가다가 재잘거리는 소리에 탕비실을 힐끗 보는 임바른. 박차오름이 청소원 아주머니 세 명과 함께 깔깔대고 웃고 있다. 앞에는 종이컵 커피.

박차오름 아 진짜, 여사님! 뻥이 너무 쎄다! 부군 연세가 몇이신데 아직도? (능글맞게 눈을 흘긴다)

청소원A (킬킬대며) 뻥은… 에이, 판사님 앞에서 내가 어떻게…

홈쳐보던 임바른을 문득 발견한 박차오름, 반갑게 손을 흔든다.

박차오름 임 판사님! 오세요! 와서 커피 한잔하세요!

아주머니들, 임바른을 보고는 어려워하며 머뭇머뭇 인사한다.

임바른 (곤란해하며) 어, 지금 좀 바빠서요. (꾸벅 목례 후 총총 사라진다)

S#2-1. 남자화장실 안 (오전)

화장실에 들어오던 임바른, 세면대를 보고 흠칫 놀란다. 추리닝 바람의 정보왕, 콧노래를 부르며 세면대에서 머리를 감고 있다. 샴푸까지 가져와서 비누 거품 제대로 내고 있는 정보왕. 수건은 바지 뒤춤에 꽂혀 늘어져 있다.

임바른 또 날 샜냐?

정보왕 (거품 때문에 눈 못 뜬 채 돌아보며) 임바른?

임바른 우리 방 놀러올 시간에 일 좀 해라. 일 좀. 그럼 날밤 안 새워도 될 거 아니냐.

정보왕 어허, 사람 사는 게 그게 아니지. 나라도 종종 놀러가서 까불어주니까 박 판사가 견디지. 너같이 재미없는 놈이랑 하루종일 단둘이 있어봐라. 그거 고문이야. 가혹행위예요!

임바른 (찡그리며) 잘 닦기나 해라. 거품 질질 흘리지 말고. (돌아서 나가며 정보왕 뒤춤의 수건을 휙 **빼간다**)

정보왕 (이상한 느낌에 뒤춤을 더듬어보는데 수건이 없다. 거품 묻은 채 눈도 제대로 못 뜨며 임바른을 향해) 야, 안 돼! 임바른!

임바른 (뒤돌아보지도 않은 채 수건을 들어 살랑살랑 흔들며 나간다)

S#3. 배석판사실 (낮)

박차오름, 웃는 얼굴로 전화기를 들고 누군가와 한참 통화중.

박차오름 네, 언니. 제가 사람들 개떼같이 몰고 갈게요. 걱정 마세요! 제가 누굽니까!

힐끔, 쳐다보는 임바른.

박차오름   (전화기를 내려놓고는 바로 임바른에게 미소 날리며) 임 판사님~ 이
따 민사실무연구회 가실 거죠?

임바른   (시큰둥) 글쎄요, 그닥…

박차오름   에이, 그러지 말고 같이 가시죠. 방금 49부 홍은지 판사님이 전
화까지 하셨어요. 자기네 부장님이 발표하는데 분위기 썰렁하면
힘들어진대요. 아시잖아요. 소문난 당원의 벙커, 성 부장님.

임바른   (의아한 표정) 홍 판사? 언제 거기랑도 친해졌어요?

박차오름   (씩, 웃으며) 제가 여성 배석판사 모임을 만들었다는 거 아닙니까.
여기도 사람 사는 덴데, 좀 모여서 수다도 떨고 그래야죠… 주로
부장님들 뒷담화지만.

임바른   네에… 근데 난 우르르 개떼같이 몰려다니고 이런 거 별로인 체
질이라.

박차오름   에이, 그 말이 또 거슬리셨어요? 웃자고 하는 말이죠 뭐.

임바른   경험상 연구회라는 게 시간낭비더라고요. 그 시간에 혼자 연구
하는 게 낫지. 끝나면 회식까지 끌려갈 게 뻔하고.

박차오름   워낙 개인주의자이신 거 잘 압니다만, 같은 처지끼리 가끔은 연
대도 해야죠. 배석 설움을 배석이 몰라주면 되겠어요? 같이 가시
는 거죠? (눈을 깜빡거리며 미소로 압박)

임바른   ……

S#4. 엘리베이터 앞 (낮)

판사들로 엘리베이터 앞이 혼잡. 엘리베이터가 도착하자, 젊은 판사들, 주변을 두리번거리며 부장님들 먼저 타시라고 길을 내주며 양보한다. 한 명은 버튼 누르고 있다. 부장판사들도 서로 눈치를 보며 가장 기수 높은 부장이 누군지 스캔하더니 먼저 타시라고 양보한다. 부장들 머리 위에 '28기' '24기' '22기'라는 자막 차례로 뜬다. 그런데, '22기' 부장, 만면에 미소를 지으며 어려 보이는 여자 판사에게 어여 먼저 타라는 몸짓을 취한다. 어쩔 줄 몰라 하며 부장님 먼저 타시라는 몸짓을 취하고 있는 여자 판사 머리에는 '43기'라는 자막 뜬다. 서로 양보하는 두 사람 때문에 아무도 타지 못한 채 눈치만 보고 있다.

임바른　　(마음의 소리) 문명의 충돌이군. (22기 부장을 보며) 서양의 기사도 정신. (고개를 돌려 43기 여자 판사를 보며) 동양의 장유유서.

박차오름　아무도 안 타시면 먼저 실례합니다~ (서로 눈치보는 판사들 사이를 가로질러 거침없이 엘리베이터 안으로 들어간다)

임바른　　(마음의 소리) 그리고… 외계인?

부장들, 불편한 듯 헛기침하며 박차오름을 뒤따라 엘리베이터에 오르고, 다른 판사들도 탄다.

S#5. 엘리베이터 안 (낮)

부장들은 맨 안쪽 가운데에서 벽에 등 기대고 있고, 젊은 판사들은 그 앞이나 옆에 서 있다. 처음 탄 박차오름만 맨 안쪽 구석. 임바른은 그 앞.
1층에 도착해서 문이 열리자, 젊은 판사들, 내리지 않고 양옆 벽으로 붙으며 길을 내어 안쪽의 부장들부터 내리도록 하느라 애쓴다. 맨 앞에 있던 판사 한 명은 밀려서 본의 아니게(?) 내리고는 황급히 바깥쪽에서 엘리베이터 버튼을 열심히 눌러 문이 열려 있게 한다. 안에서도 왼쪽 오른쪽 양쪽에서 연신 열림 버튼을 눌러대고 있다.

부장들　(점잖게) 어이구 불편하게 그러시지들 말고 먼저 내리세요~ 먼저 내리세요 내려~ (한마디씩들 하며 차례로 먼저 내린다)

박차오름, 부장들과 함께 내리려 하는데 앞에 선 임바른이 등으로 진로를 방해한다. 부장들이 다 내리자 비로소 젊은 판사들 내린다.

임바른　(양쪽에서 열림 버튼 누르고 있는 판사들에게 조용히) …한쪽만 눌러도 잘 열립니다만.

버튼 누르고 있던 판사들, 쑥스럽게 웃는다. 임바른과 박차오름, 그들에게 목례하며 내린다.

박차오름　왜 못 내리게 막으신 거죠? 진로방햅니다.
임바른　굳이 일일이 싸우진 맙시다. 시간낭비예요. (손가락으로 앞을 가리킨다)

가리키는 곳에 '법원 민사실무연구회 세미나 장소' 팻말 보인다. 문으로 들어가려던 젊은 판사, 부장판사들이 다른 쪽에서 우르르 걸어오자 과하게 놀라며 황급히 옆으로 피해 먼저 들어가시라는 몸짓을 취한다.

S#6. 법원 대회의실 (낮)

단상 위에 사회자석, 발표자석, 지정토론자석이 마련되어 있다. 단상 아래 맨 앞줄에는 법원장과 수석부장 앉아 있다. 민사43부장 배곤대와 형사48부장 권세중이 차례로 발표자석에 등장.

배곤대   에또… 이 분야에 대하여 지식도 경험도 부족한 제가 감히 발표자의 중책을 맡게 되어 죄송스럽기 그지없습니다.

cut to

권세중   존경하는 법원장님 및 여러 부장판사님들 앞에서 제가 얕은 연구로 실수나 하지 않을지…

객석의 임바른, 지겨운지 어느새 받은 발표문 귀퉁이를 조금씩 찢어 엄지와 검지로 돌돌 말기 시작한다.

임바른   (마음의 소리) 49부 부장은 대체 언제 발표야?

배포된 두툼한 발표문을 넘겨본다. 클로즈업하면 '제3주제 발표자: 성공충(成公忠) 부장판사'라고 쓰여 있다.

성공충   (무게 잡는 말투) 안녕하십니까. 방금 소개받은 성공충 부장입니다. 민사의 대가이신 법원장님과 여러 선배 부장님들 앞에서 천학비재인 제가 감히 무슨 말씀을 드려야 할지 이거 참 민망하고 황송해서…

임바른, 폭발 직전의 표정으로 이제 다리까지 덜덜덜 떨어대고 있다. 성공충, 두툼한 발표문을 줄줄줄 읽고 있다.

성공충   에또, 1. 주택임대차보호법의 연혁과 입법취지. 국민의 주거생활 안정 보장 목적으로 1981년 제정된 주택임대차보호법은…

임바른   (어이없는 표정. 마음의 소리) 낭송회였구나…

cut to

사회자   장시간 열띤 토론을 하시느라 시장들 하시지요? 구내식당 만찬이 준비되어 있습니다. 뭐, 발표가 워낙 완벽해서 필요할지는 모르겠습니다만, 혹시 이것만은 꼭 한번 질문해야겠다는 분이 계실까요?

발표문 귀퉁이를 찢던 임바른의 손, 자기도 모르게 스르르 위로 올라가고 만다. 장내의 시선, 집중된다. 곱지 않은 시선들. 눈치 없다며 혀를 차는 이도 있다. 임바른, 괜히 손들었다는 듯 잠시 후회하는 표정을 짓다 자리에서 일어난다.

임바른   발표문 중 임대차와 경매에 관한 외국 학설, 판례 부분은 우리 사회의 문제 해결에 별 도움이 되지 않습니다. 우리나라 특유의 전세 제도 때문입니다. KDI의 최근 발표자료에 따르면…

성공충, 표정이 붉으락푸르락하다가 억지로 미소를 짓는다. 청중들 웅성거린다.

임바른 …서민의 주거 안정 보호 문제는, 입법을 통한 해결 방안으로 첫 번째…

cut to

임바른, 질문(사실상 자기 의견 강의)을 마치고 자리에 앉고 있다.

성공충 (천연덕스럽게) 고맙습니다. 제 의견과 정확히 일치하는 질문이군요. 발표가 너무 길어질까봐 상세히 언급하지 않았지만 저도 당연히 그 부분에 주목하고 있었습니다. 눈 밝은 후배님이 계셨군요. 잘 짚었습니다. (대견하다는 듯 고개를 끄덕끄덕)

임바른 (어이없는 표정, 허탈하게 웃음만) ……

청중들, 우르르 일어난다. 임바른, 돌아보는데, 박차오름은 임바른을 향해 활짝 웃으며 엄지를 치켜들고 있고, 그 곁의 정보왕은 고개를 절레절레 저으며 검지손가락을 세워 좌우로 까딱까딱 흔들고 있다.

S#7. 법원 만찬장(구내식당) (저녁)

임바른, 박차오름, 정보왕, 홍은지 한 테이블에 모여앉아 있다.

홍은지   임 판사님 죄송해요. 이런 자리 싫어하시는데 저 땜에…

임바른   (고지식하게) 이런 자리 싫어하는 건 맞습니다만 정확히 말하자면 홍 판사님 때문에 온 게 아니라…

박차오름   (O.L.) 이야! 오늘 세미나에서 임 판사님 멘트가 제일 들을 만하던데요? 안 오셨으면 큰일날 뻔했어요. (임바른, 입을 다문다)

정보왕   (헤드테이블 쪽을 가리키며) 잠깐. 먼저 저기 줄부터 섭시다.

다들 가리키는 쪽을 바라보니, 앉아 있는 법원장 옆에 서너 명이 줄을 서 있다. 맨 앞에는 성공충, 정중히 허리를 굽힌 채 법원장 잔에 소주를 따르고 있다.

정보왕   눈도장을 찍어놔야 중간에 도망가도 티가 안 난다구.

박차오름   (한숨 쉬며) 동방예의지국도 좋지만, 우리 회사, 좀 지나친 거 아닌가요?

임바른   저도 초임 때 그 생각했지요. 오죽하면 한번은…

S#8. 회상. 법원 동문 앞 (낮)

점심시간. 밖으로 식사 나가는 판사들. 부장판사가 가운데 앞서가고 배석판사 둘은 왼쪽 오른쪽 한 걸음 뒤에서 따라 걷는다. 삼각편대 모양.

모든 재판부가 삼각편대 모양으로 걷고 있다. 조영진 부장 왼쪽 뒤에서 따라 걷던 임바른, 영 이상한 듯 고개를 갸우뚱하더니, 우배석판사의 오른쪽으로 스윽 자리를 이동해본다. 부장—우배석—임바른 순으로 잠시 걷는데, 가운데 끼인 우배석, 안절부절 어쩔 줄 몰라 하더니, 갑자기 유연하게 스르륵 부장 왼쪽으로 공간이동(웨이브나 문워크처럼 코믹하게). 다시 삼각편대를 만들고서야 표정이 편안해진다. 임바른, 어이없는 표정. 걸어가며 옆을 쳐다보니 정보왕도 자기네 부장 뒤에서 삼각편대로 걷고 있다가, 갑자기 하늘을 손가락으로 가리키더니,

정보왕　　와, 재판부 제비다.

정보왕이 가리키는 곳을 보니, 제비 세 마리가 삼각편대로 날고 있다.

S#9. 법원 만찬장 (저녁)

임바른　　…잊을 수가 없어요. 메시를 능가하는 공간침투.
박차오름　　대체 왜들 그러는 걸까요?
정보왕　　이 나라 최고의 범생이들이잖아. 뭘 새삼스럽게. (초조한 듯) 빨리 잔부터 드리러 가자니까? (헤드테이블 쪽을 보며) 어어, 줄 길어진다! (얼른 소주잔을 들고 뛰어가며) 원장님~

고개를 절레절레하는 박차오름. 이때, 법원장 맞은편에 앉아 있다가 벌떡 일어나는 성공충.

성공충 (잔을 높이 들며) 자, 제가 건배사 한마디하겠습니다. 남, 존, 여, 비. 남자가 존재하는 이유는 여자의 비위를 맞추기 위해! (엄청 재밌는 농담을 했다는 듯 만면에 미소 지으며) 자, 다 같이 따라해주세요. 남존여비!

박차오름 (묵묵히 성공충을 바라보다가) 언니, 힘드시죠?

홍은지 (깊은 한숨) …견딜 만해.

박차오름 언니 신혼여행 다녀오는 동안 판결 선고 못했다고, 두고두고 뭐라 하신다면서요?

홍은지 (어두운 표정) 워낙 유명하시잖니. 일 욕심으로.

정보왕 (냉소적으로) 글쎄… 과연 일 욕심이신지, (흘리듯) …출세 욕심이신지.

박차오름 (걱정스러워하며) 언니 요즘 얼굴이 너무 안 좋아요. 매일 야근에 주말에도 일하고. 몸이 견디겠어요?

홍은지 (힘없이) 괜찮아. 나만 그런가 뭐.

임바른, 홍은지를 조용히 바라본다.

cut to

취기가 거나하게 오른 성공충, 테이블을 돌아다니며 술을 권하고 있다. "에, 제가 폭탄주 등 제조에 관한 법률에 따라 화합주를 한 잔씩 제조하겠슴다! 거부하면 벌주!"

임바른 (마음의 소리) 이런 분이 법원장이 되면 신문 프로필에 이런 게 나오겠지?

인서트 〉신문기사 컷.

활짝 웃는 성공충 얼굴 사진 밑에 '선 굵은 보스 기질의 맹장' '조직 내 인
화단결에 기여'라고 쓰어 있다.

바로 옆 테이블에서 성공충이 열심히 잔을 돌리고 있고 다들 일어나서
공손히 술을 마시고 있다. 이걸 잠시 보던 임바른,

임바른   (주변 판사들을 향해 목례하며) 먼저 실례할게요.
정보왕   어디 가? 화합주 안 받고.
임바른   오늘분 인화단결은 이 정도 하자.

임바른, 자리에서 일어나 태연히 걸어나간다. 술병 들고 오던 성공충,
임바른의 뒷모습을 쏘아본다.

S#10. 배석판사실 (다른 날 오전)

일하고 있는 임바른과 박차오름. 문 열리더니 이도연 들어온다.

이도연   임 판사님, 원장실 정례 티타임 잊지 않으셨죠?
임바른   (놀라며) 오늘인가요? (얼굴 찡그리며) 하아…
박차오름   정례 티타임? 그게 뭐죠?
임바른   법원장님이 조 짜서 판사들을 한 번씩 부르시는데… (다시 한숨)
하아…

이도연 (뒤돌아 나가다 잠시 멈추더니) 하실 거 없으면, 청사안내 그림, 무난할 겁니다. (또각또각 걸어나간다)

박차오름, 의아한 표정으로 임바른을 보는데, 임바른은 감동한 표정으로 고개를 끄덕끄덕.

S#11. 법원장실 (오전)

길게 두 줄로 도열된 소파. 제일 상석에 법원장 편히 앉아 있고 그 앞에 판사들 긴장한 표정으로 허리를 세우고 죽 앉아 있다. 앞에는 커피가 한 잔씩 놓여 있다. 상석 맞은편 벽에는 사람 키만한 괘종시계 서 있다. 시각은 오전 10시를 가리키고 있다.

법원장 (한참을 아무 말도 않고 멍하고 있다가 불쑥. 혼잣말하듯 나지막이) 좋은… 의견들… 말씀해보세요.

판사1 네? 원장님, 좋은 의견이라 하시면…

법원장 (뭔가 골똘히 생각하는 표정으로 창밖만 쳐다보고 대답 없다)

판사2 (땀을 삐질삐질) 에, 우리 법원에 필요한 좋은 의견 말씀이시면, 요즘 국민참여재판 신청이 좀 부진한데 홍보를 더 해야 할 것 같습니다.

법원장 (여전히 창밖 보고 있고 아무 반응 없다)

괘종시계의 기다란 초침, 째깍째깍 소리를 내며 좌우로 움직인다.
째.깍. 째.깍. 째.깍. 째.깍.

판사들, 불안 초조한 표정.

판사3 (눈치를 보다가 뭔가 생각난 듯) 지난번에 보니 청사안내 그림이 너무 알아보기 어렵던데 좀 크게 만들어 붙이는 게 좋을 것 같습니다.

순간, 말석에 앉은 임바른 아깝다는 듯 얼굴을 찡그린다.

임바른 (마음의 소리) 아 씨… 그거 내 건데…

재.깍.재.깍.
정적이 길어지자 판사들 불안 초조한 표정 더 심해진다. 법원장은 미동도 없이 아까 그 자세.

판사4 저, 저는 (필사적으로 생각한다) 좋은 의견이 뭐냐면… 저도 안내 그림을 생각했는데요…

재.깍.재.깍.
정적. 정자세로 앉아 있는 판사들. 불안 초조함 극도에 달하는데, 갑자기, 뎅~ 뎅~ 뎅~ 괘종시계 종소리 천천히 울려 퍼진다. 방 전체에. 마치 공포영화 같다. 데엥~ 마지막 종소리의 여운이 퍼진다. 시곗바늘은 11시를 가리키고 있다.

법원장 (여전히 시선은 창밖을 향한 채) 시간 …됐으니 …마칩시다…

여전히 정자세인 판사들, 탈진 상태.

S#12. 배석판사실 (낮)

데엥~ 데엥~ 데엥~ (E)

임바른   (창밖을 바라보며 넋 나간 시선. 환청 들리는 듯) ……

그때, 띵똥, 소리 나며 임바른의 컴퓨터 화면에 업무용 메신저 대화창이
뜬다. 발신자는 정보왕. '도서실에 가서 변협 학술지 이번 호를 보라.'

임바른   뭐지?

S#13. 법원 도서실 (낮)

학술지를 꺼내 넘기고 있는 임바른. 넘기다 뭔가 발견한 듯 유심히 읽는
다. 학술지 클로즈업하면, 「서민 주거안정을 위한 법적 보호」라는 논문
제목 밑에 성공충의 웃는 얼굴 프로필 사진 보인다. 임바른, 한 장 한 장
넘기다가 살짝 놀라더니, 하, 웃는다.

임바른   충격과 공포구만.

S#14. 배석판사실 (낮)

학술지를 손에 들고 방으로 들어와 앉는 임바른. 연이어 기가 막히게 시간 맞추어 나타나는 정보왕.

정보왕   지금쯤 도서실에서 돌아왔겠다 싶었지. 역시 빌려왔구만.
박차오름   뭔데요?

임바른, 아무 말 없이 학술지를 건넨다.

cut to

박차오름, 학술지를 딱 덮으며 자리에서 발딱 일어나며,

박차오름   (완전 열받은 표정) 이런 미친… (쌍욕하는 입 모양, 삐– 음소거 처리)
임바른   진정해요.
박차오름   아니 이거 그때 임 판사님 말씀하신 거 그대로잖아요! 까마득한 후배 의견을 훔쳐요?
정보왕   자자, 그만해. 한 부장님 방까지 들리겠어. 성공충 부장님, 알고 보면 한세상 부장님이랑 연수원 동기라구. 비록 가고 있는 길은 엄청 다르지만.
임바른   도대체 어떤 길이지? 이런 분이 가는 길이란 건?
정보왕   (눈을 가늘게 뜨고 먼 곳을 바라보는 표정을 하며) 성공의 길이지.
임바른   (정보왕을 본다)
정보왕   성 부장님을 우습게 보면 안 돼. 눈 가린 경주마처럼 달려온 분

이야.

임바른 무슨 소리지?

정보왕 고향이 낳은 천재라는 자부심으로 살아왔는데, 재학중 합격 실
패로 한 번 꺾이고, 서울로 초임 발령받지 못했다고 또 꺾이고.
그게 한 맺혀서 실적으로 보여준다며 평생 달리셨대.

박차오름 배석은 쥐 잡듯 잡으면서 본인은 성공의 길로?

정보왕 세상이 원래 그런 거 아니겠어?

임바른 (질렸다는 표정으로 듣고 있다가) 그럼 우리 한 부장님의 길은 뭐
지? 승진에도 관심 없고, 본인 하고 싶은 대로 하잖아. 원장님 앞
에서도…

S#15. 법원 만찬장 (낮)

제일 상석에 법원장 앉아 있고 부장판사들 줄지어 앉아 있다. 법원장 맞
은편의 수석부장판사가 일어나 맥주잔을 들고 건배사를 하고 있다. 모
두 정자세로 앉아 있는데 구석자리의 한세상만 못마땅한 표정, 불량한
자세다.

수석부장 (정중한 말투) …끝으로, 다시 한번 이 자리를 마련해주신 원장님
께 감사 말씀을 드리오며…

한세상 (말을 끊으며) 아따, 승질 급한 놈, 술 기다리다 돌아가시겠네. (자
기 앞에 놓인 맥주잔을 벌컥벌컥 들이켜더니 딱 내려놓는다)

좌중, 놀라 한세상을 쳐다보는데,

한세상   (천연덕스럽게) 죄송헙니다. 아, '끝으로' 했으면 진짜 끝, 해야지 뭘 세 번씩 끝이라 그래.

S#16. 배석판사실 (낮)

정보왕   (고개를 절레절레 흔들며) 제일 무시무시한 판사. 출. 포. 판의 길이지. 출세를, 포기한, 판사.

임바른   (짜증스러운 표정) 그놈의 출세. 아니 대한민국 판사 됐으면 이미 충분히 출세 다 한 거 아냐? 뭘 더해보겠다고 그 난리야? 바깥 사람들은 판사면 다 판사지 지법부장이랑 고등부장이 어떻게 다른지도 몰라.

정보왕   큰 차이가 있지. 고등부장은 차관급이잖아.

임바른   그래서 뭐가 다른데? 월급이 오르는 것도 아니더구만.

정보왕   기사 딸린 차가 나오잖아.

임바른   (어이없어하며) 무슨 지방 공연다니는 연예인도 아니고, 집하고 법원만 왔다갔다하는데 그게 그리 목숨걸 일인가?

정보왕   넌 그게 문제야. 혼자 우아한 별천지에 살아. 여기 대한민국이야. 나이 먹어서 동창회라도 갈 때 낡은 국산차 직접 운전해서 오는 사람하고, 기사 딸린 관용차 타고 오는 사람하고 같을 거 같애? 사람들은 다르게 본다구.

임바른   그래, 겨우 그 '남의 눈' 때문에 한 칸 더 출세하려고 아등바등?

정보왕   (평소와 달리 진지한 표정) 인간은 사회적 동물이야. 남의 눈 때문에 경쟁한다구. 너같이, 자기 자신을 증명하기 위해 굳이 애쓸 필요가 없는 인간은, 잘 모르겠지만.

임바른　(살짝 놀란 표정으로 정보왕을 본다)

정보왕　(언제 그랬냐는 듯 다시 우스꽝스러운 표정으로 호들갑) 오! 나 방금 뭔가 되게 멋있는 말 한 거 같은데? 그치? 있어 보였지?

박차오름　(옆에서 묵묵히 듣고 있다가 불쑥) 슬퍼지네요. 그런 얘기 듣고 있으니.

임바른　이런 사람도 있고 저런 사람도 있는 거죠. 제가 작년에 모신 부장님은 사명감으로 일하는 분이셨어요.

정보왕　조영진 부장님? 그분, 대학 때 돌깨나 던지셨다는 386이라며? 뭐가 좀 다르긴 달라?

임바른　…최소한 성공충 부장님 같은 분하고는 많이 다르지.

학술지를 다시 넘겨보며 박차오름이 입을 연다.

박차오름　그나저나, 볼수록 놀라워요. 기억력은 정말 탁월한 분이네요. 한 번 들은 얘기를 어쩜 이렇게 정확히 적었지?

정보왕　(싱글거리며) 고향이 낳은 천재라니까.

박차오름　(계속 보며, 감탄) 토씨 하나 안 틀리네. 좀 바꿔도 되는데.

정보왕　…근데 박 판사, 댁도 한 번밖에 안 들었거든?

박차오름　(정보왕 말은 신경도 안 쓰며) 이거, 이대로 지나가지 말아요. 그냥 모른 척 지나치면 또 이러시지 않겠어요? 우선 수석부장님께 말씀드려보면 어떨까요? 합리적인 분이잖아요.

정보왕　그리고 법원행정처 요직이란 요직은 다~ 거친 성골이시기도 하지.

임바른　글쎄요, 굳이 그럴 필요까지 있을지…

박차오름　후배 아이디어나 뺏는 분이 정말 더 위로 올라가면 되겠어요? 미리 문제제기해야죠. 임 판사님이 안 하시면, 제가 문제제기합니다~ 제가 또 요런 건 못 보죠.

임바른 …알았습니다. 내일 수석부장실에 가볼게요.

박차오름 (한숨 쉬며) 그런 부장님하고 일하는 언니가 걱정이에요… 요즘 너무 힘들어 보이던데… 가시면 수석부장님한테 그 얘기도 좀 해주세요.

S#17. 49부 배석판사실 (낮)

홍은지, 산더미 같은 기록 무더기 사이에서 열심히 일하고 있다. 안색이 창백하다. 방문 열리며 부속실 여직원이 조그만 접시에 롤케익을 담아 들고 온다.

여직원 판사님, 점심도 안 드셨는데 이거라도 좀 드시고 하세요.

홍은지 (표정 굳으며 손사래를 친다) 죄송해요. 제가 속이 좀 안 좋아서.

여직원, 고개를 갸웃거리며 도로 들고 나간다. 홍은지, 속이 메슥거리는지 헛구역질을 한다.

홍은지 (걱정스러운 눈빛, 마음의 소리) 부장님께 말씀드려야 하나… 곧 배도 불러올 것 같은데… (잠시 생각하다 한숨 쉬며, 마음의 소리) …관두자. 부임 첫날 당한 것만 생각해도…

S#18. 홍은지의 회상. 부임 첫날, 성공충 부장판사실 (낮)

성공충, 불만스러운 표정으로 앉아 있고, 홍은지는 서 있다.

성공충　내가 원래 여판사는 배석으로 잘 안 받는데, 이젠 뭐 여판사가 하
　　　　도 많으니 도리가 없네.

홍은지　(믿을 수 없다는 표정) 네?

성공충　여성을 배려해서 하는 소립니다. 내가 지휘관인 이상, 따라오려
　　　　면 여자들 체력으론 힘들거든.

홍은지　부장님, 배려 안 해주셔도 됩니다. 저, 연수원에서 매일 밤샘 공
　　　　부해서 남자 연수생들 다 제치고 여기 왔습니다.

성공충　(못마땅하다는 듯) 알았소. 알았어. 그리고, 노파심에서 하는 말인
　　　　데, 나하고 일하는 동안은 연애니 결혼이니 그런 거 신경쓰지 말
　　　　고 일에 전념하세요.

홍은지　(정말 믿을 수 없다는 표정) 네? 지금 결혼하지 말라고 하셨나요?

성공충　여판사들은 일 좀 할 만하면 결혼한다고 휴가 가고, 또 좀 지나면
　　　　임신했다, 출산휴가 간다… 이 바쁜 민사합의부 전력이 절반으
　　　　로 줄어버리니 전투를 할 수가 없잖아. 전투를. 공직자면 멸사봉
　　　　공의 정신으로 국민을 섬겨야지. 좀 한가한 부서에 간 후에 연애
　　　　니 결혼이니 해도 늦지 않습니다.

홍은지　(기가 막혀서 할말이 없다) ……

성공충　아, 그리고 우리 부는 합의를 일요일에 합니다. 주말에 출근해야
　　　　법원도 조용하고 일에 집중할 수가 있어요. 그리 아세요.

S#19. 49부 배석판사실 (낮)

홍은지, 깊은 한숨을 쉬더니, 다시 일에 몰두한다.

S#20. 법원 구내식당 (낮)

한세상과 '감성 충만' 감성우 부장, 함께 커피를 마시고 있는데, 갑자기 성공충 불쑥 나타나 빈자리에 앉는다.

성공충   (싱글싱글거리며) 어이구 한 부장님! 일 좀 살살 하세요. 이거 저 같은 둔재는 따라갈 수가 있어야죠.

한세상   뭔 소리야. 나 이번 달에 선고 많이 못해서 미제가 얼만 줄 알아?

성공충   (눈이 번쩍이며) 몇 건인데요?

한세상   400건이 넘어갔다구. 죽겠어.

성공충   에유, 전 더해요. 이제 포기예요 포기. 천천히 하지 뭐. 사람이 살아야지.

성공충 나간다. 듣고 있던 감성우, 혀를 찬다.

감성우   형님, 저 소리 믿지 마세요. 하여튼 저 인간 엄살은 유명하다니까.

한세상   에이 설마…

감성우   방금도 염탐하러 온 거예요. 지는 300건대 초반 진입을 목표로 월화수목금금금 죽자사자 달리면서.

한세상   뭐야?

감성우	곧 고등법원에서 사무감사하러 오잖아요.
한세상	(어이없다는 듯) 참 열심히 산다. 열심히.

S#21. 민사49부의 법정 (오후)

성공충	재판부가 보기엔 이 정도가 합리적인 선입니다. 이 금액으로 조정하시죠.
변호사A	재판장님, 지난번에도 말씀드렸지만, 당사자는 조정의사가 전혀 없습니다. 판결을 해주시죠.
성공충	허허, 조정이 합리적인 해결이라니까요. 재판부의 권고를 이렇게 무시하시면서 판결을 해달라고요? 정 그러시면 한번 법대로 판결해볼까요?
변호사A	(쩔쩔맨다) 무시하다니요, 그런 말씀이 아니라 당사자 의사가…
성공충	아, 법 전문가인 대리인이 잘 설득해야죠! 그 정도밖에 신임을 못 받습니까?

방청석에서 대기중인 다음 사건 변호사들 수군거린다.

변호사B	(소근소근) 아니 거의 공갈협박이네. 왜 저리 조정에 집착해?
변호사C	(소근소근) 몰랐어? 대법원에서 조정 활성화 강조하잖아. 저 재판장, 조정률 1등 하려고 난리도 아니야.
변호사B	(소근소근) 참 열심히 산다. 열심히.

S#22. 홍은지의 집 (밤)

소파에 기대 쉬고 있는 홍은지, 곁에는 걱정스러운 표정의 남편. 갑자기 홍은지의 휴대전화가 울린다.

홍은지 여보세요? 네? 부장님?

성공충F 홍 판사 지금 어딥니까? 사무실에 불 꺼졌던데.

홍은지 네?

성공충F 벌써 퇴근했소? 다른 방은 다 불 켜졌던데, 왜 우리 부 배석판사 실만 불이 꺼졌지?

홍은지 부장님, 지금 밤 12시예요. 저 11시까지 일하다 나왔습니다.

성공충F 내가 아까도 봤는데 11시 전에 꺼진 거 같던데? 우리집에서 법원 건물 보이는 거 알죠? 홍 판사. 남과 같이 해서는 남 이상 될 수 없습니다. 좀 열심히 삽시다. 열심히.

홍은지 (기막혀하며 남편을 쳐다본다)

S#23. 같은 시각, 법원 근처 카페 (밤)

와인바 분위기의 카페. 건물 2층에 있다. 테이블 상석에는 수석부장, 양옆에는 엘리트 부장들(배곤대, 권세중, 우갑철). 성공충, 화장실에서 창문으로 법원 건물 불 켜져 있는 것을 쳐다보며 통화하고는 전화 끊고 있다.

배곤대 성 부장, 뭐해! 성 부장 차례야!

성공충 아이구 형님! 지금 갑니다!

성공충, 엄지로 스마트폰 화면을 휙휙 넘긴다. 클로즈업하면 각종 유행하는 건배사가 줄줄이 적혀 있다. 쓱 읽어보고는 자리로 가는 성공충.

성공충　(폭탄주잔을 들고) 전 우리 수석부장님이 얼른 자기 가실 길로 가셨으면 좋겠습니다.

좌중, '무슨 소리?'라는 표정으로 쳐다본다.

성공충　평생을 법원행정처에 계셨던 분이니 행정처 차장 거쳐서 대법관, 이후 대법원장까지 가실 자리가 다 정해진 분 아니겠습니까! 어차피 가실 길 어여 가셔서 사법부를 이끌어주셔야죠!

좌중, 껄껄 웃는다.

배곤대　(느물느물 웃으며) 성 부장, 용비어천가가 많이 늘었어? …어디 학원이라도 있나?
성공충　용비어천가라뇨! 전 그냥 팩트를 말씀드리는 겁니다.
수석부장　여하튼 성 부장 넉살은 좋아. (묘한 미소를 지으며) …판사답지 않게.
성공충　(순간 긴장하며) 제가 실수했으면 용서하십시오. 판사답지 않다시면…
수석부장　(미소) 판사답지 않게 사교성 좋고 활달한 것도 장점이죠. 관리자급으로 올라갈수록 외부도 상대해야 하니까. 가만, (배곤대를 보며) 우리 성 부장님, 왜 행정처 근무를 한 번도 못했지? 일 잘할 타입인데.
배곤대　(묘하게 웃으며) 이게 또, 대기만성형이 있잖습니까. 자세히 보아야 이쁘고, 오~래 보아야 사랑스럽고, 뭐 그런 타입.

성공충　(순간 씁쓸한 웃음) 예, 제가 원래 좀 잡초 스타일입니다. (다시 활짝 웃으며) 사실 전 육군본부보다 최전선에서 깡치사건들 해치우는 게 체질임! 그 어려운 걸 해냅니다, 제가. (잔을 높이 들며) 그런 의미에서 건배사는, 당신 멋져! (주욱 들이켠다)

껄껄 웃는 엘리트 부장들.

S#24. 법원 앞 출근길 (다음날 오전)

임바른, 양복을 입은 채 국산 접이식 미니벨로를 타고 유유히 출근중. 서류가방은 자전거 앞에 장착되어 있다. 법원 건물 앞에 멈추더니 자전거를 착착 능숙하게 접어 슈트 케이스 사이즈로 만들어서는 들고 들어간다.

S#25. 44부 부속실 (오전)

무표정하게 앉아 타이핑하던 이도연, 자전거를 한 손에 들고 나타나 가벼운 목례를 하는 임바른을 보고는 살짝 미소 지으며 목례한다.

이도연　임 판사님, 오늘은 지하철 말고 자가용 출근?
임바른　불금이고, 마침 자가용도 하나 장만해서요. (자전거를 들어 보이며 어깨를 으쓱)

이도연   (풋, 웃으며) …귀엽네요.

임바른   (당황) 네?

이도연   (묘한 미소) …자전거요. (다시 무표정. 타다닥, 타이핑 시작)

임바른, 잠시 멍해 있다가, 배석판사실로 들어간다.

S#26. 배석판사실 (오전)

정보왕   (자전거를 보며 호들갑스럽게) 어? 웬일이냐 너! 이거 이거 몇백만 원 한다는… (브랜드를 보더니) …게 아니구나. (급히 수습) 그래 꼭 비싼 게 좋은 게 아니지, 그럼.

박차오름   귀엽고 좋은데요? 근데 이건 사이클만큼 속도가 날 것 같진 않은 데?

임바른   뭐, 그게 좋아서요. 너무 열심히 타고 싶지 않아서. 이 회사, 너무 열심히 사는 사람들이 많잖아요.

박차오름   그러게요… (자전거 쪽을 보며) 요즘 한강길이 그렇게 좋다면서 요?

임바른   괜찮죠. (잠깐 망설이다가) 언제 주말에 시간 맞으면 한번 같이 나가봐도 되고요. (잠시 후 덧붙인다) …보왕이도 같이.

박차오름   (미소) 그래요. 재밌겠어요.

정보왕   잠깐만. 너 방금 0.5초 망설인 거 맞지?

S#26-1. 탕비실 앞 (오전)

이도연, 찻잔과 받침잔 여러 개를 한곳에 담아 설거지하러 탕비실로 가고 있다. 그런데, 탕비실 앞에서 만삭의 직원A와 정보왕이 이쪽으로 오고 있다. 직원A, 쑥스러워하고 있고, 정보왕은 손에 사과 여러 개가 든 바구니를 들고 있다.

정보왕   괜찮다니까요, 아이 가진 분은 무거운 거 들면 큰일난다니까 그러시네.

직원A   (곤란해하며) 별로 안 무거워요, 판사님. 아이참, 안 되는데…

정보왕   제 마음이 무겁습니다. (씩 웃으며) 51부시죠? 가요. (앞서간다)

이도연, 정보왕을 빤히 보고 있다. 정보왕, 이도연과 눈이 마주치자 괜히 흠칫 놀랐다가(몇 번 당한 후 주눅이 들었음), 엉거주춤 목례하고 지나쳐 간다. 임신한 여직원, 미안해하며 그뒤를 따라간다. 이도연, 탕비실 앞에 다다르고 안에서는 다른 방 부속실 여성 직원 두 명이 수다중.

직원B   정 판사님, 너무 귀엽지 않니?

직원C   얘는, 판사님보고 귀엽다니?

직원B   귀여움에는 귀천이 없는 법이란다. 어쩜 저리 싹싹하실까? 지난번엔 청소원 할머니 걸레통도 들어주시더라구.

이도연, 입구에서 가만히 두 사람의 대화를 듣고 있다.

S#27. 배석판사실 (오전)

임바른, 컴퓨터로 뭔가 열심히 검색중이다. 검색창을 보면, '한강 자전
거 대여점'이 입력되어 있다. 한강 자전거도로 지도와 대여점 위치 모니
터에 잔뜩. 모니터 보며 미소 짓는 임바른.

박차오름 뭐 좋은 일 있으세요?

임바른   아, 아니에요. (검색창을 닫으며) 수석부장실 좀 다녀올게요.

S#28. 수석부장판사실 (낮)

수석부장 (나긋나긋한 말투) 오, 임 판사 잘 왔어. 일하느라 고생이 많지? 한
부장님 모시는 게 어렵진 않아?

수석부장, 탁자 위 자사호(보이차를 우려내는 다기)로 손을 뻗는다.

수석부장 마침 잘 왔어. 지난주에 기가 막힌 보이차를 구했는데, 먹을 복
이 있는 사람이구먼.

수석부장, 능숙하게 보이차를 끓여내 임바른에게 따라준다. 임바른, 몇
잔의 보이차를 연거푸 마신 후, 입을 연다.

임바른   수석부장님, 실은 말씀드릴 일이 있습니다. 지난번 실무연구회
때 일인데요…

cut to

임바른   …이렇게 된 일입니다. 별일 아니라고 지나칠 수도 있겠지만, 솔직히 마음이 쓰입니다. 같은 일이 반복되지 않도록 문제제기를 하고 싶습니다.

수석부장   (미소를 지으며) 임 판사. 임 판사는 자신이 토끼라고 생각해요, 거북이라고 생각해요?

임바른   네? 그게 무슨 말씀이신지…

수석부장   크게 힘들이지 않고도 남들 앞에서 유유히 달리는 데 익숙한 토끼는, 앞사람 등만 보며 끝도 없이 기어야 되는 거북이의 처지를 이해하기가 쉽지 않지요.

임바른   (말문이 막힌다) ……

수석부장   임 판사는 재학중 합격에 임관 성적 1등으로 중앙지법에 왔죠? 연수원 때도 날카로운 질문으로 교수들 쩔쩔매게 만들어 유명했다지? 누구 체면도 봐주지 않고 틀렸다 싶으면 바로 손들고 지적하고.

임바른   ……

수석부장   당연하겠죠. 임 판사는 열등감이라고는 가져본 적이 없는 사람이니까. 맞으면 맞고 틀리면 틀린 것일 뿐, 뒤처진 사람의 자격지심 같은 건 이해 못하겠지.

임바른   (돌직구에 당황) 아니, 그런 건 아닙니다…

수석부장   성 부장의 모자란 점들, 나도 잘 압니다. 남들에게 인정받기 위해서 무리할 정도로 애쓰죠. 임 판사같이 깔끔한 엘리트 눈에는 가당치도 않겠지. (보이차를 한 모금 마신 후) 그런데 말이에요, 이 조직은 임 판사 같은 예외적인 엘리트가 바글바글한 곳입니다.

성 부장 같은 거북이의 입장에서는 무리해서라도 따라잡고 싶을 만큼 불안 초조해지는 곳이죠.

수석부장, 찻잔을 내려놓고는 임바른의 눈을 지그시 쳐다보며,

수석부장   임 판사, 임 판사는 젊고 뛰어난 사람이니 앞으로도 빛날 기회가 무궁무진합니다. 성 부장 같은 사람에게도 빛날 기회를 양보하면 안 될까요. 조직에는 성 부장 같은 사람도 필요합니다. 천재는 아니지만, 평생 성실하게 노력하는 성취 동기가 강한 사람들. 그런 사람들에게도 희망이 있어야죠.

임바른   수석부장님, 그래도 이건 반칙이지 않습니까.

수석부장   (살짝 노여운 표정) 임 판사, 아직까지 우리 사회는 장유유서와 인정이 지배하는 사회예요. 임 판사 말이 맞을 수도 있어요. 그렇다고 한참 선배인 성 부장에게 치명적인 문제제기를 하면 임 판사도 상처를 받습니다. (점점 표정이 굳어지며 목소리는 낮아진다. 무시무시한 분위기) 사회에서는 평판이란 게 중요해요. 야박한 사람, 모난 사람으로 비치면 아무리 뛰어난 인재라도 쓸모가 없어요. 사람됨이 더 중요하니까.

잠시 정적이 흐른 후, 수석부장, 다시 우아하게 보이차를 끓이기 시작한다.

수석부장   (언제 그랬냐는 듯 다시 나긋나긋한 말투. 달콤한 솜사탕처럼) 사람 사는 세상은 정답만 있는 건 아니니 조급해하지 말아요. 멈추면 비로소 보이는 것들이 있지요. 조금 억울해도 그 또한 다 지나갑니

다. 아프니까 청춘이라고들 하잖아요?

S#29. 법원 야외 테라스 (낮)

벤치에 박차오름과 홍은지 앉아 있다.

박차오름 세상에, 그게 말이 돼요? 배석 방에 불 켜져 있나 감시? 그 정도 되면 병 아니에요?

홍은지 (힘이 하나도 없는 목소리) …무섭고 너무 지쳐.

박차오름 (걱정 가득한 눈빛) 언니, 임신 초기가 제일 조심해야 하는 때잖아요. 매일 야근하면서 몸이 버틸 수 있겠어요? 선고 건수, 줄이지 않으면 큰일나겠어요. 며칠째 잠도 몇 시간 못 잤다면서요.

홍은지 (피식, 웃으며) 그 말 꺼냈다가는 우리 부장님 졸도하실걸? 매일 사건수 통계만 들여다보고 계신데.

박차오름 (분개하며) 언니가 못하시면 저라도 문제제기할래요. 이건 인권 차원의 문제라구요!

홍은지 (고개를 절레절레) 그러지 마… 옆에 있는 다른 배석판사님도 힘든 건 마찬가지지만 묵묵히 일하고 계신데… 부장님도 일은 열심히 하시고. (고개를 떨구며) 나만 자꾸 힘에 부치니까 죄책감이 들어… 내가 부족해서 못 따라가나 싶고…

박차오름 (안타까운 눈빛) 언니… (주먹을 불끈 쥐며) …죄책감이라뇨. 누가 잘못하고 있는 건데. 역시 안 되겠어요. 이대론!

S#30. 수석부장판사실 (낮)

수석부장   임 판사, 오신 김에 나도 걱정되는 일을 하나 말씀드릴게요.

수석부장, 자사호를 내려놓고는 휴대전화를 꺼내 뭔가를 검색하더니,
임바른에게 내밀며,

수석부장   아, 여기 있네요. 한번 보시죠.

임바른, 내미는 폰을 받아들고 보니, SNS 화면. '대박! 여판사 니킥 작
렬!' 제목 밑에 박차오름이 교수 사타구니에 니킥을 날리는 사진. 그 밑
에는 '니킥 여판사, 초미니 출근!'이라는 제목 아래 초미니 차림의 박차
오름이 법원 로비를 걷는 사진.

임바른   (놀라서) 아니 법원 구내 모습을 누가 찍어 올린 거죠?
수석부장   법원 공익이더군요. 불러서 조치했습니다. 밑으로 내려보세요.
박 판사, 인터넷에서 아주 유명인사가 됐더군요. 별명까지 붙고.

몽타주 > 네티즌의 반응 스케치.

• 젊은 남자, PC방
(화면 쳐다보다가) 이 여자 어디서 본 여자 같은데?
(갸웃거리다) 대박! 지난번 그 니킥 여판사?

• 의사, 진료실에 앉아서

(낄낄대며) 얘 완전 또라이네. 초미니 출근 사진 보니 다리는 죽이던데. (폰에 다다다닥 뭐라 적는다)

• 이곳저곳에서 스마트폰, PC 키보드에 다다다닥 무언가 적고 있는 젊은 남자들.

화면에 해시태그가 날아다닌다.
#니킥_여판사 #눈에는_눈_이에는_이 #미녀_판사 #미스_여판사 그리고 마지막에 떠오르는, #미스_함무라비.

S#31. 수석부장실 (낮)

임바른, 쓸쓸한 표정으로 휴대전화를 수석부장에게 돌려준다.

수석부장 물론 젊은 혈기와 의협심, 충분히 이해해요. 하지만 판사의 할 일은 법정에서 분쟁을 해결하는 일이지, 길거리에서 정의를 실현하는 일은 아니지요? (어조 점점 단호해진다) …경위야 어떻든 법관이 이렇게 대중의 입방아에 오르내리고 희화화되고 하는 거, 문젭니다.
법관은 매사에 신중해야 하고, 개인적인 공명심을 가져서는 안 됩니다. 튀는 법관은 신뢰를 해칠 우려가 있어요. 사법부에 대한 신뢰는 싸라기눈 같아서, 쌓이기는 어렵지만 흩어지기는 참으로 쉽지요…

수석부장, 말을 멈추고 임 판사를 지그시 바라보다가,

수석부장   박 판사는 연수원 때부터 튀는 행동을 보인 적이 있어요. 교수마다 평가가 엇갈리더군요. 정의감과 사명감을 좋게 평가하는 분도 있지만, 지나치게 공격적이고 감정적이라는 평도 있지요.

S#32. 법원 곳곳 (낮)

박차오름, 걱정스러운 표정으로 판사실, 라운지, 화장실 등 곳곳에서 여성 판사들을 붙잡고 뭔가 얘기하고 있다. 여성 판사들, 걱정하는 표정으로 고개를 끄덕이고, 안타까워하며 눈물을 글썽인다.

S#33. 수석부장실 (낮)

수석부장   연수생 신분으로 정치적으로 예민한 사안에 관한 글을 SNS에 올려서 문제가 된 적도 있습니다. 판사 임용 때에도 논란이 있었던 걸로 알아요. 임 판사같이 진중하고 뛰어난 우배석판사가 잘 이끌어줄 필요가 있습니다.

임바른   (놀란 표정) 수석부장님, 박 판사는 아직 초임이라 미숙한 점도 있지만, 사회적 약자에 대한 애정이 깊고 책임감도 강한 판삽니다. 그런 평가를 들을 사람이 아닙니다.

수석부장   (잠시 입을 다물고 있다가) 동문 앞에서 1인 시위하던 할머니, 항소권 회복 청구를 했더군요.

임바른	네?
수석부장	대형 로펌 변호사가 사건을 맡았고요. 이례적인 일이죠. 그런데 말이죠, 박 판사가 중간에서 알선한 거라는 말이 들리던데?
임바른	(놀라며) 알선이라뇨. 그럴 리 없습니다.
수석부장	그래요? 그 사건, 항소권 회복 사유까지 박 판사가 찾아줬다던데? 그것도 모르는 일인가?
임바른	그건 박 판사가 순수하게 그 할머니를 도와드리려는 마음에…
수석부장	(O.L.) 법관윤리강령 제5조 제2항, 법관은 타인의 법적 분쟁에 관여하지 아니하며, 다른 법관의 재판에 영향을 미치는 행동을 하지 아니한다. (싸늘한 표정) 의도가 어땠든, 판사는 오해 살 행동을 하면 안 됩니다. 박 판사의 행동, 징계사유가 될 수 있어요. 고민중입니다.
임바른	(충격받은 표정)
수석부장	(미소를 지으며) 부디 제 뜻을 깊이 헤아려주세요.

S#34. 법원 복도 (낮)

임바른, 뭔가 골똘히 생각하면서 걷고 있다. 무거운 발걸음.

S#35. 남자화장실 (낮)

젊은 초임 남자 판사 천성훈과 지현민, 소변기 앞에서 볼일을 보며 히히덕대고 있다.

천성훈 인터넷에 뜬 거 봤어? 미스 함무라비?

지현민 봤지. 박차오름 걔, 연수원 때부터 튀더니 이젠 아주 전국구로 놀더라. 판사가 그래도 되는 거야?

천성훈 내가 전부터 그랬잖아. 관심종자야, 관종. 걔, 보나 마나 판사 간 판만 따고는 금방 나가서 정치한다고 설치고 다닐걸? 부대변인 이런 거 하면서 당대표 옆에서 이쁜 옷 입고 액세서리 노릇 하겠지.

지현민 영리한 거지. 음대 중퇴한 애가 여기서 커봐야 얼마나 크겠어. 임바른 선배도 힘들겠다. 부장도 그 모냥이고…

천성훈 (킥킥댄다)

그때, 두 사람 뒤에서 물 내리는 소리 들리고 누군가 안쪽에서 나오다, 바닥에 미끄러지며 휘청하여 두 사람 등에 부딪힌다. 소변보던 두 사람, 당황하며 돌아보니 정보왕.

정보왕 (호들갑스럽게) 어우~ 미안해 미안해. 아 여기 왜 이리 미끄럽지? 꿀 발라났나?

천성훈 아, 아니에요. 괜찮아요.

정보왕 응, 그래 볼일들 봐~ 시원~하게.

정보왕, 사라지고 두 판사, 마주보며 짜증스러운 표정을 짓는다. 그때, 또 뒤에서 물 내리는 소리 들리더니 정보왕이 나온 곳 옆문이 천천히 열린다. 두 판사, 겁먹은 표정으로 돌아보니, 임바른이다.
임바른, 무심한 표정으로 천천히 걸어나오다가, 갑자기 과장되게 바닥에 미끄러지는 척하며 아이스하키 보디체크 하듯 어깨로 두 사람을 쿵

들이받는다. 소변기에 부딪히며 비명 지르는 두 사람.

임바른 (태연한 표정으로) 어, 미안해서 어쩌지? 아, 진짜. 바닥 청소 좀 잘하시라고 몇 번을 얘기했는데. (두 사람을 째려보며) 이러다 사고 나겠네.

천성훈 저, 저흰 괜찮습니다. 신경쓰지 마세요.

임바른 (지현민 어깨를 톡톡 치며) 괜찮겠어? 바지 버린 거 아냐? 내가 닦아줘?

지현민 (필사적으로) 괜찮습니다 선배!

임바른 그래, 미안해~ 볼일들 봐~

임바른도 사라진다. 두 사람, 밑을 내려다보더니 울상이 된다.

천성훈 아, 씨…

그 순간, 나간 줄 알았던 임바른, 화장실 안으로 얼굴 불쑥 들이밀며,

임바른 정말 괜찮아?

두 사람 (동시에) 네! 괜찮습니다! 아무렇지도 않습니다!!

임바른 (웃으며) 그래~

내밀었던 임바른 머리, 사라진다.

S#36. 법원 복도 (낮)

임바른 무심한 표정으로 걸어가는데 맞은편에 정보왕 나타나 걸어온다. 서로 쳐다보지도 않고 스치고 지나다가, 서로 슬쩍 주먹을 내밀어 맞부딪히는 두 사람. 무심한 표정으로 계속 각자 갈 길을 간다.

S#37. 배석판사실 (낮)

임바른, 조용히 판사실로 들어온다. 박차오름, 목을 빼고 임바른이 돌아오기만 기다린 눈치, 반기며 묻는다.

박차오름   어떻게 됐어요? 임 판사님 의견 표절 건, 수석부장님이 나서주신대요?

임바른   그게… (망설이다가) 제가 그냥 없던 일로 하자고 했습니다.

박차오름   (흥분하며) 그게 무슨 말씀이에요! 남의 생각을 훔치는 것도 절도라구요! 임 판사님이 곤란하시면 저라도 나서서 문제제기할래요!

임바른, 박차오름의 흥분한 얼굴을 물끄러미 쳐다본다. 아까 들은 수석부장의 말이 떠오른다.

수석부장   (V.O.) 지나치게 공격적이고 감정적이라는 평도 있지요.

임바른   이 일은 그냥 내가 알아서 할게요.

박차오름   어떻게 알아서 하신다는 거죠?

임바른	그렇게 흥분할 일 아니에요. 내 의견 베낀 거 유쾌하진 않지만, 그렇게 구차하게라도 출세하겠다는데, 굳이 정색하고 나설 의욕도 안 생기네요.
박차오름	그러세요? 역시 잘나신 분은 다르네요. 아등바등하는 판에 끼기 싫으시다?
임바른	말 함부로 하지 마세요. 그리고, 냉정하게 국민 입장에서 봅시다. 출세를 위해서라도 죽어라 일하는 판사가 나을까요, 판사 됐다고 일 안 하고 노는 판사가 나을까요?
박차오름	왜 인간을 그렇게 두 종류로만 분류하시죠? 사명감, 책임감, 보람, 이런 걸 얘기하면 순진한 건가요?
임바른	그런 게 평가받고 보상받는 구조가 아닌 이상, 순진한 얘기죠. 인간의 선의란, 가끔은 강력하지만 이기심만큼 지속적이진 않으니까.
박차오름	좋아요. 거창한 얘기는 집어치우죠. 지금 더 큰 문제는 홍은지 판사님이에요. 성 부장님은 자기 출세 욕심 때문에 배석판사를 비인간적일 만큼 쥐어짜고 있어요!
임바른	남의 재판부 속사정을 함부로 판단하기는 어려운 거 아닙니까. 이 법원에 일 안 많은 재판부가 있나요?
박차오름	임 판사님, 모르셔서 하는 말씀이에요. 지금 홍 판사님은 그럴 몸 상태가… (흠칫, 말을 멈추고 잠시 망설이다가) …컨디션이, 정상이 아닌데 무리하고 있어요. 이러다가 무슨 일 날까 걱정이에요.
임바른	성급하게 행동하지 말고 신중하게 생각해요. 재판부 내부 문제를 제3자가 제기하는 건…
박차오름	(O.L.) 제3자라뇨! 동료잖아요. 남의 일인가요? 전 가만있을 수 없습니다.

임바른	가만있지 않으면 어떻게 한다는 거죠?
박차오름	시정이 안 되면 연판장이라도 돌려야죠!
임바른	(깜짝 놀라며) …그건 집단행동입니다! (걱정스러운 눈으로 박차오름을 바라본다)
박차오름	집단행동이면 안 되나요? 임 판사님은 늘 개인주의자를 자처하시죠. 그건 임 판사님이 잘나서, 강해서 그런 거예요. 하지만 약자들은 혼자서는 자기를 지킬 수 없어요. 서로를 의지하지 않으면 살 수 없다구요!

임바른, 그런 박차오름을 안타깝게 바라본다.

임바른	박 판사님, 집단행동을 주도하는 건 심각한 문제가 될 수 있어요. 신중하게 생각하세요.
박차오름	신중, 신중, 그놈의 신중! 홍은지 판사님이, 언니가 무슨 일을 당하고 있는지 아세요? 관심 없으시죠? 도대체 임 판사님이 남의 일에 관심 가져본 적이 있기는 있나요?

임바른, 입을 꾹 다문 채 박차오름의 분노한 얼굴을 뚫어져라 바라본다.

임바른	(마음의 소리) 관심, 없었으면 좋겠다. 나도.
수석부장	(V.O.) 징계 여부가 논의된 적도 있습니다. 판사 임용 때에도 논란이 있었던 걸로 알아요.
박차오름	동료가 비인간적인 대우를 당하는 걸 막을 수만 있다면 뭐든 하겠어요. 집단행동? 그거 가지고 문제삼을 거면 맘대로 하라 그래요!

홍분해서 쏘아붙이는 박차오름. 임바른, 눈을 지그시 감아보지만 꼭 쥔 주먹이 조금씩 떨린다.

수석부장 (V.O.) 박 판사의 행동, 징계사유가 될 수 있어요. 고민중입니다.

박차오름 그냥 가만히 있으라고요? 난 절대 가만히는…

임바른 (O.L.) (눈을 번쩍 뜨며 버럭!) 내 말 들어, 박차오름!!

박차오름, 놀라서 말을 멈춘다.

임바른 네가 다쳐! 그런 짓을 하면. 법원을 바꿔놓고 싶어서 판사가 됐 다며. 그럼 살아남아! 먼저 살아남으라구! 서두르지 말고.

박차오름 (임바른을 바라본다. 눈가가 조금씩 촉촉해진다) …그래서, 가만히 있으라구요? 그냥 가만히 앉아서, 지켜보기만 하라구요? …내 옆에 있는 사람이 물속으로 가라앉는 걸?

임바른, 착잡한 표정으로 박차오름을 한참 바라보다가, 깊은 한숨을 쉰 다. 박차오름, 굳게 입을 다물고 외면한다. 묵묵히 자기 자리에서 일을 시작하는 두 사람.

S#38. 법원 건물 밖, 정문으로 가는 구내도로 (밤)

야근하다 퇴근하는 박차오름과 임바른, 살짝 떨어져서 걷고 있다. 어색 한 침묵. 임바른은 자전거를 끌고 가고 있다. 그런데, 정문 근처에 멋진 스포츠카 정차해 있다. 키가 훤칠하고 한눈에 봐도 명품 양복 차림의 훈

남, 차에 기대고 있다가 박차오름을 발견하고는 반갑게 손을 흔든다.

박차오름 (당황) 어?

민용준 (반갑게) 오름아, 모시러 왔어.

박차오름 뭐야, OB모임 안 간다니까.

민용준 그래서 내가 모시러 왔지. 애들이 너 안 오면 모임 무효라는데?
(어색하게 서 있는 임바른을 향해 반갑게 인사하며) 안녕하세요. 오름
이랑 같이 일하는 판사님이시죠? 저, 민용준이라고 합니다. (명
함을 꺼내 내민다)

임바른 (명함을 보며. 놀란 표정) …NJ그룹이면, 그 NJ그룹?

민용준   …네.

임바른 총괄부사장님이시군요. 그러시면 혹시 부친께서…?

민용준 예. 아버님이 회장직을 맡고 계십니다.

박차오름 (얼른) 대학 때 동아리 선배예요. 아 뭐 OB모임을 그리 열심히들
해?

민용준 (미소 지으며) 오름이와는 어릴 때부터 집안끼리 알고 지내기도
했죠.

임바른 네, 처음 뵙겠습니다. 임바른입니다.

민용준 (예의 바르게) 법원에 이런 요란한 차 몰고 와서 죄송합니다. 꼴사
납지요.

임바른 아, 아닙니다. 별말씀을.

민용준 (웃으며) 실은 저 친구가 워낙 스피드광이었거든요. 예전에. (박차
오름을 보며) 어때? 니 스타일 아냐?

박차오름 (쭈뼛쭈뼛하다가 자기도 모르게 홀린 듯 차 보닛을 어루만지며) 이 아
이, 제로백 3.7초지? 10기통. 괴물이네.

민용준	역시. (차 키를 박차오름에게 내밀며) 오랜만에 한 번? 일하느라 스트레스도 많을 텐데.
박차오름	(망설인다)
민용준	잠깐 스트레스 좀 풀어. 뭐 어때. (웃으며 차 키를 억지로 쥐여준다)

박차오름, 망설이다가 유혹에 진 듯, 받아든다. 민용준, 운전석 문을 열어준다.

박차오름	(쑥스러워하며, 임바른을 향해) 저, 먼저 가볼게요. 조심히 가세요.
임바른	네, 잘 들어가요. (민용준에게도) 만나서 반가웠습니다.

민용준, 웃으며 목례한다. 박차오름과 민용준, 차에 올라탄다. 미끄러지듯 정문을 나가는 스포츠카. 묵묵히 바라보는 임바른. 배경음악 라디오헤드의 〈Creep〉.

S#39. 법원 정문으로 가는 구내도로 (밤)

임바른, 자기 자전거를 힐끗, 본다. 희미하게 미소. 자전거를 끌고 정문을 나가는 임바른.

S#40. 법원 정문 밖 (밤)

왠지 지친 표정의 임바른, 어깨가 뻐근한 듯 살짝 찡그리며 어루만진다.

자전거에 올라앉았다가, 차로 복잡한 도로를 잠시 보더니 도로 내려, 자전거를 착착 접곤, 마침 근처로 지나가는 택시를 잡는다. 택시기사는 나이 지긋한 남성.

기사　　(접힌 자전거를 보더니) 어이구, 휠체어요? (트렁크를 연다)

임바른　　…아, 네. 뭐, 그런… (자전거를 싣고는 택시에 탄다)

S#41. 스포츠카 안 (밤)

박차오름, 운전대를 잡은 채 상념에 잠겨 있다.

임바른　　(V.O.) 내 말 들어, 박차오름!!

박차오름, 답답한 듯 입술을 깨문다. 그런 박차오름을 지켜보던 민용준, 슬쩍 버튼을 누른다. 차 지붕이 열린다. 옆을 돌아보는 박차오름, 씩 웃어주는 민용준. 박차오름, 시원하게 액셀을 밟는다.

S#42. 달리는 택시 안 (밤)

기사　　(룸미러로 임바른을 힐끗 보며) 무슨 당직 선 거유?

임바른　　아뇨, 야근하느라고요.

기사　　야근? 아니 공무원이 뭔 야근이야? 땡 퇴근하는 맛에 하는 게 공무원 아닌감? 신입 9급인가?

임바른   (슬쩍 미소) 그러게 말이에요, 아저씨.

S#43. 횡단보도 앞 차도 (밤)

스포츠카 전방에 무거워 보이는 가방을 메고 횡단보도를 조심조심 차량 진행방향 오른쪽에서 왼쪽을 향해 건너고 있는 교복 차림의 여중생이 보인다. 늦은 시간이라 신호등이 점멸신호다(유턴 가능한 곳). 박차오름, 속도를 줄이며 1차로 횡단보도 앞 정지선에 멈춘다. 여중생, 박차오름을 향해 꾸벅, 목례한다. 박차오름, 미소를 지으며 답례.

반대차로 차들은 정지선을 무시한 채 계속 지나간다. 여중생, 어쩔 줄 몰라 하며 중앙선 부근에 계속 서서 발만 동동. 화난 표정으로 반대차로 차들을 한참 노려보던 박차오름, 반대차로 흐름에 잠시 빈틈이 생기자 갑자기 스포츠카를 크게 90도로 좌회전하여 반대차로 정지선 전체를 막아버린다. 놀란 민용준, 박차오름을 쳐다보는데, 박차오름, 활짝 웃으며 여중생을 향해 어여 건너라고 손짓한다. 여중생, 활짝 웃으며 꾸벅, 인사를 하고 총총총 길을 건너간다. 스포츠카에 막혀버린 반대차로 차 운전자들, 차창 밖을 내다보며 황당해한다. 여중생이 다 건너가자, 박차오름, 차를 더 돌려서 유턴한 후 바앙~ 소리를 내며 달려나간다.

S#44. 달리는 택시 안 (밤)

임바른   (웃음 띤 얼굴로 기사 쪽을 향해) 공무원들도 이렇게 야근하고 한다는 거, 국민들이 좀 알아주시면 좋을 텐데 말예요.

기사	(갑자기 정색을 하며) 그런 소리 마쇼. 내가 사납금 채우느라고 몇 시간째 쉬지도 못하고 운전하고 있는 줄 아쇼?
임바른	(무색해져서) …네에…
기사	내 아들놈은 노량진에서 9급 시험 3년째 준비하고 있소. 컵밥 먹고 코딱지만한 방에 자면서. 딸년은 컴퓨터 자격증 따서 쪼끄만 IT회사인지 뭔지 다니는데, 회사에 야전침대 갖다놓고 살아. 9급 양반, 거 배부른 소리 하지 마쇼.

임바른, 무거운 표정으로 잠시 생각.

임바른	(정중하게 고개를 숙이며) 죄송합니다. 아저씨. 제가 철없는 소리를 했습니다.

아무 말 없이 앞만 보며 운전하는 기사의 굽은 등 뒤로 풍겨 나오는 무언가가 차 안 공기를 무겁게 내리누른다.

S#45. 성공충 부장판사실 (오전)

성공충 책상 앞에 벌서듯 서 있는 홍은지. 얼굴이 창백하다. 잔뜩 화난 성공충 앞에는 빨간 줄이 죽죽 그어진 판결문 초고가 놓여 있다.

성공충	(판결 초고를 집어 들어 흔들며) 이게 판결이야? 이걸 판결이라고 썼어? 당신 판사 맞아? 더 꼼꼼히, 더 자세히 쓰라고 내가 몇 번을 얘기했어!

홍은지	죄송합니다 부장님. 이번주 선고할 건이 너무 많아서 도저히…
성공충	(O.L.) 어디서 변명이야! 난 배석 때 며칠 밤을 새우면서 백 페이지 넘는 판결도 여러 번 썼어! (판결 초고를 다시 흔들며) 이렇게 무성의하게 쓴 판결에 내 도장 찍을 수 있을 거 같아? 상급심에선 배석이 아니라 부장 이름을 본다구. 지금 당신, 내 이름에 먹칠을 하고 있는 거야!
홍은지	(눈물을 참으며) …죄송합니다.
성공충	(판결 초고를 책상 위에 집어던지며) 당장 다시 써 와!

홍은지, 판결 초고를 주섬주섬 챙겨서 성공충에게 고개를 숙인 후, 힘없이 걸어나간다.

S#46. 법원 옥상 (오전)

옥상 난간에 기대 먼 곳을 바라보고 있는 홍은지. 넋이 나간 표정이다.

홍은지	(까마득한 아래를 내려다보며, 마음의 소리) …잠깐이면, 아주 잠깐이면, 부장실에 더이상 불려가지 않아도 되겠지? 이 고통도, 끝이겠지?

홍은지, 뭔가에 홀린 듯 조용히 한 짝씩 구두를 벗는데,

박차오름E	언니~

홍은지, 뒤를 돌아보니 박차오름, 뛰어오고 있다.

박차오름   언니! 여기서 뭐해요? 부장이 또 지랄해?

홍은지   (눈가의 눈물을 닦으며) …아니야. 그냥…

박차오름   (홍은지를 진정시키며) 언니, 괜찮아? 오후 반가 내고 나랑 놀러갈
          까?

홍은지   (눈물이 왈칵, 쏟아진다) …오름아. 나 어떡해…

박차오름   (놀라며) 언니?

홍은지, 쓰러지듯 힘없이 박차오름 품에 안긴다. 박차오름, 홍은지를 꼭
끌어안고 있다가, 뭔가 이상한 느낌이 들어 다리 쪽을 본다.

박차오름   (경악하며) 언니!!

홍은지 치마 밑으로 피가 흘러내리고 있다.

S#47. 법원 건물 1층 정문 앞 (오전)

박차오름, 담요를 두른 홍은지를 들처업고 뛰어나와 택시에 올라탄다.
황급히 출발하는 택시.

S#48. 병원 (오전)

환자복 차림으로 병실에 누워 있는 홍은지, 그녀의 손을 꼭 붙잡고 있는 남편. 홍은지, 통곡하고 있다. 박차오름, 옆에 서서 함께 운다.

S#49. 배석판사실 (낮)

차갑게 가라앉은 표정으로 들어오는 박차오름.

임바른　(자리에서 일어서며) 방금 얘기 들었습니다. 홍 판사님은요? 괜찮으신가요?

박차오름, 대꾸도 않은 채 자리로 가더니 책상 서랍에서 결재판을 꺼낸다. 그걸 들고 다시 성큼성큼 문 쪽으로 가는 박차오름. 서 있는 임바른을 본체만체 휙 지나친다.

한세상E　그게 뭐야!

판사실 안으로 들어서는 한세상. 박차오름을 가로막고 선다.

한세상　(손을 내밀며) 이리 내봐.
박차오름　(한세상을 응시하며 대꾸 않는다)
한세상　(박차오름 손에 들린 결재판을 빼앗으며) 이리 달라니까! (결재판을 열고 읽는다) 배석판사의 인권을 침해하는 성공충 부장을 징계하

라? (소리를 버럭) 지금 뭐하자는 거야! 부장 쫓아내자는 서명운	

라? (소리를 버럭) 지금 뭐하자는 거야! 부장 쫓아내자는 서명운
동이라도 하겠다는 거야?

박차오름   (손을 내밀며) 주시죠. 그거 제 물건입니다.

한세상   뭐야? (노여움에 떨며) 어디서 부장이 말하는데! (결재판에서 종이
를 떼어내 마구 찢는다) 초임 판사가 이딴 거나 만들어?

임바른   (한 부장의 팔을 붙잡아 말리며) 부장님! (침통한 표정으로) 홍은지 판
사, 유산했답니다.

한세상   (놀라며) 뭐라구? 아니 어쩌다 그런… (무표정하게 자신을 노려보고
있는 박차오름을 힐끗 보며) 그래도 그렇지. 이건 아니야! 내가 수
석부장한테 가서 얘기해볼 테니 돌출행동하지 말고 차분하게 기
다려!

박차오름   부장님도 가만히 있으라고 하시는군요.

박차오름, 돌아서더니 자기 컴퓨터 쪽으로 가서 키보드를 누른다. 위잉
위잉 소리 나면서 프린터에서 종이 인쇄되어 나온다. 한 장, 또 한 장…

박차오름   또 찢으시든지요. 전 포기하지 않습니다. (프린트된 서명용지를 들
고 걸어와 한세상 앞에 선다)

한세상   (노려보며) 그걸 들고 이 방을 나가면, 날 부장으로 인정하지 않겠
다는 뜻으로 알겠어.

박차오름, 잠시 한세상을 바라보다, 정중히 고개 숙여 인사를 하고는,
한세상 옆으로 지나 방밖으로 나간다. 한세상, 박차오름의 뒷모습을 노
려본다.

몽타주 〉법원 곳곳.

- 판사실마다 찾아다니며 서명용지를 내미는 박차오름. 반응은 다양하다. 기겁을 하며 손을 내젓는 판사, 곤란해하는 판사, 고개를 끄덕이며 서명하는 판사.
- 판사실을 찾아다니느라 분주한 박차오름을 복도에서 안타까운 눈으로 쳐다보는 임바른. 박차오름은 임바른과 눈도 안 마주치고 지나쳐 갈 길을 간다.
- 성공충도 법원을 돌아다니고 있다. 수석부장 앞에서 고개를 조아리며 뭔가 열심히 얘기하는 성공충과 자기 방에서 전화기를 들고 뭔가 열심히 설명하는 성공충의 모습이 이어진다.

S#50. 배곤대 부장판사실 (낮)

땀을 닦으며 열심히 배곤대에게 호소하는 성공충. 심드렁한 표정의 배곤대.

성공충 이건 그냥 사곱니다. 형님!

배곤대 아, 그러게 뭘 그리 달렸어. 살살 좀 하지… 사건 많이 뗀다고 다 승진시켜주나? (혼잣말처럼) 떡 줄 놈은 생각도 않는데 뭘 그리… (혀를 찬다)

성공충 저 같은 놈이 열심히라도 해야지 어쩝니까 그럼!

배곤대 문제 안 일으키는 게 먼저야, 이 조직에선.

성공충 그러니까 도와주십쇼 형님!

배곤대	…흐음.
성공충	(절박한 표정)

S#51. 한세상 부장판사실 (낮)

성공충E   아이구 형님!

일하던 한세상, 고개를 들어보니 성공충이 고개를 굽신거리며 들어서
고 있다. 탁자에 마주앉은 두 사람.

성공충	형님, 심려를 끼쳐드려 죄송합니다. 다 제 부덕의 소치입니다.
한세상	아니 그래 어쩌다 그런 일이 생긴 거야?
성공충	그 친구가 워낙에 허약체질이었나봐요. 전 상상도 못했습니다. 아니 전국 모든 판사가 그 정도 일 안 하는 사람 어디 있다고 이 난리를…
한세상	임신중이었다면서?
성공충	제가 어떻게 알았겠습니까? 부장한테 아무 얘기도 안 하는데. (불만스런 표정) 지들끼리 속닥속닥 부장 뒷담화는 잘만 하면서, 참 내. 아니, 저한테 얘기만 했어봐요. 제가 배려 안 했겠냐고요.
한세상	(조용히 성공충을 바라본다)
성공충	우리끼리 얘기지만, 솔직히 요즘 젊은 판사들, 그중에서도 여판 사들. 우리 때랑 달라도 너무 다릅니다. 사명감도 없고, 책임감 도 없고. 이건 그냥 샐러리맨이에요. 웰빙 판사들, 이거 문젭니 다. 국민을 위해, 조직을 위해 희생하고 헌신할 생각 같은 건 요

즘 말로 1도 없다니까요?

한세상 …가봤어?

성공충 예?

한세상 가봤냐고.

성공충 어딜 말씀이십니까?

한세상 어디? 어디겠어? (점점 분노하는 표정과 목소리) 말만 형님 형님 하지 우습게 보던 나한테까지 온 걸 보니 부장들 방은 한 바퀴 다 돈 모양인데 말야,

성공충 (당황하며) 아닙니다 형님!

한세상 가봤냐고. 당신 배석한테. 당신하고 같이 고생하다가 하혈하고 쓰러진 당신 배석! (탁자를 쾅 내리치며) 애기 잃고 피눈물 흘릴 당신 배석!!

성공충 (말문이 막혀서 어쩔 줄 몰라 한다) 형님…

S#52. 조영진 부장판사실 (낮)

정중히 인사하는 임바른. 일어나서 반갑게 맞는 조영진.

조영진 임 판사! 어쩐 일이야!

탁자에 마주앉은 두 사람.

조영진 민사부는 좀 어때? 거기도 일 많지? (씩 웃으며) 그래도 작년, 형사합의부에서 우리 같이 고생한 거보다야 해피하지?

임바른	네, 견딜 만합니다. 그런데 부장님, 홍은지 판사 얘기 들으셨지요?
조영진	(침통한 표정) 들었어. 이게 무슨 말도 안 되는 일인지… 국민의 인권을 보호하는 최후의 보루에서 이게 무슨 야만적인 짓이냐구.
임바른	……
조영진	젊은 날, 내가, 그리고 동지들이 그렇게 치열하게 싸운 건 사람이 사람 대접받는 세상을 만들기 위한 거였어. 이제 사법부의 일원으로서 더욱 책임 있게 그 일을 하고 있다고 생각했는데, 이 안에서조차 아직도 이런 일이 벌어지니, (한숨을 쉬며) 부끄러울 뿐이네.
임바른	부장님, 제 좌배석인 박차오름 판사가 이 일에 문제제기를 하고 있습니다.
조영진	(고개를 끄덕이며) 얘기 들었네. 초임 판사라지? 용기 있는 친구야. 그런 젊은이들이 세상을 바꾸는 거지.
임바른	부장님, 박 판사의 힘만으로는 부족합니다. 방법도 적절한지 의문이고요. 성 부장님은 억울하다고 여기저기 호소하고 있습니다. 부장님 같은 분이 나서주셔야 합니다.
조영진	(당황하며) 어… 내가 나서는 건 적절하지 않은 것 같네. 동료 부장을 징계하라고 연판장을 돌리고 있는 판에 내가 어떻게…
임바른	부장님! 수석부장님도 요지부동이십니다. 부장님 급에서 어느 한 분이라도 나서주셔야 실마리가 풀립니다.
조영진	아니야. 우리는 이제 흘러간 물이야. 중간에 낀 세대일 뿐 무슨 힘이 있겠나. 당신들, 젊은 판사들이 힘있게 나서야지. 내, 뒤에서 열심히 응원하겠네.
임바른	(차가운 눈빛으로 쳐다보다가) …알겠습니다. 일어나보겠습니다.

자리에서 일어난 임바른, 인사도 하지 않은 채 휙 돌아 나간다.

조영진   (뒤통수에 대고 인사) 잘 가게…

임바른이 나간 후, 잠시 생각하다 전화기를 드는 조영진.

조영진   수석부장님? 방금 임바른 판사가 다녀갔는데요…

S#53. 법원 옥상 (오후)

지친 표정으로 난간에 기대 먼 곳을 바라보고 있는 임바른. 이어폰을 꺼내 귀에 꽂는다. 들려오는 음악은, 라벨의 〈볼레로〉. (E) 초반부, 평화로운 분위기. 목관악기가 연주하는 단순한 멜로디와 반복되는 리듬. 눈을 감고 생각에 빠져드는 임바른.

S#54. 임바른의 회상. 고등학생 시절. 교실 (낮)

작게 들려오는 평화로운 〈볼레로〉 초반부. (E) 채점한 국어 시험지를 나눠주고 있는 담임.

학생1   (기쁜 얼굴) 와! 나 백 점!

주변 학생들 '정말?' '와~' 등 웅성거리며 몰려든다. 임바른, 고개를 갸웃하며 손에 든 시험지를 보고 있다. 한 문제 틀린 표시가 되어 있고 97점.

학생2 (임바른 시험지를 힐끗 보고는) 웬일? 임바른 선생께서 백 점이 아니네?

학생1 (의기양양) 그래? 웬일이셔?

주변 학생들, 고소한 듯 임바른을 힐끗거리며 킬킬댄다.

담임 (학생1을 향해 웃으며) 육성회장님 좋아하시겠네. 아드님이 드디어 1등 해서.

임바른 (조용히 문제를 응시한다) ……

S#55. 임바른의 회상. 교무실 (낮)

국어선생(중년여성)을 찾아간 임바른. 시험지와 자습서를 내밀고 뭔가 설명중.

임바른 그래서, 형태소 분석이 정확하게 된 건 2번이지 3번이 아닌 것 같은데요.

국어선생 (곤란한 듯) 어, 그래. 바른아, 니가 그렇다면 그게 맞겠지.

임바른 (자습서를 펼쳐 내밀며) 여기에도 나와 있고요,

국어선생 (O.L.) 그래그래. 알았어. 시험지 이리 주렴. (임바른의 시험지를 가져가서는 오답 표시를 동그라미로 고치고, 97점을 백 점으로 고친 후, 웃으며) 자, 이제 됐지?

임바른	…저, 선생님.
국어선생	왜?
임바른	정답이 잘못된 건데, 저만 고쳐주시는 건…
국어선생	(귀찮은 듯) 그래… 알았다. 복수정답 처리할게.

임바른, 선생을 응시한다. 〈볼레로〉 다시 들려오기 시작한다. (E)

임바른	…저,
국어선생	왜 또?
임바른	2번이 정답이고 3번은 오답인데, 복수정답은 잘못된 것 아닌가요?
국어선생	(질렸다는 듯) 어머, 너, 너무 이기적인 거 아니니? 너 백 점 맞았으면 됐지, 굳이 친구들 점수까지 깎아야 속이 시원하니?

〈볼레로〉 선율과 리듬, 조금씩 조금씩 고조된다.

| 국어선생 | 공부만 잘하면 뭐하니? 사회성이 있어야지. 남들 생각도 좀 해. 함께 사는 세상 아니니. |

임바른, 얼굴 굳어진다.

S#56. 법원 옥상 (오후)

굳어진 얼굴의 임바른. 여러 악기 선율이 덧입혀지면서 점점 미친듯이 격렬해지는 〈볼레로〉. 고조되는 음악에 맞춰 여러 장면이 스피디하게 스쳐지나간다.

인서트 플래시컷 〉

성공충   (천연덕스럽게) 고맙습니다. 제 의견과 정확히 일치하는 질문이 군요.

수석부장   조금 억울해도 그 또한 다 지나갑니다. 아프니까 청춘이라고들 하잖아요?

한세상   그걸 듣고 이 방을 나가면, 날 부장으로 인정하지 않겠다는 뜻으로 알겠어.

조영진   우리는 이제 흘러간 물이야. 당신들, 젊은 판사들이 힘있게 나서야지. 내, 뒤에서 열심히 응원하겠네.

잔뜩 찡그린 표정의 임바른 얼굴 위로, 〈볼레로〉 미친듯이 절정에 이르러가는데, 이어폰을 거칠게 빼버리는 임바른. 숨이 거칠다.

임바른   (눈을 번쩍 뜨는데, 이글이글 타오르는 눈빛. 거칠게 숨을 내쉬다가, 씹어뱉듯 내뱉는다) …씨발.

그 순간, 〈볼레로〉 속 모든 악기들이 비명처럼 굉음을 질러대곤, 한순간에 딱 멈춘다.

S#57. 배석판사실 (오후)

프린터로 서명용지를 출력해서 다시 들고 나가려는 박차오름. 방문을 열고 들어오는 임바른과 마주친다. 박차오름, 쳐다보지도 않고 나가려는데 임바른, 팔을 죽 뻗어 박차오름을 가로막는다.

박차오름　(고개를 들어 노려보며) 비켜주시죠.

임바른　(묵묵부답)

박차오름　이젠 방해까지 하시겠다? 우배석으로서 틀려먹은 짓은 막으시겠다?

임바른　네. 틀렸습니다.

박차오름　뭐라구요!

임바른　방법이, 틀렸습니다. (침착한 눈으로 박차오름을 응시하며) 판사는, 법대로 할 때 가장 힘이 있는 겁니다.

박차오름　법대로?

임바른　법원조직법과 대법원규칙에 따라, 이 법원 판사 5분의 1 이상이 요구하면 법원장은 지체 없이 전체판사회의를 소집해야 합니다.

박차오름　(놀라며) 판사회의요?

임바른　문제제기할 거면, 제대로 한번 합시다. 전체 메일, 내가 돌리겠습니다.

박차오름　임 판사님…

S#58. 수석부장실 (오후)

수석부장, 탁자에서 우아한 몸짓으로 보이차를 내려 마시고 있다. 컴퓨터 쪽에서 띵동, 소리가 나자 자리로 가 앉는 수석부장. 내부 전산망 메일이 와 있다.

제목은 '전체판사회의 소집이 필요합니다' 발신인은 임바른. 수석부장, 메일을 열고는 천천히 스크롤을 내리며 물끄러미 모니터를 쳐다본다. 표정을 읽을 수 없는 수석부장의 얼굴 클로즈업. 〈볼레로〉 선율, 은은하게 들려오기 시작한다. (E)

5부

어디 한번
다들 붙어보자고

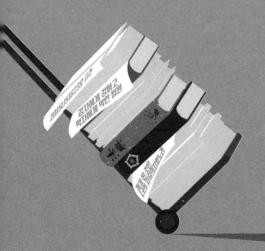

(지난 회) 배석판사실 (오후)

프린터로 서명용지를 출력해서 다시 들고 나가려는 박차오름. 방문을 열고 들어오는 임바른과 마주친다. 박차오름, 쳐다보지도 않고 나가려는데 임바른, 팔을 죽 뻗어 박차오름을 가로막는다.

박차오름   이젠 방해까지 하시겠다? 우배석으로서 틀려먹은 짓은 막으시겠다?

임바른   네. 틀렸습니다.

박차오름   뭐라구요!

임바른   방법이, 틀렸습니다. (침착한 눈으로 박차오름을 응시하며) 판사는, 법대로 할 때 가장 힘이 있는 겁니다.

박차오름   법대로?

임바른   법원조직법과 대법원규칙에 따라, 이 법원 판사 5분의 1 이상이 요구하면 법원장은 지체 없이 전체판사회의를 소집해야 합니다.

박차오름   (놀라며) 판사회의요?

임바른　　문제제기할 거면, 제대로 한번 합시다. 전체 메일, 내가 돌리겠습니다.

S#1. 43부 배석판사실 (오후)

메일을 읽고 있는 정보왕.

정보왕　　(놀란 표정) 전체판사회의 소집이 필요합니다? 남의 일에 절대 안 나서는 인간이 웬일로?

같은 방 배석 김동훈도 메일을 읽고 있다가 한마디.

김동훈　　다른 분도 아니고 임 판사님이 이런 메일을 돌릴 정도면, 진짜 심각한 문제이긴 한가봐요? 이거 홍은지 판사님 일 때문인 거죠?

정보왕　　엉? 그래 그거. 박 판사가 서명받으러 다니던 거.

김동훈　　그거 성 부장님이 오해받는 거 같다고 부장님들이 그러시던데요? 홍 판사님이 몸이 약해서 그런 거라고. (고민하며) 근데 임 판사님이 근거도 없이 움직일 분은 아니고…

정보왕　　(고민하는 김 판사를 보다가) …이거 재밌게 돌아가겠는데?

S#2. 배석판사실 (오후)

차분히 일하고 있는 임바른. 문을 벌컥 열고 들어오는 정보왕.

정보왕   고요한 법원에 도시락 폭탄을 던져놓고 일이 되냐? 무서운 놈.

임바른   (무표정) 난 메일에 쓴 대로 '조직문화 개선'이랑 '직장 내 성차별' 문제를 논의해보자고 제안했을 뿐이야.

정보왕   그게 뭔 소리인지 모를 사람이 있겠냐? (잠시 생각하며) 전체판사 회의 소집요건이 5분의 1이었나? 그럼 대체 몇 명이나 동의해야 되는 거야?

임바른   325 나누기 5 해봐.

정보왕   (고개를 갸우뚱하며 열심히 암산하는 중) ……

임바른   (어이없어하며) 너 공대 나온 거 맞냐.

정보왕   공대, 계산기 쓰거든?

그때 문 벌컥 열리며 박차오름 헐레벌떡 들어온다.

박차오름   (기쁜 표정으로 손에 든 소집요구 서명 명단을 들어 보이며) 70명이 넘었어요!

정보왕   (놀라서) 벌써? (임바른을 향해) 니가 던진 폭탄, 불발은 아닌 모양이다.

임바른   이제 겨우 시작이야. 종이에 사인하는 거랑 법원장이 주재하는 회의장에 직접 나타나는 건 완전 다른 일이라구.

정보왕   그건 또 뭔 소리… (뭔가 생각난 듯) 그렇구나, 회의장에 얼마 안 오면 회의를 열지도 못하는 거지?

임바른   325 나누기 2. 이 바쁜 법원 판사들이 163명 이상 출석해야 겨우 시작할 수 있어. (박차오름을 향해) 서명한 분들, 대부분 여성 배석 판사들이죠?

박차오름   남자 판사님들도 많아요. 임 판사님 덕에.

임바른　부장님들은요?

박차오름　(고개를 절레절레)

임바른　한 분도?

박차오름　(침통한 표정으로 끄덕끄덕)

임바른　갈 길이 멀군요. 이제 시작입니다.

박차오름　(전투력 상승한 표정으로 주먹을 불끈 쥐며) 설득해야죠. 이 기회에
　　　　　같이 근무하는 판사님들 얼굴은 확실히 익히겠네요!

정보왕　(자리에서 벌떡 일어나며) 박 판사 전투력이 상승한 걸 보니 자리
　　　　　뜰 때가 된 거 같은데.

박차오름　(생긋 웃으며) 당원의 마당발, 정 판사님이 도와주실 테니 사람 모
　　　　　으는 건 일도 아니겠죠?

정보왕　불복 가능한 결정입니까… (박차오름, 생글거리며 고개를 도리도리)
　　　　　그러시겠지 물론. (힘없이 돌아나가는 정보왕, 나가면서 탁자 위에 있
　　　　　는 바구니에서 초콜릿 몇 개를 슬쩍 집어 주머니에 넣고 나간다)

S#3. 44부 부속실 (오후)

단정한 옷차림에 안경 끼고 다다닥, 타이핑하는 이도연. 정보왕, 배석판
사실 문 열고 나와 이도연에게 씩 웃으며 고개를 까딱 가볍게 인사하고
는 유유히 걸어나가려는데,

이도연　(쳐다보지도 않은 채 계속 일하면서) 2만 2500원.

정보왕　예?

이도연　한 달간 집어가신 저희 부 다과류 가격입니다. 제일 비싼 것만 귀

신같이 고르는 능력이 있으시던데요.

정보왕   (당황하며) 아, 아니 제가 뭘 집어갔다는 말씀이에요.

이도연   (타이핑하며) 타이트한 양복바지를 입으실 거면 주머니 늘어날 짓은 하지 않는 게 나을 겁니다.

정보왕   (주머니와 이도연을 번갈아 보다가 주머니에서 초콜릿을 꺼내 이도연 책상에 탁 내려놓으며) 야박하네, 야박해! 이웃지간에! 무슨 인공지능이유? 알파고? (획 돌아 나간다)

이도연   (계속 무표정. 정보왕의 뒤통수에 대고) 이제 2만 500원.

정보왕   (나가다가 움찔, 하고는 질렸다는 표정으로 흘긋 이도연을 보고 고개를 절레절레)

S#4. 44부 부속실 바깥 복도 (오후)

정보왕   (혼잣말) 독하다 독해… 얼굴만 좀 이쁘면 뭐해? 정 가는 구석이 없으니 원.

이도연E   몸매도 이쁩니다. 참고로 귀도 밝고요. 안녕히 가세요.

정보왕   (화들짝 놀라 부속실 쪽을 향해 꾸벅하며) 죄, 죄송합니다~ 안녕히 계셔요~ (후다닥 도망)

S#5. 배석판사실 (오후)

이도연   (임바른 책상에 사건기록 갖다놓으며) 임 판사님, 부장님이 찾으십니다.

| 임바른 | 네. |

S#6. 한세상 부장판사실 (오후)

문 열고 들어와 꾸벅 인사하는 임바른, 심통맞은 표정의 한세상.

한세상	아이고, 노조위원장님 오셨습니까.
임바른	(당황하며) 부장님,
한세상	부장들이 다 떨고 있던데. 배석판사들이 들고 일어나서 총파업이라도 할 기세라고.
임바른	대등한 합의부가 노사관계인 줄은 미처 몰랐습니다만.
한세상	(노려보며) 그래, 박 판사님에 이어 임 판사님도 부장으로 인정 않기로 하셨습니까. 말도 놓으시지요, 대등하게.
임바른	(살짝 당황하며) 부장님, 그런 게 아니라는 거, 잘 아시잖습니까.
한세상	(임바른을 노려보다가, 한숨을 쉰다) …박 판사야 홍 판사랑 워낙 친했으니 이해가 가지만, 임 판사까지 이럴 줄은 몰랐어. 우배석답게 신중했어야지.
임바른	저도 고민해봤습니다만, 이대로 지나갈 문제는 아닌 것 같습니다.
한세상	(걱정스러운 표정) 성공충, 그 인간이 문제인 거 알아. 안다구. 하지만 이렇게 일을 키우면 당신들이 더 피해를 입어. 이 조직은 같은 사람들과 평생 얼굴을 봐야 하는 곳이야. 내가 성 부장한테 가서 따끔하게 얘기할 테니 당신들은 더 나서지 말아.
임바른	죄송합니다만 이미 되돌리기엔 늦은 것 같습니다.
한세상	늦긴 뭐가 늦어! 지금이라도 조용히 해결하자구. 당신들이 성 부

장을 잘 몰라서 그러는데, 그렇게 집요한 친구는 궁지에 몰지 않는 게 좋아. 아, 막말로, 똥이 무서워서 피하나? 더러워서 피하지. 세상엔 그냥 똥 밟았다, 치는 게 현명한 일들도 있는 거야.

임바른   저는 몰라도 박 판사는 어떤 이유로든 피할 사람이 아닙니다. 이번만큼은 저도, 박 판사가 맞는 것 같습니다.

한세상   (화를 벌컥 내며) 이렇게까지 얘기했는데도 부장 말을 무시해!! 그럼 어디 멋대로들 해봐!! (책상을 꽝 내리친다)

임바른, 예의 바르게 고개 숙여 인사하고는 조용히 걸어나간다.

한세상   (빈방에 홀로 앉아 깊은 한숨을 쉰 후) …세상엔 가끔 무서운 똥도 있는 거야… 왜 그걸 몰라…

S#7. 수석부장판사실 (오후)

클래식 음악을 틀어놓은 채 책상에 앉아 일하고 있는 수석부장.

성공충E   수석부장님, 성공충입니다!

수석부장   오, 성 부장. 들어와요.

성공충   (들어오자마자 90도로 허리를 굽히며) 죄송합니다! 심려를 끼쳐드려서!

수석부장   (미소 띠며) 이런이런… 여기 군대도 아니고 검찰도 아니에요. 누가 보면 오해하겠네. 여긴 법원입니다. (자리를 권하며) 어서 앉으시죠.

성공충	고맙습니다. (자리에 앉아 침통한 표정으로) 제 불찰로 법원에 누를 끼치게 되었습니다. 제가 배석 교육을 더 잘 시켰어야 하는데…
수석부장	홍 판사 일은 안타깝게 됐어요… 충격이 클 텐데…
성공충	(또 고개를 숙이며) 죄송합니다! 제가 일 욕심이 과해서 미처 주변을 돌아보지 못했습니다!
수석부장	내가 성 부장 열심히 하는 건 알지. 그런데 말이에요, (찻주전자에서 차를 천천히 찻잔에 따라 성공충에게 내밀며) 열심히 하는 것만으로는 부족합니다. 잘해야죠. 열심히 하기만 하는 사람들은 많아요.
성공충	(바짝 긴장하며) 물론입니다! 잘하겠습니다!
수석부장	(웃으며) 그 양반 참, 조용조용 얘기해도 잘 들립니다. (표정 바뀌며) 벌써 공보관한테 이것저것 묻는 기자들이 있나보던데… 걱정이긴 합니다.
성공충	걱정 마십쇼! 이게 뭐 큰일이라고… 알고 보면 다 오해입니다.
수석부장	(굳은 표정 지으며) 성 부장님, 법원은 정의로울 뿐 아니라, 정의롭게 보여야 합니다.
성공충	(다시 바짝 긴장하며) 죄, 죄송합니다! 제가 한번 열심히 해보겠습니다!
수석부장	(미소) 가만있자, 조영진 부장님도 잘해보겠다고 하시던데…
성공충	(화들짝 놀라며) 네? 조영진 그 인간이 뭐라고 했습니까?
수석부장	두 분이 동기죠? (미묘하게 웃음 지으며) 동기가 저지른 일, 자기가 잘 수습해보겠다고 하시던데…
성공충	(흥분하며) 그 인간, 인사 앞두고 절 견제하는 겁니다! 신경쓰실 필요 없습니다. 제가 수습하겠습니다!
수석부장	(미소 짓다가) 차 식습니다. 어서 드세요.

S#8. 홍은지 병실 앞 복도 (밤)

엘리베이터에서 내리는 성공충과 30대 남자(성공충 재판부 우배석 김충식).

김충식 부장님, 괜찮을까요? 홍 판사, 아무래도 좀 예민할 텐데요…

성공충 (침통한 표정) 아닙니다, 부장 된 도리로 마땅히 와봐야죠. 김 판사, 같이 와줘서 고마워요. 내가 늘 김 판사만 의지하고 있는 거, 알지요?

김충식 (황송해하며) 아이고, 별말씀을 다 하십니다, 부장님.

성공충 그래도 법무관 출신인 김 판사가 든든하게 우배석 노릇을 해주셔서 우리 재판부가 버텨온 거죠. 홍 판사도 훌륭하긴 한데, …조직생활에 적응을 잘 못하네.

김충식 솔직히 전 이해가 잘 안 갑니다. 부장님처럼 배석한테 잘해주시는 분도 없는데 홍 판사가 왜 그리 부장님을 어려워하는지…

성공충 (탄식하며) 다 내 불찰입니다. 내가 그리 섬세한 사람이 못 되다보니 여성들한테 오해를 사나봅니다.

김충식 (분개하며) 조직생활에 남자 여자가 어딨습니까!

성공충 어쩔 수 없죠. 아무래도 군생활을 해본 분하고 안 해본 분이 같긴 어렵겠지. (병실 쪽으로 몸을 돌리다가) 이런, 내 정신 좀 보게. 빈손으로 왔네그려. 병문안 오면서.

김충식 제가 얼른 병원 매점에 다녀오겠습니다!

성공충 (지갑을 천천히 꺼내며) 돈은 여기…

김충식 아닙니다, 금방 다녀오겠습니다. (열리는 엘리베이터에 올라탄다)

김충식이 사라지자 인자한 표정을 짓고 있던 성공충의 얼굴에서 미소
가 사라진다.

S#9. 홍은지 병실 (밤)

홍은지, 잠들어 있고 수심이 가득한 표정의 남편, 곁을 지키고 있다.

간호사   저, 홍은지 환자분 손님이 찾아오셨는데요.

남편   (놀라며) 이 늦은 시간에요? 누구시길래…

간호사   면회 안 된다는데도 막무가내셔서…

남편, 병실 밖으로 나가본다. 성공충, 침통한 표정으로 서 있다.

남편   제가 홍은지 환자 보호자입니다만…

성공충   부군 되시는군요. (덥석 남편의 손을 붙잡으며) 저, 성공충 부장입
        니다. 홍 판사를 보러 왔습니다!

남편   (얼굴 굳으며 손을 조심스레 뿌리친다) 부장님이시군요. 이 늦은 시
        간에 무슨 일로 오셨습니까.

성공충   다 제 부덕의 소치입니다! 제가 직접 홍 판사 만나서 사과할 건
        사과하고, 오해는 오해대로 풀러 왔습니다. 이 방 맞지요? (막무
        가내로 병실로 들어간다)

남편   (성공충을 붙잡으며) 종일 울다가 겨우 잠들었는데 이러시면 안 됩
        니다!

성공충   (성큼성큼 홍은지 옆으로 다가가서) 홍 판사, 납니다. 좀 어떻습니까.

홍은지   (놀라서 눈을 뜬다. 성공충을 보더니 소스라치게 놀라며) 부장님, 여기 어떻게…

성공충   (침통한 표정으로) 홍 판사, 어떻게 이런 일이… 난 몰랐습니다. 내게 말해주지 그랬소.

홍은지   …… (아무 말도 않은 채 외면하고 있다)

성공충   (못마땅한 표정) 몸 컨디션이 안 좋으면 안 좋다고 얘길 해줘야지. 얘길 안 하면 부장이 어떻게 아나. 남들이 괜히 오해하지 않습니까. 허, 참…

홍은지   (눈을 질끈 감고 있는데 몸이 부르르 떨리기 시작하며) …그 말씀하러 오셨나요.

성공충   홍 판사.

홍은지   죄송합니다. 개인 사정으로 업무 지장 주면 안 된다고 늘 말씀하시던 부장님께 차마 말씀 못 드려서, 죄송합니다.

남편   (걱정스러운 눈빛으로) 여보.

홍은지   (떨리는 목소리, 점점 고조되며) …여자는 직장보다 가정만 우선시해서 문제라고, 늘 한탄하시던 부장님 앞에서 입이 안 떨어져서, 죄송합니다.

남편   여보, 이제 그만. 의사선생님이 안정을 취해야 한다고 했잖아. 그만.

홍은지   (눈물 흘리며) …죄송합니다. 부장님한텐 배석 몸 컨디션 안 좋은 문제일 뿐인 것을, 세상 무엇보다 큰 축복으로 여겨서… (두 손으로 배를 감싸며 비통하게 운다)

남편   (홍은지를 감싸 안으며, 흥분한 어조로 성공충을 향해 소리친다) 당장 나가세요! 그런 소리 하러 여기까지 온 겁니까!

이때 복도 저쪽에서 주스 선물세트를 들고 오던 김충식, 소리치는 남편
을 보고는 놀란다. 서둘러 병실로 들어오며,

김충식　부장님!

성공충　(갑자기 고개를 떨구며) 죄송합니다! 다 제 불찰입니다! 무릎을 꿇
으라면 꿇겠습니다! (바닥에 털썩 무릎을 꿇는다)

남편　(놀라며) 뭐하는 겁니까!

성공충　어떻게 해야 제 진심을 알아주시겠습니까. 사과를 받아주세요!

남편　(질린 표정으로) 막무가내시군요. 당장 돌아가세요! (흐느끼는 홍은
지를 자리에 눕히며 걱정스럽게 바라본다)

김충식　(무릎 꿇고 있는 성공충을 일으키며) 부장님, 이게 무슨 일입니까.
일어나십쇼! (성공충을 데리고 나간다. 병실 쪽을 노려보며) 아무리
그래도 그렇지 부장님이 여기까지 오셨는데…

성공충　(깊은 한숨을 쉬며) 다 내가 부족한 탓입니다. 홍 판사를 탓하지 마
세요.

김충식　(분노한 표정) 이게 무슨 봉변입니까. 제가 매점 다녀오는 사이
에…

성공충　홍 판사가 걱정되어서 맘이 급했는데, 요즘 세상이 내 맘 같지 않
네요. 그것도 다 내 불찰입니다. 돌아갑시다.

김충식　부장님…

침통한 표정을 짓고 있던 성공충, 병실 쪽을 뒤돌아보는데, 싸늘한 표정
이다.

S#10. 법원 남자화장실 (낮)

천성훈, 지현민 소변기 앞에 서서 잡담중.

천성훈   얘기 들었지? 해도 너무한 거 아니냐? 사과하겠다고 찾아온 부
          장을 문전박대했다며?

지현민   무릎까지 꿇으라 그랬다던데? 야, 독하다 독해. 여자들이 더 독
          하다니까?

천성훈   그 유명하신 '미스 함무라비'를 봐도 그렇지? 걔는 무슨 민주투사
          코스프레중이던데? 하여튼 나서지 않는 데가 없어요.

지현민   관심병 증세, 그것도 옮나봐. 임 선배까지 같이 오바하고 있으니
          원…

이때, 두 사람 뒤에서 물 내리는 소리가 나더니 문이 서서히 열린다. 공
포에 질린 두 사람, 놀라서 뒤를 돌아보는데,

한세상E   뭘 봐? 똥 싸고 나오는 사람 첨 봐?

한세상, 무심한 표정으로 걸어나온다. 당황한 천성훈, 소변 보는 중이
면서 얼떨결에 한 부장 쪽으로 고개를 꾸벅 숙여 인사하다가 화들짝 놀
란다.

천성훈   (지현민 다리 쪽을 내려다보며) 미, 미안해!

지현민   (울상 지으며 다리를 턴다) 아이씨…

S#11. 화장실 밖 복도 (낮)

태연한 표정으로 나온 한세상, 수심 가득한 표정으로 한숨을 쉬더니 걸어간다.

몽타주 〉법원 곳곳 (낮)

- 부장판사실. 권세중, 우갑철, 배곤대 앞에서 하소연중인 성공충. 고개를 끄덕이며 분개하는 부장들.
- 구내식당, 뭔가 열심히 얘기하는 김충식과 놀라며 듣는 판사들.
- 구내식당, 걱정스러운 표정으로 엿듣고 있는 정보왕.

S#12. 배석판사실 (낮)

정보왕E　바뀌었어!

호들갑스럽게 들어오는 정보왕.

박차오름　뭐가요?

정보왕　분위기 말이야. 분위기. 부장이 병문안까지 갔는데 홍 판사가 너무하는 거 아니냐는 말이 많아. 같이 간 우배석이 여기저기 소문 다 냈어.

박차오름　(분개하며) 어쩜, 그 부는 우배석까지 부장님 편이네요.

임바른　벙커의 특징이죠. 한 명만 괴롭히기. 군말 없이 부장 잘 모시는 남자 판사는 아주 애정하죠.

정보왕 임신했으면 얘길 했었어야지 본인 책임 아니냐는 사람들도 있어.

박차오름 알았고 몰랐고가 문제가 아니라, 승진 욕심 때문에 배석을 혹사
시키고 함부로 대하는 게 문제잖아요! 만약 임신 안 했다면, 그
렇게 막 대해도 되는 거예요?

임바른 …결국 프레임입니다.

박차오름 프레임?

임바른 판사들도 결국 인간이고, 인간은 프레임에 갇혀서 세상을 보죠.
처음에는 벙커 부장이 너무하더니 배석이 유산까지 했네, 프레
임이었다가, 지금은 부장한테 무릎까지 꿇으라 했대, 너무하네,
프레임이 우세해진 거죠. 논리는 그다음입니다.

정보왕 지금 분위기로는 판사회의 과반수 출석은 택도 없겠는데?

그때 컴퓨터 쪽에서 띵똥 소리가 들려온다. 임바른의 컴퓨터 화면을 보
는 정보왕.

정보왕 어! 판사회의 날짜 시간 공지가 떴어! (마우스를 클릭하며) 이게,
9일이면… 금요일? (황당해하며) 그것도 4시?

임바른 (굳은 얼굴) 재판 가장 많은 날, 증인신문 한참 하고 있을 시간이네.

두 사람, 서로를 마주보다가 스멀스멀 뭔지 모를 기운이 느껴져서 뒤를
돌아보는데, 자리에서 일어난 박차오름, 눈을 희번덕거리며 손을 부비
적대고 있다.

박차오름 좋아, 한번 해보자 이거지, 그렇지. 이쯤 해줘야 의욕이 생기지.

어디 한번 다들 붙어보자구…

임바른   (기가 질린 표정, 마음의 소리) …한동안 잊고 있었다. 이 인간이 얼마나 또라이인지…

박차오름 (두 손으로 책상을 쿵, 짚으며) 우선 점심시간부터 공략합시다. 점심시간에는 각종 동호회 활동이 많으니까 좋은 기횝니다. 법복 벗고 가드 내리고 있을 때! (어퍼컷 날리는 포즈)

S#13. 요가 동호회실 (낮)

매트 깔고 요가복 차림으로 선생 지도에 따라 요가하고 있는 여성 판사들. 뒷줄 구석에서 어려운 포즈를 취한 채 옆사람에게 뭔가 열정적으로 애기하고 있는 박차오름. 그 옆에서 끙끙거리며 포즈를 취해보려 하지만 몸이 뻣뻣해서 고생중인 임바른.

S#14. 꽃꽂이 동호회실 (낮)

영 꽃꽂이는 서투른 박차오름. 기괴한 작품을 만들어놓고는 주변 사람들에게 열변을 토하고 있다. 약간 곤란해하는 표정으로 들어주는 사람들. 한편, 한쪽에서 서툴게 꽃꽂이를 하며 어색한 표정으로 옆사람에게 뭔가 애기하고 있는 임바른. 상대방도 끄덕끄덕하며 말을 들어주고 있다. 점점 몰입하여 열심히 애기하면서 손으로는 꽃을 꽂고 있는 임바른. 애기를 마치고 돌아보니, 자기도 모르게 엄청 화려하고 멋진 작품을 완성해놓았다. 황당해하는 임바른.

S#15. 배석판사실 (오후)

문을 열고 들어오는 임바른. 놀란다. 회의용 탁자 위에 큼직한 꽃꽂이 작품이 놓여 있다. 임바른이 만든 것. 이도연, 꽃에 분무기로 물을 뿌리고 있다.

이도연　(돌아보지도 않은 채 계속 물을 뿌리며) 이런 취미가 있으신 줄은 또 몰랐는데요?

임바른　(당황해서 우물쭈물) 어, 그거 만들러 갔던 게 아니라…

이도연　(뒤돌아보며 싱긋, 웃으며) 이쁘네요.

임바른　(당황) 네?

이도연　(다시 꽃에 물 뿌리며, 시크하게) …꽃이요.

얼떨떨한 얼굴로 자리에 가서 앉는 임바른. 이도연, 또각또각 걸어나간다. 자리에 앉아 일하고 있던 박차오름, 임바른에게 말을 건다.

박차오름　(걱정스러운 눈빛) 다들 얘기는 잘 들어주시는데, 선뜻 참석하겠다고 하진 않네요. 부담스러운가봐요.

임바른　…부담스럽게 얘기하신 건 아닌가요?

박차오름　네? 전 있는 그대로 말씀드리고 있는데요?

임바른　아까 들으니 이 기회에 배석판사에 대한 인권침해를 뿌리 뽑아야 한다고, 열변을 토하시던데.

박차오름　이게 왜 부담스럽죠? 있었던 일을 있는 그대로 밝히고 잘잘못을 가리자는 건데.

임바른　솔직히 윗사람에 대한 문제제기를 부담스러워하지 않을 사람은 없어요. 그게 현실이죠.

박차오름　임 판사님, 그래서 어쩌자는 말씀이신 거죠? 문제제기를 할 거면 제대로 하자고 하셨잖아요.

임바른　제가 생각하는 '제대로'는 '화끈하게'가 아니고 '실제로 성과를 낼 수 있게'입니다. 다수를 내 편으로 만들어야 돼요. (손으로 내리누르는 몸짓하며) 차분하게. 중립적으로. 오케이?

박차오름　오케이. (싱긋 웃더니) 씨어머니 잔소리도 가끔 도움이 되긴 되는데요?

임바른　(씁쓸한 표정) 저, 원래 잔소리하곤 완전 거리가 먼 캐릭턴데.

박차오름　(씩 웃으며) 캐릭터가 한 가지면 재미없잖아요. (뭔가 생각난 듯) 그런데 정 판사님은 같이 다녀주시기로 하고는 영 보이질 않네요. 많이 바쁜가?

임바른　사정이 있겠죠. 일단 우리끼리 다녀봅시다.

박차오름　(끄덕이더니) 좋아요. 그럼 우선 작전계획부터.

임바른　작전계획?

박차오름, 책상 위 서류 파일에서 종이 몇 장을 꺼내더니 책상 위에 펴놓는다, 와서 보는 임바른. '서울중앙지법 법관사무분담 및 개정일람표'다.

박차오름　(첫 장의 '민사부' 쪽을 손가락으로 죽 훑어내리며) 민사부는 벌써 한 바퀴 돌았는데, 배석판사들은 대부분 호의적이에요. 문제는 형사합의부. 매일 재판이어서 나올 수가 없다네요.

임바른　(놀라며) 언제 그렇게 다녔어요?

박차오름　여성 법관들은 대부분 젠더법연구회원인데, 제가 소모임 때마다

가서 잔심부름도 하면서 위로 아래로 다 설명드렸고요,

임바른   (더더욱 놀랄 뿐) 박 판사님, 판사된 지 이제 겨우 석 달째 아닙니까? 한 십 년은 한 사람처럼…

박차오름   (일람표를 획획 넘기더니) 관건은 숫자도 많고 연배도, 정서도 부장님들 쪽에 가까운 단독판사실. 공략이 쉽지 않지만, 그래도 애기해볼 만한 곳은, 소액판사실! (소액단독실 부분을 손가락으로 딱 짚는다)

임바른   소액?

박차오름   청소원 아주머니들이 그러시는데, 요즘 컵라면 쓰레기가 많이 나오는 데가 소액판사실이래요. 신경질적으로 찢어버린 판결 초고도.

임바른   (알겠다는 눈빛) 야근도 많고, 스트레스도 많다?

박차오름   (끄덕) 부속실 언니들 의견도 같애요. 분명, 사건처리 경쟁과 과로에 대해 의견들이 있으실 거예요.

S#16. 소액단독판사실 앞 (밤)

제607, 608, 609, 610 민사단독판사실 명패 앞에 선 임바른과 박차오름. 주먹을 불끈 쥐는 박차오름.

S#17. 소액단독판사실 (밤)

들어가는 두 사람. 들어가보니 회의용 탁자 위에 신문지를 깔고 짜장면

을 폭풍흡입중인 남녀 소액단독판사들 네 명, 짜장면을 먹다 말고 돌아
본다. 빼빼 마르고 머리가 벌써 하얘진 40대 초반의 판사가 말을 건넨
다. 촌스러운 모습에 경상도 억양.

소액판사 어이고, 식사들 하셨습니까? 같이 하시지요. (자리를 권한다)

박차오름 아니에요. 신경쓰지 마시고 어서 드세요. 저녁이 늦으셨네요.

소액판사 저희야 노가다 아입니까. 밥때가 어딨습니까, 삽질하다 배고프
면 먹는 거지요. 허허허. (소탈하게 웃는다)

방 곳곳에 사건기록들이 무더기로 쌓여 있다.

박차오름 (기록 더미를 둘러보며 안쓰러운 표정) 고생이 많으시죠…

소액판사 어이구, 월급 따박따박 받으며 재판하는 우리가 뭔 고생임니꺼.
(기록 더미를 가리키며) 이분들이 고생이죠. 말이 소액이지 천만
원, 2000만 원이 목숨 같은 분들이 많십니더.

선뜻 손에 든 종이를 내밀지 못하는 두 사람.

소액판사 그런데 손에 그건 뭔가요? 함 줘보이소. (박차오름 손에서 유인물
을 가져다가 보더니) 아, 이거 메일 봤십니다. 이게 참, 필요한 얘
기긴 한데, 솔직히 부담스럽기도 하고, 여유가 없어서… (곤란한
표정)

임바른 아닙니다. 그냥 한번 읽어만 봐주십쇼. 식사하시는데 죄송합니다.

물러가려 하는 두 사람. 소액판사, 임바른의 팔을 붙잡는다.

소액판사   아이고, 그래도 손님 오셨는데 이건 아니지예. 이거 한 개 아직
          안 뜯었는데 한 젓가락 하고 가이소.

임바른   아, 아닙니다. 괜찮습니다.

S#18. 민사단독판사실 (밤)

방안에 책상 세 개 있고 두 명은 앉아 일하고 있다. 모두 남자 판사들. 민
사99단독 김웅재가 탁자에서 두 판사와 마주앉아 이야기를 듣고 있다.

김웅재   무슨 얘긴지는 알겠습니다. 임 판사님 전체 메일도 봤어요. 그런
          데 말이죠,

임바른   네, 말씀하십쇼.

김웅재   안건에 '임신, 출산 여성 법관에 대한 배려'가 있던데, 뭘 더 배려
          해야 됩니까?

박차오름   네?

김웅재   법원만큼 육아휴직제도 잘되어 있는 데가 있나요? 그거면 된 거
          아닙니까?

박차오름   아직도 눈치보고 불편할 때가…

김웅재   (O.L.) 팔은 안으로 굽기 마련이네요. 육아휴직 가면 되지, 가는
          길에 축하 노래라도 불러드려야 됩니까?

박차오름   (불끈하지만 꾹 참는다)

김웅재   (뭐라 더 말하려다 잠시 말을 멈추더니, 언성이 가라앉으며) …말이 지
          나쳤네요. 미안합니다. (시선을 옆으로 돌리며) 핑계지만, 저거 때
          문인가봅니다.

박차오름, 시선을 따라 고개 돌리니 바닥에 산더미 같은 기록 더미 쌓여 있다.

김웅재 올해만 벌써 두 분이 육아휴직 가셨습니다. 그러지 않아도 미제 사건이 산더미인데 몇 건을 추가로 재배당받았는지… 저도 딸내미 보고 싶은데 자는 얼굴밖에 못 보네요. 매일.

임바른 남성 법관도 육아휴직 가실 수 있잖습니까.

김웅재 (쓸쓸한 미소) 갈 수야 있죠. 돈만 있으면. 전 외벌이라 휴직하면 생활할 수가 없어요. 게다가, 저까지 가면 저 양반들은 죽으라고 요? (묵묵히 일하고 있는 같은 방 판사들을 쳐다본다)

임바른 …… (무거운 표정)

김웅재 미안합니다. 솔직히 당장 제 몸이 고달프니까 말이 곱게 안 나오네요.

박차오름 아닙니다. 바쁘신데 죄송합니다. (인사하고 자리에서 일어선다. 따라서 일어서는 임바른)

S#19. 법원 건물 밖 (밤)

늦은 밤에도 방방마다 불이 켜져 있는 법원 건물을 바라보는 두 사람.

박차오름 (힘없이) 저 불빛 하나하나마다 다 생각이 다르네요…

임바른 (조용히 듣고 있다)

박차오름 (쓸쓸히 웃으며) 높은 분들은 생각도 입장도 비슷비슷한데, 젊은 판사들 뜻을 모으는 건 참 다양한 이유로 쉽지 않네요.

임바른	『안나 카레니나』의 첫 문장 같군요. 행복한 가정은 모두 엇비슷하고, 불행한 가정은 불행한 이유가 제각기 다르다.
박차오름	그래서 세상은 쉽게 바뀌지 않는 건가요? 힘든 사람들끼리 서로 손을 잡기 어려워서?
임바른	어쩌면 사실은 모두 같은 이유로 힘들어하면서, 그걸 모르는 건지도 모르죠.

함께 높은 법원 건물을 바라보는 두 사람.

S#20. 배석판사실 (오전)

임바른	(사무실 전화받는 중) 그래? 너희 부에? …응. 알았다. (끊고는) 박 판사님,
박차오름	네?
임바른	1인 시위 할머니 사건, 결국 항소심이 열리게 됐대요.
박차오름	(기쁜 표정) 네? 잘됐네요!
임바른	바로 옆방, 43부로 배당됐나봐요. 보왕이가 주심이고.
박차오름	그래요? 방청이라도 하러 가야겠는데요?
임바른	그 사건, 이제 더 관여하지 마시죠.
박차오름	네? 공개재판인데 방청하는 게 뭐 어때서요?
임바른	(망설이며) 방청까지야 괜찮을지 모르지만, (박차오름을 보며, 마음의 소리) 성격상 위에서 주시하고 있다 그러면 더 반발하겠지?
박차오름	……?
임바른	보왕이가 주심이니까 더 조심해야죠. 괜한 오해받지 않게.

박차오름   (눈을 동그랗게 뜨며) 그야 물론이죠. 제가 정 판사님한테 무슨 부탁이라도 할까봐 그러세요?

임바른   …여하튼 조심하자는 거죠. (걱정스러운 눈빛)

S#21. 민사43부 법정 (낮)

법원경위   모두 자리에서 일어서주십시오!

일제히 자리에서 일어서는 사람들. 재판부, 법정으로 들어온다. 배곤대, 거만한 표정으로 들어오더니 좌배석판사 김동훈이 아직 제자리로 채 다 오기도 전에 아무 말 없이 휙 자리에 앉아버린다. 좌우배석판사, 어정쩡하게 따라 앉고, 변호사들과 방청객들도 판사들이 다 앉으니 어정쩡하게 따라 앉는다. 원고석엔 할머니와 변호사 구진태, 피고석에는 병원 측 대리인인 대형 로펌 변호사 두 명. 방청석 한편 구석에는 박차오름.

배곤대   (무표정) 원고 측이 신청한 진료기록 감정촉탁이 또 되돌아왔습니다.

구진태   (놀라며) 네? 이유가 뭐지…

배곤대   업무가 너무 많아서 감정에 응하기 어렵답니다. 대형 병원들이 아무래도 바쁜가보지요.

구진태   재판장님! 벌써 세 군데 대형 병원이 감정 못하겠다고 되돌려보냈습니다. 이건 피고 세진대학병원 측에서 뭔가 영향력을 행사한 걸로 볼 수밖에 없습니다!

배곤대 (병원 측 변호사 쪽을 보며) 그런 사실이 있습니까?

병원 측 (미소) 그런 사실도 없고, 굳이 그럴 이유도 없습니다. 재판장님.

배곤대 (다시 원고 측을 보며) 증거가 있습니까?

구진태 …그렇진 않습니다.

배곤대 잘 아시겠지만 재판은 증거로 하는 겁니다. 병원 측 잘못을 주장하시려면 증거부터 법정에 제시하세요. 한 번만 더 기회를 드립니다.

　　　　　자리에서 일어나는 배곤대. 우르르 따라 일어서는 법정 안의 사람들.

할머니 (어리둥절한 표정, 구진태에게) 변호사님, 어떻게 되고 있는 건가요? 한 번만 더 기회를 준다니, 다음번에 바로 끝난다는 얘깁니까?

구진태 …네. 그런 것 같습니다.

할머니 아이고, 이게 얼마나 힘들게 시작한 재판인데 이렇게 허망하게…

구진태 (침통한 표정)

　　　　　방청석 구석에서 안타깝게 바라보는 박차오름. 나가면서 미안한 눈빛으로 박차오름을 보는 정보왕.

S#22. 배석판사실 (낮)

임바른 아니, 그럼 병원 측 과실을 어떻게 밝히죠? 진료기록을 감정해야 잘잘못을 가릴 텐데… 근데 대체 어느 병원이 피고길래?

박차오름   세진대학병원이요.

임바른   세진? (뭔가 알겠다는 듯이) 하긴 거기, 대한민국 최고 병원 중 하나죠.

박차오름   대형 병원들은 전부 다 바빠서 감정 못하겠다고 돌려보낸대요. 다 이리저리 연결돼 있나봐요. 가까스로 작은 병원에 감정촉탁 한 거 하나 남아 있는데 거기도 아직 답이 없고…

임바른   역시 계란으로 바위 치기인가요…

박차오름   …그런가봐요. (잠시 울적하다가 다시 생긋 웃더니) 근데 그거, 제 전문이잖아요. 계란으로 바위 치기.

웃는 박차오름을 바라보는 임바른. 박차오름의 첫날 모습을 떠올린다.

플래시컷 〉

박차오름   (손을 들어 20층 법원 건물을 가리키며) 그래도, 전 제 스타일로, 저 벽에 한번 부딪쳐볼라구요.

임바른   (애써 웃는 박차오름을 조용히 바라보다가) 한 개보다 두 개가, 조금은 더 나을지도 모르죠. …겨우, 계란이더라도.

임바른을 마주 바라보며 고개를 끄덕이는 박차오름.

S#23. 법원 청사 구내도로 (저녁)

저녁을 먹고 야근하러 들어오는 판사들에게 웃는 얼굴로 판사회의 안내문을 내미는 박차오름. 무뚝뚝한 표정의 임바른, 마침 옆으로 지나는 천성훈, 지현민에게 뒷짐진 손을 슥 내밀어 유인물을 내민다. 천성훈, 지현민이 유인물을 받지 않고 멀뚱거리자 딴 곳을 보는 척하고 있던 임바른, 무서운 표정으로 째려본다. 놀란 천성훈, 지현민. 얼른 유인물을 받고는 꾸벅 목례하고 총총총 사라진다. 두 사람을 보고는 놀라 휙 뒤로 돌아가려는 정보왕, 박차오름의 눈에 띈다.

박차오름   정 판사님~ (손까지 휘휘 흔들며) 여기요, 여기!

정보왕   (아이씨… 곤란한 표정으로 얼굴을 찌푸리고 있다가 상큼하게 웃는 표정으로 뒤돌아서며) 아, 박 판사?

박차오름   요즘 왜 이리 보기가 힘들어요? 방에 놀러오시지도 않고.

정보왕   어… 그게, 깡치사건 판결 쓸 게 있어서 정신이 하나도 없다니까?

박차오름   그래도 정 판사님이 좀 도와주셔야죠. 정 판사님은 부장님들하고도 친하시잖아요. (정보왕 손에 유인물 뭉치를 덜컥 쥐여준다. 엉겁결에 받고는 곤란해하는 정보왕. 주변 눈치를 살피더니 슬그머니 뒤로 감춘다)

박차오름   어, 혹시 저분도 부장님?

저녁 먹고 다시 법원 안으로 들어가고 있는 양복 차림의 판사들 사이에 생활한복 차림에 싱글벙글 표정인 아저씨 한 명이 도드라져 보인다.

정보왕   (속닥속닥) 조정의 달인이지. 일 년 365일 저러고 다니시는데, 워낙 조정을 잘하니까 위에서도 뭐라 못해요.

박차오름 부장님~ (씩 웃으며 유인물을 내밀고는 꾸벅 인사한다)

생활한복, 무심코 유인물을 받으며 마주 인사하고 유유히 걸어간다.

박차오름 혹시, 저분도?

정보왕, 박차오름을 따라 화단 쪽을 보니 펑퍼짐한 엉덩이와 구부정한 다리가 눈에 띈다. 아저씨가 허리를 잔뜩 굽히고 화단의 꽃에 얼굴을 거의 처박다시피 하다가 정보왕 쪽으로 얼굴을 돌리는데, 하회탈같이 헤벌쭉 너무나 행복하게 웃고 있는 얼굴. 낡고 구겨진 양복. 한세상과 친한 감성우 부장.

정보왕 (속닥) 감성 폭발, 감성우 부장님이시네. (부장을 향해) 안녕하세요, 부장님!

박차오름, 옆에서 꾸벅 인사하며 유인물을 내민다.

감성우 (유인물을 받으며) 네네, 읽어볼게요. 좀 이따. (다시 엉덩이를 불쑥 내밀고 꽃들 사이로 얼굴을 처박는다)

박차오름 (엉덩이를 쳐다보다가 임바른 쪽으로 속닥) …의외로 우리 회사에도 별난 분들이 계시네요.

임바른 (박차오름을 빤히 보며, 혼잣말처럼) 남의 말할 처집니까…?

박차오름 누가 또 오시네. 저분도 부장님이시죠? (유인물을 내밀려 한다)

걸어오고 있는 사람은 차가운 인상, 미모의 40대 여성. 단정한 차림.

정보왕   (이맛살을 찌푸리며 고개를 절레절레) 오정인 부장님? 괜히 종이 낭
비하지 마셈. 드려봤자 보시지도 않을 거야.

박차오름   왜요? 어떤 분이시길래.

정보왕   엘리트 중의 엘리트. 평생 수석이란 수석은 다 휩쓴 분이야. 당
연히 행정처 출신이고. 그런 분이 이런 일에 나서겠어? 괜히 커
리어에 기스 나게?

박차오름   그런가요… (씁쓸한 표정 짓다가 다시 생긋 웃으며 오정인에게 다가가
유인물을 내민다) 안녕하세요, 부장님~

오정인 부장, 유인물을 받고 박차오름을 힐끔 보더니 표정 하나 바뀌지
않은 채 아무 말 없이 스쳐지나간다.

정보왕   (추워하는 시늉을 하며) 찬바람이 쌩쌩 분다, 아주. (반대쪽을 힐끗
보고는 놀라며) 어?

웃으며 뭐라 얘기하며 걸어오는 세 엘리트 부장(권세중, 우갑철, 배곤
대). 임바른 일행을 보더니 입을 다물고 냉담한 표정으로 바뀐다. 인사
하는 세 사람. 무시하고 지나가는 세 부장. 배곤대, 발걸음 멈추고 뒤를
돌아보더니,

배곤대   정 판사.

정보왕   (화들짝 놀라며) 네, 부장님!

배곤대   정 판사 바쁜 줄 알았는데 요즘 좀 여유 있나 봐? 일 안 해?

정보왕   (울상이 되어서는) 아, 아닙니다. 부장님, 일하러 들어가다가 잠
           깐…

배곤대   내가 정 판사를 너무 성급하게 판단했었나? (정보왕을 위아래로 훑
           어보며) …키워볼 만한 친구로 봤는데 말야.

정보왕   (울상) 키워주십쇼, 부장님. 저 아직 많이 커야 됩니다!

배곤대, 대꾸도 없이 돌아서 뚜벅뚜벅 사라진다. 울상으로 배곤대 일행
을 쳐다보는 정보왕.

S#24. 고깃집 (밤)

중년기자들 두 명과 어울려 거나하게 취한 성공충. 얼굴이 벌겋다.

김 기자   어느 회사나 참 젊은 애들이 문제긴 해. 특히 요즘 여자애들, 무
           슨 시한폭탄 같다니까요.

성공충   (탄식하며) 허, 참. 능력 떨어지는 애 하나 잘 가르쳐서 판사 만들
           어볼라 그랬더니, 이리 부장 등에 칼을 꽂네. 검은 머리 짐승은
           거두는 게 아니라더니…

이 기자   근데, 형님네 배석도 배석인데, 걔랑 친한 튀는 여판사 하나가
           난리라매? 걘 또 뭐야?

능숙하게 소맥 폭탄주를 만들어 내미는 성공충.

성공충   일단 목이나 축이고 계속하자구.

일어나서 김 기자와 팔을 걸고 죽 러브샷을 하고는, 씩 웃는 성공충.

S#25. 배석판사실 (오전)

박차오름 이게 뭐야… 누가 이런…

임바른 뭐죠?

박차오름 …이거 좀 보세요.

임바른, 박차오름의 모니터를 본다. 포털 사이트 뉴스 창이 떠 있는데, 제목이 '[법조계 이모저모] 판사들, 노조 만들려 하나?'. 그 밑에 보이는 중간 제목, '전국최대법원에서 이례적인 판사회의 소집요구'. 놀라는 임바른. 이때 문 벌컥 열리며 정보왕 들어온다.

정보왕 (잔뜩 울상인 표정) 기사 봤지? '일부 과격한 젊은 판사들이 주동'. 이거, 나도 그중 하나야 혹시?

임바른 (빤히 보기만 한다)

정보왕 (언성 높이며) 아냐!! 나 그런 거 안 어울리는 남자라구! 나 곱게 자란 남자야! 나 판사 지망한 것도 여자들한테 인기 있는 직업인 거 같아서 그런 거라구!

임바른 잘~ 알고 있으니까 일단 조용히 좀 해봐.

박차오름 (기사를 읽는다) …이번 사태의 핵심 주동자는 최근 인터넷상에서 '미스 함무라비'라는 별명으로 유명해진 P모 여판사로 알려져, 초미니 출근에 지하철 활극까지, 튀는 판사로 유명, (모니터 화면 클로즈업하면, 기사 말미에 미니스커트 출근하는 박차오름 뒷모습 사진 보인다. 어이없어하며) 숨막히는 뒤태? 이분들 매번 숨막히면서 질식사는 용케 안 하셔.

임바른　클릭 장사 제대로 하는군요.

박차오름　어쩜 별명을 지어줘도 이렇게 구리게 짓니. 때가 어느 땐데 성차별적 호칭 '미스'라니.

정보왕도 어느새 옆으로 와서 기사를 읽는다.

정보왕　가만, (기사를 보더니) 이건 또 뭐야? 미스 함무라비 판사, 다른 재판부 사건에 개입한 의혹 있는 것으로 알려져. 사건 검토해주고, 변호사까지 알선?

박차오름　(놀라며) 네에??

임바른　(심각한 표정) 1인 시위 할머니 건이네요. 박 판사님, 실은 수석부장님도 이 건, 얘기하시더라고요.

박차오름　뭐라고 하시는데요?

임바른　…법관윤리 위반 소지가 있다, (망설이다가) …징계사유가 될 수도 있다.

박차오름　뭐라고요? (뭔가 알겠다는 듯) 그래서 임 판사님이 자꾸 말린 거였군요?

정보왕　아니, 나한테 한마디한 적도 없는데 뭔 놈의 개입? 문제삼을 걸 문제삼아야지…

임바른　(심각한 표정) 뭐든 문제삼으면, 문제가 되는 거야. …문제삼을 수 있는 게, 권력이고.

박차오름　(결연한 표정) 제 선의가 문제가 된다면, 책임지겠어요. 하지만, 성 부장의 악의도, 책임지게 할 겁니다.

정보왕, 박차오름의 표정을 바라보더니 한숨을 쉬며,

정보왕 바른아, 미안하지만 난 여기까지인 것 같다.

임바른 뭔 소리야?

정보왕 의리 때문에 고민하긴 했다만, 솔직히 내 입장도 너무 힘들어.

임바른 ······ (정보왕을 쏘아본다)

정보왕 난 아다시피 평화주의자 아니냐. 난 부장님들하고도 두루두루 친하다구. 다들 날 좋아하셔. 그런데 자꾸 일이 심각해져가니까 중간에서 처신하기가 어려워. 이건 뭐 전쟁 같잖아.

박차오름 전쟁? 누구랑 누가 싸우는데요?

정보왕 봐. 박 판사 눈초리가 벌써 전투적이잖아. 박 판사가 성 부장님 징계하자는 연판장 들고 다닌 후론, 부장님들 완전히 열받으셨어. 아무리 그래도 어떻게 그럴 수가 있냐고.

임바른 (굳은 표정) 그래서 힘드시다? 모두에게 사랑받는 평화주의자, 정보왕 선생이?

정보왕 그렇게 말하지 마라. (상처받은 표정) 난 아무랑도 싸우고 싶지 않아. 너와도.

정보왕, 굳은 표정으로 돌아서더니 문으로 향한다. 마침 문을 열고 들어오는 이도연, 무심한 표정으로 정보왕을 본다. 이도연의 눈을 피하며 방을 나가는 정보왕.

이도연 (정보왕을 힐끗 보더니, 박차오름을 향해) 수석부장님이 찾으십니다.

S#26. 수석부장판사실 (오전)

박차오름, 등을 곧게 세운 채 소파에 앉아 기다린다. 한참을 책상에서 결재서류를 뒤적이며 이것저것 사인하고 있는 수석부장. 침묵이 흐르는 방안.

수석부장　(상석에 와 앉으며, 미소) 미안합니다. 오래 기다리게 했네요.

박차오름　아닙니다, 수석부장님.

수석부장　왜 오시라 했는지는 잘 알지요?

박차오름　죄송합니다만, 잘은 모르겠습니다.

수석부장　그래요? 아직 신문기사, 못 본 건가?

박차오름　봤습니다만, 악의적이고, 사실과 다릅니다.

수석부장　그런가요? 딴 건 그렇다 치고, 다른 재판부 사건에 개입한 의혹이라, 이건 좀 심각한 얘기던데…

박차오름　개입이라니요. 제가 어떻게 다른 부 재판에 개입하겠습니까. 그저 변호사 도움을 받을 능력이 없는 할머니 얘기를 들어드리고, 조언을 좀 해드렸을 뿐입니다.

수석부장　법관윤리강령은 읽어봤나요? 법관은 타인의 법적 분쟁에 관여하지 아니하며, 다른 법관의 재판에 영향을 미치는 행동을 하지 아니한다.

박차오름　읽어봤습니다. 그런데, 질문 한 가지 드려도 될까요?

수석부장　뭐죠?

박차오름　법의 날 행사로 법원장님과 수석부장님이 1층 로비에서 사회적 약자를 위한 무료 법률상담을 하셨지 않습니까?

수석부장　(대답 없이 박차오름을 쏘아본다)

박차오름   (정중하게) 제가 한 일이 그 행사와 어떻게 다른지 잘 이해가 되지 않습니다. 죄송하지만, 좀 가르쳐주실 수 있으신지요.

수석부장   (싸늘한 표정) 박 판사, 참 흥미로운 분이군요.

박차오름   ……

수석부장   그럼, 부장판사를 징계하라고 연판장을 돌리고 다닌 행위는? 그건 명백히 집단행동을 선동한 것 아닙니까? 근거도 없이.

박차오름   근거 있습니다. 제가 직접 홍은지 판사에게 자세한 사정을 듣고…

수석부장   (O.L.) 일방적인 얘기로 상급자를 매도하는 행위, 분개하는 분들이 많습니다. 아직 초임인데 징계까지는 가혹하다고 내가 겨우 막고 있어요. …하지만 경거망동이 더 계속되면 막아주는 것도 힘들어집니다.

박차오름   수석부장님, 저는 결코 일방적으로 누구를 매도하려는 것이 아니라…

수석부장   (O.L. 차가운 표정, 건조한 말투) 박 판사님. 이건 협의가 아닙니다. 통보입니다.

박차오름   (말문이 막힌다)

수석부장   (테이블 위에 있는 전화기를 들더니) 박 판사님 나가십니다. 총무과장님 기다리고 있죠? 들어오라 그러세요. (박차오름을 향해 미소 지으며) 미안합니다. 보이차라도 한잔 드려야 하는데, 오늘이 좀 바쁜 날이구만요.

S#27. 조영진 부장판사실 (오전)

임바른이 들어오자 자리에서 벌떡 일어나서 반기는 조영진.

조영진   임 판사 어서 와! 요즘 맘고생이 심하지! 지난번에 그렇게 보내서 내가 맘이 영 안 좋았어요.

임바른   아닙니다. 부장님, 염치없지만 부탁드릴 일이 있어서 또 찾아왔습니다.

조영진   (미소) 누구에게 부탁하는 거, 절대 못하는 사람이 별일이네. 우선 앉읍시다.

조영진, 자리를 권한다. 마주앉는 두 사람.

임바른   부장님, 박 판사가 곤경에 처해 있습니다. 악의적인 언론 보도에, 수뇌부에서도 징계를 검토한다고 하고… 박 판사는 순수한 정의감으로 움직였을 뿐입니다. 징계만큼은 막아주십시오. 부장님은 두루두루 친한 분들이 많으시지 않습니까.

조영진   글쎄, 얘기는 해볼 수 있지만, 우선 자네들이 먼저 좀 자제를 해야 할 것 같애.

임바른   …판사회의, 말씀이십니까?

조영진   그래. 다들 젊은 판사님들 심정에 공감하지. 왜 모르겠어. 당신들 고생 많은 거. 그런데 말야,

임바른   (조영진을 조용히 응시한다)

조영진   큰 그림을 봐야지. 지금은 사회 전체적으로 법원에 대한 불만의 목소리가 높은 시기야. 국민은 뭔가 큰 변화를 바라고 있어요.

	그런데, 지금 자네들이 제기하고 있는 문제는 작아.
임바른	…작습니까?
조영진	작고, 조직 내부 문제일 뿐이지. 지금은 더 큰 틀에서의 구조적인 개혁이 요구되는 시점이야. 크게 보자, 우리.
임바른	…말씀하시는 큰 틀이라는 게 뭡니까?
조영진	힘이지. 개혁의 동력도 결국 힘이야. 정기인사 때 물갈이가 될 겁니다. 지금 사회 분위기, 개혁적인 사람들이 많이 들어갈 기회야.
임바른	…개혁적인 사람이라… (조영진을 빤히 쳐다보며) 부장님 같은 분 말씀이시군요.
조영진	(순간 움찔하다가, 씩 웃으며) 욕심내는 건 아니지만, 사명이 주어지면 비겁하게 물러나지는 않겠지.
임바른	(조용히 조영진을 응시한다)
조영진	지금 이런 정도 일로 움직이지 말고 자중하면서 기회를 보자구. 알아듣지?
임바른	…작습니까?
조영진	응?
임바른	이런 정도 일, 작습니까? 바로 곁에서 일하는 사람들이 매일매일 느끼는 좌절감과 모멸감이, 작습니까?
조영진	임 판사.
임바른	그게 작다시면, 그 작은 것들이 모이고 모여서 부장님이 말씀하시는 그 큰 구조가 되는 게 아닙니까?
조영진	(입을 꽉 다물고 임바른을 노려본다)
임바른	…이만 일어나보겠습니다.

임바른, 정중히 인사하고 걸어나간다.

S#28. 조영진 부장판사실 밖 복도 (오전)

임바른, 창가에 서서 창밖을 바라본다.

임바른　(담담한 표정, 마음의 소리) …존경했는데. (슬픈 눈빛) 진심으로.

S#29. 배석판사실 (오전)

힘없이 들어오는 박차오름. 임바른은 자기 자리에서 열심히 자판을 두드리고 있다.

임바른　수석부장님이 뭐라고 하시던가요?

박차오름　(힘없이 미소 지으며 고개를 떨군다)

임바른　(잠시 바라보다가) 박 판사님, 우리 조금만 물러섭시다.

박차오름　(고개를 들며) 임 판사님도 그만두라고 하실 건가요?

임바른　박 판사님의 분노, 이해합니다만, 지금은 너무 욕심낼 상황은 아니에요.

박차오름　…제가 욕심내고 있나요?

임바른　(뭐라 곧바로 대답하지 못한다)

박차오름　(슬픈 표정) 강자가 약자를 짓밟을 때는 무관심한 사람들이, 참다 못한 약자가 소리 지르고 덤벼들면 부담스럽다, 너무 공격적이다 그러죠. 문제제기를 할 때도 남들 불편하지 않을 만큼만 해야 되는 건가요?

임바른　그래야만 된다면, 그래야죠. 누군가에 대한 공격이 아니라, 건설적인 제안이다, 이렇게 설득해야 됩니다. (프린트해둔 종이를 들어 보이며) 고충처리 시스템 제안, 양성평등 교육 방안, 다면평가를 도입하는 방안.

박차오름 (임바른이 내미는 종이를 한 장 한 장 넘겨보며) …죄송해요, 임 판사님. 제도 개선도 좋고, 건설적인 논의도 좋지만, 이미 돌이킬 수 없는 상처를 입은 언니는요?

임바른 …복수를 원하세요?

박차오름 (고개를 저으며) 아니요. (단호한 표정으로 고개를 들어 임바른을 보며) 정의를 원해요.

임바른 정의?

박차오름 네. 그게 저희가 하는 일 아닌가요? 잘잘못을 가리고, 책임을 지우는 일. 그게 없이 앞으로 나아갈 수 있을까요? 이번 회의에서 피해 사례에 대한 조사와 징계요구까지 해야 된다고 생각합니다.

임바른 박 판사님이 생각하는 정의가 복수일 수도 있다는 생각, 해봤어요?

박차오름 …그게 뭐든, 돌아가기엔 너무 멀리 왔어요.

뭐라 더 말하려다 박차오름의 단호한 눈빛을 보고 체념한 듯 입을 다무는 임바른. 조용히 각자 일에 몰두하는 두 사람. 무거운 공기가 가득하다.

S#30. 배석판사실 앞 (오후)

화장실에 다녀오던 임바른, 방에서 쏟아져나오는 사람들을 보며 놀란다. 맹사성, 윤지영, 이단디가 박차오름을 에워싸고 같이 나오고 있다. 활짝 웃는 사람들.

이단디　(임바른을 발견하고는 반갑게 웃으며 쪼르르 달려온다) 임 판사님~ 어디 갔다 이제 오셨어요. 우리 커피 타임 잠시 해요.

임바른　커피… 타임요?

이단디　네! 계장님이 쏘신대요. 같이 가요. (이도연을 향해) 언니도 가야지!

이도연　(무표정하게 타이핑하며) 난 됐네. 내가 자리에 없으면 부장님 공황 장애 와.

한세상E　이 실무관! 다음주 신건 메모지 내가 어따 놨지?

이도연　(계속 타이핑) 책상 좌측 두번째 서랍입니다.

한세상E　좌측이라는 게 내가 볼 때 좌측이야, 책상 입장에서 좌측…

이도연　(O.L.) 부장님 밥 먹는 손 앞에 있는 서랍 열어보세요.

한세상E　…여기 있구만. 이게 왜 여깄지?

박차오름　(풋, 미소 짓더니 소리 없이 이단디에게 어서 가자는 몸짓)

이도연은 계속 일하고, 나머지 사람들 다 같이 복도를 걸어간다.

S#31. 법원 야외 테라스 (오전)

캔커피를 손에 든 채 얘기 나누는 44부 식구들.

맹사성　기사 뜬 거 봤습니다. 아, 우리 박 판사님이 뭘 잘못했다고 징계 운운이란 말입니까! 어려운 분 도왔으니 표창을 해도 부족할 판에.

이단디   정말 너무해요! 그게 징계사유면, 홍 판사님 괴롭혀서 유산까지 하게 만든 분은요?

윤지영   (걱정스러운 표정으로) …홍 판사님은 좀 어떠세요? (안타까워하며) 얼마나 힘드실까… 첫아이인데…

박차오름   (금방 눈물이 맺힌다) 네… 언니가 아이 갖고 너무나 행복해했었는데…

윤지영   49부 실무관한테 들었는데요, 홍 판사님이 사건기록 하나만 좀 프린트해달라셔서 병실로 갖다드렸대요.

박차오름   (놀라며) 네? 거기서 무슨 기록을…

윤지영   정리해고사건이래요, 하루하루가 급한 분들인데 너무 죄송해서 잠이 안 온다고…

박차오름   정말 이 언니, 어쩜 그리 바보 같을까요? 지금 지가 누굴 걱정해!!

임바른   (박차오름을 물끄러미 보며, 마음의 소리) …너도 니 걱정 좀 하면 안 되겠니?

S#32. 배석판사실 (오후)

힘없이 앉아 있다가 애써 미소 짓는 박차오름. 그런 박차오름을 보고 있는 임바른.

박차오름   아까 커피, 정말 기막히게 맛있지 않았어요?

임바른   그랬나요? …좀 씁쓸하던데요.

박차오름   쓰긴요… 완전 달콤해서 힘이 아주 그냥! (알통 만드는 시늉) …함

께 일하는 사람들의 응원이라는 거, 참 달달하지 않나요? (다시
슬픈 미소) …아무리 힘든 상황이어도.

임바른 (그런 박차오름을 바라보다가, 씁쓸한 미소) 미안합니다. 바로 옆에
서 달달한 응원은커녕 싫은 소리만 자꾸 하고.

박차오름 무슨 말씀이세요! 그중에서도 임 판사님이 도와주시는 게 제일
로! (순간 말문이 막혀서, 당황) ……

순간, 미묘한 공기 잠시 흐른다. 괜히 서로 외면하는 두 사람. 모른 척하
며 재판기록을 넘기는 두 사람.

S#33. 법원 건물 밖, 정문으로 가는 구내도로 (밤)

퇴근하는 박차오름과 임바른, 살짝 떨어져서 걷고 있다. 어색한 침묵.
그런데, 정문 근처에 중후한 고급 세단, 정차하고 있다. 민용준, 박차오
름을 발견하고는 반갑게 손을 흔든다.

박차오름 (당황) 어?

민용준 (반갑게) 오름아, 모시러 왔어.

박차오름 오늘은 또 왜? 모임도 아니잖아.

민용준 서운한데? 우리가 모임 있어야만 보는 사이니?

박차오름 나 바쁜데…

민용준 퇴근길이잖아. 잠깐만 얘기 좀 해. (임바른을 향해 목례하며) 또 뵙
네요, 임 판사님.

임바른 (마주 인사하며) 네, 민 부사장님. (박차오름을 향해) 그럼, 저 먼저

들어가보겠습니다.

박차오름   (살짝 당황하며) 어, 저…

살짝 목례하고 뒤돌아 걸어가는 임바른의 뒷모습을 바라보는 박차오름.

민용준   갈까?

S#34. 카페 (밤)

민용준   기사 봤어. 어떤 할머니가 병원 상대로 싸우는 거 돕고 있다며.
        그거, 세진대학병원 아니니?

박차오름   (놀라며) 오빠가 그걸 어떻게?

민용준   …나도 보고받은 사건이거든.

박차오름   뭐?

민용준   아직 밖에 많이 알려지지는 않았는데, 재단 상황이 어려워져서
        우리가 인수했어.

박차오름   ……

민용준   누나가 병원 이사장을 맡았지. 나도 상임이사로 이름은 걸려 있고.

박차오름   …그래서?

민용준   니 기사 보고 다시 한번 살펴보라고 지시했어. 혹시라도 잘못된
        게 있나 하고.

박차오름   ……

민용준   없더라. 아무것도. 모두 매뉴얼대로 됐어. 불행한 결과는 안타깝
        지만 병원 쪽이 잘못도 없이 책임을 질 수는 없잖니. 병원 사람들

은 오히려 맞소송을 하자고 난리야. 병원 명예실추에 업무방해가 이만저만이 아니라고.

박차오름 그 말을 하려고 온 거야? 대 NJ그룹 후계자께서? 인수한 병원 소송 하나까지 챙기시는 건가?

민용준 (안타까운 눈빛으로 바라보며) 니 일이니까 온 거야. 변호사들은 너한테까지 책임을 묻자더라. 내가 그런 소리 말고 불행한 일이니 최소한의 위로금이라도 드리고 마무리하자고 해놨다.

박차오름 …그래서, 감사 인사라도 드릴까?

민용준 오름아,

박차오름 중간에서 쓸데없는 일 하지 말고, 내버려둬. 재판이 시작된 이상, 잘잘못이 가려질 거야. 그게 재판이니까. 나, 바빠서 먼저 일어날게.

자리에서 일어나는 박차오름, 바라보는 민용준.

S#35. 민사43부 법정 (낮)

병원 측 재판장님, 의료과오를 주장하려면 최소한 담당 의사가 무슨 과실이 있는지는 특정해서 주장을 해야 하지 않겠습니까? 원고 측은 막연하고 추상적인 주장만 되풀이하고 있습니다.

할머니 아, 죽을병도 아니고, 그냥 다리가 저리고 아파서 병원 간 내 아들이 수술실에서 죽어 나왔는데, 그게 의사가 죽인 게 아니면!

배곤대 원고! 언성을 낮추세요! 여기 법정입니다.

병원 측 피해자는 과거 방사선치료 전력 때문에 장골동맥이 뼈에 유착된

데다가, 석회화 현상까지 있어서 수술시 혈관손상을 피하기가 어려웠습니다. 현대의학이 의사에게 요구하는 주의 의무를 다한다 하더라도, 이런 상황까지 대비할 도리는 없습니다.

구진태 (자리에서 일어서며) 대형 병원들은 모두 감정을 거부하고 중소 병원 의사가 달랑 두 페이지짜리 감정서를 냈는데, 그 얘기를 하고 있습니다!

병원 측 전문가가 보기에 분명한데 길게 쓸 이유가 있겠습니까?

배곤대 원고 대리인, 자리에 앉으세요. 그럼, 원고 측은 그 진료기록에서 이상한 점이라도 찾아낸 것이 있습니까?

구진태 …기록 자체도 피고 병원 측이 한 것이라…

배곤대 진료기록부터 의심하는 겁니까? 그런 기본적인 시스템 자체를 의심하면 재판이라는 것이 불가능합니다. 그렇지 않습니까?

할머니 (옆에서 불쑥) 판사님! 의사가 바뀌었습니다! 수술한 의사가!

배곤대 (노여운 표정) 조용히 하세요! 원고 대리인, 무슨 얘기입니까?

구진태 (당혹스러운 표정으로) …네, 이 부분은, 원고 본인이 계속 주장하는 것입니다만, 당초 수술실에 들어간 의사와 수술이 중단됐을 때 방에서 나온 의사가 달랐다고…

할머니 처음 들어간 의사는 얼굴이 좀 뻘겠습니다 판사님!!

병원 측 (어이없다는 표정으로 어깨를 으쓱하며) 피고 병원은 무슨 구멍가게가 아닙니다. 응급실 도착부터 수술 종료까지 모든 상황이 완벽하게 기록되어 있습니다. 집도의가 바뀐 적은 없습니다.

배곤대 원고 대리인, 이에 관한 무슨 증거가 있습니까?

구진태 …없습니다.

방청석의 박차오름, 안타까운 표정으로 앞 의자 등판을 꼭 쥔다.

| 배곤대 | 더 제출할 증거가 없으면 재판 마치겠습니다. |
| 할머니 | (벌떡 일어나며 소리친다) 안 됩니다! 판사님! 이대로 끝내시면 안 됩니다!! |

건장한 법원경위가 달려와 할머니를 제지한다. 배곤대가 일어서자 착잡한 표정으로 따라 일어서는 정보왕. 모두 따라 일어서는 변호사들과 방청객들. 자리에 주저앉아 울고 있는 할머니. 방청석의 박차오름, 눈가가 빨갛다. 판사들이 나간 후 할머니에게 다가간다.

| 박차오름 | 할머니… |
| 할머니 | 어떡하니, 나 어떡해… |

우는 할머니를 감싸안는 박차오름. 무심코 고개를 돌리니 방청석 맨 뒷줄에서 슬며시 일어나 나가는 임바른의 뒷모습이 보인다.

S#36. 배석판사실 (낮)

힘없이 들어서는 박차오름. 임바른은 자리에서 일하고 있다. 자리에 앉는 박차오름.

임바른	(조용히) …계란으로 바위 치기인가요. 역시?
박차오름	그냥 바위가 아니고, 벽이네요. 철벽.
임바른	그래도 계속 부딪쳐보실 건가요?
박차오름	변호 맡아준 선배가 그러는데, 병원 쪽에서 합의금 줄 생각이 있

다네요.

임바른   (살짝 놀라며) 그래요?

박차오름   …네. 법적으론 줄 이유 없지만, 대승적으로 배려해주신대요.
(씁쓸한 미소) 황송하죠?

임바른   액수는요?

박차오름   이천이요.

임바른   2000만 원?

박차오름   네. 앞으로 민형사상 어떤 이의도 제기하지 않음은 물론, 이 건
에 대해 어디서도 언급하지 않겠다는 각서를 쓰는 조건으로.

임바른   그래서, 어떻게 할 예정이죠?

박차오름   선배는 이것만 해도 감지덕지라는데, 전 반대했어요. 이대로 끝
내면 할머니의 한만 더 깊어질 거예요.

임바른   (한숨을 쉰다) …그렇군요.

박차오름   (울적한 표정으로 창밖을 보다가 표정이 밝아지며) 그래, 우리, 언니
보러 가요.

임바른   홍 판사님?

박차오름   언니도 받아야죠. 달달한 응원.

S#37. 홍은지의 병실 (밤)

침대에 멍하니 누워 있는 홍은지.

박차오름   언니!! (활짝 웃으며 홍은지 곁으로 다가선다. 임바른은 한 발짝 뒤에)

홍은지   (여전히 어두운 표정) …왔니.

박차오름	언니! 많이 힘들지? 밥은 좀 챙겨 먹어? 병원 밥 맛없어도 열심히 먹어야는 거 알지? (두리번거리며) 남편분은 어디 가셨어?
홍은지	(힘없이 웃으며) …여전하구나. 질문은 하나씩만 할래? (임바른에게 목례하며) 바쁘신데 어떻게 여기까지 오셨어요.
임바른	아닙니다. 진작 한번 들렀어야 하는데…
홍은지	들르시긴요… 여길 왜… (어두운 표정)
박차오름	(홍은지의 표정을 눈치 못 챈 채) 언니, 우리 부 계장님하고 실무관님이 그러시는데, 직원분들도 다들 언니 걱정을 많이 하고 있대. 빨리 몸 추스르셨으면 좋겠다고…
홍은지	(O.L.) …이젠 아주 온 법원이 다 내 얘길 하고들 있겠구나…
박차오름	(놀라며) 언니?
홍은지	얘기하기 좋겠지… 법원에서, (잠시 멈칫하더니 힘겹게) …유산한 여자 판사 얘기.
박차오름	언니, 그게 아니라…
홍은지	(O.L.) 알아, 다들 좋은 뜻으로 얘기한다는 거. 그런데, 생각해봤니? (울음이 섞이며) 날 아는 사람들, 아니 모르는 사람들까지 다 내 얘길 한다는 거, 이게 무슨 좋은 일이라고…
박차오름	언니…
홍은지	난 무서워. 복귀해서 사람들 얼굴 볼 일이. 사람들은 좋은 뜻으로 내게 말을 걸 거 아니니. 내, …잃어버린 아가에 대해서… (고개를 숙이고 오열한다)

임바른과 박차오름, 침통한 표정으로 아무 말 없이 울고 있는 홍은지를 지켜본다.

홍은지 (눈물 젖은 얼굴로 고개를 들더니) 부장님 왔다 간 후로 자꾸 전화가 와. 부장님한테 너무한 거 아니냐, 부장님도 나쁜 분은 아니다… 나, 진짜 이젠 법원 사람들 아무도 안 봤으면 좋겠어… 너무 힘들어… 그런데 신문에까지 나서…

박차오름 (울며) 미안해 언니… 미안해… 내가 잘못했어…

착잡한 표정으로 서 있던 임바른의 시야에 침대 옆 작은 탁자 위에 놓인 종이 꾸러미가 들어온다. 좀더 자세히 보니, 해고무효확인 사건기록 사본. 여기저기 시커멓게 줄 치고 포스트잇도 붙여놓아 꾸깃꾸깃하다.

S#38. 병원 건물 앞 (밤)

힘없이 걸어가던 박차오름, 다리에 힘이 풀린 듯 어두운 화단 옆에 쪼그리고 앉는다. 뒤따라 오던 임바른, 잠시 바라보더니 그 옆 길바닥에 아무렇게나 편하게 다리를 뻗고 주저앉는다. 한동안 아무 말 없는 두 사람.

임바른 (멍하니 딴 곳을 보다가 문득, 툭 던지듯) 잘못하지 않았어요.

박차오름 (고개 숙이고 있다가 살짝 옆으로 얼굴을 돌린다) ……?

임바른 잘못한 거 없습니다. 박 판사.

박차오름 …언니를 서렇게 힘들게 만들었는데도요?

임바른 (진지하게, 마음을 담아서) 홍 판사님만을 위해 싸운 게 아니잖아요. 박 판사는 박 판사 자신의 싸움을 한 거예요.

박차오름 그게 다 제 욕심이고, 어쩌면 영웅심이었는지도 몰라요. 내가 뭐라고, 내가 뭘 어쩔 수 있다고… (또 눈물이 맺힌다)

임바른	…안 됩니까?
박차오름	네?
임바른	욕심 좀 내면 어때요. 한번쯤 영웅 좀 돼보면 또 어떻고요. 그 마음이 뭐건, 아무도 남의 일이라고 나서지 않을 때, 뒤도 안 돌아보고 나서서 자기 일처럼 뛰어다녔잖아요.
박차오름	임 판사님…
임바른	(말하고 보니 뻘쭘한 듯) …영웅이든 뭐든, 조용히 사는 사람까지 이렇게 끌어들여놓고 주저앉지 말아요. (일어나더니 박차오름에게 손을 내밀며) 일어나서 이왕 시작한 일, 끝까지 해봐요. 평소처럼.
박차오름	(감동한 표정으로 내민 손을 바라보고만 있다)
임바른	일어나시라니까요? 잘못한 거 없어요, 박 판사.
박차오름	(곤란한 표정으로) …그게 아니라요…
임바른	예?
박차오름	(쪼그린 채로) 죄송한데요, 다리가 저려서 당최 일어날 수가…
임바른	(순간 어이가 없다. 내밀었던 손을 거두며, 무심코) 인간아…
박차오름	네? 뭐라고요?
임바른	(마음속으로 한 말인 줄 알았다가 화들짝 놀라며) 들렸나요?

S#39. 법원 1층 민원인 구내식당 (낮)

민원인용 식당 앞을 지나던 임바른, 1인 시위 할머니와 마주앉아 얘기하고 있는 박차오름을 본다. 지친 표정으로 깊은 한숨을 쉬는 할머니. 잠시 바라보다가 갈 길을 가는 임바른.

S#40. 배석판사실 (낮)

일하고 있는 임바른. 들어오는 박차오름.

임바른   할머니하고 얘기하고 있던데요?

박차오름   …네.

임바른   무슨 얘기했어요? 합의금 받지 말라는 얘기?

박차오름   (고개를 저으며) 아니요. 받으시라고 설득했어요.

임바른   예?

박차오름   할머니, 이제 거처할 곳도 없어서 노숙할 판이거든요. 그 돈이면
따뜻한 방 한 칸이라도 어떻게 구해볼 수 있을 거예요. 길바닥에
서 1인 시위를 오래 하셔서 몸도 너무 안 좋으시고…

임바른   ……

박차오름   제 고집 때문에 할머니를 길바닥에 나앉게 할 순 없잖아요. (씁쓸
하게 웃으며) 불행 중 다행이랄까, 우스운 일이 하나 있어요.

임바른   뭐죠?

박차오름   공식적으로 병원 측이 제시한 합의금은 이천이었는데, 변호사
사무실 계좌로 오천이 들어왔대요. 할머니한테 전달해달라고.

임바른   그건 또 무슨 일이죠?

박차오름   …말씀 안 드렸었는데, NJ그룹이 그 병원 인수했대요. 용준 오
빠, 아니 민용준 부사장이 그 병원 상임이사도 겸임한다네요.

임바른   네? 그럼 저번에도 그 일로?

박차오름   …네. 제 얼굴을 봐서 온정을 베풀었나봐요. 화가 나야 되는데,
오천 들어왔단 소리 듣고, …고마웠어요. 그리고, 챙피하고 싫었
지만, 솔직히 부러웠어요.

임바른   ……?

박차오름   (눈물이 맺힌다) 제가 아무리 뛰어다녀봤자 할머니한테 아무 도움도 안 됐는데, 용준 오빠의 돈은 따뜻한 방과 밥을 줄 수 있잖아요.

임바른   …그래도 최선을 다했잖아요. 박 판사는. 할머니도 그걸 더 고마워하실 거예요.

박차오름   (눈물 맺힌 채로 싱긋 웃으며) 또 잘못한 거 없다고 해주시는 거예요?

임바른   어, 아니 뭐 꼭 그게 매번 그렇게…

이때 박차오름 책상의 전화가 울린다.

박차오름   (전화를 받고 있다. 반가워하는 표정) 네, 판사님! 모레 잊지 않으셨죠? 네? (놀람, 실망이 교차한다) 네… 아쉽네요. 어쩔 수 없죠 뭐.

임바른   무슨 일이에요?

박차오름   그때 만난 소액단독판사님인데요, 하필 판사회의 날 오후 3시에 소액재판 간담회가 갑자기 잡혔다네요. (걱정스러운 표정) 다 거기 가셔야 되나봐요. 전직 대법관님도 오신다고.

임바른   (입술을 깨물며) …그런가요. 우연이라면 참 절묘한 우연이네요.

박차오름   (다시 힘을 내며) 어쩌겠어요. 결과가 어찌되든, 최선을 다해봐야죠.

임바른   ……

박차오름   (뭔가 마음먹은 듯) 가장 가까운 곳에 있는 분께 다시 한번 말씀 드려봐야겠어요.

임바른   …누구? (눈치챈 듯) …설마?

박차오름   네.

S#41. 한세상 부장판사실 (낮)

일하고 있는 한세상. 방문을 열고 들어와 정중히 인사하는 박차오름.

박차오름   부장님,

한세상   (모른 척한다)

박차오름   부장님,

한세상   (계속 일하며) 박 판사님이 왜 나보고 부장이라 부르시는지 모르겠구만. 부장으로 인정하지 않는다면서.

박차오름   부장님, 그동안 정말 죄송했습니다. (다시 고개를 꾸벅 숙인다) 제발 제 말씀 한 번만 들어봐주세요.

한세상   (대꾸 않다가 천천히 고개를 들어 박차오름을 본다)

cut to

탁자에 마주앉아 있는 두 사람.

한세상   …그래, 나보고 부장들을 설득해달라?

박차오름   네, 죄송하지만 부탁드립니다. 부장님. 이번 판사회의는 결코 배석들하고 부장님들을 편 가르자는 자리가 아니에요. 그렇게 돼서도 안 되고요.

한세상   편 가르는 자리가 아니다?

박차오름	네.
한세상	이봐, 박 판사. 한 가지만 물을게.
박차오름	네.
한세상	성 부장 징계하라고 연판장 돌리고, 판사회의 열자고 난리 치고 하기 전에, 한 번이라도 얘기해봤어?
박차오름	네?
한세상	…성 부장이랑 얘기해봤냐고.
박차오름	(허를 찔린 듯 말문이 막힌다)
한세상	당신 직업이 뭐야. 판사 아냐? 양쪽 얘기 듣고 판단하는 사람 아니냐고.
박차오름	……
한세상	배석들이 힘들다, 부장들한테 시달린다 문제제기하기 전에 부장들하고 얘기해봤어?
박차오름	……
한세상	당신 부장인 나하고도 아무 얘기 안 했잖아. 성질만 내고.
박차오름	죄송합니다, 부장님.
한세상	죄송하고 말고, 그런 얘기가 아니잖아. 틀렸다는 얘길 하고 있는 거야. 이번에 당신들이 벌인 일. 순서가 틀렸어. 부장들도 사람이야. 무슨 괴물이나 외계인이 아니라구.

박차오름, 할말이 없어 고개를 숙인다.

한세상	나가봐.

S#42. 시장통 (저녁)

순대집이모는 열심히 순대를 썰고 있고, 좌판에 박차오름과 외할머니 나란히 앉아 있다.

박차오름   …할머니, 나, 팔이 안으로 굽는 사람인가봐.

외할머니   별소릴 다 한다. 그럼 밖으로 굽는 사람도 있드나?

박차오름   내가 좋아하는 사람 편만 드나봐. 혼자 열만 내고 별 도움도 못 되는 주제에. (울적한 얼굴) …판사 자격 없는데. 팔이 안으로 굽는 사람은.

고민하는 박차오름의 얼굴을 가만히 바라보던 외할머니.

외할머니   …내가 준 물건의 뜻, 잊었구나.

박차오름   네?

외할머니   오랜만에 절에나 한번 가자.

박차오름   네? 웬 절이요?

외할머니   아, 여기서 조금만 가면 있잖니. 시내에 있는 절.

어리둥절한 표정의 박차오름.

S#43. 종로 조계사 안 (저녁)

어리둥절한 채 외할머니 뒤를 따라 절집 경내를 걸어가는 박차오름. 승려들을 마주치자 합장하며 인사하는 외할머니. 따라하는 박차오름.

S#44. 조계사 안 불교중앙박물관 (저녁)

수많은 팔이 몸에서 뻗어나온 형상의 금동천수관음보살좌상 앞에 서 있는 두 사람. 박차오름, 좌상을 보다가 옆에 서 있는 외할머니를 힐끗 본다.

외할머니   (합장한 채로) 팔이 안으로 굽으면 또 어떠냐. 그 대신 팔이 넉넉
히 많고, 또 멀리까지 뻗어 있으면 되지 않겠니.
박차오름   (감동한 눈으로) 할머니…
외할머니   온 세상 힘든 사람들을 다 품어안을 수 있을 만큼 말이다.

조용히 천수관음 앞에서 합장하고 고개를 숙이는 두 사람.

S#45. 법원 대강당 문밖 (판사회의 날, 오후)

문 옆에 세로글씨로 '서울중앙지법 임시 전체판사회의'라고 쓰인 종이 붙어 있다. 삼삼오오 장내로 들어가는 판사들. 문 옆에 서서 걱정스럽게 보고 있는 임바른과 박차오름.

S#46. 대강당 안 (오후)

단상 의장석에는 법원장, 의자에 깊숙이 몸을 기댄 채 앉아 무표정하게
옆 창문 쪽을 바라보고 있다. 그 옆에는 수석부장 단정하게 앉아 있다.
벽시계는 오후 4시를 가리키고 있다. 강당 좌석 맨 앞 열에 '부장판사석'
팻말 놓여 있는데, 한 명도 보이지 않는다. 뒤를 보면 뒷줄에 젊은 판사
들 무거운 표정으로 죽 앉아 있다.

임바른　　(침통한 표정) …한참 부족하네요. 결국 개회도 못해보고 끝나는
　　　　　　군요.

박차오름　…전, 그것보다 부장님들이 한 분도 안 계신 게 아파요. 기대했
　　　　　　는데. 진심으로.

임바른　　(아무 말 없이 박차오름을 본다. 옆을 죽 보더니, 얼굴을 찡그리며) 결
　　　　　　국 이 인간도 안 나타나네요.

박차오름　정 판사님? 어쩔 수 없죠 뭐.

임바른　　(화난 표정)

S#47. 44부 부속실 (오후)

눈치를 살피며 슬쩍 걸어 들어와서 배석판사실 쪽을 살피는 정보왕.

이도연　　(타이핑하며) 한참 전에 회의장 가시고 없습니다.

정보왕　　(당황하며) 네? 아 네… 그렇겠죠 물론. 하하하하…

S#48. 44부 부속실 바깥 복도 (오후)

뻘줌하게 뒤돌아서서는, 어찌할 바를 모른 채 고뇌하는 표정의 정보왕.
그런데, 정보왕 귓가에 들려오는 무심한 목소리.

이도연   (혼잣말처럼) 별로다 별로… 남자가 엉덩이만 좀 이쁘면 뭐해? 우
물쭈물하기만 하고.

정보왕   (놀라서) 네?

이도연   귀는 좀 밝네요. 빨리 가봐요. 방금 4시 됐어요.

정보왕   (부속실 쪽을 향해 꾸벅하며) 고, 고맙습다~ 안녕히 계셔요~ (후다
닥 움직이려다가 멈칫, 하더니 씩 웃으며) …제 께 좀 이쁘긴 하죠?
평소 스쿼트를 좀…

이도연   4시 1분.

후다닥 사라지는 정보왕.

S#49. 대강당 안 (오후)

수석부장   (시계를 보더니 마이크에 대고, 온화한 표정으로) 예정된 개회 시각에
서 5분이 지났네요. 바쁜 판사님들을 오래 붙잡고 있을 수는 없
으니 규정에 따라 폐회할까요?

이를 악무는 박차오름. 술렁거리는 젊은 판사들. 뒷줄에는 성급하게 자
리에서 일어서는 사람도 보인다. 이때, 문 쪽에서 들려오는 걸걸한 목소

리. "아따, 성미도 급하시오!" 문 쪽을 쳐다보는 수석부장. 한세상이 들어오고 있다.

한세상　(능청스럽게) 아, 엘리베이터를 좀 늘려주든지 해야지, 이놈의 큰 건물에서 시간 딱딱 맞추는 게 어디 쉬운가? 나이 먹은 사람들은 걸음도 느리구만.

한세상, 유유히 걸어들어와 부장판사석 맨 앞자리에 앉는다.

한세상　쪼끔만 더 기다려봅시다.

박차오름, 자기도 모르게 외친다.

박차오름　(눈물이 글썽글썽해서는) 부장님!

한세상　(뒤를 돌아보고는. 멀뚱멀뚱) 누구쇼? 날 보고 부장이라 부를 사람이 없는데?

박차오름　(원망스러운 표정으로) …부장님!

한세상　(씩, 웃어주더니, 아무 말 없이 돌아앉는다)

웅성웅성대던 젊은 판사들 쪽에서 "어, 또 오신다!" 소리 들려온다. 일제히 문 쪽을 보는 판사. 유유자적하게 들어오는 사람들 선두에는 생활한복 부장, 꽃향기 맡던 감성우 부장. 그뒤로도 대여섯 명의 부장판사들 들어와 한세상 옆에 차례로 앉는다.

한세상　(씩 웃으며) 아따, 이 법원 부장 중에 하자란 하자는 다 모였네.

감성우	(한세상을 보며) 아, 하자 중에 상~ 하자가 오라시는데 저희가 별 수 있나요?
한세상	(성질내며) 뭐야?
생활한복	어? 저 양반은 웬일로?

뭔 소린가 하고 생활한복의 시선을 따라 고개를 돌리는 한세상의 눈에, 단정한 차림, 차분한 표정으로 또각또각 강당 통로를 걸어오고 있는 오정인 부장판사가 보인다. 놀라는 한세상. 오정인, 가볍게 목례를 하고는 아무 말 없이 조금 떨어져 앉는다. 수석부장, 오정인을 지그시 바라본다. 임바른은 강당 문 쪽을 보고 있다. 문을 살며시 열고 살금살금 들어오고 있는 정보왕. 임바른과 눈이 마주치자 허걱, 고개를 움츠리더니 후다닥 멀리 가서 앉는다.

S#50. 대강당 안 (오후)

벽시계는 4시 10분. 수석부장, 손목시계를 보더니 마이크를 잡는다. 그런데, 밖에서 웅성웅성 소리가 들려온다. 일제히 문 쪽을 바라보는 판사들. 닫혔던 문이 활짝 열리며 사람들이 쏟아져 들어온다. 맨 앞에는 임바른에게 짜장면 한 젓가락 하라고 권하던 머리 하얀 소액단독판사.

소액판사	하이고, 이거 미안합니다~ 앞에 행사 부리나케 마치느라꼬 좀 늦었십니다. 용서해주이소~

우르르 들어와 평판사들 좌석에 앉는 소액단독판사들.

박차오름	(감격한 표정으로) 판사님! 전직 대법관님도 오셨다면서요. 어떻게 이렇게 일찍…
소액판사	귀한 손님들도 중하지만도, 지금 같이 일하는 동료들이 더 중한 거 아니겠습니꺼. 배웅은 잘하고 왔습니더.
박차오름	판사님… (또 눈물 맺힌다)

시끌벅적한 가운데 조용히 눈으로 새로 온 판사들을 보며 숫자를 세던 임바른, 박차오름을 향해 고개를 조용히 좌우로 젓는다.

| 수석부장 | …이제 충분히 기다린 것 같습니다만. 언제까지 기다려야 할까요? 아직도 스무 명 넘게 부족한 것 같네요. 과반수 되려면. |

여전히 아무 말 없이 눈을 가늘게 뜨고 먼 곳만 바라보고 있는 법원장.

| 수석부장 | 원장님, 그럼 이걸로 정리하겠습니다. 개회요건이 충족되지 않아서 산회한 것으로… |

이때, 객석에서 누군가 벌떡 일어선다. 웅성거리는 사람들 소리에 돌아보는 수석부장. 박차오름이다. 뚜벅뚜벅 앞으로 걸어나와서 단상 바로 아래에 선다.

박차오름	의장님, 마치시기 전에 제게 잠깐만 발언할 기회를 주십시오!
수석부장	이제 와서 무슨 발언을 하신다는 건지…
박차오름	죄송합니다만, 규칙상 판사회의 의장은 수석부장님이 아니라 법원장님이신 것으로 알고 있습니다.

수석부장	(허를 찔린 듯 뭐라 말을 하려다 입을 다문다) ……
박차오름	(먼산만 쳐다보고 있는 법원장을 향해) 의장님, 부탁드립니다.
법원장	(묵묵부답)

좌중의 시선, 법원장에게 집중된다.

수석부장	(법원장 쪽으로 몸을 기울이며 나지막이) 원장님, 이만 마치심이…
법원장	(여전히 딴 데 쳐다보면서 느릿느릿) …좋은 …의견 …있으면 …얘기해 …보세요.
수석부장	(놀라며) 네? 원장님?
법원장	…의견이 …있다지 …않습니까. …저기 저 …판사님께서…
박차오름	(고개를 숙이며) 고맙습니다, 의장님. (자신을 쳐다보는 부장판사와 젊은 판사들을 향해 곳곳으로 고개를 깊이 숙이며) 오늘 참석해주신 모든 판사님들께 진심으로 감사드립니다.

멀리서 박차오름을 바라보고 있는 임바른. 놀란 표정의 주변 판사들도 박차오름에게 집중하고 있다.

| 박차오름 | 먼저 고백할 것이 있습니다. 전, 저희 부장님을 좋아합니다. |

가만히 듣고 있다가 화들짝 놀라는 한세상. 옆에서 쿡 찌르는 감성우.

| 박차오름 | (미소 지으며) 평생 기록 들여다보시느라 굽은 거북목에 운동 부족 올챙이배도 좋아하고, |

헛기침하며 배를 가리는 한세상.

박차오름 남들보다 일찍 온 노안에 누진다초점 렌즈도 좋아합니다. 무릎
나온 아저씨 양복에 뒤축 닳은 구두도 좋아하고,

어느새 박차오름의 말에 귀를 기울이고 있는 부장들.

박차오름 가끔 버럭하실 때는 밉지만, 소심하게 후회하셔서 좋아합니다.
전, 무엇보다, 20년 넘게 재판을 하시면서도 사건 하나하나를 한
명 한 명의 사람으로 생각하시는 부장님이 좋습니다. …자꾸 다
시 검토해보자고 하셔서 배석은 힘들지만요. (생긋 웃는다)

만감이 교차하는 표정으로 박차오름을 보고 있는 한세상.

박차오름 저는 모든 배석판사들이 저처럼 자기 부장님을 좋아했으면 좋겠
습니다. 그래서, 이렇게 훌륭하신 부장님들을 마음의 여유 한 점
없이, 사건 처리에 쫓기게 만드는 구조가 싫습니다. 경쟁에서 이
기기 위한 욕망이나 낙오에 대한 공포가 아니라, 누군가를 돕는
다는 보람으로 일했으면 좋겠습니다. 사건을 떼는 것이 아니라,
사람을 들여다봤으면 좋겠습니다. 그리고, 함께 일하는 사람들
을 조금만, 아주 조금만 더 배려할 수 있는 여유가 있었으면 좋겠
습니다.

조용히 박차오름의 말에 귀기울이고 있는 좌중. 여전히 눈을 가늘게 뜨
고 먼 곳을 보고 있는 법원장.

박차오름　…오늘 회의는, 그런 얘기를 하고 싶었습니다. 비록, 숫자가 아주 조금 부족해서, 회의를 시작하지는 못했지만, 이렇게 바쁜 분들이, 이렇게 많이 힘든 발걸음을 해주셨습니다.

제가 존경하는 여성 대법관님이 계십니다. 언제나 약자의 편에 서시던 분이죠. 그분은 퇴임하시면서 히말라야를 홀로 오른 어느 등산가에 관한 글을 인용했습니다. '그는 자신과 싸워서 이겨낸 만큼만 나아갈 수 있었고, 이길 수 없을 때는 울면서 철수했다.' 우리는 웃으면서 철수할 수 있습니다. 이미 이렇게 많은 분들이 첫걸음을 함께 내디뎠으니까요. (순간 울컥, 눈물이 맺히지만 꾹 참고는) …고맙습니다. (좌중을 향해 깊이 고개 숙인다)

한동안 정적이 흐르는 좌중. 조용한 박수 소리 들린다. 오정인 부장이다. 평소의 차가운 표정 대신 따스한 미소를 띠고 박차오름을 바라보며 박수를 쳐주고 있는 오정인 부장. 여기저기서 요란하지 않지만 조용히 따뜻한 박수를 보내주는 판사들. 감동한 표정으로 박차오름을 바라보고 있는 임바른.

정보왕E　바른아,

임바른, 힐끗 옆을 보니 어느새 정보왕이 쪼로록 옆자리에 와 앉아 있다.

정보왕　나, 언젠가 박 판사가 대통령 출마하면 한 표 찍어주고 싶어졌다.

임바른　(정보왕을 힐끗 보더니, 무표정한 얼굴로 외면하며) …미친놈.

정보왕　(임바른을 슬쩍 째려보더니 외면하며) …븅신.

단상 위의 수석부장, 입을 굳게 다물고 있다. 한결같은 표정으로 앉아 있던 법원장, 이윽고 입을 연다.

법원장　…좋은 …의견 …들었으니 …이제 …마칩시다… (그러곤 처음으로 미소를 짓는 법원장)

S#51. 수석부장실 앞 복도 (오후)

초조한 표정으로 복도에 서서 수석부장을 기다리고 있는 성공충. 복도 모퉁이를 돌아 나타나는 수석부장과 권세중, 우갑철, 배곤대. 웃는 얼굴들이다. 수석부장에게 '수고하셨습니다' '잘 끝났습니다' 등의 말을 건네는 부장들.

성공충　(허리를 90도로 굽히며) 수석부장님! 저 때문에 고생 많으셨습니다! 죄송합니다!

허리를 굽히고 있는 성공충에게는 눈길도 주지 않으며 계속 웃으며 스쳐지나가는 수석부장과 부장들. 함께 수석부장실로 들어간다. 뒤늦게 허리를 세우고 복도에 서서 멍하니 수석부장실을 바라보는 성공충의 뒷모습.

S#52. 허름한 대폿집 (밤)

기자들과 어울려 거나하게 취한 성공충. 얼굴이 벌겋다.

이 기자 아따, 형님은 가정도 없으쇼? 뭔 술을 이 시간까지 하고 그래?

김 기자 (취해서 얼굴이 벌겋다) 몰라? 이 형님, 기러기 5년차잖아. 내 참, 무신 부귀영화를 보겠다고 독거노인 하면서 일만 하나 몰라. 아, 그러니 배석을 쥐잡듯 잡다가 사달이 났지!

이 기자 (김 기자의 옆구리를 쿡 찌르며 눈치를 준다) 어허, 김 기자, 말이 지나치잖아?

성공충 괜찮아, 괜찮아. 사달은 무슨 사달. 다 해프닝이었다구. 별일 없이 지나갔잖아. (이를 악물며) 아무것도 모르는 젊은 놈들이 이상한 작당을 해가지구 말야… 내, 이 일은 절대 잊지 않겠어…

김 기자 이제 좀 살살하세요, 형님. 뭘 그리 열심히 해. 막말루, 형님이 무슨 행정처 출신 성골 진골도 아니잖아. 적당히 하세요. 적당히.

성공충 (혀가 꼬부라진 채 독백하듯) 야, 그런 소리 말아. 내가 이래 봬도, 평생 사건처리 1등을 놓쳐본 적이 없는 놈이라구… (이를 악물며) 잘난 새끼들, 내가 다 제쳤어… 게다가 난, 국가관도 투철하고, 지역 대표성도 있어… 대법관 청문회에서 털어봐야, 나올 꼬투리 하나 없이 관리하며 살아왔다구… 나만큼 열심히 산 놈 있음 나와보라 그래… (살짝 울음기 섞인다) …나, 정말 열심히 살았다구… 열심히. (취해서 술상 위로 엎어진다)

S#53. 한강변 (낮)

화창한 날씨. 시원하게 흘러가는 한강. 푸르른 나뭇잎. 나무 앞에 자전거 네 대가 나란히 서 있다. 그 옆 잔디밭 위에 앉아서 즐겁게 얘기중인 박차오름, 임바른, 정보왕, 그리고 홍은지.

cut to

앞서거니 뒤서거니 아름다운 풍경의 강변 자전거도로를 자전거로 달리는 네 사람. 박차오름을 추월하고는 뒤돌아보며 약올리는 정보왕. 약오른 듯 무서운 속도로 페달을 밟아 쫓아가는 박차오름. 피식 웃으며 따라가는 임바른. 그리고 그런 셋의 모습을 보며 활짝 웃는 홍은지의 미소 클로즈업.

6부

의미 없는 사소한 행동이
괜히 신경쓰여

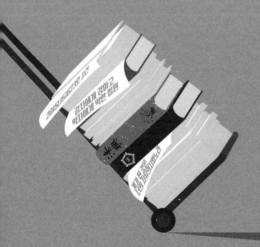

S#1. 법정 안 (낮)

중인석에 웃는 얼굴로 앉아 있는 할머니 증인. 풍채 좋고 활달해 보인다.

한세상   (구수한 말투) 할머니, 거 고생 많~으셨습니다. 남의 송사에 나와 서 증언한다는 게 쉬운 일이 아니지요?

증인   (애교 있게 웃으며) 고마워요 판사님~ 아이 그런데~ 할머니라는 말은 좀 듣기 섭섭해요. 아무리 할머니래두.

한세상   그래요? 그럼 어떻게 불러드릴까.

증인   (눈웃음치며) 뭐, 누님, 이렇게 불러주면 듣기 좋잖아요?

순간, 급냉각하는 법정 분위기. 모두 당황해서 얼음. 임바른과 박차오 름도 한세상을 쳐다본다(벌컥 화낼까봐). 이단디, 굳은 표정으로 증인석 쪽으로 오더니,

이단디	증인, 신성한 법정에서 무슨 말씀을…
한세상	(O.L. 증인을 쳐다보며) 알겠습니다. (능청맞게 씨익 웃으며) 누나.

활짝 웃으며 호호호 웃는 할머니. 한세상의 한마디에 긴장이 풀리는 법정. 박차오름, 미소 지으며 한세상을 힐끗 본다.

S#2. 법정 안 (오후)

양측 변호사가 자리에서 일어나 치열하게 법리 논쟁을 벌이는 중.

피고변호사	재판장님, '잊혀질 권리'는 아직 우리나라에서는 법적으로 인정되는 권리가 아닙니다.
원고변호사	재판장님, 헌법과 개인정보보호법 해석으로도 인정할 여지가 있습니다.
피고변호사	원고는 법적 근거도 없이 이런 소송을 제기하기 전에, 먼저 국회에 법안부터 제출했어야 하지 않을까요? 국회의원이시잖습니까.
원고변호사	재판장님, 국회의원도 프라이버시가 있고 재판 받을 권리가 있습니다!
피고변호사	재판장님, 원고는 자기 개인의 권리만 알고 공인으로서 국민의 알 권리를 보장할 의무는 모르는 것 같습니다!
한세상	자자, 양측 모두 잠시 진정하세요. 아니, 본인 일들도 아닌데 뭘 그리 흥분하고들 그러시나. (씩 웃더니) 아, 그리고 앉아서들 좀 얘기하시라니까요. 키도 큰 양반들이 자꾸 벌떡벌떡 일어서니까 부담스러워요.

원고변호사 (자리에 앉으며) 알겠습니다. 재판장님.

한세상 (벽시계를 보더니) 자, 잠시 쉬었다 합시다. 거 방청석 앞줄에 얼굴 노래진 분 화장실도 다녀오시고, 그뒤에 전화기 한 번만 더 만지면 백 번째 만지는 분 나가서 전화도 좀 하시고. 15분간 휴정합니다.

S#3. 배석판사실 (오후)

법복을 입은 채 잠시 쉬고 있는 두 판사.

박차오름 '잊혀질 권리'를 주장하는 소송이라니, 흥미롭네요.

임바른 그것도 국회의원이, 신문사랑 인터넷 포털 업체를 상대로 대학 시절 사진 한 장을 삭제해달라, 연관검색어도 삭제해달라. 흔치 않은 사건이긴 해요. 의도가 뭔지…

박차오름 (감탄한 표정) 그나저나 우리 부장님 대단하세요. 능구렁이 담 넘어가듯 진행하시는 게 아주…

임바른 재판만 20년 넘게 한 판사는 나름의 내공이 있는 거죠.

박차오름 (미소 지으며) 재판만 열심히 하는 게 이렇게 속 편한 일인지 전엔 미처 몰랐네요.

임바른 맘고생이 심했죠? 판사회의 때.

박차오름 (고개를 떨구며) 아니라곤 못하겠네요. (쓸쓸한 표정으로) …잊지 못할 것 같아요. 시작도 못해봤잖아요. 우리. 그렇게 애썼는데.

임바른 (조용히 보다가) 심리학 책을 보면 사람들은 아직 해결 못한 문제는 잘 기억하는데, 이미 마무리한 일은 잊어버린대요.

박차오름 이미 지난 일은 잊고 앞으로 나아갈 수 있게?

임바른 네. 잊을 수 있다는 거, 인간에겐 축복 아닌가요.

박차오름 (여전히 울적하다)

임바른 (잠시 보더니 장난스럽게) 거 누가 엄청 있어 보이는 말을 했었던 것 같은데. (어설프게 5부 마지막 씬의 박차오름 연설을 흉내내며) 우리는 웃으면서 철수할 수 있습니다. 이미 이렇게 많은 분들이 첫 걸음을 함께 내디뎠으니까요.

박차오름 (그제서야 픽 웃는다) 임 판사님!

S#4. 법정 (오후)

피고변호사 재판장님, 원고 강요한 의원은 원자력만이 현실적으로 선택 가능한 대체 에너지라고 주장하고 있습니다. 이런 원고가 젊은 시절에는 전혀 다른 소신을 갖고 급진적인 활동을 했다는 사실은 중요한 정보이고, 국민들은 왜 이런 극단적인 생각의 변화를 겪었는지 알 권리가 있습니다.

원고변호사 재판장님, 피고 측은 거창한 논리를 펴고 있지만 겨우 20대 초반 어린 시절 사진 한 장입니다!

피고변호사 그 사진 한 장을 굳이 삭제해달라는 이유는 또 뭡니까?

한세상 …이 사진 한 장 말이지요. (법정 노트북 마우스 버튼을 클릭한다)

법정 한쪽 벽 스크린에 사진이 뜬다. 빛바랜 사진이다. 대학생들의 시위 현장 사진. 머리띠를 맨 남녀 대학생들이 어깨를 걸고 연좌농성중인 모습이다. 머리띠에는 선명하게 '원전 반대'라는 구호가 쓰여 있다. '반전

반핵' 깃발이 휘날리고 로마 제국 병사 같은 전경들이 양 끝자락의 학생들을 강제로 끌어내고 있는 살풍경한 모습인데도 학생들의 얼굴은 눈부시게 반짝거리고 있다.

카메라, 사진 한가운데를 클로즈업하면, 맨 앞줄 한가운데 있는 남학생의 잘생긴 외모가 눈에 띈다. 후줄근한 티셔츠와 청바지를 입고 있지만 그맘때만 뿜어져나오는 8월의 태양 같은 눈부심이 있다. 그건 그의 바로 곁에 꼭 붙어 있는 미모의 여학생도 마찬가지다.

원고변호사 사람의 생각은 성장하면서 얼마든지 변화할 수 있는 것인데, 피고 신문사는 원고의 학생 시절 사진 한 장을 용케도 찾아내서, 집요하게 정치적 공격의 수단으로 사용하고 있습니다. 이 사진에 지금의 원고 얼굴을 합성해서 조롱하는 사진이 인터넷에 유행하고 있기까지 합니다!

피고변호사 그것 또한 국민의 표현의 자유 아니겠습니까? 알 권리와 표현의 자유, 언론의 자유는 민주주의의 근간입니다!

한세상 양측 주장이 팽팽하구만요. 오늘은 여기까지 합시다. (잠시 생각하더니) 이 사건은 법리적인 결론을 내기 전에, 먼저 조정기일을 한번 잡아볼까 하는데 양측, 어떻습니까?

피고변호사 조정… 말씀입니까?

한세상 (고개를 끄덕끄덕) 양측이 머리를 맞대고 허심탄회하게 얘기하다 보면, 좀더 창의적인 해법도 나올 수 있지 않겠습니까. 각자 의뢰인 입장을 충분히 들어보고 나오세요.

S#5. 배석판사실 (오후)

박차오름   (혼잣말처럼) 잊혀질 권리. 묘한 느낌이 있는 말이네요…

임바른   그렇죠?

박차오름   왠지 로맨틱하기도 하고, 쓸쓸하기도 하고. (잠시 생각에 잠기다
가) 그런데, 강요한 의원이라는 사람, 어떤 사람이죠?

임바른, 포털 검색창에 강요한 이름을 적고 검색 버튼을 누른다. 주르륵
뜨는 연관검색어들. 강요한 과거 사진, 강요한 시위 사진, 강요한 변절,
강요한 말바꾸기… 임바른, 기사들을 아래로 스크롤하며 죽 읽고 있다.

임바른   꽤 흥미로운 사람이네요.

박차오름   그래요?

임바른   (기사를 따라 읽는다) …사법연수원을 수료한 후 법조계로 진출하
지 않고 하버드 로스쿨로 유학을 다녀왔다. 귀국 후 로펌들의 영
입 제안을 거절하고는 온라인게임 사업에 뛰어들어 성공시키고
혁신적인 사회적기업과 NGO 활동으로도 붐을 일으킨 후 정계
에 진출했다… 사업 성공의 배경에는 재력가인 처가의 지원도 큰
역할을 했다.

박차오름   대단한 스토리네요.

임바른   어떻게 보면 새롭고, 어떻게 보면 전형적인 스토리죠. 학생운동
에, 고시 합격에, 적당한 때에 돈 많은 부인 만나시고, 아쉬울 것
없을 때쯤에는 정치… 역시 성공하는 사람은 국면 전환이 빨라요.

방문이 열리며 이도연 결재판 들고 들어온다.

이도연	(결재판 내려놓으며) 임 판사님, 부장님이 찾으십니다.
임바른	네.

S#6. 44부 부속실 (오후)

이도연, 도도한 표정으로 판사실에서 나오다가 깜짝 놀란다. 자기 자리 옆에 정보왕이 멀거니 서서 책상 구석의 뭔가를 보고 있다. 조그만 사진 액자다. 평소의 이도연과 달리 수줍게 웃는 모습의 풋풋한 이도연, 그리고 중후한 중년신사. 이도연, 정보왕을 팍 밀어내며 액자를 엎어버린다. 아무 말 없이 무섭게 정보왕을 노려보는 이도연.

정보왕	(겁에 질려서) 미, 미안해요! 지나다 우연히 눈에 띄어서 그냥…

이때, 문을 열고 나오는 임바른.

임바른	넌 또 거기서 뭐하고 있냐?
정보왕	어, 아니 그게 아니라…

이도연, 어느새 평소의 표정으로 태연하게 자리에 앉는다.

임바른	너 요즘 우리 방 출입이 갈수록 잦아지는 거 같애. 적당히 해라. 적당히.
정보왕	야, 내가 뭘 그리 자주 왔다고…

임바른, 무시하고 한세상 방문을 노크한다.

한세상E 임 판사? 들어와.

문 열고 들어가는 임바른.

정보왕 (쭈뼛거리면서) 근데,

이도연, 마우스 클릭하며 일하고 있다.

정보왕 …아빠예요?
이도연 (어이없다는 듯 힐끗 보더니 외면하며) 애인이에요.
정보왕 네?? (경악)

이도연, 녹취 파일을 듣기 위해 이어폰을 끼더니 타다닥 타이핑하기 시작한다. 멀뚱거리며 서 있던 정보왕, 자리를 뜬다.

S#7. 한세상 부장판사실 (오후)

한세상 잊혀질 권리 사건, 임 판사가 한번 조정해봐.
임바른 양쪽이 워낙 치열하게 싸우고 있던데 조정이 될까요?
한세상 정치란 게 앞에선 싸우고 뒤에선 악수하고 하는 거 아니겠어? 이렇게 요란하게 소송 벌이는 데는 뭔가 뒷배경이 있을 거야.
임바른 …하긴 좀 이해가 안 되긴 합니다. 정치인이 이 정도 일로 무슨 소송까지…

한세상　공개법정에서는 양쪽 모두 거창한 법 논쟁이나 하지 속내를 드러
내진 못할 거야. 조정실에서 속사정을 좀 들어보라구. 그깟 사진
한 장이 뭐길래 이러고 있는 건지. 아니 그 세대에 젊어서 데모
한두 번 안 해본 사람이 어딨겠어? 나도 말야 이래 봬도… (본격
적으로 무용담을 늘어놓을 태세)

임바른　(O.L.) 잡겠습니다. 조정기일.

한세상　(말문이 막혀서 움찔하고는 째려본다)

S#8. 배석판사실 (밤)

임바른, 강요한에 대해 이리저리 검색해보고 있다. 와이셔츠 팔을 걷고
활짝 웃고 있는 사진을 모니터에 띄워 한참 쳐다본다. 훤칠한 키에 뚜렷
한 이목구비.

임바른　(마음의 소리) 이게 40대 후반의 마스크라고? 무슨 주사를 매일
맞으면 이렇게 되는 거지?

생각에 잠긴 임바른의 오른쪽 뺨 가까이에서 목소리가 들려온다. 따뜻
한 온기와 은은한 향이 느껴진다.

박차오름E　뭘 그리 홀린 듯이 봐요?

임바른, 화들짝 돌아보니 박차오름이 장난기 어린 표정으로 바로 옆에

서 허리를 굽힌 채 임 판사가 보고 있는 사진을 들여다보고 있다. 이상하게 오늘따라 기분이 좋은지 나긋나긋하고 사랑스러운 박차오름. 실은 판사회의 사태를 거치며 임바른에게 든든함과 친근감을 느끼게 된 박차오름이 전보다 편하게 대하는 것뿐인데, 임바른의 마음은 두근두근.

임바른	(살짝 당황하며) 아니 뭐 그냥, 정치인치곤 꽤 미남이다 싶어서.
박차오름	에이, 미남은 아니다.
임바른	그래요?
박차오름	네. 이 사람보다야 임 판사님이 낫죠.
임바른	(괜히 심쿵해서) 네? (냉정을 되찾으며) 강 의원, 꽃중년으로 인기던데 박 판사 타입은 아닌가봐요?
박차오름	전 저런 웃음이 싫어요. (화면에 떠 있는 강요한의 정치인표 활짝 웃는 웃음을 손가락으로 가리킨다)
임바른	네?
박차오름	저런 웃음을 첨 보는 사람들 앞에서 아무렇지도 않게 갑자기 명함 꺼내듯 꺼내 보일 수 있다니, 왠지 싫어요.
임바른	그야 직업이니까… 나같이 종일 시큰둥한 표정으로 앉아 있는 것보단 낫잖아요?
박차오름	(싱긋 웃으며) 자기가 종일 시큰둥한 표정인 걸 알긴 아나봐요? (임바른의 얼굴을 보며 생글생글 장난기 가득한 표정)
임바른	(당황해서 주절주절) 아니 뭐… 여하튼, 기록을 봐도 이 사람이 굳이 왜 대학 시절 사진 한 장을 삭제할려는지 잘 모르겠는데… 부장님이 저보고 조정을 해보라는 것도 속내를 들어보라는 건데… 이게 참, 정치인 속내를 알아낸다는 게 그게 또 쉬운 게 아니고…
정보왕E	바른아, 너답지 않게 웬 횡설수설이야?

임바른, 돌아보자 어느새 정보왕이 들어와 있다.

임바른   (괜히 짜증내며) 넌 일 안 하냐? 왜 또?

정보왕   (쭈뼛거리며) 어, 아니 그냥, 오랜만에 너랑 한잔할까 해서…

임바른   뭔 일 있어?

정보왕   아냐, 일은 무슨 일. 그냥 우리 부장님이 요 앞 카페에 킵해놓으
신 술 있는데 마음껏 먹으라길래…

임바른   (미심쩍어하며) 그래?

박차오름   (장난스럽게 웃으며) 어? 저 왕따예요? (두 남자 사이로 끼어들며) 싸
나이들끼리 한잔하는 자리라 저는 끼면 안 되는 거예요? (임바른
을 쳐다본다)

임바른   (살짝 당황) 아, 아뇨. 쟤랑 무슨 대단한 얘길 한다고. 같이 가요.

정보왕   (살짝 곤란하다가) 어… 그러지 뭐.

S#9. 카페 (밤)

오래되고 소박한 분위기의 작은 카페. 한쪽 구석엔 낡은 피아노 놓여 있
다. 세 판사, 테이블에 앉아 있고 카페 사장, 양주병을 들고 나타난다.
라벨에 '배곤대 부장님'이라고 적혀 있다. 그런데 남은 술은 10분의 1 정
도. 남은 술 높이에 줄까지 그어져 있다. 잠시 침묵이 흐르는 테이블.

임바른   과연 대인배셔. 우리 양껏 먹고 남으면 다시 줄 그어서 맡겨놓
자구.

임바른이 박차오름에게 술을 따라주다가 몇 방울 흘리자 정보왕, 득달같이 병을 채간다.

정보왕 이런, 조심해야지! 양주 한 방울 안 나오는 우리나라에서 피 같은 술을!

임바른 (어이없어하며) 합리적 과소비가 생활화된 비뇨기과 원장님 댁 도련님, 동료들한테는 짠돌이처럼 구실 겁니까?

정보왕 그 술값 벌려면 울 아빠가 초딩들 포경수술 몇 건을 해야 하는 줄 알아?

임바른 네네, 앞으론 스포이드로 따르겠습니다. 한 방울도 안 흘리게.

정보왕 (눈치를 좀 보다가) …근데 말야, 너희 부 속기사, 좀 묘하지 않냐?

박차오름 이도연 실무관님이요? 묘하다뇨? 일 잘하시고 예리하시고 터프하고, 전 완전 반했는데?

정보왕 …뭔가 묘해. 판사고 뭐고 아무도 안중에 없는 듯한 거침없는 태도하며,

임바른 얼씨구.

정보왕 수수하게 하고 다니는 것 같지만, 가끔 강남에서도 아는 사람만 아는 명품 아이템을 슬쩍 걸치고 있단 말야…

임바른 박 판사님, 이 실무관님한테 반한 게 아무래도 박 판사님뿐이 아닌 것 같은데요.

정보왕 (화들짝 놀라며) 반하긴 누가! 야, 나 눈 높아. 왜 이래. 내가 미쳤니? 그렇게 까칠하고 이상한 여자한테…

임바른 웬 과잉반응?

박차오름 (풋, 웃으며) 정 판사님이야말로 아무래도 좀 묘한 상태인 거 같은데요?

정보왕 내가 뭘! 사소한 거 좀 궁금해했다고 유치하게 몰아갈 거야? 와 진짜…

임바른 (씩 웃으며) 바로 그런 게 묘한 거야. 의미 없는 사소한 행동에 괜히 신경쓰이고, 혼자 자꾸 유치한 상상하고, 누가 놀리면 괜히 버럭하고…

어느새 점점 혼잣말하듯 몰입해서 말하다가 문득 정신을 차린 임바른, 박차오름과 정보왕이 눈을 동그랗게 뜨고 자길 쳐다보고 있는 걸 발견.

정보왕 …너야말로 뭔 일 있냐?

임바른 (당황하며) 우와, 웃긴다. 지가 찔리니까 나한테 덮어씌우기? 뭔 일이 있긴 뭐가 있어! 니가 이상하지!!

정보왕 …점점 더 이상한데…?

옆에서 고개를 갸웃거리고 있는 박차오름.

임바른 (황급히 잔을 들며) 이상한 소리 말고 술집 왔으면 마셔! 쫌! (정보왕의 잔에 자기 잔을 부딪치고, 잠시 머뭇거리다 박차오름의 잔에다가도 살짝 잔을 부딪치더니 원샷)

정보왕 (놀라며) 어? 야, 괜찮아? 너 술과는 거리가 좀…

임바른 (또 술을 따르며) 이 정도 갖고 뭘…

S#10. 카페 (밤, 시간이 흐른 후)

테이블 위에 엎드려 곤히 자고 있는 임바른. 고개를 절레절레 흔들고 있는 정보왕과 웃고 있는 박차오름.

S#11. 배석판사실 (오전)

쭈뼛거리며 출근하는 임바른. 박차오름은 이미 일하는 중.

박차오름   (반갑게) 굿모닝, 임 판사님. 댁엔 잘 들어가신 거죠? (킥, 웃으며) 과음하셔서 걱정했는데.

임바른   아, 네. 과음은요 무슨. 얼마나 먹었다고.

박차오름   (웃으며) 네네. 워낙 푹 잘 주무시길래.

임바른, 태연한 표정으로 자리에 앉아 컴퓨터를 켜다가 갑자기 불안한 표정으로,

임바른   …어젯밤 제가 혹시 이상한 소리 같은 거 한 건 아니죠?

박차오름   아니요. 이상한 말씀 하신 건 없는데, (풋, 웃는다)

임바른   (불안 초조) 없는데?

박차오름   임 판사님 주사가 귀엽던데요?

임바른   주, 주사요?

박차오름   그렇게 떨지 않으셔도 돼요. 그냥 갑자기 카페 피아노에 앉더니 띵똥띵똥 알 수 없는 연주를 하신 정도?

임바른	(멍하니 입을 벌리고 있다)
박차오름	뭐랄까, 피아노 처음 배우는 초딩 같은데 뭔가 전위적인? 귀여웠어요. (또 킥, 웃는다)
임바른	(민망해 죽겠다) 어, 내 정신 좀 봐. 자료 찾으러 가야 되는데, 허참, 저 독서교실, (급당황했다가), 아니 도서실! 좀 다녀올게요.
박차오름	잘됐네~ 같이 가요. 저도 지적재산권 논문 찾아볼 일 있어요.
임바른	어, 네… 그래요.

S#12. 법원도서실 (낮)

서가에 서서 이것저것 책을 뒤적거리며 메모하고 있는 임바른. 서가에 꽂힌 책들 사이로 무언가 눈에 들어온다. 박차오름이 창가에 서서 논문집을 읽고 있다. 자료를 찾는 중인 듯 몰두하고 있는 박차오름. 멍하니 바라보는 임바른.

S#13. 임바른의 회상. 고교 시절 독서교실 (낮)

열린 도서실 창문으로 불어와 길고 얇은 커튼을 휘날리는 바람. 날리는 커튼 사이로 보였다 안 보였다 하는 교복 차림의 박차오름, 창가에 기대 책을 읽고 있다.

S#14. 법원도서실 (낮)

창가의 박차오름을 멍하니 바라보고 있는 임바른.

S#15. 배석판사실 (오후)

책 여러 권을 쌓아서 들고 들어오는 임바른. 탁자 위에 책을 잠시 내려
놓고는 박차오름의 책상 쪽을 본다. 비어 있다. 다시 탁자 위로 시선을
돌리는 임바른. 지난번 꽃꽂이 동호회에서 자기가 만든 꽃꽂이 작품이
눈에 띈다. 이제 꽃은 시들고 꽃잎은 말라버렸다. 임바른, 탁자 위에 쌓
아놓은 책을 펼쳐 읽으며 무심코 손으로는 말라버린 큰 꽃송이의 꽃잎
을 한 잎 한 잎 떼어낸다. 문 열리는 소리.

정보왕E   너 뭐하고 있는 거냐…

임바른, 무심히 고개를 들어보니 정보왕, 경악한 표정으로 서 있다.

정보왕   너… 너… 지금 내가 생각하는 그런 짓을 하고 있는 거면… 너 다
신 안 본다. 챙피해서.

임바른   그건 또 무슨 참신한 헛소리냐.

임바른의 손 쪽을 가리키는 정보왕의 손가락. 임바른, 고개를 돌려 자기
손을 보니, 자기도 모르게 조신하게 꽃송이의 꽃잎을 떼어내서 이제 몇
잎 안 남았다.

임바른　(화들짝 놀라 손을 뒤로하며) 아냐! 야, 오해야 오해! 그게 아니고!

또 문 열리는 소리.

박차오름E　무슨 오해요? 임 판사님?

임바른, 허둥대다 쌓아놓은 책을 우당탕 바닥으로 떨어뜨린다. 당황해서 주저앉아 책을 주워 일어나다 탁자에 머리를 콩 부딪친다.

박차오름　(얼른 주저앉아 책을 주우며 걱정스러운 눈빛으로 임바른을 본다) 괜찮으세요?

정보왕　(걱정스러운 눈빛으로 탁자를 어루만지며 탁자에게 말을 건다) 괜찮니? 너, 국민의 혈세로 마련한 공용물건인데…

임바른　(박차오름이 너무 가까이 앉아서 빤히 쳐다보니 더 당황하며) 괜찮아요! 괜찮습니다. 제가 주울게요. (얼른 책을 주워 일어난다)

박차오름　(고개를 갸우뚱) 온통 심리학 뇌과학 책이네? 잊혀질 권리 사건하고 상관 있는 거예요?

임바른　아니요. 그냥, 실무연구회 발표 하나 떠맡아서 뭐 하나 써볼까 하고요.

박차오름　뭘 쓰시려고 그런 책들을 보고 계셨어요?

임바른　인간 기억의 특성과 증언의 신빙성, 뭐 그런 거.

박차오름　(눈이 반짝) 오, 평소에 관심 많으신 분야인가봐요?

임바른　판사란, 원래 기억을 다루는 직업이니까요.

살짝 고개를 끄덕이며 그 말을 곱씹는 박차오름.

박차오름   …기억을 다루는 직업.

정보왕   …근데,

임바른   근데 뭐?

정보왕   …부속실에 아무도 없던데 어디 갔어?

박차오름   (킥, 웃으며) 옆 부 속기사님이 오늘 휴가여서 그쪽 재판 대직 들어갔어요. 오후 늦게나 돌아올걸요?

정보왕   아니 뭐, 그냥 아무도 없더라는 거지 그렇게 자세히 궁금했던 건 아닌데…

S#16. 44부 부속실 (오후)

피곤한 표정으로 들어와 앉는 이도연. USB를 컴퓨터에 꽂고는 이어폰을 낀다.

S#17. 44부 판사실 앞 복도 (오후)

이어폰 꽂고 속기 녹음 들으며 타이핑하는 이도연을 문밖에서 멍하니 바라보고 있는 정보왕. 나름 숨어 있다. 이도연, 알아듣기 힘든 부분이 있는지 이맛살을 찌푸리며 손을 멈추고 마우스를 클릭하여 앞부분으로 돌려감는다. 소리에 집중하며 긴 머리칼을 한쪽으로 넘기는 이도연. 희고 긴 목과 고급스러운 귀걸이가 드러난다. 홀린 듯이 보고 있는 정보왕.

정보왕   (넋 나간 듯한 표정으로 중얼중얼) 그냥 속기사야… 그냥 속기사라구… 성격도 드러운…

한세상E 뭘 그리 쭝얼거리고 섰어?

정보왕, 혼비백산하여 돌아보니 화장실을 다녀오는지 한 손에 신문을 구겨든 한세상이 의아해하는 표정으로 뒤에 서 있다.

정보왕 (얼른 꾸벅 절하며) 부, 부장님 안녕하세요!

한세상 여기서 뭐해?

정보왕 아, 아닙니다! 잘 안 풀리는 사건이 있어서요. 걸어다니면서 생각하면 가끔 풀리기도 해서… 물러갑니다! (또 절하고 후다닥 사라진다)

갸우뚱하며 방으로 들어가는 한세상.

S#18. 44부 부속실 (오후)

귀에서 이어폰을 빼내며 슬쩍 복도 쪽으로 고개를 내밀어 보는 이도연. 픽, 웃고는 다시 이어폰을 낀다.

S#19. 배석판사실 (오후)

일하고 있는 임바른과 박차오름. 박차오름, 사건 메모지를 챙기더니 자리에서 일어선다.

임바른	어디 가요?
박차오름	저도 조정 하나 맡았어요. 친구들끼리 동업하다가 싸움난 사건.
임바른	그것도 쉽지 않아 보이던데.
박차오름	(주먹을 불끈 쥐어 보이며) 친구끼리 악수하고 화해하기 전까진 조정실에서 한 발짝도 못 나가게 할 거예요! 몇 시간이 걸리든!
임바른	…감금죄가 되지 않는 선에서 하세요.
박차오름	(머리카락을 장난스레 손으로 날리며) 이런 미모의 여성과 같은 방에 있을 건데, 감금죄는 무슨?

박차오름, 상큼하게 웃으며 자신 있게 걸어나간다. 임바른, 사라지는 그녀의 뒷모습을 멍하니 본다.

S#20. 배석판사실 (오후)

홀로 남아 일하는 임바른. 비어 있는 박차오름의 책상을 힐끔 본다. 창문 블라인드 사이로 스며든 햇볕이 빈 책상을 비추고 있다. 어느새 긴 머리, 단정한 교복 차림의 독서교실 시절 박차오름이 햇볕 쏟아지는 책상에 앉아 책 읽는 모습이 겹쳐진다. 임바른, 눈을 부비고 기지개를 켜더니 자리에서 일어난다. 탁자 위에 쌓인 책을 들추는 임바른. 집중이 안 되는지 찡그리며 책을 곧 덮는다. 시선에 들어오는 꽃꽂이. 꽃잎이 몇 개 남지 않은 아까 그 꽃송이가 눈에 띈다. 멍하니 꽃을 쳐다보다가, 자기도 모르게 꽃잎을 한 잎 한 잎 떼어보는 임바른. 시간이 멈춘 듯 잠시 정적이 흐르는 판사실. (이전 씬은 코믹, 이번 씬은 로맨틱한 분위기로 장면 반복과 대조) 한 잎 남았을 때 갑자기 정신을 차리는 임바른. 고개를 드는데 하필 맞은편 벽에 걸린 거울에 자신의 모습이 정면으로 비친다.

임바른 (흠칫 놀라며, 마음의 소리) 너 뭐하고 있냐… (얼른 손에 든 꽃잎을 후다닥 버리며) 미친 거냐…

몸서리를 치더니 자리로 돌아가 앉는 임바른. 기록을 거칠게 휙휙 넘긴다.

S#21. 임바른 동네 피아노학원 (저녁)

신나게 피아노 치고 있는 초등학생들 사이에서 어른 남자가 서툴게 피아노를 치고 있다. 임바른이다. 1부 7씬의 얄밉게 생긴 남자아이, 옆자리에서 임바른이 치는 걸 보고 있다.

임바른 (신경쓰이는 듯 멈추더니) 야, 할말 있으면 빨리 해.
남자애 예?
임바른 잔소리할 거면 빨리 하라고. 너 땜에 신경쓰여서 못 치겠잖아.
남자애 아닌데? 꽤 는 것 같아서 듣고 있었는데?
임바른 …진짜?
남자애 네.

어색한 침묵 잠시 흐르고, 외면하고 다시 서툴게 건반을 하나하나 눌러가는 임바른. 라벨의 〈죽은 왕녀를 위한 파반〉 도입 부분.

S#22. 조정실 (낮)

피고변호사 저희 쪽이 제시할 조정안이랄 게 없습니다, 판사님. 아니 무슨
바람피우다 걸린 사진도 아니고, 그 사진이 무슨 모욕적이거나
명예훼손적인 것도 아니지 않습니까.

임바른 …그렇긴 하죠.

피고변호사 저흰 솔직히 원고가 이 소송을 낸 저의를 모르겠습니다. 오히려,

임바른 오히려?

피고변호사 논란이 커지는 걸 바라는 게 아닐까요. 전국적으로 이름을 알리
고 싶은 초선 의원의 욕심? 이 소송에 관한 기사가 많습니다. 특
이한 사건이니까요.

임바른 잊혀지는 게 아니라, 알려지고 싶어서 낸 소송이란 말씀이죠.

피고변호사 네. 그게 정치인의 본능 아니겠습니까. 이유가 뭐든 이름을 알리
는 거. 게다가 그 사진, 나름 멋지게 나오지 않았습니까. 젊은 날
에는 투사, 지금은 카리스마 있는 젊은 정치인.

임바른 (골똘히 생각에 잠긴다)

S#23. 조정실 (낮)

원고변호사 저희 의뢰인이 바라는 건 그 사진 한 장을 삭제해주는 것 외에는
없습니다. 판사님.

임바른 손해배상이라든가, 반론 기회 보장 같은 것은요? 지금의 입장에
대해 설명할 기회를 갖고 싶은 건 아닌가요?

원고변호사 (곤란해하며) 네, 저도 그런 방안들을 제안해봤습니다만, 원고 본

인 의사가 확고합니다.

임바른   …그런가요.

원고변호사 뭐, 사람마다 기억하고 싶은 과거가 있고, 잊고 싶은 과거가 있
           지 않겠습니까.

S#24. 카페 (밤)

정보왕   기억하고 싶은 과거와 잊고 싶은 과거라.

임바른   너무 자기 편리한 대로의 얘기 아니야? 과거를 자기 입맛대로 골
           라서 어떤 건 삭제하고, 어떤 건 보존한다는 건.

박차오름   …글쎄요. 자기 편리한 대로의 얘기일 수도 있지만, 전 그 마음
           이 이해가 가긴 해요. 기억하고 싶은 과거와 잊고 싶은 과거.

정보왕   어? 의외네. 왠지 박 판사는 국민의 알 권리가 먼저다! 진실이 먼
           저다! 막 이럴 것 같은데.

박차오름   뭘 어디까지 알아야 되죠? 눈만 돌려도 원치 않은 정보가 여기
           저기서 쏟아지는 세상 아닌가요? 좀 모를 권리도 있었으면 좋겠
           어요.

정보왕   박 판사, 잊고 싶은 과거라도 있어요?

임바른   (제지하며) 뭔 이상한 소리야.

정보왕   (억울해하며) 야, 그런 거 없는 사람이 어딨어! 난 기억력이 너무
           좋아서 괴롭구만! 유치원 때 좋아하는 여자애한테 뽀뽀했는데,
           글쎄, 우는 거야… 더럽다고! (분한 표정) 나 정말 잊을 수가 없다.
           그후로 매일 두 번씩 샤워한다니깐!

카페 사장, 다양한 맥주 몇 병을 가져다준다.

카페 사장 (임바른을 보며) 오늘은 연주 안 하세요? (싱글싱글 웃으며 간다)
정보왕 (킬킬대며) 가관이더라. 그렇게 못 먹는 술은 왜 먹고…

임바른, 못 들은 척한다.

정보왕 박 판사가 한번 쳐주지 그래? 피아노과 출신이라며. 한 번도 못 들어봤네.
박차오름 (미소) …그럴까요?

피아노 앞에 앉아 〈시네마 천국〉 주제곡을 치기 시작하는 박차오름.

임바른 (피아노 치는 박차오름을 바라보다가, 정보왕에게) 너 기억력 좋은 거 정말 맞냐?
정보왕 그럼! 특히 여자 관련 일이라면 더더욱.
임바른 …너 고딩 때 나 따라 독서교실 왔던 건 기억나냐?
정보왕 (잠시 생각하다가) 아, 그거? 한 2, 3주 나가다 지루해서 때려쳤잖아. 왜 갑자기?
임바른 (한심하다는 표정으로 정보왕을 잠시 보다가) …아니다.

어리둥절한 표정의 정보왕.

S#25. 임바른의 회상. 정독도서관 강당 (저녁)

'정독도서관 독서학교 친목의 밤' 플래카드가 보인다. 익살맞은 표정의 소년이 마이크를 잡고 한참 수다스럽게 사회를 보는 중. 헤어스타일이 우스꽝스럽지만, 자세히 보면 정보왕이다.

정보왕 다들 진짜 책만 볼려구 여기까지 온 거야? 그런 거야? 에이 설마~ 자, 몰래 찜해둔 그이에게! 그녀에게! (윙크하며) 매력발산 타~임!

여학생 저, 노래 하나 할게요. (수줍어하며 노래 부른다. 박혜경의 〈고백〉)

정보왕 (못마땅한 표정으로 끊으며) 저기요, 우리 나이에 맞는 노래를 좀 불러. (눈 깜빡깜빡 순진무구한 표정을 지으며) 학생이면 학생답게!

정보왕 (뒤로 돌아 반주 테이프 버튼을 누르더니 고개를 푹 숙였다가 반주 나오자 표정 돌변하더니 능숙하게 춤추며 립싱크 댄스 시작. 싸이의 〈새〉. 1절부터 후렴까지 화려한 독무대)

장내는 열광의 도가니. 여학생들 비명 쏟아지고 다들 신나 방방 뜬다.

정보왕 (손을 귀에 갖다대며 관객의 열광을 즐기고는) 오케이, 이 정도 했으면 답가가 있어야죠? 제가 꼭 듣고 싶은 목소리가 있는데. 워낙 듣기 힘들어서. 자, 저멀리 예고에서 오신?

성큼성큼 객석 왼쪽 끝자리에 고개 숙이고 앉은 여학생 앞에 가서 무릎을 꿇는다. 박차오름이다. 학생들 환호와 박수 요란하고, 정보왕, 자기 두 손을 맞잡고 〈슈렉〉 장화 신은 고양이 표정으로 눈을 깜빡이며 압박.

박차오름, 고개만 좌우로 한참 젓다가 어쩔 수 없이 무대로 나온다. 어쩔 줄 몰라 하며 마이크 앞에 서 있다가 갑자기 뒤로 돌아서 구석에 놓인 피아노 앞에 앉는다. 안색이 창백하다.

S#26. 임바른의 회상. 정독도서관 강당 (저녁)

긴 정적이 흐르다 천천히 건반을 두드리기 시작하는 박차오름. 갑자기 시공간의 흐름이 바뀌는 느낌. 라벨의 〈죽은 왕녀를 위한 파반〉이다. 박차오름의 모습은 스페인 궁정의 왕녀 같다. 찰랑거리는 긴 머리, 하늘하늘한 플레어스커트, 큰 눈망울. 비현실적일 만큼 아름답다. 임바른은 넋을 놓고 박차오름을 바라본다. (시끌벅적한 주변 아이들은 정지 화면 처리) 두 사람만 이 공간에 있는 것처럼 보인다.

S#27. 임바른의 회상. 정독도서관 강당 (저녁)

연주가 끝나고, 박차오름, 다시 고개를 숙인 채 후다닥 자리로 돌아간다. 임바른은 자기도 모르게 박차오름 쪽으로 고개를 돌려 쳐다보다가 정보왕과 눈이 마주치자 후다닥 언제 그랬냐는 듯 딴청을 한다.

정보왕   자, 뭐 다들 잘 아는 곡이었죠? 타이타닉? (씩 웃는다) 이번에는 다시 분위기를 살려서, (장내를 죽 둘러보는 척 하다가) 저기 지금 시선 피하는 분, 그래 너 말야 너!

임바른, 머뭇대며 마이크 앞에 선다. 기대에 찬 박수 쏟아진다. 정보왕, 분위기 살리라는 듯 옆에서 춤을 살짝 추며 눈치를 준다. 하지만 눈치 없는 임바른, 잠시 망설이다가 마이크에 다가서서는, 조금씩 떨리는 목소리로 시를 낭송한다.

금빛 은빛 무늬 든
하늘의 수놓은 융단이
밤과 낮과 어스름의
푸르고 침침하고 검은 융단이 내게 있다면
그대의 발밑에 깔아드리련만
나 가난하여 오직 꿈만을 가졌기에
그대 발밑에 내 꿈을 깔았으니
사뿐히 걸으소서, 그대 밟는 것 내 꿈이오니.
(W. B. 예이츠, 「하늘의 융단」 중)

장내 분위기 썰렁하다. 구석구석에서 '뭐야…' '어쩔…' 수군수군. 정보왕, 팔짱 끼고 노골적으로 노려보고 있다. 임바른 후다닥 자리로 돌아가 앉는다. 얼굴 빨개진다. 옆얼굴에 시선이 느껴져서 흘깃 훔쳐보니, 멀리서 박차오름이 처음으로 고개를 들어 자신을 쳐다보고 있다가 눈이 마주치자 놀라며 시선을 피한다.

S#28. 카페 (밤)

피아노 앞의 박차오름, 〈시네마 천국〉 연주를 마무리하고 있다. 취기가 올랐는지 얼굴이 조금 빨간 정보왕, 잔을 든 채 음악에 심취한 표정.

정보왕 …좋구나. 영화음악이지? (손에 든 술을 마신 후) 타이타닉?

임바른 (어이없다는 표정) …그래, 타이타닉.

자리로 돌아오는 박차오름, 박수 치는 두 판사.

박차오름 (쑥스러워하며) 에유, 오랜만에 치려니 영 어색하네요. 기억도 잘
안 나고.

정보왕 오랜만에 들으니 좋네요. 로맨틱하기도 하고. 타이타닉.

박차오름 네?

정보왕 (아랑곳 않고 혼자 필 꽂혀 있다) 신분의 벽을 뛰어넘어 사랑에 빠지
는 얘기, 멋있지 않아요?

정보왕, 혼자 자기 잔에 또 술을 따르더니 홀짝 들이켠다. 갸우뚱하며
쳐다보는 박차오름.

S#29. 카페 (밤)

냇킹 콜과 딸 나탈리 콜 듀엣 버전 〈Unforgettable〉이 은은하게 흐른
다. 태아처럼 몸을 구부리고 의자에 푹 파묻힌 채 입맛을 다시며 자는
정보왕.

정보왕 (잠꼬대) 애인은 무슨, 딱 봐도 아빠더구만. 애인 아닐 거야… 아

빨 거야…

어이없어하며 정보왕을 쳐다보는 임바른.

박차오름 (재미있어하며) 정 판사님 요즘 좋은 일 있나봐요?

임바른 저 인간은 언제나 어딘가 들이대고 있긴 하죠.

박차오름 (풋, 웃으며) 그럼 임 판사님은요?

임바른 네?

박차오름 임 판사님은, 그래 본 적 없으세요?

임바른 …들이대 …봤냐고요?

박차오름 네.

임바른 …글쎄요.

박차오름 상상이 안 돼서요.

임바른 그래요?

박차오름 네. 임 판사님은 언제나 이성적이고 차분하고, 그렇잖아요. 잊고 싶은 기억 따위 만들지도 않을 타입이에요.

임바른 …그런가요?

박차오름 네. (쑥스럽게 웃으며) 옛날얘기 하려니 쑥스럽지만, 우리 처음 만났던 그 독서교실 때. 그때도 그랬어요.

임바른 (조용히 듣고 있다)

박차오름 그땐 저, 좀 별로였죠?

임바른 네?

박차오름 (자조적으로) 그랬을 거예요. 무슨 공주병 걸린 애처럼 치렁치렁하고 다니고, 쭈구리같이 남과 눈도 잘 못 마주치고.

임바른 (자기도 모르게 반박) 무슨 말이에요! 그때 박 판사는 아주! (멈칫)

(이뻤다, 이런 말을 할 수는 없으니) 괜찮은 사람이었어요.

박차오름 (위로로 받아들인다. 미소) 고마워요. 임 판사님. 그땐 제가 쫌 세상을 힘들어했나봐요. 겁도 많이 먹고. 주눅도 들고. (쓸쓸한 표정) 남들은 사춘기 때를 그리워한다는데, 전 그때의 제가 별로예요.

임바른 (놀란 표정으로 가만히 박차오름을 본다)

박차오름 바보같이 미워할 거와 무서워할 거를 구별하지 못했어요. 그래서 모든 걸 무서워하고, 자기 자신만 미워했죠. (피식, 웃는다) 진짜 별로다. 그쵸?

임바른 (뭔가 말하려다가, 그냥 가만히 듣는다)

박차오름 사실 그때 임 판사님 보고 좀 신기했어요. 시도 좋아하고, 라벨 음악도 좋아하고. (웃으며) 전 남자애들이란 뭔가 야생동물같이 시끄럽고 거친 종족이라고만 생각했는데. 게임이나 야동 외에는 관심 없고.

임바른 저도 게임 좋아했고, 야동깨나 봤어요. 온통 여자 생각밖에 없었고. …야생동물처럼.

박차오름 (미소 지으며) 그래도 좀 달랐어요. 그래서…

임바른 …그래서? (묘한 기대감에 가슴이 두근거린다)

박차오름 (해맑게 생긋 웃으며) 편했어요.

임바른 (순간 실망. 하지만 내색 않으며) …그랬나요?

박차오름 네. 그땐 지금처럼 까칠하지도 않고 (혀를 살짝 내밀며) 친절한 오빠였잖아요. (술을 홀짝 조금 마시더니 빨간 얼굴로) …술김에 고백하는데요,

임바른 (다시 두근!) …네?

박차오름 그때도, 지금도, 언제나 든든하게 절 도와주셔서 고맙습니다. 임 판사님, 아니 바른 오빠는, 정말 최고의 선배예요.

임바른   …별말씀을 다 하네요. 그 정도는 해야죠. (씁쓸한 표정) …우배
석인데.

미소 짓는 박차오름. 정보왕은 아직도 뭐라 중얼거리며 자고 있다.

박차오름   …근데 이 언니는 왜 안 오는 거야? 올 때가 됐는데…

문 열리는 소리에 고개 돌리는 박차오름.

박차오름   (손을 흔들며) 어, 왔다. 여기예요! 여기!

S#30. 카페 (밤)

이도연, 낮과 달리 고급스럽고 화려한 차림으로 또각또각 걸어와 앉
는다.

임바른   (놀라며) 이 실무관님, 이 시간에 어떻게…
박차오름   제가 아까 전화했어요. 시간 되면 잠깐 들러서 같이 한잔하자고.
(정보왕을 보며 씩 웃는다) 다들 반가워할 거라고.
이도연   박 판사님이 하도 졸라서 오긴 했는데, 반가워하는 분위기 맞나
요? 침 흘리며 자는 사람도 있고…
정보왕   (잠결에) 자긴 누가 잔다 그래?
임바른   (정보왕을 흔들며) 일어나봐라.
정보왕   (뿌리치며) 아, 뭔데. (귀찮은 표정으로 눈을 뜨다가 화들짝 놀라며

0.5초 만에 정자세로 바로 앉으며) 와, 왔어요? 웬일로 여기… (입바른이 입가를 가리키자 후다닥 입가의 침 자국을 닦는다)

이도연   (피식, 웃으며) 오늘은 정 판사님이 쏜다던데, 좋은 일이라도 있어요?

S#31. 카페 (밤)

수제 맥주 한 병씩 들고 건배하는 네 사람.

박차오름   이 실무관님이 평소 너무 잘 도와주셔서 늘 감사하고 있어요. 꼭 언니 같다니까요. 시크하고 멋진, 언니.

이도연   (픽, 웃으며 맥주를 마신다)

박차오름   그래, 말 나온 김에 사석에선 언니라고 부르면 안 돼요?

이도연   (맥주를 내려놓으며) 안 돼요.

박차오름   네?

이도연   박 판사님, 사람 사이엔 적당한 거리가 있는 편이 좋아요. 특히 직장에선.

박차오름   네에…

정보왕   (머뭇거리다) 그래도 이런 자리에서는 사적인 얘기도 하고, 서로 궁금한 것도 묻고, 뭐 그런 거 아닌가요?

이도연   …뭐가 궁금한데요?

정보왕   네? 아니 뭐 내가 특별히 궁금한 것이 있다는 게 아니라 일반적으로…

이도연   당원의 정보통, 정 판사님이 모르는 것도 있나요?

정보왕	(무심코 혼잣말처럼) 다들 이 실무관님은 미스터리라고 하던데요. 왜 속기사를 하는지 모르겠다. 부잣집 딸인 것 같은데 취미생활 인가… 아얏! (임바른이 옆구리를 쿡 찔렀다. 그제야) 에고 죄송, 실 례했네요.
이도연	(미소) 그래요? 취미로 속기사 하는 부잣집 딸도 있나? 상상력들 이 참 독특하네요.
임바른	죄송합니다. 쟤가 좀 취했어요.
이도연	아니에요. 뒤에서 이상한 소리 하는 사람들보다 대놓고 물어보 는 사람이 그래도 낫죠. (정보왕을 보며) 찢어지게 가난한 집 딸이 고요, 취미생활은 따로 있답니다. 밤에 하는 취미생활.
정보왕	밤에?
이도연	(묘한 웃음) …네. 밤에.

S#32. 카페 (밤)

박차오름	전 좀 먼저 일어나볼게요. 어디 좀 들렀다 가야 해서.
임바른	잘 들어가요.
정보왕	잘 가요! 타이타닉 잘 들었어요!
박차오름	(살짝 갸우뚱했다가 웃으며) 네. (사라진다)
이도연	타이타닉?
정보왕	네, 타이타닉. (말해놓고 뭔가 이상한지 잠시 갸웃거리다가) 가만, 뭔 가 기억나는 거 같은데… (용을 쓰다가 임바른 얼굴을 보더니 갑자 기 번개라도 본 듯 놀라 벌떡 일어나며) 맞아! 그때 그 독서교실 환영 회! 너 무슨 이상한 노래가사 외우고! 그 앞에 타이타닉 친 여자

애! 예고에서 온 머리 길고 공주님 같은⋯ (말을 멈추고 다시 갸우뚱하더니 고개를 절레절레하며) 에이, 아니네. (다시 잠깐 생각하더니 말도 안 된다는 표정으로 웃으며) 어떻게 걔가 걔겠어⋯ (임바른의 놀란 표정을 보더니) 그런데 정말 걔가 걔야? 그때 니가 홀딱 반해서 아주 생쇼를 하던 그⋯ (당황한 임바른이 날아와서 헤드록을 걸며 입을 막는다)

임바른   (당황) 야, 아무래도 너 너무 취한 거 같다. 헛소리하는 걸 보면. 집에 가야 될 거 같애.

정보왕   읍!⋯ 읍!⋯ (버둥거린다)

이도연   (피식 웃으며) 박 판사님이 임 판사님 첫사랑이라도 되는 거예요? 고딩 때?

돌직구에 놀라 헤드록도 풀고 멍하니 멈춰버린 임바른. 헥헥 숨을 쉬는 정보왕.

cut to

정보왕   (신이 나서) 아, 생전 안 그러던 인간이 아주 정신을 못 차리더라니깐요! 독서교실이 짧았으니 망정이지 애 무슨 상사병 날 뻔했⋯

임바른   (O.L.) 오바하지 마라. 그때야 사춘기니까 잠깐 그런 거지 뭘 그렇게⋯

이도연   (임바른을 가만히 보다가) 뭐가 좋았어요?

임바른   예?

이도연   그때, 뭐가 좋았었냐고요.

임바른	글쎄, 다짜고짜 그렇게 물으면…
이도연	머리 길고, 말 없고, 공주님 같았다면서요. 정 판사님 말로는.
임바른	…그냥 보기에는 그랬죠.
이도연	그럼 지금 박 판사님하고는 완전히 다른 사람이잖아요. 얘기는 많이 해봤어요? 그때의 박 판사님은 어떤 사람이었어요?
임바른	글쎄요…
이도연	(혼잣말처럼) 뭘 좋아했다는 건지 모르겠네. 그냥 머리 길고, 말없는, 공주님? …그건 그냥 인형인데. (임바른을 빤히 보며) 임 판사님, 그런 취미 있었어요?
임바른	(순간 분노. 얼굴 굳어지며) 말씀 함부로 하지 말아요!
정보왕	(중간에서 곤란해하며) 아니, 앤 그때 나름 혼자 심각했었는데 그렇게 얘기하면…
이도연	(미소) 죄송해요. 그냥 이해가 좀 안 가서. 누군가에 대해 아무것도 모르면서 좋아한다는 게.
정보왕	(왠지 자기 얘기 같기도 해서 흠칫한다)
이도연	(고급 손목시계를 흘깃 보더니) 저도 좀 먼저 일어나볼게요. 취미생활 하러 갈 시간이라서. (윙크하며) 밤에 하는.

또각또각 사라지는 이도연의 뒷모습을 멍하니 바라보는 정보왕, 굳은 표정으로 앉아 있는 임바른.

S#33. 동네 골목길 (밤)

어두운 골목길을 걷고 있는 임바른. 공원 벤치가 보이자 잠시 쳐다보다가 주저앉는 임바른. 주머니에서 이어폰을 꺼내 귀에 꽂고는 눈을 감는다.

임바른 (굳은 표정, 마음의 소리) 함부로들 얘기하지 마. …난 그때, …진심이었다구.

S#34. 임바른의 회상. 정독도서관 복도 (낮)

임바른, 고개를 숙인 채 스쳐지나는 박차오름에게 조심스레 말을 건넨다.

임바른 저어,
박차오름 (멈춰 선다. 하지만 눈을 마주보지 않고 고개를 살짝 숙이고 있다)
임바른 …예고 1학년이지? 난 이 옆 고등학교 2학년.
박차오름 (잠깐 망설이다가 고개 끄덕)

몽타주 〉 정독도서관 곳곳. 시간의 흐름대로.

- 책에 몰두하는 박차오름과 멀리서 훔쳐보는 임바른.
- 삼삼오오 어울려 수다를 떠는 남학생들과 여학생들.
- 복도에서 또 박차오름에게 말 걸고 있는 임바른.
- 책을 세워놓고 엎드려 곤히 자고 있는 정보왕.
- 도서관 휴게실에서 이야기 나누고 있는 박차오름과 임바른. 조금은 편해진 듯한 분위기.

S#35. 정독도서관 휴게실 (낮)

임바른   집에 그랜드피아노가 있어? 교수님이 레슨하러 오시고?

박차오름 (쑥스러운 표정으로 끄덕끄덕)

임바른   좋겠다.

박차오름 오빠도 피아노 치세요?

임바른   (머뭇거리며) 어, 뭐, 그냥…

S#36. 임바른의 집 (밤)

임바른, 앉은뱅이책상 앞에 앉아서 공부하고 있다.

임바른   (잠시 뭔가 생각하더니 방밖을 향해) 엄마, 나 피아노학원 좀 다녀볼
             까 하는데.

엄마E   애는, 그럴 돈이 어딨니? 고3 되면 문제집 값만도 수억 든다더
             라. 거기 아빠 소싯적에 치던 기타 있잖아. 머리 식히고 싶으면
             그거라도 쳐.

방구석에 낡은 기타 놓여 있다. 잠시 기타를 보던 임바른, 시디플레이어
에 이어폰 연결해서 귀에 꽂은 채 다시 공부한다. 공부가 안 되는지 곧
책을 덮는 임바른, 뭔가 떠오른 듯 책상서랍을 열더니, 티켓을 꺼낸다.
클로즈업하면, 임바른, '청소년을 위한 무료 음악회, 드뷔시와 라벨' 티
켓을 들여다보고 있다.

S#37. 정독도서관 마당 벤치 (오후)

임바른과 박차오름 나란히 앉아 얘기하고 있다. 임바른, 한 손으로는 바지 주머니 속 음악회 티켓을 만지작거리고 있다.

임바른　이번 달부터는 드뷔시 연습한다 그랬지? 레슨받는 거 재밌어?

박차오름　(표정 어두워지며) 레슨받는 거, 싫어요.

임바른　왜? 피아노, 좋아하잖아.

박차오름　선생님이… 레슨하실 때 자꾸… (말끝을 흐린다)

임바른　어?

박차오름　자꾸… 뒤에서 저를…

그때 봄비 가늘게 오기 시작하자 주변 학생들 자리에서 일어난다. 박차오름, 아랑곳 않고 벤치에 가만히 앉아 있고 임바른, 자기 가방으로 박차오름의 머리를 가려준다. 그때 중후한 롤스로이스가 스르르 벤치 앞으로 다가와 선다. 놀란 임바른은 비에 젖은 채 멍하니 서서 멀어져가는 차를 하염없이 바라본다. 임바른 손 클로즈업하면 꾸깃꾸깃한 채 비에 젖어가는 음악회 티켓. '청소년을 위한 무료 음악회, 드뷔시와 라벨'.

임바른N　…너무 빨리, 끝났다. …시작도 해보지 못한 채.

S#38. 임바른의 동네 골목길 (밤)

공원 벤치에 앉아 있는 임바른, 귀에서 이어폰을 빼고는 일어난다. 다시 어두운 골목길을 터덜터덜 걷던 임바른, 뭔가 물컹한 걸 밟은 듯 멈추더니, 골목길 가로등 밑으로 가서 발을 들어본다.

임바른 (짜증 가득) 에이씨… (바닥에 구두를 벅벅 문대며) 구청은 주민세 걷어서 다 뭐에 쓰는 거야? 개똥 하나 안 치우고!

한숨을 푹 쉰 후, 다시 터덜터덜 골목길을 걸어가는 임바른의 뒷모습을 가로등이 비추고 있다.

S#39. 배석판사실 (낮)

뭔가 골똘히 생각하던 임바른, 전화기를 든다.

임바른 윤 실무관님. 잊혀질 권리 사건 조정기일에, 원고 본인도 출석해 달라고 좀 전달해주세요. …네. 강요한 의원.

전화를 끊는 임바른.

박차오름 본인한테 직접 물어보시려고요?
임바른 네. …어떤 일은, 직접 본인에게 물어봐야 알 수 있으니까.

갸우뚱하며 임바른을 쳐다보는 박차오름.

S#40. 조정실 (오후)

메모 파일을 들고 조정실로 들어서는 임바른(조정실에서는 법복은 입지
않음). 임바른이 들어서자 자리에서 일어나는 양측 변호사, 맹사성, 그
리고 훤칠한 키에 서글서글한 인상의 중년남자, 강요한 의원.

강요한 안녕하십니까, 원고 강요한입니다.
임바른 안녕하세요. 모두 자리에 앉으시죠.

S#41. 조정실 (오후)

피고변호사 말씀드렸듯이, 이 사건은 원고의 잊혀질 권리보다 공인에 대한
국민의 알 권리를 우선시해야 할 사건입니다.

강요한, 미소를 띤 채 고개를 끄덕이며 앞에 있는 메모지에 펜으로 뭔가
쓰고 있다.

피고변호사 차세대 리더로 떠오르고 있는 원고에 대해서는 더더욱 다각적인
검증이 필요하고…
강요한 (O.L.) 저에 대해 아는 데 꼭 그 사진이 필요한가요?
피고변호사 네?
강요한 전 이미 대학 시절 학생운동으로 체포되었던 기록이 있습니다.
당시 제가 가졌던 신념에 대해서는 이미 인터뷰나 제 책에서 밝
힌 바 있고요.

피고변호사 그건 그렇습니다만…

강요한 그 사진이 이미 저에 대해 충분히 알려진 사실들 외에 무슨 유용한 정보를 제공하고 있습니까? 국민들께?

피고변호사 그건…

강요한 (한결같은 미소를 유지하며) 예전 대학생들에게 유행했던 헤어스타일? 아니면 유행했던 청바지?

피고변호사 꼭 특정한 정보가 아니더라도, 사진은 글과는 다른 임팩트가 있지 않습니까?

강요한 임팩트라… 그게 핵심입니까? 제 지난 젊은 날 모습을 임팩트 있게 전달하는 거? 지금은 왜 딴소리를 하고 있냐는 말씀이겠죠. 전 그에 대한 대답도 책 두 권과 숱한 인터뷰 기사, 그리고 유세장에서 해왔습니다. 그 모든 대답 따위는 중요하지 않겠죠. 사진한 장의 임팩트에 비하면.

피고변호사 …그, 그렇지만,

강요한 (미소를 띤 채 조용히 피고변호사를 보고 있다)

피고변호사 소송을 제기한 건 원고 측 아닙니까? 피고 측에 왜 그 사진이 꼭 필요하냐고 물을 게 아니라, 그 사진 때문에 원고의 무슨 권리가 침해받고 있는지를 먼저 주장하셔야죠. 말씀대로 특별할 것 없는 사진 한 장이라면, 원고 입장에서도 피해 받을 것 없지 않습니까.

강요한 …그건 제 사진이고, 제 인생의 한 순간입니다. 전 더이상 그 사진의 공개를 원치 않습니다. 그런 뜻을 충분히 피고 측에 전달했고요. 그런 제 의사를 무시하고 계시지 않습니까.

손깍지를 낀 채 신중하게 양측 얘기를 듣고 있는 임바른.

S#42. 배석판사실 (오후)

박차오름   (고개를 끄덕이며) 일리가 있는 주장이네요.

임바른   그래도 공인인데, 어느 정도 감수할 수밖에 없지 않을까요.

박차오름   (잠시 입을 다물고 있다가) …잊고 싶다는데, 그 이유를 납득이 가도록 설명해라.

임바른   박 판사님?

박차오름   (고통스러운 표정) …너무 잔인한 거 아닌가요!

임바른   (놀란다) ……?

S#43. 배석판사실 앞 (저녁)

정보왕, 안을 슬쩍 살피는데 이도연은 칼퇴근하고 자리에 없다. 살짝 실망하는 정보왕.

S#44. 배석판사실 (저녁)

정보왕   (방으로 들어오며) 공무원이 6시면 퇴근하든지 밥을 먹으러 가든지 해야지?

임바른   (쳐다보지도 않은 채 계속 일하며) 붐빌 때 나가는 거 질색이다. (이상하다는 듯 고개를 들며) 알면서 왜 이렇게 일찍 왔어?

정보왕   (우물쭈물하며) 아니, 오늘은 좀 일찍 나가볼까 하고 왔지.

임바른   누구랑?

정보왕   (당황하며) 누구긴? (과장된 몸짓으로 두 손을 내밀며) 여러분과~

박차오름   (킥, 웃으며) 저도 지금은 배 안 고파요. 이따 먹으려고요.

정보왕   (힘없이) 매정한 것들. 그러니 불금에 야근이나 하지.

임바른   시끄러우니까 얼른 갈 길 가라.

정보왕   알았다, 알았어.

어깨가 축 늘어진 채 돌아서는 정보왕.

S#45. 배석판사실 (저녁)

박차오름   (한참 일하다 기지개를 켜더니 벽시계를 본다) 벌써 이렇게 됐네. 불
         금인데 약속 없으세요? 이제 한가할 시간인데 식사나 하러 갈까
         요?

임바른   그래요.

S#46. 법원 구내도로 (저녁)

동문 쪽으로 걸어가는 두 사람. 그런데, 구내도로 한쪽에 주차된 고급
세단에서 누군가 내린다. 반갑게 이쪽을 향해 손 흔드는 민용준.

박차오름   뭐야, 오늘은 또 왜?

민용준   평소 이 시간쯤 저녁 먹으러 가는 거 맞지? 잘 맞춰 왔네.

박차오름   나 바빠. 야근해야 돼.

민용준   어차피 밥은 먹을 거 아니니.

임바른	두 분이 드시러 가세요. 전 그럼…
민용준	아닙니다. 임 판사님하고도 한번 같이 식사하고 싶었어요. 같이 가시죠.
임바른	예? 저는 왜…
민용준	(사람 좋게 웃으며) 오름이하고 같이 일하는 분이시잖아요. 얼마나 고생이 심하시겠어요.
박차오름	뭐야?
민용준	농담, 농담. 오름이가 법원에서 어떻게 지내나 궁금하기도 하고, 겸사겸사 간단히 저녁이나 같이 하시죠.
임바른	(곤란해하는 표정) …정 그러시면…
민용준	제가 오름이 단골집으로 모실게요.
박차오름	내 단골집?

싱긋 웃는 민용준.

S#47. 고급 레스토랑 (저녁)

중후하고 고급스러운 프렌치 레스토랑에 앉아 식사중인 세 사람. 중년의 셰프가 테이블 옆에 서서 박차오름에게 반갑게 인사하고 있다.

셰프	이게 얼마 만입니까! 통 안 오셔서 아쉬웠는데…
박차오름	(미소 지으며) 그러게요. 오랜만에 봬요.
셰프	오늘은 다들 바짝 긴장했습니다. 최고의 미각을 가진 분이 오셨으니 어느 하나 소홀할 수가 있나요.

민용준   (웃으며) 서운합니다. 저한테는 아무거나 주시면서.

셰프   그럴 리가요. 다만, 오랜만에 오신 예전 단골손님이 우선입니다.

민용준   그래요, 오름이 덕 좀 보겠습니다.

셰프, 인사하고 물러간다.

임바른   …두 분이 자주 오셨던 식당인가봅니다.

민용준   저랑 온 적도 있습니다만, 이 집은 오름이 아버님이 원조 단골이시죠.

박차오름   (퉁명스럽게) 쓸데없는 소리 하지 말지?

민용준   (웃으며) 미안.

임바른   (박차오름을 보며, 마음의 소리) …나랑 있을 때와는 다른 사람 같네. (왠지 소외감을 느낀다) …그런데, 두 분, 대학 때 같은 동아리셨다구요. 어떤 동아리였나요? (마음의 소리) 골프? 스킨스쿠버?

민용준   (쑥스럽게 웃으며) 어떤 동아리였냐면요, (손으로 수화를 해 보인다. '손말사랑회'에 해당하는 수화)

임바른   (의아한 표정)

박차오름   (음식을 먹으며 무심하게) 손말사랑회였어요.

임바른   의외네요…

민용준   의외신가요? (웃으며) 죄송합니다. 재벌3세답게 뭐 호화 비밀사교클럽 같은 거 했었어야 하는데. 다들 그렇게 생각하더라구요.

임바른   (당황하며) 아닙니다.

민용준   …제겐 걷지 못하는 여동생이 있습니다. 아버님이 집안 재산 다 팔아서 걷게 할 수 있으면 그렇게 하셨을 만큼 이뻐하는 아이죠. 이상하지만, 손말사랑회 포스터를 보니까 그 녀석 생각이 나더라고요.

임바른   (조용히 듣고 있다. 박차오름은 여전히 무심하게 식사만 하고 있다)

민용준   저희 집 같은 집안에, 그것도 건강하게 태어난다는 거, 말도 안
         되는 행운이죠. 알고 있습니다. 사람들이 저희를 어떤 시선으로
         보는지도요. 어쩔 수 없지요. 다만, 전 운 좋게 제게 주어진 것들
         을 제 동생 같은 애들을 위해 쓰고 싶습니다. (쑥스럽게 웃으며) 세
         상을 더 낫게 바꾸고 싶다, 이런 거창한 얘기 하면 돌 맞겠지만
         말이죠.

박차오름   (무심하게) 선배는 장애인 복지운동 쪽의 큰손이기도 해요.

임바른   그러시군요. (박차오름 쪽으로 미소 짓는 민용준을 바라보며, 마음의
         소리) …재벌인데, 괜찮은 사람이네. (씁쓸한 표정, 마음의 소리) 싫
         다… 괜찮은 사람이니까, 더.

민용준   죄송합니다. 재미없는 얘기를 길게 했네요. 그보다, 오름이 대학
         때 어땠는지나 말씀드릴까요?

임바른   …어땠나요?

박차오름   (포크를 내려놓으며) 또, 또 씰데없는 소릴!

민용준   (웃으며) 집안끼리 친해서 어릴 적부터 봤는데, 세상 얌전하던 애
         가 대학 오더니 완전 딴사람이 되더라고요. 낮에는 낮대로, 밤에
         는 밤대로. 완전 화려했죠. 저희 학교의 여왕이었달까요.

박차오름   (시큰둥하게) 웃기시네. 여왕은 무슨. (씩 웃으며) 왕이었지.

민용준   그래, 왕이 더 맞겠다. 인정. (추억을 떠올리며) …그래도 손말사
         랑회 할 때는 예전 오름이 모습이 나오더군요. 솔직히 그래서 제
         가 거기 열심히 나간 건지도 모릅니다.

박차오름   아 진짜, 자꾸 이상한 얘기 할 거면 나 간다. (그때, 박차오름의 전
         화기 울린다. 발신자를 보더니) 잠깐 실례 좀 할게요.

박차오름, 전화기를 들고 방 밖으로 나간다.

민용준   (안쓰러운 눈으로 나가는 박차오름 뒷모습을 보다가) …힘들어하죠,
          오름이.

임바른   판사 일, 말씀입니까?

민용준   (고개를 저으며) 자기가 살아온 세계와 너무나 다른 세계에 산다는
          게 쉽겠습니까.

임바른   무슨 말씀이신지…

민용준   (놀란 표정) …모르시나보군요. 오름이네 집안 얘기.

임바른   무슨 일이 있었습니까?

민용준   …본인이 얘기 안했으면 뭐라 말씀드리기 그러네요. 여러모로
          힘든 일들이 있었다는 말씀만 드리겠습니다.

임바른   ……

말없이 서로를 바라보는 두 남자. 그때, 박차오름, 다시 자리로 돌아온다.

박차오름   죄송해요. 전 좀 먼저 일어나야 할 것 같아요.

임바른   네, 박 판사님.

민용준   그래, 오름아.

박차오름을 바라보는 두 남자.

S#48. 고급 레스토랑 (저녁)

이미 박차오름은 자릴 먼저 떠나고, 두 남자만 앉아 차를 마시고 있다.

임바른 ⋯즐거웠습니다. 오늘. 식사도, 이야기도.

민용준 벌써 일어나시게요? 아쉽습니다. 전 왠지, 임 판사님과 친해지고 싶어집니다만.

임바른 고맙습니다만, 제가 워낙 사교적인 편이 못 되어서 말이죠. 죄송합니다.

임바른, 자리에서 일어나더니 지갑에서 돈을 꺼낸다. 민용준, 팔을 내밀어 임바른을 제지하려 하지만, 임바른, 민용준을 향해 미소를 보이며 테이블 위, 계산서가 놓인 은쟁반에 자기 몫의 돈을 올려놓고는 예의 바르게 목례를 하고 자리를 떠난다.

S#49. 박차오름 엄마의 요양원 (저녁)

침대에 누워 잠들어 있는 박차오름 엄마. 아름답지만 안색이 창백하다. 침대 옆에 앉아 안타까운 표정으로 엄마를 지켜보는 박차오름. 곁에는 지팡이를 짚고 묵묵히 서 있는 외할머니가 보인다. 언제나 무뚝뚝하고 굳건하던 외할머니건만, 아픈 딸을 보는 눈은 여지없이 아픔으로 그득하다. 박차오름, 엄마의 머리칼을 조심스레 어루만지며 하염없이 엄마를 바라본다.

몽타주 〉 박차오름의 회상.

(이하, 모두 어린 시절 박차오름 시선에서 바라본 엄마의 과거 모습들. 박차
오름의 시선이므로 엄마만 보이고 박차오름은 보이지 않는다)

- 침대 머리맡에 앉아 어린 박차오름의 머리를 쓰다듬어주며 허밍으로
  자장가를 불러주는 엄마의 미소. (박차오름 유아기)
- 널찍한 거실. 우아하게 피아노를 치다가 고개를 돌려 박차오름을 발
  견하곤 활짝 웃으며 이리 와서 같이 치자고 손짓하는 엄마. (박차오름
  초등학생 시절)
- 거실 여기저기를 헤매는 박차오름의 시선을 따라가다보면 피아노 옆
  구석에 넋이 나간 얼굴로 주저앉아 있는 엄마. 슬쩍 보이는 멍투성이
  인 옆얼굴. 박차오름을 발견하곤 그래도 억지로 힘을 내서 활짝 웃어
  보이는 엄마. (박차오름 중고생 시절)
- 쟁반에 찻잔을 받쳐들고 남편의 서재로 들어가다가 뭔가를 목격하고
  쟁반을 떨어뜨리며 넋이 나가 쓰러지는 엄마의 뒷모습. (박차오름 대
  학생 시절)
- 피아노에 압류 딱지가 붙어 있고 눈물조차 말라버린 듯한 텅 빈 표정
  으로 휑한 거실 의자에 덩그러니 앉아 있는 상복 차림의 엄마. 외할머
  니, 지팡이를 짚고 힘겹게 엄마 앞에 와 서더니, 지팡이를 던져버리고
  엄마를 아기 끌어안듯 힘껏 꼭 끌어안는다. 하지만 엄마의 표정, 여전
  히 텅 비어 있다. (대학생 시절)

S#50. 박차오름 엄마의 요양원 (저녁)

앉은 자세로 올려세운 침대. 눈을 뜨더니 배시시 어린애 같은 천진한 미소를 짓는 엄마. 박차오름, 엄마를 끌어안고 애기 달래듯 머리카락을 쓸어준다. 고집스럽게 서 있던 외할머니, 힘이 부치는지 그만 무너지듯 휘청이며 주저앉는다. 놀란 박차오름, 얼른 할머니를 부축한다. 손녀에 기대어 겨우 일어선 외할머니, 자기 엄마도 못 알아보고 멀뚱거리는 딸을 하염없이 보더니, 딸을 부여안고 하염없이 통곡한다.

외할머니 (피를 토하듯) 아이고 내 새끼야… 세상에서 제일 이쁜 내 새끼야… 어디 갔니… 이 에미를 두고 어디 가버린 거니… (정신 나간 사람처럼 딸의 온몸을 주무르고 만져본다) 나다, 니 에미다. 늙은 에미…

하지만 박차오름 엄마, 싫다는 표정으로 몸을 피할 뿐 반응이 없다. 비통한 표정의 외할머니, 그만 혼절하고 만다.

박차오름 (울며 외할머니에게 달려들어 부축한다) 할머니! 할머니! 정신 차리세요, 할머니! (울음 터져나온다) 할머니까지 이러면 어떡해! 난 어떡해 할머니…

통곡하는 박차오름과 넋이 나간 듯한 외할머니, 하지만 멍한 표정으로 먼 곳만 보고 있는 엄마.

S#51. 시장통 (밤)

순대 좌판에 힘없이 와서 앉는 박차오름.

순대집이모 (얼른) 왔나. 니 엄마는 좀 어떻노.

박차오름 (슬픈 표정으로 고개를 절레절레)

빈대떡이모 (걱정 가득) …또 니 못 알아보나.

박차오름 …엄만, 다 잊고 싶은가봐. (눈물이 툭 떨어지며 고개를 떨군다) … 나까지.

떡볶이이모 아이다! 오름아, 그럴 리가 있나!

박차오름 (흐느낀다) 이모… 나… 잊혀지는 거야? …엄마한테?

순대집이모 (눈물이 그렁그렁, 박차오름 손을 붙잡으며) 세상 모두 다 잊어도, 지 아 하나는, 지 배 아파 낳은 아 하나는 죽어도 못 잊는 기다. 잊고 싶어도 못 잊는 기다!

눈물을 훔치는 빈대떡이모. 그리고 순대집이모를 걱정스레 쳐다보며 어깨를 어루만져주는 떡볶이이모(순대집이모도 아이를 잃은 엄마인 것).

S#52. 법원 구내도로 (오전)

자전거로 출근중인 임바른. 힘차게 페달을 밟아 건물 정문까지 와서는 착착 자전거를 접어 들고 들어간다.

S#53. 조정실 (낮)

피고변호사 (임바른을 보며) 판사님, 원고는 여전히 자신의 피해에 대해 구체
적인 주장을 하지 못하고 있습니다.

임바른 (아랑곳 않고 미소를 띤 채 뭔가 메모하고 있는 강요한을 보며, 마음의
소리) 저 미소, 철가면이네. 이래 갖곤 안 되겠어.

임바른 양측 변호사님들은 잠시만 자리를 피해주시겠습니까. 원고 본인
과 좀 이야기를 나눠보고 싶습니다.

원고변호사 (강요한의 눈치를 살피며 잠시 머뭇거리더니 강요한이 끄덕이자) 알겠
습니다.

양측 변호사, 자리에서 일어선다.

S#54. 조정실 (오후)

강요한과 단둘이 앉은 임바른.

임바른 (대뜸) 원고는 이길 생각도 없으시면서 왜 소송을 내신 거죠?

강요한 (여전히 미소를 띤 채) 판사님, 전 뭘 하든 언제나 이길 생각뿐인
사람이랍니다. 국민은 패배자를 원하지 않으니까요.

임바른 그런데 왜 이길 수 있을 만한 명확한 주장을 안 하십니까? 막연
한 사생활 침해로는 피고 측 논리를 반박하기 어렵다는 거, 법률
가 출신인 원고도 잘 아실 텐데요.

강요한 저는 충분히 주장하고 있다고 생각합니다만.

강요한을 잠시 쳐다보던 임바른, 불쑥 묻는다.

임바른   그런데, 아까부터 뭔가 계속 메모지에 쓰시던 거, 글자가 아닌
         것 같더군요. 보여주실 수 있으십니까?
강요한   (비로소 표정이 조금 변한다) …아, 그건 별것 아니라…

빤히 응시하는 임바른의 눈동자를 바라보던 강요한, 천천히 접어놓았
던 메모지를 펼친다. 작은 그림이 그려져 있다. 여자의 얼굴이다. 동그
랗고 큰 눈동자, 미소 띤 작은 입. 단순한 선 몇 개로 획획 그렸는데도 특
징이 잘 드러난 그림이다.

임바른   실례지만 어떤 분인지 여쭤봐도 될까요? 사모님인가요?

잠시 정적이 흐른 후, 강요한, 다시 미소를 짓는다.

강요한   아니요. 하지만 판사님이 이미 본 적 있는 사람입니다. 비록 사
         진 한 장으로 보셨을 뿐이지만.

임바른, 놀라 조정실 노트북 마우스를 클릭하여 삭제해달라는 시위 사
진을 띄워본다. 그림은, 연좌농성중인 강요한 바로 옆에 있는 눈이 큰
여학생과 꼭 닮았다.

강요한   대학 때 저랑 같은 동아리였던 여학생입니다. 쑥스럽지만, 이때
         저희는 학내에 소문난 커플이기도 했지요.

강요한, 잠시 말을 멈추고 자신이 그린 그림의 얼굴선을 따라 긴 손가락을 움직인다.

강요한   20여 년이 지났지만 아직도 눈을 감고도 그녀를 그릴 수가 있습니다. 그녀는 조금도 변하지 않고 이 모습 이대로니까요.

잠시 침묵이 흐른 후,

강요한   그녀는 이날 시위 중에 누군가의 쇠파이프에 머리를 맞아 세상을 떠났습니다.

임바른   (놀란다)

강요한   (쓰디쓴 미소) 그 누군가가 진압하던 쪽인지… 혼전중이던 동료인지… 모릅니다.

임바른   …그랬군요. 그래서 이 사진을 보기가 힘드셔서…

강요한   (고개를 저으며) 저는 이 사진을 책상 서랍 깊숙이 간직하고 있었습니다. 얼마나 자주 꺼내 봤는지 모릅니다.

임바른   그러시면…?

강요한   이 소송은 저 때문에 낸 것이 아닙니다.

임바른   ……?

강요한   …이 사람 때문에 낸 것입니다.

강요한의 손가락은 사진 오른쪽 구석에서 강 의원 쪽을 바라보고 있는 자그마한 체구의 여학생을 가리킨다.

강요한   …제 처입니다.

임바른	(놀란다)
강요한	(혼잣말처럼 말을 이어간다) 처가 관심도 없던 동아리에 들어오고, 시위에도 따라 나온 게 다 저 때문이란 걸 그땐 알지 못했지요.
임바른	……
강요한	…많은 세월이 흐른 후에야 알았습니다.

S#54-1. 강요한 부인의 병실 (오후)

강요한의 부인, 머리를 삭발하고 병색이 완연한 채 병실 침대에 누워 있다. 그런데도 핸드폰으로 문제의 강요한 학생 시절 시위 사진이 실린 기사를 하염없이 보고 있다. 강요한과 여학생이 어깨를 걸고 꼭 붙어 앉은 모습을.

강요한N	처는 제가 누구 얼굴을 잊지 못하는지 너무나 잘 알고 있었습니다. 저는 솔직히 마음도, 몸도 결혼서약에 충실하지 못했습니다. 남편 흉내만 내며 살았지요.

휴대용 변기를 비우고 돌아오던 강요한, 부인의 모습을 묵묵히 본다. 부인, 강요한이 온 걸 뒤늦게 알아차리고 얼른 핸드폰을 옆으로 감춘다. 애써 웃어 보이지만 눈물 자국을 숨길 수 없다. 가슴이 미어지는 표정의 강요한.

cut to

강요한, 안쓰러운 표정으로 옆으로 돌아누워 잠든 부인 머리맡에 앉아 부인의 머리칼을 살며시 어루만지고 있다. 이때, 들어오는 주치의.

강요한 (다급하게 일어나며, 나지막한 목소리) 선생님, 정말 가망이 없는 겁니까?

주치의 (침통한 표정) …죄송합니다.

강요한 (망연자실한 표정)

돌아누운 부인의 눈에서 눈물이 흘러내린다.

S#54-2. 조정실 (오후)

강요한, 어느새 처연한 표정으로 바뀌어 있다.

임바른 …… (무거운 표정)

강요한 (임바른을 똑바로 쳐다보며) 이제 아시겠습니까. 이 소송은 저의 잊혀질 권리에 관한 것이 아닙니다. …제 잊을 의무에 관한 것입니다.

잠시 침묵이 흐르는 조정실.

임바른 (힘겹게 입을 뗀다) …알겠습니다. 원고의 입장은 충분히 이해했습니다. 한번 피고 측을 설득해보겠습니다.

강요한 (고개를 천천히 흔든다) 아닙니다. 지금 드린 말씀은, 그냥 저도 모르게 넋두리한 것일 뿐입니다.

임바른   ……

강요한   (입꼬리를 올리며 묘한 미소를 짓는다) 어차피 그쪽 사람들은 뭐든
           국민의 알 권리라고 하겠지요. 그게 그렇게 중요하다면, 진짜 관
           심 있는 것들을 알려드리면 되지 않겠습니까.

임바른   네? 그게 무슨…

강요한   수고하셨습니다. 소송은 오늘 부로 취하하겠습니다.

어리둥절한 임바른과 미소 띤 강요한. 강요한, 자리에서 일어나 악수를
청한다. 손을 마주 잡는 임바른.

S#55. 배석판사실 (밤)

포털 검색창에 '강요한'을 쳐보는 임바른. 연관검색어가 꽃중년, 아는 형
님, 초콜릿 복근 등등으로 바뀌어 있다. 고개를 갸우뚱하는 임바른. 아
래쪽으로 스크롤하자 기사 제목이 줄줄이 뜬다.

'강요한 의원, 첫 예능 출연에서 꽃중년 매력 발산'
'여름 휴양지에서 찍은 초콜릿 복근 사진 최초 공개!'
'기적의 동안 관리 비결 대공개!!'

모니터를 보며 생각에 잠긴 임바른, 강요한의 말을 떠올린다.

강요한E   국민의 알 권리가 그렇게 중요하다면, 그 알 권리를 최대한 보장

해드리는 방법으로 해결해보겠습니다.

임바른   (마음의 소리) 이런 방법밖에 없었을까. 세상을 비웃는 사람이 세상을 위해 일하겠다고 나서는 건 자기모순 아닐까.

임바른, 씁쓸한 표정을 지으며 검색창을 닫아버린다.

박차오름   임 판사님. 그 사건, 대체 왜 소송을 냈던 거래요? 말씀 안 해주셨잖아요.

임바른   …잊어야 할 과거가 있어서, 그게 이유랍니다.

박차오름   (잠시 쳐다보다가) …그렇군요. 잊어야 할 과거. (한숨) 누구나 나름의 속사정이 있기 마련이죠. …남들이 굳이 알 필요 없는. (다시 일하기 시작한다)

임바른   (그런 박차오름을 물끄러미 보다가) …전 알고 싶은데요.

박차오름   네?

임바른   …박 판사님의 속사정.

박차오름   무슨 말씀이신지…

임바른   …댁에 힘든 일이 있다면서요. 알고 싶습니다.

박차오름   (굳어지는 표정) 왜 알고 싶으신 거죠?

임바른   ……

박차오름   (반발심이 든다) 우배석이어서? 재판부는 팀으로 일하는 거니까?

임바른   …좋아하니까.

박차오름   (깜짝 놀라며) 예?

임바른   (박차오름을 똑바로 쳐다보며) 좋아하니까, 알고 싶습니다. 박 판사에 대해서, 무엇이든, 모두.

박차오름   (놀라서 아무 말도 못한다)

임바른　어린 시절 처음 봤을 때도 좋아했고, 시간이 흘러 다시 만난 지금 도 좋아합니다.

박차오름　……

임바른　하지만, 박 판사에 대해 그때는 아무것도 몰랐고, 지금도 잘은 몰라요. …한 사람을 잘 알지도 못하면서 좋아할 수 있는 건지 열 심히 생각해봤는데, 그럴 수 있다고 생각합니다. 그 사람에 대해 자꾸만 알고 싶은 마음도 좋아하는 마음이니까요.

박차오름　…임 판사님, 뭐라고 말씀드려야 할지…

임바른　그냥, 솔직하게 얘기해줘요. …평소처럼. 박차오름답게.

박차오름　…네. (마음먹은 듯 심호흡을 하더니) 말씀해주셔서 고마워요. 하지 만 전, 지난번에도 말씀드렸듯이 임 판사님을 좋은 선배 이상으 로 생각해본 적은 없습니다. 전에도, 지금도.

임바른　(조용히 듣고 있다)

박차오름　물론, 너무 자상하게 잘해주셔서 가슴이 설렌 순간들도 있지만, 그때도 역시 너무 좋은 선배가 곁에 있어서 좋다는 생각이었어요.

임바른　…그렇군요. (씁쓸한 미소) 저 사실, 정보왕이 늘 말하듯, 그리 친 절하고 남의 일에 관심 많은 인간은 아닌데.

박차오름　네, 제가 바보같이 무뎠네요. 변명이지만, 마음의 여유가 없어서 그랬나봐요.

임바른　(조용히 박차오름을 바라본다)

박차오름　(잠시 망설이다가 결심한 듯) 말씀드릴게요. 아버지는 안 계시고, 남기고 가신 빚은 있고, 엄마는 많이 아프시고, 외할머니는 하루 가 다르게 약해지고 계세요.

임바른　(놀라며) 그랬군요…

박차오름　그리고 이 조직에서 살아남아야 하고요. …그런 주제에 자꾸 일

	을 벌이죠. 제가. …솔직히 무섭기도 해요. 살아남지 못할까봐.
임바른	(얼굴이 상기된 채 열심히 이야기하고 있는 박차오름을 가만히 바라보며 감정이 북받쳐오른다, 마음의 소리) …넌 참 열심히, 언제나 정면으로 부딪쳐오는구나. 거절할 때조차. 최선을 다해서.
박차오름	…그래서 지금 같이 일하는 사람에게 개인적인 감정을 가질 여유가 없어요. 거기까지 감당할 자신이…
임바른	(O.L.) 이제 그만해도 돼요. 박 판사.
박차오름	……
임바른	(감정이 북받친 채) 미안해요. 힘든 얘기 하게 만들어서.
박차오름	……
임바른	(애써 침착하려 하지만 평소처럼 담담하기가 어렵다) 신경쓰지 말아요. 부담 주려고 한 말 아니에요. …난 그냥, 솔직한 지금 내 감정을 얘기했을 뿐이에요.
박차오름	임 판사님…
임바른	(진심을 담아서) 그리고 박 판사, 잘해내고 있어요. 살아남을 것 따위, 걱정하지 마요. …정말 사고칠 거 같으면 옆에서 뜯어말릴 잔소리꾼 우배석도 있잖아요.
박차오름	(눈물을 글썽인다)
임바른	(떨리는 목소리) …미안해요. 힘든 사람한테. (고개 떨구며) 아무것도 모르면서.
박차오름	(미안하고 안타까운 표정) 임 판사님!

이때, 갑자기 문 여는 소리 들리더니,

정보왕	또 야근인가, 이 방은?

애써 평온한 표정을 짓는 두 사람.

임바른 (힘없이 미소 지으며) 왔어?

정보왕 내가 이 시간에 나타난 게 무슨 의미인지는 굳이 말 안 해도 알겠
지?

임바른과 박차오름, 곤란해하며 마주보다가,

임바른 그래, 가자. (박차오름의 안색을 살피며) 박 판사는 피곤하면 먼저
들어가요.

박차오름 (망설이다가) 아니에요. 가요.

S#56. 카페 (밤)

듀크 엘링턴의 〈Star-crossed Lovers〉 흘러나오고 있다. (곡명 자막 처리)

정보왕 (둘을 보며) 오늘따라 왜들 그리 말이 없어? 둘 다?

어색해하는 두 사람.

임바른 …음악 듣잖아. 안 보이니.

박차오름 (얼른) 네, 좋은 곡이네요. (음악을 들으며) …아름답지만, 어딘지
쓸쓸해요. 무슨 곡인지 아세요?

임바른 …〈Star-crossed Lovers〉, 불운한 연인들에 관한 곡이에요.

박차오름   엇갈린 별들?

임바른   네. 하늘에서 유성이 떨어질 때, 아주 드물게 서로 엇갈리며 떨어질 때가 있대요. 아주 잠깐 한 점에서 만나지만, 곧 하염없이 멀어지죠.

박차오름   (슬픈 눈. 자기도 모르게 엄마를 생각하고 만다) …다시는 만나지 못하겠네요. 영원히.

인서트 〉피아노를 치다가 박차오름을 발견하곤 활짝 웃는 예전의 엄마.

정보왕   슬픈 얘기네. (울적한 표정, 맥주를 마신다)

잠시 생각에 잠겨 있던 박차오름, 자리에서 일어나 피아노 앞에 앉아 건반을 누르기 시작한다. 방금 들었던 곡을 천천히 치고 있다. (이와사키 다이스케 트리오 편곡 버전)

임바른   (마음의 소리) …아주 잠깐이라도 만난 별들은, 그 순간의 기억 때문에 행복하지 않을까.

임바른, 피아노를 치는 박차오름의 뒷모습을 바라본다. 고등학생 시절 강당에서 피아노를 치던 박차오름의 모습이 겹쳐 떠오른다.

임바른   (마음의 소리) …인간의 기억이란 참 묘해서 완결된 것은 망각하고, 미완의 것은 오래오래 기억한다.

임바른, 문득 얼마 전 들었던 박차오름의 말을 떠올린다.

박차오름E …잊지 못할 것 같아요. 시작도 못해봤잖아요. 우리.

임바른 (마음의 소리) 해피엔딩을 이루고는 익숙해져가는 사랑과, 안타깝게 못 이루어 평생 그리워하는 사랑 중에 어느 게 더 달콤한 것일까.

조용히 피아노를 치는 박차오름의 뒷모습을 다시 바라보며,

임바른 (마음의 소리) …아니, 어느 게 더, 슬픈 것일까.

7부

이 좁은 방에서 단둘이?
괜히 고백했어

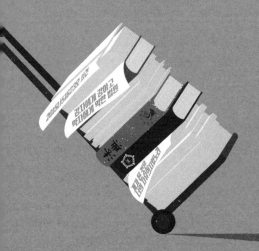

S#1. 배석판사실 (오전)

문 열리고 임바른 들어온다. 이미 출근해서 일하고 있는 박차오름. 박차오름, 늘 밝게 인사하던 평소와 달리 어색하게 목례를 한다.

박차오름 ···오셨어요.

임바른 (어색하게 목례하며) ···네.

S#2. 배석판사실 (오후)

어색한 정적이 흐르는 방. 오후 4시를 가리키는 벽시계, 초침 소리만 들린다. 두 사람, 각자 자리에서 고개를 숙인 채 아무 말 없이 일하고 있다.

임바른 (말없이 일하고 있는 박차오름을 힐끔 본 후, 마음의 소리) ···괜히 고

백했어. (방을 둘러보며, 마음의 소리) 이 좁은 방에서, 단둘이. 하루종일. (한숨을 쉰다)

이때, 한세상, 불쑥 머리를 들이밀며,

한세상	저녁에 약속들 없지?
임바른	네?
박차오름	…네.
한세상	오랜만에 직원들이랑 회식이나 하자구. 삼겹살에 쏘주 한잔.
임바른	(곤란해하며) 네…
한세상	(노려보며) 왜? 뭔 일 있어?
임바른	…아닙니다.

S#3. 삼겹살집 (저녁)

테이블에 모여 앉은 44부 판사들과 직원들. 상석에서 흡족한 표정으로 맥주를 죽 따라주고 있는 한세상.

한세상	이렇게 같이 일하는 식구들끼리 한번씩 고기도 구워 먹고, 이런 게 사람 사는 거 아니겠어?
맹사성	맞습니다, 부장님. 우리 44부는 한 가족 아니겠습니까. (히죽 웃으면서 잔을 들고 죽 둘러보며) 서로 뜨겁게! 사랑하는 한 가족. 어? 근데 판사님들은 왜 내외를 하고 계십니까?

나란히 앉은 박차오름과 임바른, 서로 어색하게 딴 곳을 보고 있다가 화들짝.

맹사성   자, 그럼 단합을 다지는 의미로 건배 한번 하겠습니다. 제가 '사랑해!' 하고 선창하면, 옆 사람과 잔을 부딪치며 '당신을!'을 외쳐주십쇼! (잔을 높이 들며) 사랑해!

박차오름, 잔을 든 채 임바른을 힐끗 봤다가 눈을 내리깔며 곤란해한다. 임바른도 어색하다. 이도연, 곤란해하는 박차오름을 보더니 맞은편에 앉은 임바른의 잔에 자기 잔을 부딪치며,

이도연   (농염하게 속삭이듯이) …당신을.

좌중, 놀라 멈칫했다가, 이도연이 장난스럽게 윙크하며 술을 원샷하자 그제야 웃는다.

맹사성   아, 옆 사람이랬지 누가 앞사람이랬어?
이단디   언니, 나랑 자리 바꾸자. 우리 한 번 더 해요, 방금 그거.

깔깔대는 사람들. 그 틈에 어색함에서 벗어나 안심하는 박차오름.

S#4. 삼겹살집 (저녁)

삼겹살이 맛있게 익어가고, 분위기도 무르익어간다.

박차오름 대단지 아파트 하자보수사건 접수됐던데. 건설사건, 힘들죠? 복잡하고.

맹사성 모르시는 말씀 마십쇼. 민사사건 중에 제일 골치 아픈 게 뭔지 아십니까? 가족끼리 싸우는 사건이에요. 하이고, 세상 원수 중에 제일 원수가 가족이라니까요!

플래시컷 〉 조정실. 서로 머리끄덩이 잡고 독하게 노려보고 있는 중년여성 둘. 중간에서 어쩔 줄 몰라 하고 있는 맹사성.

중년여성1 야, 감히 언니 몸에 손을 대? 놔!

중년여성2 언니가 먼저 놔!

맹사성 동시에 놓으면 안 되겠습니까…

중년여성1,2 (동시에, O.L.) 아저씨는 빠져욧!

깨갱하는 맹사성.

이단디 (고개를 절레절레 흔들며) 경위 입장에서는 노인분들이 최강이죠…

플래시컷 〉 판사실 스크린도어 앞에서 노인과 실랑이중인 이단디.

노인 (손에 든 낡은 종이뭉치를 휘두르며) 아가씨는 비켜! 내가 판사님을 직접 만나 뵙고 설명을 드린다니까!

이단디 (땀을 뻘뻘) 어르신. 아까부터 설명드렸잖습니까. 재판 당사자가 판사님을 개인적으로 찾아오시면 안 된다니까요…

노인 그래서 공적으로다가 이렇게 법원으로 직접 방문했잖어!

이단디	아니 그게 개인적으로 찾아오신 거죠…
노인	(호통) 냉큼 비키지 못할까! 어디서 쪼끄만 아녀자가!
이단디	(어이가 없어서 주먹을 불끈 쥐었다가 놓는다)

윤지영	(한숨을 쉬며) 전 요즘 교수님 한 분이 매일 오시는데요…

플래시컷 〉민사과 윤지영의 자리. 깐깐한 인상의 중년남성이 재판기록을 펼쳐놓고 자를 대고 한 줄 한 줄씩 내려가면서 꼼꼼히 읽고 있다. 옆에 서 있는 지친 표정의 윤지영.

교수	잠깐! (기록 중간을 손으로 짚으며) 요때 증인이 거짓말하니까 내가 바로 오류를 지적했는데, 왜 내 말대로 고쳐서 적지 않았죠?
윤지영	교수님, 증인신문조서는 일단 증인의 말을 있는 그대로 적어야 돼요…
교수	(집요) 그게 민사소송법 몇 조 몇 항에 나와 있죠? 근거가 있는 거 맞습니까? 미국에서도 이렇게 합니까?
윤지영	(지친 표정으로 머리를 짚는다)

한세상	(가만히 듣고만 있다가) …다들 법원 경력이 일천하구만.

의아한 눈초리로 바라보는 좌중.

한세상	…목사님 사건 해봤어?

순간 좌중 얼음. 고개를 절레절레 흔들며 다 같이 맥주를 들이켠다.

맹사성   (조그맣게 성호를 그리며) 할렐루야.

한세상   (씨익 웃으며 의기양양. 이겼다는 표정) 별것도 아닌 일들을 가지고
호들갑은… 불평들 그만하고 내일 재판이나 잘해!

S#5. 배석판사실 (오전)

자기 자리 옆 거울을 보며 법복을 입고 있는 임바른. 맞은편에서 법복을
입고 있는 박차오름의 모습도 거울 한쪽에 비친다. 자기도 모르게 거울
에 비친 박차오름에 시선이 가는 임바른. 한편 박차오름도 거울을 보면
서 법복을 입고 있다가 맞은편 임바른의 모습을 발견한다. 흠칫하더니
거울에서 떨어져 법복 입는 걸 마무리하는 박차오름. 임바른도 얼른 외
면한다. 이때 한세상 고개를 들이밀며,

한세상   들어갑시다!

S#6. 법정 (낮)

한세상, 굳은 표정. 두 팔로 법대를 꽉 붙들고 있다. (이후 슬로모션, 무음
처리) 한세상, 원고석을 바라본다. 욕심 많게 생긴 60대 남성이 피고석
을 향해 삿대질을 하고 있다. (자막: '차남, 목사') 그 옆에는 깐깐한 인상의
50대 후반 남성이 팔짱을 끼고 있다가 안경을 들어올린다. (자막: '삼남,
교수') 그 옆엔 드세게 생긴 여성이 과장된 동작으로 손수건을 들어 눈물
을 찍어내고 있다. (자막: '4녀, 복부인') 한세상, 피고석을 바라본다. 침을

튀기며 마구 맞 삿대질을 하고 있는 졸부 인상의 60대 남성. (자막: '장남, 사업가') 법대 위에서 내려다보면, 양측, 서로에게 악다구니를 쓰며 삿대질하고 있다.

한세상 (침통한 표정, 마음의 소리) ×××(비속어 음소거 처리) 됐… 다…

S#7. 법정 (낮)

한세상 (한숨을 쉬더니 다시 마음을 잡아서) 자자, 이제 그만들 하시고, 정리해봅시다. 그러니까, 아버님이 장남인 피고한테 땅을 증여한 게 무효다, 원래대로 돌려놓아야 한다, 이 말씀이죠?

목사 증여라뇨! 판사님! 무슨 말씀을 그렇게 하십니까? 하나님이 보고 계십니다!

한세상 아니, 유무효는 이 재판으로 가리겠지만 일단 등기가 넘어가 있으니까…

목사 그건 증여가 아니라 천벌 받을 패륜행위고! 지옥에 떨어질 죄악입니다! 피고는 구십 먹은 노인네를 꼭두각시로 이용해서 탐욕을 채운 것입니다! (몸을 부르르 떨며 기도하는 몸짓)

장남 뭐야 피고? 형님이라고 불러 인마! 어릴 적엔 내 앞에서 눈도 크게 못 뜨던 놈이 감히…

이단디 (옆에 서서) 조용히 하세요! 여긴 법정입니다!

한세상 (잠시 생각하더니) …아뇨, 괜찮으니 마음껏들 하시죠.

이단디 (당황) 네?

한세상 뭐 마음껏들 해보세요. 제가 재판만 한 20년 넘게 해보고 터득한 비법이 있는데 말씀입니다.

다들 궁금한 표정으로 한세상을 쳐다본다.

한세상	대체로 켕기는 구석이 있는 쪽일수록 목소리가 커집니다. 자신 있는 쪽은 조곤조곤 자기 할 주장만 하고요. 그래서 법정 태도가 참고가 많이 돼요. (짐짓 나무라는 표정) 거 이단디 경위! 지금 한 참 참고가 되고 있는데 왜 말리고 그래!
이단디	(씩 웃으며) 알겠습니다, 부장님. (꾸벅 절하고 자기 자리로 돌아간다)
목사	(당황한 표정으로 옆에 있는 교수를 쳐다본다)
교수	(점잖게) 재판장님, 죄송합니다. 저희 형님들이 좀 다혈질이셔서. 제가 말씀드리겠습니다.
한세상	그러시죠.
교수	저희 아버님이 올해 연세가 구십이십니다. 거동도 잘 못하시고, 작년부터는 기억도 오락가락하십니다.
장남	아닙니다, 판사님! 저희 아버님은 지금도 정정하십니다!
4녀	코빼기도 한번 안 보이던 오빠가 갑자기 아버지 봉양한다고 모셔 갈 때 이상하다 했어!
장남	뭐야! (버럭 화내다가 한세상을 보더니 움찔)
교수	(4녀를 향해) 넌 좀 가만있어. 죄송합니다. 재판장님.
한세상	그럼 피고가 모셔가기 전에는 누가 모시고 있었죠?
교수	네, 어머님 돌아가신 후부턴 독신인 막내가 모시고 있었습니다. 입주 가정부도 있었고요.
한세상	(기록을 보더니) 4남 1녀요. 그런데 막냇동생분은 안 나오셨습니까?

교수	…예. 걔는 성격이 내성적이라. 여하튼, 평소 문안인사 한번 안 드리던 큰형님이 굳이 고집 부려서 모시고 가더니 이런 일이 벌어진 겁니다. 아버님 그 많던 재산 중에 유일하게 남은 게 그 땅인데 그걸 그냥…
4녀	공시지가만도 50억이에요! 역세권에!
교수	넌 좀 가만있어. 재판장님, 그 땅을 지금 와서 갑자기 큰형님에게 통째로 증여하실 아무런 이유가 없습니다. 정신이 온전치 않으신 걸 이용해서 재산을 넘겨 간 겁니다.
장남	아닙니다, 판사님! 아버님은 평생 일군 수백억 재산을 저놈들이 다 해먹은 게 한이 되셔서 마지막 남은 그 땅 하나, 장남인 제게 넘겨주신 겁니다!
목사	(황당하다는 듯) 그 많던 재산 다 뜯어간 게 누군데 지금 우리한테 덮어씌워? 하나님이 다 내려다보고 계십니다! (기도한다)
한세상	아무튼, 원고들 주장은 아버님이 증여 당시 치매였기 때문에 무효다, 이거죠?
교수	네, 그렇습니다. 재판장님.
한세상	알겠습니다. 잠시 휴정하고, 십 분 후에 계속 진행하겠습니다.

S#8. 법정 밖 (낮)

법정에서 나오는 세 사람.

한세상	(한숨을 쉬며) 하이고, 말이 씨가 된다더니, 내 이놈의 조동아리가 방정이지…

임바른	…고생하셨습니다.
한세상	잠깐 합의실에서 쉬었다가 계속합시다.

복도를 따라 법정 옆에 있는 합의실(판사들이 잠시 쉬면서 사건 논의를 하는 방. 빈방에 5인용 소파와 탁자만 있다)로 향하는 세 사람. 합의실로 먼저 들어가는 한세상. 각자 이런저런 생각을 하며 무심코 따라 들어가다가 어깨가 부딪친 임바른과 박차오름. 서로 놀라 얼른 떨어진다.

임바른	미안합니다. 먼저 들어가요.
박차오름	죄송해요. 먼저 들어가세요.
임바른	(잠시 머뭇거린다)
박차오름	…우배석 판사님이잖아요.
임바른	(순간 아무 말도 아닌데 괜히 드는 서운한 마음. 박차오름을 본다)
한세상E	아, 빨리 안 들어오고들 뭐해!
임바른	(정신 차리며) 네, 부장님. (합의실로 들어간다, 따라 들어가는 박차오름)

S#9. 합의실 (낮)

한세상	한 20년 넘게 재판 해보니 말야, 재산 많은 집 치고 가족끼리 사이좋은 집 없더라구.
임바른	그런가요?
박차오름	(착잡한 표정. 자기 가족사를 잠시 떠올린다)
한세상	재산이 화근이야, 재산이. 소 한 마리 죽어 자빠져 있으면 하이

에나 떼하고 독수리 떼가 서로 물고 뜯는 형국이지.

임바른   세렝게티 초원이네요.

한세상   내가 그래서 늘 처자식들에게 얘기하지. 난 그 꼴 보기 싫어서 평생 정부미만 먹다 가련다. 남겨줄 재산이라곤 없고 공무원연금도 나 죽으면 끝이니 너희들은 나이 먹어도 아~주 화목할 거다. (씩 웃는다)

임바른   아까 노인분 재산이 수백억대였다던데, 전 그런 돈을 어떻게 하면 모을 수 있는 건지부터 상상이 잘 안 됩니다. 자동차부품 공장을 하셨다는데, 그걸로 어떻게…

S#10. 법정 (낮)

4녀   땅이죠. 땅. 아버지는 젊을 때부터 돈이 조금만 모이면 한 평이라도 저금하듯 사두셨어요. 그린벨트도 도지사 바뀌면 풀리기 마련이고, 정권 바뀌면 신도시 하나씩 생기기 마련이고… (씩 웃으며) 뭐, 나랏일 하는 분들도 챙길 구석이 있어야 하잖아요? 어느 구름에 비 내릴지 모르니 골고루 여기저기 사두면 땅은 어디 도망은 안 가거든요.

S#11. 합의실 (낮)

임바른   …그리고 수백억 재산을 대체 어떻게 하면 다 쓰고 달랑 땅 하나 남은 건지도 이해가 안 갑니다. 매일 고급 레스토랑 가고 매주 해외여행 가도 쉽지 않을 거 같은데…

S#12. 법정 (낮)

목사 아, 돈 벌기가 어렵지 쓰는 게 뭐가 어렵겠습니까? 세상에서 제일
　　　　 쉬운 게 돈 쓰는 겁니다. 여기 피고가 그 분야로는 인간문화재죠.

장남 뭐야 인마!

목사 당신이 사업한답시고 아버지한테 뜯어간 돈이 평생 얼마나 되는
　　　　 지 알아?

4녀 (한세상에게, 일러바치듯) 아버지가 오빠한테 늘 하시던 말씀이 있
　　　　 어요. 넌 일 안 해도 되니까 제발 좀 놀아라. 차라리 매일 술집 다
　　　　 니고 골프 치고 놀아. 니가 뭘 하려고 하든, 그냥 하지 마.

한세상 아니 무슨 사업을 어떻게 하셨길래…

목사 판사님, (목에 힘을 주며) 점잖은 집안에 배울 만큼 배운 사람들이
　　　　 오죽하면 시정잡배들처럼 법정까지 왔겠습니까? 해도 너무하니
　　　　 까 온 겁니다!

S#13. 장남 사무실 (낮)

브로커 사장님, 언제까지 노인네한테 야단맞아가며 공장 일만 하실 겁
　　　　　 니까. 독립하셔야죠.

장남 아, 자금이 있어야지, 자금이.

브로커 지금이 기회입니다. 아버지한테 최대한 빌려서 당장 글로벌 펀드

에 투자하세요. (김영삼 흉내) 이거 정말 학~실한 정봅니다. 희망
찬 세계화시대 아닙니까!

장남 (솔깃) 그럴까?

사무실 벽에 걸린 달력, 1997년 7월 달력이다. 구석에 켜져 있는 TV 하
단에 흘러가는 자막, '태국 바트화 급락, 국제통화기금 대책 검토'.

S#14. 법정 (낮)

목사 그때 날린 돈 회복하겠다며 영화사를 차렸죠. 〈쉬리〉 대박 나는
거 보더니.

교수 참고로 큰형님은 영화라곤 헐벗은 여인들이 잔뜩 나오는 거 외에
는 안 보는 분입니다.

목사 벤처 열풍 때는 IT회사를 차렸죠. '슈퍼 테크놀로지 네크워크 시
스템즈.'

교수 참고로 큰형님은 컴맹입니다.

목사 참 일관성은 있는 양반이죠. 최근에는…

S#15. 장남 사무실 (낮)

브로커 저는 한마디로, 중국은 대박이다, 이렇게 생각을 합니다. (손으로
내리치는 동작하며, 박근혜 '통일은 대박' 연설 흉내) 한중관계가 역
사상 최고로 좋은데 이럴 때 놓치면 바보 아닙니까. 마스크팩 하

나만 터져도 수천억인데. (주위를 살피는 척하더니 목소리를 낮춰서) 제가 산뚱성 쪽에 꽌시를 잘 만들어놓은 동네가 있는데 말이죠…

장남 (솔깃) 그럴까?

사무실 벽에 걸린 달력, 2015년 11월 달력이다. 구석에 켜진 TV 하단에 흘러가는 자막, '사드 배치, 의제 아냐… 아직 협의된 것 없어'.

S#16. 법정 (낮)

임바른 (마음의 소리) 누군가가 나에게 열심히 권하는 일은 그 사람에게 이익이 되는 일이고, 진짜로 나에게 이익이 되는 일은 남들이 한사코 감추고 있는 일인 법.

장남 판사님! 저는 먹고살아보겠다고 열심히 살았을 뿐입니다! 저 인간들이야말로 아버지한테 빨대 꽂고 평생 호의호식한 인간들입니다! 억울합니다, 판사님!

S#17. 합의실 (낮)

한세상 (한탄조로) 허 참, 그래도 가족이고 형젠데 법정에서 저러고들 싶을까? 돈이 죄지, 돈이 죄야. 돈이 사람을 저렇게 만드는 거라구.

임바른 (냉담한 표정) 부장님, 돈은 별 죄가 없어 보입니다만. 제가 보기에는 아주 인간답게, 인간의 본성에 맞게 각자 행동하는 거 같은데요.

박차오름   (임바른의 냉담함에 놀라 임바른을 쳐다본다)

임바른   부장님은 아까 재산 많은 집 치고 가족끼리 사이좋은 집 없다고 하셨죠. 정확히 말하자면 재산 많은 집이라고 예외는 아니다, 정도가 맞는 것 같습니다. 돈 없는 집이라고 사이좋은 건 아니거든요.

한세상   임 판사는 뭐가 그리 부정적이야?

임바른   부정적이 아니라, 객관적이려고 노력하는 겁니다. 부장님.

한세상   객관적?

임바른   가족이니 친척이니 해도 결국 자기 밥그릇이 우선이죠. 냉정하게 법적인 결론만 내리면 될 것 같습니다. 증여 당시 치매였다는 증거가 부족합니다. 먼저 발 빠르게 움직인 장남이 득을 보겠네요.

박차오름   (입을 꾹 다물고 있는데, 동의할 수 없다는 표정)

한세상   박 판사, 뭔가 할말이 있는 눈친데?

박차오름   …아닙니다. 부장님.

한세상   아니긴 뭐가 아냐! 얼굴에 다 써 있구만. 평소처럼 박차오르면서 반대합니다! 안 하고 뭐해?

임바른   (박차오름을 힐끗 본다)

박차오름   (잠시 망설이다가) 부장님, 그 땅 증여한 게 유효인지 무효인지 판결한다고 문제가 근본적으로 해결될까요?

한세상   그럼 어쩌자고?

박차오름   …조정을 해볼 수는 없을까요?

한세상   저 지경인데 조정이 되겠어?

박차오름   장남이 이겨도, 어차피 부친 돌아가시면 동생들이 자기들 유류분을 침해한 부분은 반환하라고 또 소송하지 않을까요. 최소한 법정 상속분의 절반까지는 유류분으로 보장되니까. 내 재산 내 맘대로 하면 그만이라지만, 어느 자식 한 명한테만 다 줄 수는 없게 해놓은 거잖아요.

한세상 흐음… 그렇긴 하지. 임 판사 의견은 어때?

임바른 90세 노인이긴 해도 언제까지 사실지 아무도 모르는데, 미래에 있을 소송이 무서워서 지금 손에 쥔 재산을 내놓을까요? 빼돌릴 방법부터 연구할 거 같은데요.

박차오름 (한세상을 보며) 그러니까 더더욱 재판부가 강하게 설득해봐야죠. 힘들어도 분쟁을 근본적으로 해결하는 게 법원이 할 일 아닐까요.

임바른 (한세상을 보며) 각자 스스로 책임질 아귀다툼에 무리하게 개입하는 건 법원이 할 일이 아닙니다.

묘한 긴장감이 흐른다. 두 판사를 번갈아 쳐다보는 한세상.

한세상 글쎄… (고민)

S#18. 법정 (오후)

한세상 이 사건은 가급적 조정으로 해결해보려고 합니다.

장남 판사님, 쟤네들하고는 어차피 얘기가 안 됩니다.

목사 판사님이 판결로 일도양단, 결론을 내주셔야…

한세상 (O.L.) 다음 기일까지 각자, 언젠가 상속재산을 나누는 때라고 치고, 합리적인 재산분할 방안과 그 이유를 가져와보세요. 참고하겠습니다.

자리에서 일어서는 한세상. 쳐다보는 원고들과 피고.

S#19. 법정 앞 복도 (오후)

걸어가는 세 사람.

한세상   (걸어가며) 일단 한번 해봅시다. 임 판사, 유류분도 감안해서 적절
         한 재산분할 방안 한번 검토해봐.

임바른   네? 조정하자는 의견은 박 판사가 냈는데 왜 그걸 제게…

한세상   아이디어 냈잖아. 그리고, 그래도 임 판사가 내 오른팔 아닌가.

임바른   (못마땅하지만) …네, 알겠습니다. (문득 한세상 왼손 엄지에 끼워져
         있는 골무를 보고는) …근데 부장님은 왼손잡이시잖아요?

한세상   (시치미 뚝 떼며) 응. 그러니까. (오른손 들어 얄밉게 흔들며) 오른팔.

S#20. 배석판사실 (오후)

방으로 들어오는 두 사람. 어색한 침묵이 흐른다.

박차오름   …저, 재산분할 방안, 제가 검토할게요. 제가 꺼낸 말이니까.

임바른   아닙니다. 부장님이 저한테 시키셨으니까 제가 하죠.

박차오름   …네.

cut to

임바른, 저녁 6시 반을 가리키는 벽시계를 보더니 자리에서 일어난다.

임바른   저, 먼저 일어날게요.

박차오름   네, 안녕히 가세요. (목례한다)

나가다가 문 앞에서 슬쩍 뒤를 돌아보는 임바른. 묵묵히 일하는 박차오름을 잠시 보다가 살짝 한숨을 쉬며 밖으로 나간다.

S#21. 배석판사실 (저녁)

편한 추리닝 차림으로 갈아입고 머리를 위로 대충 올려 묶은 채 의자 위에 책상다리를 하고 앉아 일하고 있는 박차오름. 추리닝 바지를 무릎까지 걷어올린 상태. 갑자기 문 열리더니, 임바른 들어온다. 놀라는 박차오름, 자기도 모르게 얼른 책상다리를 풀어 똑바로 앉는다.

박차오름   (살짝 더듬거리며) 어… 퇴근하신 거 아니셨나요… (한 손으로는 걷어올린 추리닝 바지 하단을 뒤늦게 걷어내린다)

임바른   (어색해서 외면하며) 죄송합니다. 가다가 부장님 드릴 판결 초고 중에 고칠 게 생각나서요. 금방 고치고 갈게요.

박차오름   네…

cut to

박차오름, 정자세로 앉아 묵묵히 일하고 있는데, 영 불편하다. 전에는
별로 신경 안 썼는데, 늦은 시간에 단둘이 한 방에 있는 것이 괜히 의식
된다. 그것도 추리닝 차림. 옆눈으로 힐끗 임바른을 보니, 자판을 두들
기며 판결문을 고치고 있는 임바른.

임바른　　(자판을 두들기며, 나지막이) …박 판사님.

박차오름　(살짝 놀라며) 네?

임바른　　언제까지 이렇게 불편해할 건가요.

박차오름　(미처 대답을 못하고 우물쭈물)

임바른　　솔직히 나도 편하진 않습니다만, 이래서는 업무에 지장을 줄 것
　　　　　　같아요. 서로.

박차오름　……

임바른　　이렇게 만든 거, 미안합니다. 내 잘못이에요.

박차오름　……

임바른　　그래도 우리는 업무에 지장을 받으면 안 되는 사람들이잖아요.
　　　　　　(잠시 말을 멈추었다가) …남을 재판하는, 판사니까.

박차오름　(귀기울여 듣다가) …그렇죠. 저도 그 생각, 했는데, …그래도 신
　　　　　　경이 쓰이네요. (망설이다가 조그맣게) 임 판사님께 죄송하기도 하
　　　　　　고…

임바른　　(죄송하다는 말에 순간 멈칫, 하다가 다시 씨익 웃으며) 죄송은 무슨.
　　　　　　지금 자기 우배석을 너무 유리 멘탈로 보는 거 아닙니까. 천하의
　　　　　　임바른을?

박차오름　(비로소 살짝 미소 지으며) 제가 감히 그랬나요? (잠시 후 조용히) 이
　　　　　　제 안 그럴게요. 고마워요. 임 판사님.

임바른　　(미소 지어 보인 후, 다시 하던 일을 계속한다. 박차오름도 좀더 편해진

자세로 자기 일에 몰두하기 시작한다)

임바른 (그런데 임바른의 미소, 서서히 사라지고 서글픈 표정이 된다. 마음의
소리) …미안하다는 말은, 굳이 하지 말지 그랬어.

다시 조용히 일하는 두 사람.

S#22. 임바른 동네 반찬가게 (저녁)

임바른, 반찬가게에서 나물 무침과 전 종류를 사고 있다.

S#23. 임바른의 집 (저녁)

아파트 문 열리고, 들어오는 임바른. 반갑게 맞는 엄마.

엄마 오늘은 일찍 퇴근했네?

임바른 (손에 든 봉투를 내민다)

엄마 이게 뭐니? (봉투 안을 보더니) …바른아.

임바른 사서 하라 그랬잖아 엄마. 종일 전 부치고 나물 무치지 말고.

엄마 그래도 제사는 정성인데…

임바른 또 삼촌이 그런 소리하면 삼촌보고 와서 하라 그래. 정성껏. 근
데 아버지는?

엄마 …곧 오겠지 뭐.

임바른 요즘은 또 누구랑 어울리고 다니시는 거야? 아직도 환경운동 쪽

사람들? 아님 장애인 인권운동?

엄마   내가 아니?

임바른   하긴 챙길 모임이 한두 군덴가 어디. 엄마, 아버지 하고 다니는 거 중에 제일 싫은 게 뭔 줄 알아? 영업사원도 아니면서 핸드폰 보조배터리까지 챙겨서 다니는 거야. 무슨 대단한 전화 올 데가 있다고. 끽해야 어디 집회에 오라는 거 아니면 성금 내라는 건데.

엄마   (한숨 쉬며) 너무 그러지 마라. 사람이 좋아서 그런 건데 뭐.

임바른   능력이 없는데 사람만 좋은 것도 죄야, 엄마.

S#24. 임바른의 방 (밤)

책상에 앉아 사건기록을 보고 있는 임바른. 밖에는 제사 마친 후 수다중인 친척들 목소리로 시끌시끌하다.

숙모T   어머, 바른이가 판사 된 후로 어째 올 때마다 못 보던 살림이 늘어나는 거 같아요, 형님. TV 이거, 얼마예요? 비싸 보이는데…

S#25. 임바른 집 거실 (밤)

과일 놓고 앉아 있는 임바른 부모와 삼촌, 숙모.

엄마   십 년 넘게 쓰던 거 고장 나서 버리고 새로 산 거야. 전시상품이라고 좀 싸게 파는 거.

숙모	(요리조리 TV를 살피며) 아닌데, 비싸 보이는데… (엄마를 향해) 좋은 자리 선도 많이 들어오죠? 재벌 집으로 해, 재벌 집으로. 아, 우리한테도 뭐 떨어질 거 좀 있게. (주책맞게 웃는다)
아버지	재벌은 무슨… 공직자가 돈맛 알면 못 쓴다. 봉사하는 마음으로 일해야지. 남들은 자기 돈 써가면서 봉사하는데 월급 꼬박꼬박 받으며 봉사하는 것만도 얼마나 감사한 일이냐.
삼촌	(혀를 차며) 또 공자님 말씀이우, 형님? 내 한잔해서 하는 말씀인데, 형님은 너무 이기적인 사람이야.
엄마	도련님, 왜 그러세요 또.
삼촌	형수님은 가만계세요. 형님 혼자 잘나서 좋은 대학 간 줄 알아요? 없는 살림에 장남이라고 다 몰아줘서 잘된 거 아니유. 그럼 돈 벌어서 집안 건사할 생각을 해야지 평생을 무슨 데모꾼들하고나 어울리고…
숙모	그래도 세상이 몇 번씩 바뀌니까 그런 사람들도 한자리씩 다 하던데? 아주버님은 어디서 전화 안 와요? 들어오라고?
삼촌	어느 쪽이든 힘있는 사람 근처에서 얼쩡거려야 누가 불러주는 거야. 아무나 불러주나?
아버지	(표정 굳어지며) 그런 소리 할 거면 가라.

자리에서 일어나는 아버지, 그런데 잠바 주머니에서 무언가 툭 떨어진다. 휴대폰 보조배터리.

| 삼촌 | 뭘 흘리고 다녀. (배터리를 주워 들더니 비웃는 표정으로) 하! 고상은 다 떠시더니 혹시라도 불러주는 전화 놓칠까봐 이런 거까지 챙기고 다니시네. 왜, 누가 무슨 인권위원 자리라도 하나 준대? |

아버지　　(인상 쓴 채 배터리를 채간다)

S#26. 임바른의 방 (밤)

임바른, 짜증스러운 표정으로 보던 기록을 탁 덮는다. 의자에서 내려와
침대 위에 아무렇게나 앉더니, 구석에 놓인 낡은 클래식기타를 가져와
만지작거리는 임바른.

S#27. 배석판사실 (낮)

이도연, 들어온다.

이도연　　오후엔 반일휴가 좀 냈습니다.
박차오름　날씨 좋던데, 무슨 좋은 계획이라도 있으세요?
이도연　　…시골에서 아버지가 올라오셨어요. 볼 것도 없는데 법원 구경
　　　　　　하겠다고 고집 피우셔서.

S#28. 법원 1층 로비 (낮)

초라한 차림의 이도연 부친, 이도연과 함께 걷고 있다. 법원이 신기한
듯 연신 고개를 끄덕거리며 두리번거리는 중. 지나던 정보왕, 발걸음을
멈추고 두 사람의 모습을 본다.

S#29. 배석판사실 (낮)

정보왕E   다시 봤어.

들어오는 정보왕.

임바른   뭘 다시 봐.

정보왕   이도연 실무관 말이야, 다시 봤어.

임바른   뭘 다시 봤냐구.

정보왕   쌀쌀맞고 못된 줄만 알았는데, 인간적인 구석도 있네. 무슨 소외
계층 법원 방문 행사 같은데, 아주 곰살궂게 안내 잘하고 있더라
고. 본인 일도 아닌데 자원했는지.

박차오름   네? 오늘 시골에서 언니 아버님이 오셨다고 했는데?

정보왕   응? 아버님?

플래시컷 〉 이도연 책상 위에서 봤던 사진. 수줍게 웃는 이도연 어깨를 감싸
고 있는 중후한 중년신사.

정보왕   에이, 아닌데? 아버님. 일단 비주얼이 다르잖아. 비주얼이. 스타
일도.

박차오름   맞는데요? 법원 구경시켜드린다고 반일휴가까지 냈는데?

정보왕   (어리둥절한 표정) ······

플래시컷 〉 6부 6씬 중.

정보왕   …아빠예요?

이도연   (어이없다는 듯 힐끗 보더니 외면하며) 애인이에요.

정보왕   (경악하며) 정말 아빠 아니었어?! 그럼 설마? 진짜?

임바른   (찡그리며) 아버님 맞다는데 왜 자꾸 헛소리야? 업무방해 말고
          나가.

정보왕   (헛것을 본 듯한 넋 나간 표정으로 돌아나가며) 아빠 아니래… 아빠
          아니래…

박차오름 (정보왕의 뒷모습을 보며) …전 가끔 정 판사님 행동이 이해가 안
          돼요.

임바른   (무표정) 전 가~끔 이해가 됩니다.

박차오름 (고개를 절레절레하더니) 그나저나, 오후에 형제의 난 사건 기일이
          죠? 오늘은 좀 의견이 좁혀지려나요?

임바른   …제가 보기엔 전선이 확대될 겁니다. 불난 곳에 기름을 부으신
          거죠.

박차오름 네?

S#30. 법정 (오후)

교수   큰형님만 재산을 축낸 게 아닙니다! 작은형도 나을 거 없어요! 재
          판장님, 제 말씀 좀 들어보십쇼!

4녀   그러는 오빠는 뭐가 달라? 판사님, 아들들이 문제예요! 아들들
          만 해달라는 거 다 해주고 딸은 남 취급했다니까요!

이마를 짚으며 골치 아파하는 한세상.

임바른   (마음의 소리) 전리품 분배 문제가 제기되면 동맹은 분열되기 마련이지.

한세상   한 분씩 좀 차근차근 얘기해보세요. 무슨 할 말씀들이 그리 많은지.

교수   목사 하시는 작은형님은 어릴 적부터 사랑이 충만한 분이셨죠. 다만 그 대상이 좀 한정적이어서 그렇지.

목사   (당황하며) 너 무슨 소릴 하려는 거야?

교수   가장 낮은 곳에서 일하는 여인들에 대한 박애정신이 어찌나 대단하신지… 술집에서 일하며 자존심 상할까봐 명품 빽 해주시고, 가게 마이킹 빚 갚아주시고. 정말 역삼동 뒷골목에 작은형님 동상 하나 세워야 한다고 봅니다.

한세상   대단하셨구만요.

교수   네. 신학대학 들어간 것도 삼수하다가 점수에 맞춰 들어간 건데, 지금은 나름 중견 목사님 됐죠. 역삼동에서. 거기 있던 아버지 땅, 졸라서 자기 명의로 넘겨 가더니 교회 세워서 지금은 아주 잘나갑니다.

4녀   (교수를 보며) 근데, 오빠도 만만치 않았어. 판사님, 아부지가 셋째 오빠는 명문대 보내본다고 재단하고 딜을 한 거예요. 근데 그쪽이 하도 쎄게 부르니까 그 돈이면 차라리 미국 박사를 사오겠다며 유학을 보내셨는데, 교수는 어디 공짜로 되나요? 결국 그 대학에 비슷한 돈 주고 겨우 교수 명함 들고 다니게 해준 거예요. 아버지가.

임바른   (마음의 소리) 재단이 아주 일관성 있는 방침을 가지고 있군.

4녀	(눈물을 찍어내며) 그에 비하면 저는 집안에서 해준 게 아무것도 없어요. 들장미처럼 컸다니까요.
한세상	(기록을 넘기며) 20대에 이미 임야 수십만 평을 증여받지 않았습니까?
4녀	(서럽다는 듯) 네! 그런 거친 들판을 쪼개 팔고 쪼개 팔면서 근근이 살았어요, 판사님. 말이 나온 김에 제가 서운했던 일을 다 말씀드리면요,

cut to

4녀	(손수건으로 눈물을 찍어내며) 구찌 빽 하나, 그거 얼마 한다고 안 사줘서 예민한 사춘기 소녀의 감성에 상처를 내셨고요…
한세상	(지친 표정) 아니 그런 건 재판하곤 상관없는 얘기라니까요…
4녀	(서럽게 울며) 판사님도 제 말은 무시하고 안 들어주시네요. 집에서는 딸이라고 차별받고…
한세상	(O.L.) 아직도 많이 남았습니까?
4녀	네!
한세상	(잠시 생각하다가) 이 사건 한 건만 하는 게 아닙니다. 할 일이 많아요. 일단 오늘 재판은 마칠 테니까 제 방으로 오세요.
4녀	네? 판사님 방이요? (어리둥절)

S#31. 한세상 부장판사실 (오후)

한세상	자, 이제 하고 싶은 말씀 아주 그냥 마음~껏 해보세요. 근데, 한

가지만 양해를 구하겠습니다.

4녀   네.

한세상   (책상 위에 가득 쌓인 기록을 가리키며) 제가 좀 봐야 될 사건이 많아서 말입니다. 죄송하지만 전 제 자리에 앉아서 일을 하면서 들을 테니, 아주머니는 저 자리에 앉으셔서 말씀하시면 됩니다. 제가 귀를 열어놓고 다 잘 들을게요. 일하면서도 다 들을 수 있습니다.

4녀   알겠어요. 그러면은요, (냉큼 회의용 탁자 의자에 앉더니) 아까 하던 중학교 때 생일선물 얘기부터 계속할까요?

한세상   (앉아서 사건기록을 넘기며) 네네. 중요하죠. 생일. 암요.

cut to

4녀, 뭐라뭐라 열변을 토하고 있다. (대사 소거 처리)

한세상   (계속 일하면서 리액션) 아니 어떻게 그런!

cut to

4녀, 이번에는 자기 얘기에 스스로 감정이 북받쳐서 손수건으로 눈물을 닦더니 또 열변을 토하기 시작. (대사 소거 처리)

한세상   (계속 일하면서 고개를 끄덕끄덕) 저런저런, 그럼 못쓰지, 못써.

cut to

4녀, 이번엔 손수건을 꺼내 코를 팽~ 풀더니 판사실 거울 앞에 서서 얼굴을 이리저리 비춰본다. 눈물로 화장이 번진 모습. 아예 핸드백에서 화장품을 꺼내 거울 앞에서 화장을 하고 속눈썹까지 치켜올리고 있는 4녀. 졌다는 듯 고개를 절레절레 흔드는 한세상.

S#32. 한세상 부장판사실 (오후)

한세상 자, 이제 하고픈 말씀 원도 한도 없이 다 하신 거죠?

4녀 네~ 판사님, 일단은요.

한세상 네네, 잘 알겠습니다. 그럼 조심해서 돌아가세요~

4녀 네~

S#33. 배석판사실 (오후)

임바른 (사건기록을 넘기다가 짜증스럽게 탁 덮으며) 지긋지긋한 사건이네요.

박차오름 네?

임바른 이 집안은 전화통화를 서로 녹음하는 가풍이 있나봐요. 서로 자기한테 유리한 녹취록까지 내기 시작했어요.

박차오름 ……

임바른 (짜증스러운 표정) 박 판사님, 이 사건을 이렇게 붙들고 있는 거, 시간 낭비라고 생각 안 해요?

박차오름 …시간 낭비라구요?

임바른　네. 형제니 가족이니 하는 거에 지나치게 큰 의미를 부여하는 거 아니냐구요.

박차오름　그렇게 생각하세요?

임바른　(자기도 모르게 흥분) 가족이라는 게 선택할 수 있는 게 아니잖아요! 그냥 우연히 가족으로 태어난 죄로, 그놈의 피라는 게 뭐라고, 서로 잘 맞지도, 좋아하지도 않는 사람들이 평생을 아웅다웅하며 가족 행세를 하고 있는 거잖아요!

박차오름　그건 너무 삭막한 얘기 아닌가요? 가족조차 없다면 사람에게 뭐가 남는 거죠?

임바른　(냉담하게) 인간이란 어차피 혼자 살아가는 거 아닌가요. 뭐가 더 필요하죠?

박차오름　…왜 그렇게 가족이라는 것에 대해 예민하신지 모르겠지만, 저한테는 큰 의미가 있어요. 임 판사님.

임바른　(순간 아차 싶다) …미안합니다. 가족분들이 힘든 일을 겪고 계신데 제가 괜한 말을 했네요.

박차오름　(고개를 저으며) 아니요, 힘들어서가 아니라, 그 힘으로 제가 살아갈 수 있기 때문에 제게 중요한 거예요. 가족은.

임바른　…… (알 듯 모를 듯하지만, 더이상 묻지 않는다)

S#34. 법정 (오후)

목사　피고는 장남 노릇을 한 적이 없습니다! 아버지 얼른 안 돌아가신다며 영감태기 명줄도 길다, 평생 기다리다 내가 먼저 늙어 죽겠

다는 소리를 밥먹듯이 했어요! 똥오줌을 받아가며 아버지 병수
발을 한 것은 막냅니다!

장남 그러는 너는 언제 아버지 모신 적 있냐! 막내 놈이 모셨지. 판사
님, 저 녀석들은 돈 달란 소리 할 때 외엔 아버지를 찾아뵌 적이
없습니다. 아버지 정정하실 땐 꼼짝도 못하더니 힘 빠지시니까
면전에서 대놓고 무시하고 그랬어요!

4녀 그래도 아버지 가장 많이 찾아뵌 건 나야! 아들하고 며느리들은
아버지 정신 흐릿해진 후에는 막내한테 떠넘기고 기다렸다는 듯
이 발길 끊었잖아!

S#35. 법원 엘리베이터 (오후)

재판 마치고 판사실로 올라가는 엘리베이터. 지친 표정의 세 판사. 엘리
베이터 안에는 포스터가 붙어 있다. '법원 가족 체육대회'.

임바른 (포스터를 보며, 마음의 소리) 왜 이런 걸 개인 시간인 주말에 개최
하는 걸까. (씁쓸한 표정, 마음의 소리) 가족이라. 좋지. 분위기 참
가족적이겠다.

S#36. 법원 안 도로 (저녁)

지친 표정으로 말없이 걸어가는 임바른과 박차오름. 박차오름, 임바른
의 얼굴을 힐끔 본다.

임바른 (V.O.) 인간이란 어차피 혼자 살아가는 거 아닌가요. 뭐가 더 필
요하죠?

이때 무표정하게 걷던 임바른, 갑자기 걸음을 멈추고, 엉겁결에 박차오
름도 따라 멈춘다. 박차오름, 무슨 일인지 앞을 본다. 길 한쪽 구석엔 중
년남성이 앉아 핸드폰을 들고 있고, 맞은편 화단 쪽엔 어린 여자아이가
브이자를 그리며 포즈를 취하고 있다. 사진을 찍는 중. 임바른, 잠자코
서 있다가 부녀가 사진을 다 찍자 다시 걷기 시작한다. 박차오름, 따라
걸으며 임바른의 얼굴을 다시 흘깃 본다.

플래시컷 〉 4부 1씬.

지하철역 입구에서 할머니가 광고지를 나눠주려 하는데 우물쭈물하느
라 사람들이 휙휙 지나쳐가버리고 있다. 이어폰을 낀 임바른, 소심한 할
머니 앞을 스쳐지나간다. 손에 든 광고지는 수북이 들려 있는 그대로.
할머니, 체념한 듯 땅이 꺼져라 에휴… 한숨을 쉰다. 마치 그 한숨이 들
리기라도 한 듯, 몇 걸음 걸어가던 임바른, 걸음을 멈춘다. 얼굴에 잠시
망설임과 곤란함이 섞인 표정 맴돌더니, 귀에서 이어폰을 빼버리고는,
슬쩍 뒤로 돌아 할머니에게로 돌아간다.

한 발쯤 앞서가는 임바른의 뒷모습을 가만히 보는 박차오름. 카메라, 조
용히 걸어가는 두 사람의 뒷모습을 비춘다.

S#37. 지하철 (밤)

자리에 앉아 생각에 잠긴 임바른.

박차오름 (V.O.) …왜 그렇게 가족이라는 것에 대해 예민하신지 모르겠지만,

S#38. 임바른 초등학생 시절, 외갓집 (낮)

부유해 보이는 외갓집. 주눅든 표정으로 들어서는 임바른 엄마와 임바른. 병약해 보이는 노인(외할아버지), 엄마의 손을 잡으며 반갑게 맞는다. 못마땅한 표정으로 팔짱을 끼고 있는 중년여성(외숙모)과 남성(외삼촌).

S#39. 임바른 초등학생 시절, 외갓집 (낮)

소파에 앉아 있는 임바른 모자와 외할아버지. 외숙모, 맞은편에 앉아 과일을 깎고 있다.

외숙모 아가씨, 힘든 사정은 이해하지만 저희도 힘들어요. 홀로 되신 아버님 모시랴, 애들 유학 뒷바라지 하랴.

엄마 올케, 미안해. 내가 아버지께 더이상 손 안 벌리려고 했는데…

외숙모 아버님 재산이 화수분인가요? 퍼줘도 퍼줘도 계속 샘솟게? 출가외인이라는 말도 있는데 임씨 집안일은 임씨 집안 쪽에서 해결하

셔야죠.

외할아버지 아가, 말이 지나치구나!

외삼촌 이 사람 말이 맞아요 아버지. (엄마를 향해) 아, 그러게 왜 그런 집에 시집가서 속을 썩이냐. 없는 집안이지만 사람 하나 똑똑하대서 참고 시집보냈더니… 말이 좋아 해직기자지 백수야 백수. 몇 년째냐. 복직될 거 같애? 기술을 배우든지, 막노동이라도 나가라 그래!

기죽어 있는 엄마, 그런 엄마를 속상해하며 쳐다보는 임바른.

S#40. 임바른 초등학생 시절, 집 (저녁)

집에 들어오는 엄마와 따라 들어오는 임바른. 집은 비어 있다. 안방에 들어가서 지친 듯 주저앉는 엄마. 걱정스레 쳐다보는 임바른.

cut to

방에서 공부하고 있는 임바른. 밖에서 문 열리는 소리 들린다. 사람들 들어오는 소리. 문 열고 나와보는 임바른. 한잔했는지 얼굴이 빨간 아버지 들어오는데, 뒤에 다소곳이 고개 숙인 젊은 여자 따라 들어온다. 그 뒤엔 여자 치마 붙잡고 있는 꼬마 남자아이. 현관으로 달려나왔다가 놀란 표정의 엄마.

cut to

공부방 문을 살짝 열고 틈으로 내다보는 임바른. 젊은 여자, 고개 숙이고 울고 있고, 엄마, 화난 표정으로 아버지와 다투고 있다. 꼬마만 천진한 표정으로 두리번거리고 있다. 아버지, 성난 표정으로 바닥을 내리치는데, "내가 책임 진다니까!" 하는 소리가 똑똑히 들린다. 놀라 문을 닫는 임바른. 심장이 벌렁벌렁 뛴다.

cut to

아버지E   바른아! 나와봐라.

밖으로 나오는 임바른. 아버지, 꼬마 손에 사탕을 쥐어주고 있다.

아버지   (꼬마 머리를 쓰다듬으며) 형이다. 형이라고 불러라.

꼬마   (천진하게 임바른을 쳐다보며) 형아?

임바른, 아버지를 노려보다가 뒤로 돌아 방으로 들어가버린다.

아버지   바른아!!

문을 닫아버리는 임바른.

S#41. 다시 현재, 지하철 (밤)

생각에 잠겨 있던 임바른, 얼굴을 찡그리더니 두 손으로 얼굴을 부빈다.

눈을 감고 잠을 청하는 임바른.

S#42. 임바른의 집 (밤)

임바른   다녀왔습니다.

아버지   왔냐.

cut to

거실에서 TV를 보고 있는 아버지와 임바른. 어색한 침묵.

아나운서E 우수학생들의 의대 쏠림 현상이 갈수록 심해지고 있다는 소식입니다.

아버지   젊은이들이 돈과 안정만 좇는 나라는 미래가 없는데…

임바른   ……

아버지   안 그러냐, 바른아?

임바른   ……

아버지   뒤처진 사람들도 돌아보고, 함께 나아갈 방향도 고민하고 그래야지.

임바른   …젊은이들한테는 당장 현재도 없는데요.

아버지   …… (임바른을 본다)

임바른   아버지 때에는 뒤도 돌아보고, 앞도 고민하고 하셨겠죠. 데모만 하다 졸업해도 대기업 들어가고, 기자도 되고 하던 때니까.

아버지   ……

임바른	전교조 하다 해직당하신 아버지 후배분, 대치동 1타 강사 돼서 빌딩 올렸다면서요. 언론노조 함께하던 친구분은 의원님 되셨죠? 아, 지금은 정치자금법 위반으로 감옥 가셨던가?
아버지	바른아,
임바른	저랑 일하는 윤지영 실무관, 노량진에서 컵밥 먹으며 3년 공부했대요. 9급 되려고. 법원경위 하는 친구는 태권도 국가대표 상비군이었고요.
아버지	……
임바른	의대든 노량진이든 각자 최선을 다하고 있는 거예요. 살아보겠다고. 누가 도와주지 않는 세상인 걸 잘 아니까. …아버지 같은 분들이 그렇게 고민해서 만들어놓은 세상 말이죠.

묵묵히 TV만 쳐다보고 있는 아버지.

S#43. 법정 (낮)

한세상	(화난 표정으로 서류 여러 장을 들어 보이며) 이게 다 뭡니까? 합리적인 재산분할 방안을 내랬지, 서로 비방하는 투서 보내달라 그랬습니까? 다시 내세요!
장남	아니, 그게 아니고요, 진실을 가려달라는 의미로다가…
목사	진실 좋아하네, 하늘이 두렵지 않소!

S#44. 법원 근처 식당 (낮)

설렁탕집에서 점심식사중인 세 판사.

한세상   내 저놈의 집안 사람들 때문에 화병이 날 지경이야. 마음 같아선 그놈의 재산, 싹 몰수해서 불우이웃한테 나눠주면 속이 시원하겠네!

박차오름   …부장님, 이왕 이렇게 된 거 한 번만 더 얘기 들어보시죠.

한세상   (벌컥 역정을 내며) 아 무슨 얘길 더 들어!! 지긋지긋하지도 않아?

박차오름   …아직 얘기를 못 들어본 사람이 있잖아요.

한세상   누구? 막내아들? 형들이 드세서 할말이 없나보지 뭐. 나오지도 않잖아.

박차오름   그래도 할말이 없겠어요? 그 사람도 가족인데.

한세상   ……

박차오름   그리고 한 명 더.

한세상   누구?

박차오름   ……

한세상   ……? (뭔가 떠오른 듯 눈이 커진다)

S#45. 법정 (낮)

장남   아버지를 모셔오라고요?

한세상   가능합니까?

교수   모셔올 리가 없죠. 거짓말이 다 들통날 테니까.

장남	(망설이다가) 안 될 거 없죠. 좋습니다! 직접 아버지에게 물어보십쇼. 그 땅, 제게 주신 게 맞습니다!
한세상	출석하실 수 있겠습니까?
장남	(자신만만한 표정) 요즘 많이 좋아지셨습니다.
임바른	(마음의 소리) 괜찮을까? 물어보는 대로 네네네 하라고 노인네를 매일 들들 볶는 거 아냐?

S#46. 43부 배석판사실 (오후)

정보왕, 일하다가 말고 답답한 표정으로 머리를 긁적긁적하더니 팔짱을 끼고 뒤로 기댄다.

정보왕	하… 일이 손에 안 잡히네.

뭔가 고민하던 정보왕, 고개를 흔들더니,

정보왕	역시 깊이 생각하는 건 내 스타일이 아냐. 일단 뭐라도 만들어보자.

벌떡 일어나는 정보왕.

S#47. 배석판사실 (오후)

정보왕　(슥 들어오며) 이거이거, 누렇게들 떴어.

임바른　뭐가.

정보왕　뭐긴 뭐야. 니네들 얼굴이지. 매일 이 건물에만 갇혀 있으니 그런 거야. 가끔은 바깥 공기도 쐬고 그러라구.

임바른　뭘 새삼스럽게.

정보왕　박 판사도 요즘 영 조용하고 재미가 없잖아. 그게 다 이 건물 기운 때문이라니까?

박차오름　(괜히 살짝 놀라며) 제가 뭘요?

정보왕　자자, 내일 불금인데 이 동네 좀 벗어나서 밥이나 먹자구. 박 판사 이모님들 많은 시장통 어때? 그분들 좀 터프하긴 해도, 음식은 기가 막히던데.

임바른　(흠칫, 마음의 소리) 내일이면…

박차오름　글쎄요… 이모들이 정 판사님 얘기 가끔 하긴 하던데.

정보왕　내가 워낙 쉽게 잊기 힘든 남자잖아. 가자구. (지나가는 말처럼) 들어오다보니 이도연 실무관도 얼굴이 누렇던데 같이 가도 좋고. 고생하잖아. 속기사들.

박차오름　(픽, 웃으며) 아, 그러셔요? 법원 가족에 대한 사랑이 넘치시네요?

정보왕　어, 그렇지. 우린 가족이잖아? 법원 가족? 야, 바른아. 너도 가는 거다. 알았지?

임바른　글쎄…

정보왕　사글세고 전세고 간에 시끄럽고, 가족은 함께 가는 거야! 다 같이!

임바른　……

S#48. 배석판사실 (오후)

임바른, 일하고 있는 박차오름을 힐끗 훔쳐본다.

임바른 (마음의 소리) 내일은……

플래시컷 〉 '법관 조회' 화면을 보고 있는 임바른. 박차오름의 웃는 사진 밑에 생년월일이 적혀 있다.

S#49. 퇴근길 (저녁)

임바른, 길거리를 걷다가 문득 발걸음을 멈춘다. 화장품 가게 쇼윈도. 예쁜 향수들이 진열되어 있다. 쇼윈도를 들여다보는 임바른.

임바른 (마음의 소리) 관두자. 이런 걸 어떻게 줘. 무슨 사이라고.

한숨을 쉬더니 다시 가던 길을 가는 임바른. 임바른은 사라지고 쇼윈도만 화면에 덩그러니 남는데… 갑자기 휙 돌아오는 임바른, 가게로 들어간다.

S#50. 배석판사실 (다음날 오후)

임바른 책상 밑에 있는 서류가방 잠시 클로즈업. 가방 안에 리본 포장된 작은 선물상자 얼핏 보인다. 임바른, 일하다가 박차오름 쪽을 본다. 생각에 잠기는 임바른.

임바른 (이하 모두 마음의 소리, 자문자답)
그래도 생일인데 그냥 오기는 그래서요.
…아냐.

(이번엔 시큰둥한 말투로)
마침 집에 있길래 하나 들고 와봤습니다.
…그게 말이 되니.

(어설픈 경상도 억양으로)
오다 주웠다.
…미쳤냐.

고개를 흔들고 다시 일하는 임바른.

S#51. 시장통 (밤)

순대집이모 좌판 앞. 정보왕 나타난다.

떡볶이이모 어! 미남 판사님 오셨네!
순대집이모 (정보왕을 보며) 어머, 오늘은 서운하게 그렇게 넉넉한 양복을 입고 오셨나?

빈대떡이모 (킬킬대며) 그러게. 오늘은 너무 조신하신데?

정보왕 아예 아버지 양복을 빌려 입고 왔습니다. 이모님들 시선이 무서워서요!

순대집이모 어머~ 안 잡아먹어~ (앙! 하고 깨무는 시늉)

정보왕 (본능적으로 피하며 움찔)

외할머니 (순대집이모 째려보다가 이어 나타난 박차오름 보며) 왔냐.

박차오름 네! 할머니.

외할머니 (뒤따라온 임바른 보며) 임 판사님도 오셨네.

임바른 (예의 바르게 인사) 안녕하십니까, 외할머님.

S#52. 시장통 (밤)

떡볶이 순대 빈대떡 등이 수북이 쌓인 접시를 놓고 좌판 앞에 앉은 임바른과 정보왕. 정보왕, 자꾸 주위를 두리번거린다.

떡볶이이모 뭘 그리 두리번거리셔? 애인이라도 오나?

정보왕 네? 애인은요 무슨… 하하하.

이도연E 애인 와요? 정 판사님?

펄쩍 놀라며 돌아보니 어느새 나타나 뒤에 서 있는 이도연.

정보왕 (벌떡 일어나며) 왔어요? 앉아요. 여기.

빈대떡이모 이 아가씨가 애인이야? 이쁘네! 정 판사님 능력도 좋아~

이도연 (피식 웃으며) 제가 좀 특이한 걸 좋아하는 취향이라서요.

정보왕   (당황) 어… (웃음으로 모면) 하하하! 이거 참 우리 이 실무관님은 컨셉이 워낙 걸크러시 쪽이라 농담이 좀 쎄요.

이도연   (눈을 동그랗게 뜨며) 농담 아닌데?

정보왕   (또 당황) 네?

순대집이모   실무관이면, 아가씨도 법원에서 일해요?

이도연   네. 속기사예요.

떡볶이이모   그래? 기술이 있으니 좋은 직장 잡고 좋겠다.

이도연   좋기는요. 계약직인데요. 월급도 쥐꼬리만하고. 법원 별거 없어요.

순대집이모   그래? 얼마나 받는데?

어느새 대화에서 소외되어버린 정보왕, 당황한 채 이도연을 쳐다보고 있다.

cut to

박차오름   이 실무관님~ 오셨어요? (숨이 가쁘다. 자리에 앉으며 임바른에게) 오래 안 걸렸죠?

순대집이모   (깔깔대며 이도연의 어깨를 툭 친다) 이 아가씨 내 스타일이네. 아주 시원시원해!

빈대떡이모   응! 장사해도 잘할 스타일이야!

이도연   때려치고 여기 와서 사업자 낼까요?

떡볶이이모   나랑 동업해. 지분은 6대 4로.

임바른   (기세에 압도당한 표정, 박차오름에게 소근소근) 대단하네요.

박차오름   (싱긋) 네. 저희 집 가족들이 좀 시끄럽죠?

임바른   가족?

박차오름   네.

임바른   …하긴, 워낙 친한 사이들이신 것 같네요.

박차오름   (고개를 흔들며) 아니, 그런 의미가 아니라, 진짜 가족.

임바른   ……?

박차오름   (수다중인 순대집이모, 빈대떡이모, 떡볶이이모를 가리키며) 저기 이
         모 세 분은 십 년을 같이 살고 계세요.

임바른   네?

박차오름   외할머니네 집에서 같이. …외려 제가 제일 늦게 들어온 식구인
         걸요. 우리, 진짜 한 가족이에요.

임바른   (놀라 박차오름을 본다)

S#52-1, 십여 년 전 시장통 (낮)

떡볶이이모, 옷 보따리 하나 품에 안고 울상으로 외할머니에게 꾸벅 절
한다. 외할머니, 정정하던 때라 지팡이를 짚지 않고 있다.

외할머니   정말 시장통 떠날 거냐?

떡볶이이모   (손수건으로 눈물 찍어내며) 사랑이 죄죠, 어쩌겠어요.

외할머니   (등짝을 한 대 치며) 사랑 같은 소리 하고 자빠졌네! 사내놈한테 홀
         려서 장사 밑천까지 죄 갖다 바친 게 사랑이냐 이것아!!

떡볶이이모   (아파서 등판을 비비며) 제 안에 사랑이 많은 걸 어쩌겠어요, 어머
         니. (두 손으로 가슴을 부여안으며) 이게 다 사랑인데!

외할머니   …지랄한다. 씰데없는 소리 집어치우고, 나랑 살자.

떡볶이이모 네?

외할머니 …나 혼자 살기엔 씰데없이 큰 집이다. 같이 밥이라도 끓여 먹으며 살믄 안 좋겠나.

떡볶이이모 (감격, 울먹이며) 어머니…

외할머니 (쑥스러운 듯 짜증) 뭘 질질 짜노! 시끄럽다!

떡볶이이모 …근데 저 좀 많이 먹어요, 어머니…

외할머니 (어이없다는 듯) 쫌!

S#52-2. 십여 년 전 시장통 (낮)

빈대떡이모, 외할머니 포목점 근처에서 건물 끄트머리 공간 이용한 아주 작은 미제 물건 가게(비타민, 영양제, 치즈, 스팸 등등)를 하고 있는데, 건장한 사내 두 명이 나타나서 다짜고짜 가게 물건을 집어던지고 발로 걷어찬다. 사내1 다리를 붙잡고 매달리는 이모. 외할머니, 놀라 달려온다.

빈대떡이모 아이고 안 됩니다!!

사내1 세를 못 내면 나가야지! (거칠게 뿌리치자 이모 나동그라진다)

사내2 몇 달째야 벌써!! (물건 진열장을 우악스럽게 잡아 끌어내는데, 뭔가에 부딪혀 진열장이 이모 쪽으로 엎어지려 한다)

이모, 바닥에 쓰러져 울부짖느라 정신없고, 사내2 당황하는데, 외할머니가 얼른 이모를 밀쳐낸다.

빈대떡이모 (놀라며) 어머니! (그리 큰 것은 아니어도 진열장이 외할머니의 다리를 덮친 상태다. 주변 상인들이 놀라서 얼른 진열장을 치운다)

외할머니 (아랑곳 않은 채 이모를 걱정스레 쳐다보며) 괜찮나? 다친 데 없나?

빈대떡이모 (눈물 터뜨리며) 어머니…

S#52-3, 십여 년 전 시장통 (낮)

(진열장에 다리를 다친 후) 지팡이를 두 손으로 짚은 채 포목점 앞에 앉아 있는 외할머니. 순대집이모 비명 소리가 들리자 놀라며 일어나 지팡이를 짚으며 순대 좌판 쪽으로 달려간다. 술에 취한 순대집이모 남편, 바닥에 뒹구는 이모를 마구 걷어차고 있다.

순대집이모 (임신중. 필사적으로 배를 감싸며) 여보! 배는 안 돼요! 배는!!

남편 서방이 사업 좀 해보겠다는데 이년이!!

순대집이모 여보! 보증금까지 날리면 우리 길바닥에 나앉아야 돼! 여보!

남편 이년이 아직도 바락바락!

남편, 이모를 걷어차려는데 지팡이가 남편 다리를 호되게 내리친다. 비명을 지르며 다리를 잡는 남편, 올려다본다. 성난 표정의 외할머니, 얼른 순대집이모 앞을 가로막고 섰다.

외할머니 (불호령) 당장 비켜서라 이놈!!

남편 이 할망구는 또 뭐야! (주먹을 치켜드는데 떡볶이이모와 빈대떡이모가 좌우에서 달려들어 양팔을 붙잡고 늘어진다. 당황하며) 어, 뭐야!

안 놔? 안 놔?

외할머니, 성난 눈초리로 지팡이를 들어 거침없이 마구 남편을 내리
친다.

외할머니　비켜라 이놈! 이 못된 놈!! 이놈!!

바닥에 쓰러지는 남편. 외할머니, 얼른 쓰러져 있는 순대집이모를 살핀
다. 아기가 잘못됐는지 배를 쓸어안고 신음하는 이모.

외할머니　(이모를 끌어안으며 주변에 불호령) 뭣하고들 섰어!! 구급차 불러
당장!!

S#52-4, 십여 년 전 외할머니의 집 (낮)

(아버지가 돌아가신 직후) 대학생 박차오름과 상복 차림 넋 나간 표정의
박차오름 엄마, 외할머니와 함께 외할머니 집 앞에 섰다. 세 이모, 집에
서 뛰어나와 호들갑스럽게 웃으며 박차오름과 엄마를 감싸 집안으로
안내한다. 시름겨운 표정의 외할머니.

S#52-5, 십여 년 전 외할머니의 집 (낮)

목장갑 끼고 땀 흘리며 화장실 바닥에 누워 세면대 배관 고치는 순대집

이모. 쓱쓱 방바닥을 걸레질하는 떡볶이이모. 입에 못을 문 채 벽에 못을 박고 있는 빈대떡이모. 박차오름은 부엌에서 찌개를 끓이다가 한술 떠서 지팡이 짚고 옆에 서 있는 외할머니에게 간을 보시라고 입에 넣어드리고 있다. 엄마는 요양원에 간 뒤다.

S#52-6. 다시 현재, 시장통 (밤)

임바른   (무뚝뚝한 표정으로 지팡이 짚고 앉아 있는 외할머니를 본다)

박차오름   가족이란 거, 어른이 된 후에도 얼마든지 새로 생길 수 있어요. 힘든 걸 같이 견디다보면, 가족이 되는 거 아닌가요. …그게 진짜 가족이죠.

임바른   (박차오름을 가만히 바라보며, 마음의 소리) …피 한 방울 안 섞여도 가족이 될 수 있고, 같은 피를 나눴어도 남보다 못할 수 있는 게 인간인 걸까…

이때 들려오는 목소리,

민용준T   이모! 오름아!

순대집이모   어? 용준이도 왔네?

빈대떡이모   이그, 용준이가 뭐야! 이제 애도 아닌데 민 사장님, 해야지.

돌아보는 임바른. 민용준이 환한 미소를 지으며 오고 있다. 손에는 선물 상자를 잔뜩 들고.

S#53. 시장통 (밤)

민용준   생일 축하해 박차오름!

박차오름   (놀라며) 아니 오빠, 그건 어떻게…

민용준   내가 너에 대해 모르는 게 있니? 위키피디아에 박차오름 항목 생기면 내가 다 쓸 수 있다구. (손에 든 선물상자들을 박차오름 품에 안긴다)

정보왕   엥? 박 판사 생일이었어? 그리고 이분은 누구…

번개같이 선물상자를 채가는 이모들, 상자를 여니 고급 핸드백이 연이어 나온다. 눈이 동그래지는 이모들.

순대집이모   (핸드백을 황홀해하며 어루만진다) 어유 어쩜 이렇게 이쁘니?

빈대떡이모   얘가 더 이뻐!

떡볶이이모   앤 어떻구!

정보왕   (눈이 둥그래지며) 이분 산타셔? 울면 안 돼~

박차오름   오빠, 이게 다 뭐야. 내가 이런 걸 어떻게 받아!

민용준   미안. 다 이뻐서 고를 수가 있어야지. (씩 웃으며 집게손가락으로 한쪽 끝에서 반대쪽 끝까지 가리키는 시늉 하며) 여기에서 여기까지 다 주세요, 하려다가 많이 참은 거야.

외할머니   과하구나, 용준아.

민용준   한번만 봐주세요~ 오름이 앞에서 폼 한번만 잡게 해주세요. (핸드백 들어 보이며 윙크) 이모님들도 돌아가면서 한번씩 메고 데이트 나가시면 좋잖아요. 이렇게 다들 미인이신데.

순대집이모   어머~ (콧소리를 내더니 윙크) 센스쟁이!

민용준   임 판사님도 오셨네요. 같이 오신 분들도 법원 분들? 안녕하세
       요. 전 말하자면, 오름이 소꿉친구? 민용준이라고 합니다.

       정보왕, 이도연 인사한다.

정보왕   (박차오름에게) 소꿉친구가 스케일이 크신데?
민용준   (둘러보더니) 1차는 이미 하신 거 같고, 2차로 옮기시죠. 2차는 제
       가 쏩니다!

       환호하는 이모들. 씁쓸한 표정의 임바른, 옆에 놓인 서류가방을 자기 다
       리 뒤로 치운다.

S#54. 족발집 (밤)

       바닥에 앉아서 먹는 식당. 민용준, 막걸리를 가득 따라 임바른에게 권
       한다.

박차오름   오빠, 임 판사님은 술을 별로…
임바른   (싱긋 웃고 있는 민용준을 마주보며) 아닙니다. 주시죠. (받아서 죽 들
         이켜더니, 민용준의 잔에도 가득 따라준다)

민용준   (씩 웃더니 받아 죽 들이킨다)
순대집이모 잘생긴 남자가 많으니 술이 쭉쭉 들어가는구나! (자기 잔을 시원하
         게 들이켜고 족발을 집어먹는다)

cut to

신나서 막걸리 잔을 들이켜는 이모들 옆 끝자리에 앉은 정보왕, 맞은편의 이도연에게 말을 건다.

정보왕 …속기사 일, 마음에 안 들어요?

이도연 (미소) 판사 일은 마음에 드세요?

정보왕 어, 꼭 맘에 들어서 한다기보다…

이도연 일이란 게 그런 거죠 뭐. …전 그래도, 제가 꼭 하고 싶은 일에 도움이 돼요.

정보왕 속기사 일이?

이도연 (고개를 끄덕끄덕)

정보왕 꼭 하고 싶은 일이 뭔데요?

이도연 (미묘한 웃음을 지으며) …알면 놀랄걸요?

정보왕 뭐길래…

이도연 (핸드폰을 들어 시간을 보더니) 전 조용히 먼저 일어날게요.

정보왕 예?

이도연 일할 시간이라서. (일어선다)

정보왕 잠깐만요. (사라지는 이도연을 따라 엉거주춤하게 일어선다)

cut to

반대편에서 순대집이모 잔을 받고 있던 민용준, 문자가 왔는지 핸드폰을 꺼내서 본다.

민용준   이모님들 죄송합니다. 회사에 들어가봐야겠네요. 맘껏 드시다

　　　　가세요. 계산은 해놓고 갈게요. 오름아, 미안. 먼저 일어날게.

박차오름   오빠, 근데 이 뺏들은 받을 수가 없…

민용준   (O.L.) 간다. 외할머님 저 갈게요~

사라지는 민용준.

임바른   (이모들을 향해) 저도 좀 이만…

순대집이모   (임바른 양복을 붙잡으며) 다들 어딜 도망가! 제 잔 한잔 받고 가셔

　　　　야지.

임바른   네? 제가 술을 좀…

순대집이모   아까 보니 잘만 드시더구만. (콸콸콸 따른다)

곤란한 표정의 임바른, 잔을 들고 있다.

S#55. 족발집 밖 (밤)

이도연을 놓쳤는지 식당 밖 길가에서 두리번거리고 있는 정보왕. 그 순
간, 정보왕 옆으로 멋진 외제차가 슥 지나간다. 무심코 돌아보는 정보
왕. 깜짝 놀란다. 운전석에는 화려한 옷차림의 여자가 앉아 있다. 이도
연이다. 놀란 정보왕 옆으로 이도연의 차 천천히 지나가고, 정보왕은 멀
어져가는 차를 하염없이 바라본다. 멍한 표정.

정보왕   (혼잣말) 대체 정체가 뭐니? 이도연…

배경음악 〈Creep〉 들려온다. 'You're so fucking special…'

S#56. 족발집 (밤)

임바른, 구석에 편안하게 누워 잠들어 있고, 나머지 사람들은 계속 족
발, 막걸리와 함께 수다중.

순대집이모 (히히덕거리며) 술이 약한 게 흠이라면 흠이네.
빈대떡이모 아, 착실하고 좋지 뭘 그래.

S#57. 족발집/임바른의 시야 (밤)

임바른, 정신이 살짝 나는지 눈꺼풀을 깜빡거리는데 희미하게 수다 떠
는 이모들이 보일락 말락 한다.

박차오름 (펄쩍 뛰며) 이모, 무슨 그런 소리를… 임 판사님, 좋은 선배고 늘
잘 도와주셔서 정말 고마운 분이긴 한데, (검지손가락을 까딱까딱
하면서 고개 흔들며 단호하게) 내 스타일 아닙니다. 전혀.

임바른의 시야. 검지손가락 까딱거리는 박차오름이 점점 흐릿해지며
다시 암흑이 된다.

S#58. 족발집 (밤)

순대집이모 (자고 있는 임바른 쪽을 힐끗 보더니) 기분 나쁜 꿈을 꾸나? 표정이
　　　　　별루네…

빈대떡이모 잘~생겼다. 완전 내 스타일인데?

떡볶이이모 그래. 오름아, 왜 니 스타일 아냐? 괜찮은데?

박차오름 어허, 아니라니까 그러네. 꽉 막히고 고집 세고, 완전 타고난 판
　　　　　사라니까.

순대집이모 꽉 막히고 고집 센 건 너도 만만치 않은데…

박차오름 내가 어디? 그리고, 법원이 어디 연애질 하는 데야? 일할 시간도
　　　　　부족하구만…

빈대떡이모 하긴, 너 같은 목석이 무슨 연애를 하겠냐. 용준이가 저렇게 공
　　　　　을 들여도 틱틱대기나 하고, 남자를 무슨 돌로 본대니깐.

떡볶이이모 너무 여자들끼리만 살아서 그런 거 아냐?

순대집이모 그럼, 우리도 남자 하나 들여놓을까? 튼실한 놈으로? (깔깔대는
　　　　　이모들)

이모들이 깔깔대는 사이, 박차오름, 구석에서 곯아떨어진 임바른을 가
만히 본다.

플래시컷 〉 2부 18씬 법원 테니스코트.

임바른, 하늘에 뜬 공만 쳐다보면서 네트 쪽으로 달려가다가 정면을 보
니 바로 앞에 박차오름이 서 있다. 놀라서 급정거하자 몸이 앞으로 쏠리
며 네트를 넘어가 그만 박차오름을 껴안았다가 화들짝 놀라 놓는다. 순

간, 두 사람만 서로를 마주보고 있고 주변은 시간이 멈춘 듯(특수효과). 하지만 임바른 머리 위로 공이 통, 떨어지고 다시 시간이 흐른다. 박차오름, 끌어안겼던 순간 당황하여 얼어붙는다.

시끌벅적한 족발집 안에서 뭔가 생각에 잠긴 박차오름의 시선, 임바른에 머문다.

S#59. 족발집 밖 도로 (밤)

길가에 서 있는 임바른과 박차오름. 임바른 얼굴이 빨갛다. 박차오름, 열심히 택시를 잡고 있다.

임바른 괜찮아요. 이제 정신 차렸으니 들어가요.

박차오름 아니에요. 가시는 거 보고 갈게요.

임바른 괜찮다니까요. (지나가는 택시를 보고 손을 들어 세운다) 들어가세요.

박차오름 네, 조심해서 가세요.

임바른 (택시 문을 열다가 망설이더니) 아저씨, 죄송합니다. 잠시만요. (돌아서면서 서류가방에서 작은 선물상자를 꺼내 박차오름에게 내민다)

박차오름 (놀라며) 임 판사님?

임바른 받아요. 그냥 이뻐서 샀어요.

박차오름 (엉겁결에 받아 든다)

임바른 …생일 축하해요.

돌아서서 택시를 타고 사라지는 임바른. 선물을 든 채 멀어져가는 택시를 바라보고 있는 박차오름.

S#60. 법정 (낮)

수수한 행색의 막내아들(40대), 90세 아버지가 앉은 휠체어를 밀며 법
정으로 들어온다.

장남   아부지, 오시느라 힘드셨죠?

노인   (꾸벅꾸벅 졸고 있다)

장남   아부지!

노인   (눈을 꿈벅거리더니) 깜짝이야. 그런데, 선생은 누구시오?

당황하는 장남. 울음을 터뜨리는 4녀.

4녀   아이구, 우리 아버지 불쌍해서 어떡해…

노인   (초점 없는 눈으로 중얼) …저 여자는 누구 돌아가셨나 왜 울지?

장남   (당황해서) 이상하네, 어제까지만 해도 정신이 또렷하셨는데…

목사   (의기양양) 보셨습니까, 재판장님. 아버지는 치매시라니까요. 정
신이 없어진 지 오래예요.

한세상   (엄한 표정) 말씀 조심하세요. 아버님이 여기 계시지 않습니까.

목사   (움찔한다) …아니, 그게 아니라요…

교수   여하튼, 증여는 무효니까 원상복구시키든, 아예 미리 재산을 나
눠놓든 결론을 내려주시죠.

한세상   (교수를 가만히 쳐다보다가) 여러분이 써온 재산분할안 중에 유일

하게 의견이 일치하는 사항이 있두만요.

교수　　　……?

한세상　　왜 막냇동생 분에 대한 조항은 없는 겁니까? 아무도 안 쓰셨던데.

목사　　　아, 판사님은 모르시겠구나. 쟤는 양자예요. 양자.

놀라서 막내를 쳐다보는 세 판사.

막내　　　…… (표정 변화도 없다)

교수　　　아버지 공장에서 일하다 죽은 직원 아들인데, 오갈 데가 없어서 아버지가 데려다 키운 겁니다.

장남　　　불쌍하면 그냥 데리고 계시다가 크면 내보내도 충분할 텐데, 굳이 아버지 연세 오십에 쟤를 친생자로 출생신고까지 하셨죠. 그때부터 노망이 시작된 건지.

박차오름, 듣기 불편해서 얼굴을 찡그린다. 막내아들, 불편한 기색도 없이 돌부처마냥 아버지 휠체어 옆에 서 있다.

한세상　　말씀들을 좀 가려 하세요! 막냇동생 분이 듣고 계시지 않습니까!

장남　　　하이고, 동생은 무슨 동생. 그냥 쟤는 허드렛일 돕는 사람으로 보시면 됩니다. 우리 핏줄도 아닌데요 뭐.

교수　　　만약 쟤가 재산 욕심에 딴소리 하면 정식으로 아버지 이름으로 소송 걸어야죠. 재판상 파양절차를 밟으려고 변호사도 알아봤습니다.

4녀　　　암, 그래야죠. 언감생심, 지가 어딜 감히…

임바른　　(화난 표정. 마음의 소리) 역시 피는 물보다 진하구나. 닮았네.

모처럼 의견이 일치하여 고개를 끄덕이는 형제들의 얼굴 표정이 비슷하다.

막내   (어눌하게) …저기,

형제들, 막내가 거기 있다는 것을 이제야 깨달았다는 듯 돌아본다.

막내   …소송이라뇨. 어떻게 지가 아부지랑 소송을 해유.

잠시 정적이 흐른다. 노인의 얼굴만 찬찬히 바라보던 막내, 이윽고 형제들을 향해 입을 연다.

막내   …원하시는 대로 호적 정리해주셔유.

막내, 노인 앞에 다가가서 무릎을 꿇고 노인의 손을 어루만진다.

막내   아부지, 지 어릴 적 처음 아부지 집에 왔을 때, 밥 안 먹고 매일 울기만 허니께, 밤마다 아이스크림 사들고 오셨지유? …지는 아직도 그 단맛이 생각이 나유. 어찌 그리 달았을까…

노인, 말을 못 알아듣는 양 멍하니 막내를 보고 있다.

막내   (송아지처럼 눈물이 그렁그렁한 눈으로 노인의 손을 꼭 잡는다) …끝까지 모시지 못해서 죄송해유. 지는 이만 물러갈게유. …아부지, 부디 건강하셔유.

그 순간, 갑자기 노인, 일어나려는 막내를 막무가내로 붙잡고 소리치기 시작한다.

노인   애야! 날 두고 어딜 가! 집에 가자. 집에. 나 무서워…

막내, 노인을 끌어안고 굵은 눈물을 흘리기 시작한다. 다른 형제들은 그 모습을 멀뚱멀뚱 보며 어쩔 줄 몰라 하고 있다. 한세상, 목이 메어오는 지 헛기침을 하고, 박차오름, 애써 눈물을 참는다. 임바른의 눈에도 눈물이 고인다.

S#61. 임바른의 집 (밤)

한잔했는지 얼굴이 빨간 채 코를 골며 자고 있는 아버지.

엄마   으이그, 이 웬수. 술 한잔 먹으면 자는 주제에 술자리는 열심히 도 쫓아다녀요. (이불을 덮어주더니 옆에 앉아서 바느질을 한다)

임바른   (엄마를 가만히 보고 있다가) 엄마.

엄마   왜?

임바른   아버지랑 왜 결혼했어?

엄마   그게 무슨 소리니?

임바른   뭐가 좋아서 했냐구.

엄마   …왜. 이해가 안 돼?

임바른   …그냥.

엄마   (잠시 생각하다가 미소 짓더니) 너, 아빠 혈액형이 Rh마이너스인 거

498   미스 함무라비 대본집1

아니?

임바른 응?

엄마 나 대학생 때 일인데, 타고 있던 고속버스가 갑자기 서더라구. 앞에 3중인가 4중 추돌사고가 난 거야. 다들 구경하고 있는데 웬 군인 아저씨가 내려달라 그러더니 다친 사람을 차에서 끌어내고 그러더라? 나도 엉겁결에 따라 내렸어. 구급차가 왔는데, 이번엔 그 군인 아저씨가 그러는 거야. 혹시 자기 피가 필요한 사람이 있을지 모르니까 병원까지 따라가겠대. 그러면서 군번줄을 보여주는데, Rh마이너스라고 쓰여 있더라구. 오지랖도 대단하다 싶으면서도, 왠지 멋있더라. …그래서 만나기 시작한 거야. 엄마가 따라다녀서. 사실은, 잘생겨서 그랬던 거 같기도 해.

임바른 …… (행복한 표정의 엄마를 보고 있다)

엄마 니네 아빠가 왜 휴대폰 배터리를 따로 챙겨 들고 다니는 줄 아니? Rh마이너스 봉사회 회원이거든. 언제 어디서 응급 헌혈을 하게 될 줄 모른다고 그러고 다니는 거야. 니네 아빠는 평생 백 리터가 넘게 헌혈했단다. 자기 온몸에 있는 피를 전부 스무 번도 넘게 남들에게 준 셈이지. 니네 아빠, 그런 사람이야.

임바른 (자고 있는 아버지를 잠시 바라보다가) 그럼, 그때 그 꼬마는?

엄마 무슨 꼬마?

임바른 있잖아. 옛날에. 갑자기 웬 여자가 애 데리고 우리집 찾아왔었잖아. …나보고 형이라 하라 그러고.

엄마 (피식 웃으며) 아, 걔? 그러잖아도 얼마 전에 인사하러 왔다 갔어. 대학 졸업했다고. 그 쪼그맣던 녀석이 어른이 다 됐더라.

임바른 ……?

엄마 기자 시절에, 아빠랑 제일 친하던 후배 아들이야. 해직 당하고 맘고생이 심했는지, 암이 생겨서 일찍 가셨거든.

임바른　(만감이 교차하는 표정) …그런 거였어?

엄마　응. 그럼 뭔 줄 알았어?

임바른　(버럭!) 그럼 왜 그동안 그렇다고 얘길 안 했어!

엄마　어머 깜짝야. 얘는, 왜 소릴 지르고 그래? 너 뭐 이상한 생각했던 거야?

임바른　시끄러.

엄마　으이그~ (임바른 어깨를 툭 치며) 니 아빠가 그럴 재주라도 있는 인간이니? 밤낮 오지랖 넓게 남 걱정이나 하는 사람이. (말하다보니 점점 화나기 시작한다) 하긴, 그렇지! 우리도 먹고살기 힘든 판에, 무슨 능력이 있다고 자기가 책임지겠다, 어쩐다, 큰소리나 치고. 가끔 쥐꼬리만큼 돈 벌어올 때마다 걔 학비 하라고 보냈잖니. 이 인간이! (자고 있는 아버지 팔을 세게 철썩 친다. 아버지, 끙 소리 내며 돌아눕는다)

엄마　그래, 니 말이 맞다. 내가 왜 이 인간이랑 결혼했을까? 얼굴만 보고 결혼하면 안 되는 거야. 결혼은 현실이라구. 바른아, 지난번에 권사님이 얘기한 규수, 한번 보지 그러니? 아주 유복한 집이라던데…

임바른, 눈을 반짝이는 엄마를 어처구니없는 표정으로 보며 고개를 절레절레 흔드는데,

아버지E　(어눌하게) 어, 바른이 왔냐?

임바른, 아버지를 돌아보니 엄마에게 맞고 잠에서 깬 아버지가 부스스

한 채 자리에서 일어나 앉는다.

임바른   …네, 아버지.

어색하게 서로 외면한 채 마주앉아 있는 부자. 그 옆을 보면 콘센트에
충전기 두 개가 꽂혀 있다. 하나는 핸드폰, 하나는 보조배터리.

미스
함무라비1 문유석 오리지널 대본집

ⓒ 문유석 2018

1판 1쇄 2018년 7월 20일
1판 2쇄 2018년 8월 1일

지은이 문유석
펴낸이 염현숙
기획 김소영 | 책임편집 박영신 | 편집 황은주 임혜지 이경록
디자인 이효진 | 마케팅 정민호 이숙재 정현민 김도윤 안남영
홍보 김희숙 김상만 이천희
제작 강신은 김동욱 임현식 | 제작처 영신사

펴낸곳 (주)문학동네
출판등록 1993년 10월 22일 제406-2003-000045호
주소 10881 경기도 파주시 회동길 210
전자우편 editor@munhak.com | 대표전화 031) 955-8888 | 팩스 031) 955-8855
문의전화 031) 955-3578(마케팅) 031) 955-2697(편집)
문학동네카페 http://cafe.naver.com/mhdn | 트위터 @munhakdongne
북클럽문학동네 http://bookclubmunhak.com

ISBN 978-89-546-5213-1 04810
       978-89-546-5212-4 (세트)

www.munhak.com